江苏省社会科学基金项目
“习近平总书记关于文艺工作的重要论述对马克思主义文艺理论的创新发展研究”
（项目编号：19ZWB001）经费资助

江苏省重点建设学科中国语言文学学科经费资助

淮阴师范学院优势学科文化传承与文化创意学科经费资助

淮阴师范学院创意写作研究中心经费资助

莫言小说叙事研究

姜春　著

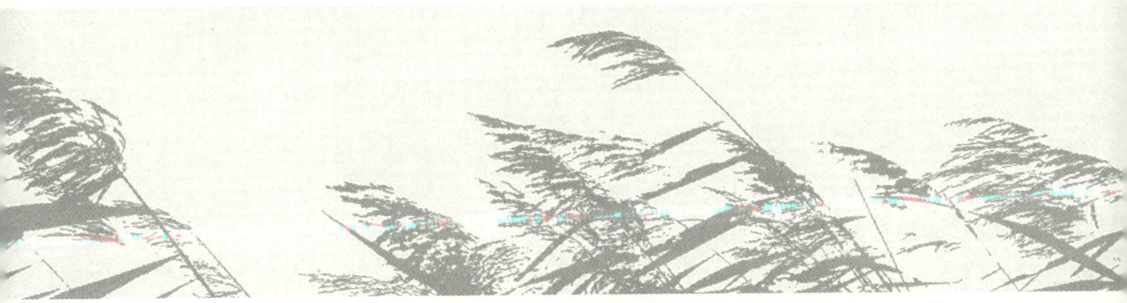

上海三联书店

序[①]

施　军

得知姜春的论著《莫言小说叙事研究》即将付梓出版，我感到很欣慰。他在淮阴师范学院读书时，我是中文系的老师。他毕业后到中学做了几年语文教师，后来攻读硕士学位，毕业后回到母校工作，成为了我的同事，几年后又获得了博士学位。可以说我是一路见证他在学术上不断成长起来的。今他嘱我为之写一序言，我也是“责无旁贷”了。

在当代文学研究的层面上，莫言研究无疑是一门显学，选择莫言小说作全面研究，确实需要一种学术勇气和自信。这种勇气与自信当然来自于作者深厚的理论基础与敏锐的学术洞察力。我对这本学术著作的感受可以概括为三个方面：理论视角新、学术观点新、结论中肯全面。

首先是理论视角新。研究莫言小说创作的著作不鲜见，但从叙事学角度，通过叙事交流理论全面阐释莫言小说的研究却并不多见。本著作综合了韦恩·布斯、西摩·查特曼、里蒙－凯南、雅各布·卢特以及巴赫金等叙事学理论家的主要观点与重要论述，对叙事交流理论进行了有效整合，形成了一个研究图式：

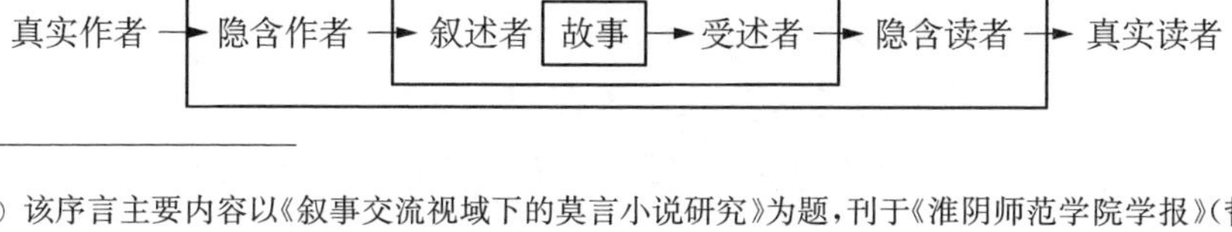

① 该序言主要内容以《叙事交流视域下的莫言小说研究》为题，刊于《淮阴师范学院学报》(哲学社会科学版)2019 年第 5 期。

这一图式为莫言小说叙事提供了难能可贵的分析阐释路径，所谓纲举目张，真实作者→隐含作者→叙述者→受述者→隐含读者→真实读者，构成了论述的六个主要环节。

首尾两个环节属于现实交流层面，按照查特曼的说法，在“最终实践意义上”，文学创作活动就是“真实作者”和“真实读者”之间的叙事交流活动，这也是叙事文本意义与价值生成的必然要求。这就将莫言的出身成长环境、创作的历史语境、读者的阅读接受活动等，在传统意义上似乎与叙事没有多大关系的内容，成功地纳入到了叙事学的研究范畴，这也必将带来不一样的学术发现。

最中间的两个环节是传统叙事学必须关注的内容，属于文本话语层面，由“叙述者”与“受述者”的叙事交流活动构成。按照雅各布·卢特的说法，“由这两个概念我们已经到达交流模式的‘核心’”。作为叙事交流的两个重要因素，缺少其中任何一个，叙事文本都不可能建立起来。目前学界对莫言小说叙事研究多集中在这个方面。但对“叙事”研究很多，如对莫言小说独特的叙述话语与叙述视角的研究就有各种各样的观点呈现，而很少涉及到“交流”研究，显得单一与线性化。而本书的研究突出“叙事”与“交流”两个方面，就显得更加立体多元，让“叙述者”与“受述者”显得“生机勃勃”，将现有的许多好的、分散的、零碎的观点与论说，连贯起来、统一起来，纳入到了一种有效的叙事框架之中。

前后相邻的两个环节，由“隐含作者”与“隐含读者”的叙事交流活动构成，属于文本主体层面。将这两个叙事范畴引入到莫言小说研究中，是本论著的一个重要创新与贡献。从根本上说，“隐含作者”才是每一个叙事文本真正的创作主体。叙述者的一切叙述行为都是“隐含作者”幕后操纵的结果。就叙事文本而言，“隐含作者”是蕴涵于其中的稳定存在，而真实作者的立场与情感却不一定直接真实地在作品中表现出来。与“隐含作者”交流的接受主体是“隐含读者”。“隐含读者”是“由叙事本身所预设的受众”，是作者在叙事文本中设想出来的理想的接受主体，是一个能和“隐含作者”进行有效交流的“构想物”，叙事文本就是在“隐含作者”和“隐含读者”的潜在交流过程中被创造出来。书中关于“隐含作者”与“隐含读者”这一理论视角建构，对于莫言所声称的“作为老百姓写作”，小说的叙事策略，莫言的诸多演讲、访谈与对话所展现的观点立场及其在小说中的呈现方式等等，提供了让人耳目一新的研究视角，可以把许多观点、说法，甚至是学界看似互相矛盾的结论，串联起来，并作出了新的解释。

以上这三个层面又是互相交叉的动态体系，这就决定了整个研究不是平面线性的，而是层层深入，是多侧面的、立体的研究，而且结构谨严，富有逻辑。我认为，崭新的研究视角是论者对莫言小说研究的最突出贡献。

其次是学术观点新。在独特的叙事交流视角的导引下，本书在研究中得出了许多新颖的观点与看法，对以往研究中涉及到的诸多问题与话题作出了全新的解释。

莫言的出身与成长是学界谈论得比较多的一个话题，但对其小说叙事生成有何影响却很少有说的清楚的，要么很表象肤浅，要么泛泛而谈难成体系。本书通过“原乡”“异乡”“双重他者”等概念与理论体系，认为莫言从“原乡”到“异乡”的“迁徙”造成的“双重他者”身份，以及由此带来的回忆、困扰与痛苦，由此形成了原乡与异乡的对话需求，从而促使莫言以叙事去重构高密东北乡的历史与现实。这就将莫言出身成长经历与其小说叙事生成关系，这一看似复杂难解的问题阐释得深刻而明了。

文艺创作与时代语境的关系十分复杂。莫言的小说创作几乎与新时期同步，文革的封闭状态结束，改革开放到来，“西学东渐”热潮再现。关于这方面的研究也不少，但大多只是停留在梳理莫言所生活时代的语境特征，并没有将语境分析与莫言及其创作建起必然有效的联系，对马尔克斯和福克纳等的魔幻现实主义的影响也多是独立的个案阐释，缺乏宏观的理论视野。本书有效运用小说修辞学中的“独白”“复调”等理论范畴，认为“文革”独白到新时期“复调”的转变使创作主体强烈地意识到他者声音的存在，以及建立自我主体性的必要，莫言小说叙事具有鲜明的“复调”特征，正是对“独白”文学的一种反拨，而异域的福克纳和马尔克斯等的现代派创作技巧与手法，恰逢其时地给予莫言小说叙事以直接的、巨大的启示。这就将中西语境与莫言小说叙事在一种更宏观的视野上联结起来，也让中国当代文学中的各种流派、群体及个体与莫言创作的关系等诸多问题的研究，变得豁然开朗起来。

莫言小说的叙述视角与叙述话语等问题，学界讨论最多的就是"我爷爷""我奶奶"复合式叙述视角的创新与"莫言腔"的独特性，视野不够开阔，难以形成完整的观点话语体系。本文将莫言小说的叙述模式与话语特征概括为"广场化的书场"，观点独特，既简洁又深刻。莫言小说将传统小说"书场"格局与现代小说叙事技巧进行杂糅，叙事形式更加丰富多样与复杂多变。叙述代言人的设置与叙述人称的自由转换，"镶嵌本文"以及预叙与叙事时间三维化等手法，形成了莫言小说叙事视角套视角的典型特征，在一种相互的审视、倾听、揣测和叙述中，真实作者和叙述者、叙述者和人物、真实作者和人物、甚至人物与人物之间的关系都变得扑朔迷离，这不仅具有叙事形式更新的意味，也使叙事呈现出交流对话的特征，从而打破了传统小说的叙事权威性，导致了小说的反讽、含混与多义性。至于学界津津乐道的"莫言腔"，本书也有许多精彩的论述。认为莫言的"诉说就是一切"，体现的正是一种"广场化"叙述话语特征。莫言小说常常以倾诉式叙述进行情绪渲染，通过各种感觉进行氛围营造，用信口开河的话语状态来主导叙事，这就能够创造出一种修辞氛围，制造一种"广场"式听觉效应，彰显叙述者的"在场"，就像是面对面在和受述人交流对话，给人强烈的生活感和真实感。莫言小说具有强烈的视觉冲击力与场面感，主要体现在莫言小说叙述话语注重感观化的语言表达方式，调动各种修辞手段构筑画面、构筑语言形象、营造意象，以吸引受众的眼球，达到与受众沟通的目的。"广场化"叙述话语，无论其渲情效应还是其造像效应，以及其间呈现出来的作家创作立场的辩证哲学，其最终目的都是为了更好地表达文本的意蕴。

本书关于莫言小说"隐含作者"与"隐含读者"的观点，让人耳目一新，体现了作者理论运用的娴熟与睿智。莫言在诸多演讲与访谈录中宣称的"作为老百姓写作"，一直是学界争论的话题，因为其与主流意识形态所宣扬的“为老百姓写作”似乎有所冲突。而本书能够透过现象看本质,运用“隐含作者”与“隐含读者”的概念与范畴,通过对莫言小说叙事“文本意图”的探讨,将二者巧妙的联系起来,认为“作为老百姓写作”是“为老百姓写作”的一种独特形态,甚至从本质精神上更是一种“为老百姓写作”。“作为老百姓写作”是“隐含作者”与“隐含读者”进行叙事交流的集中与巧妙的体现,也是莫言式的叙事策略与智慧。莫言的“作为老百姓写作”,继承了现代小说底层叙事的精神实质,却又呈现出迥异的叙事风貌。莫言放下庙堂和知识分子的姿态而还原成老百姓,倡导以感同身受的老百姓体验和底层叙述拓展文学的境界,体现了对平民社会、民族精神以及底层智慧的尊重。“作为老百姓写作”既是一种价值坚守,也是对当下文学创作精英幻觉的破除和对文坛浮躁之风的矫正,对中国当代文学的繁荣和发展具有重要的启示。通过作者的论述,我们可以感受到,提出上面的观点并不是哗众取宠,而是具有充分的学理依据,能够欣然接受这是一种崭新的学术观点。

对“真实作者”与“真实读者”的解读,也是本书的精彩篇章之一。文学创作活动在现实层面是“真实作者”和“真实读者”之间的交流活动,这一交流的成败,决定着小说叙事的终极意义,甚至影响着一位作家的创作命运。本书从叙事交流的视角,对莫言小说创作的三个阶段进行了梳理,展现了读者批评及影视改编等对莫言小说叙事的影响,以及反过来莫言小说对真实读者的审美与接受的影响。莫言在与真实读者的对话中寻找叙事策略,试图以生理和欲望,以泥沙俱下的豪情,突破文化与意识形态的束缚,却又可能忽视了普通读者的道德与审美需求,造成了某种审美不适,从而遭受了广泛的批判。莫言在务实的生存法则指引下不断进行调适,现实归顺与叙事批判交汇,也使其小说叙事复杂而多义。在读者批判这部分,本书能够将习近平关于文艺的一些重要论述运用到研究中,也让我非常赞赏,这无疑可以增加论述的说服力与理论深度。

第三是结论中肯全面。本书的作者清醒地认识到:“对莫言的小说进行系统的理论概括,并企图得出一个能够被普遍认可的‘结论’,是一件很困难的事情。”但无论如何，“叙事理论可以使我们的理解比不用它的概念、方法与眼光的理解更为深刻。”作者对莫言及其小说的评价是中肯的，没有因为有不少人批判他，就贬其入地，也没有因为他获得了诺贝尔文学奖，就捧之上天，而是运用一种有效的叙事理论，将其全貌客观地展示于读者面前。莫言曲折的人生经历与创作历程，可以说是中国与中国文学由封闭走向交流对话的缩影。本书在结论中指出，莫言小说创作的成功是“叙事交流”的成功，或许莫言并不缺乏叙事的语言与技巧，但在新的历史语境中，他必然要面对历史判断的更新、故乡情感的蜕变和先锋技术的升级等问题，尤其是内在精神的坚守，更高意义上的存在关怀，以及对历史更超拔的认知，更是值得反复思考和加强的问题。这确实是客观而中肯的判断。

最后，借用本部著作的理论视角来说，毫无疑问，写序的过程，也是叙事交流的过程，不仅是与莫言及其小说的交流，还是与姜春及其学术论著的交流。交流不易，但很开心，既为莫言小说研究的不断丰富，也为姜春在学术上的不断进步。是为序。

摘要

以巴赫金、韦恩·布斯、西摩·查特曼、里蒙-凯南、雅各布·卢特等为代表的叙事学理论与莫言小说创作实践有着广泛的适应性,为我们研究极具个性的莫言小说叙事提供了难得的视角。以上叙事学理论发展出一个重要的观点,那就是在小说文本的外在或内在的不同层面上,认为小说创作及其文本存在一个叙事交流模式。这一模式从"真实作者"始,先后经由"隐含作者"、"叙述者"、"受述者"、"隐含读者",最后到"真实读者",形成一个动态的系统。叙事是历史的一部分,但它也从内部对历史进程做出贡献。

莫言小说创作实践与小说文本可以说是此种叙事学理念生动而独特的体现。莫言的"双重他者"身份、天马行空的叙事、汪洋恣肆的话语、"作为老百姓写作"的标榜、与读者的积极互动,都彰显出交流对话的特征。根据此叙事交流模式,本研究从"真实作者——真实读者"构成的现实交流层面(著作的前两章与末章),"叙述者——受述者"构成的文本话语层面(第三、四章),"隐含作者——隐含读者"构成的文本主体层面(第五章)等三个方面,对莫言小说叙事进行多维透视,力图对莫言及其小说创作进行全面、客观的评价。

第一章"莫言小说叙事内容",探讨莫言的成长经历与"双重他者身份"对莫言小说叙事生成的影响。莫言小说叙事"原乡"高密的彪悍民风、"怪力乱神"与伦理道德观念深厚的地理生态人文环境,尤其是民间传说所包含的思维习惯和文化积淀,以及莫言艰辛的童年经历,是莫言小说叙事的源泉与叙事生成的重要内因。莫言 20 岁之后从“原乡”到“异乡”的“迁徙”造成的“双重他者”身份，以及由此带来的痛苦，是莫言小说创作的原动力。“寻找失落的家园或精神的故乡”，是促使莫言以叙事去建构高密东北乡“历史”的要因。

第二章“莫言小说叙事语境”，探讨莫言小说叙事与创作语境的关系。这一语境既可以看作是新时期“西学东渐”过程中，中国当时的文艺现状与西方现代先锋性理论及创作的碰撞，也可以看作是新时期当代文坛总体形态的反映。“文革”独白到新时期“复调”的转变使创作主体强烈地意识到他者声音的存在，以及建立自我主体性的必要，莫言小说叙事具有鲜明的“复调”特征，正是对“独白”文学的一种反拨。异域的福克纳和马尔克斯等的现代派创作，尤其是魔幻现实主义，大量运用意识流、隐喻、象征、荒诞、预言等现代主义技巧，给莫言小说叙事以直接的、巨大的启示。中国当代文学的发生、发展以及兴起的各种流派、群体及个体，如寻根文学、先锋文学乡土文学及赵树理等，都对莫言小说叙事产生了这样那样或大或小的影响，莫言小说叙事也是中国当代文学生态的独特反映。

第三章“莫言小说叙事模式”，探讨莫言小说“广场化的书场”叙事模式。莫言小说将传统小说“书场”格局与现代小说叙事技巧进行杂糅，叙事形式更加丰富多样与复杂多变，形成了富有个性的叙事模式。叙述代言人的设置与叙述人称的自由转换，形成了莫言小说叙事视角套视角的典型特征，在一种相互的审视、倾听、揣测和叙述中，真实作者和叙述者、叙述者和人物、真实作者和人物、甚至人物与人物之间的关系都变得扑朔迷离。这不仅具有叙事形式更新的意味，也使叙事呈现出交流对话的特征，从而打破了传统小说的叙事权威性，导致了小说的反讽、含混与多义性。莫言小说通过多重“叙述代言人”以及“罗生门”与“元小说”等叙事技法，有意识地将小说的情境安排在“讲述与倾听”之间，这样既方便叙述者“叙述”，也方便受述者的“再叙述”，促成了叙事结构的多层化，而各种分层又呈现出或隐或显的“对话”情境和对话效应。莫言小说叙事的“镶嵌本文”、预叙与叙事时间三维化，造成时空穿梭的叙事效果，使简单的故事笼罩上了神秘感和时间哲学的色彩，叙事的跨度加大，增强了叙事的陌生化效果，使莫言在沉入传统的同时不失现代的眼光。

第四章“莫言小说叙述话语”，探讨独具特色的“莫言腔”。莫言的“诉说就是一切”，体现为一种“广场化”叙述话语特征，表现在以倾诉式叙述进行情绪渲染、通过各种感觉进行氛围营造与信口开河的话语状态主导着叙事等方面。莫言小说叙述话语常常通过倾诉式的叙述，创造一种修辞氛围，制造一种“广场”式听觉效应，彰显叙述者的“在场”，就像是面对面在和受述人交流对话，给人强烈的生活感和真实感。这种倾诉往往与小说情节的发展构成一种有张有弛的力量。莫言小说具有强烈的视觉冲击力与场面感，主要体现在莫言小说叙述话语注重感观化的语言表达方式，调动各种修辞手段构筑画面、构筑语言形象、营造意象，以吸引受众的眼球，达到与受众沟通的目的。莫言小说在表面轻松调侃的话语下弥散着一种愤懑的、痛苦的声音，隐藏着作家的讽刺性立场。“广场化”叙述话语，无论其渲情效应还是其造像效应，以及其间呈现出来的作家创作立场的辩证哲学，其最终目的都是为了更好地表达文本的意蕴。

第五章“莫言小说的隐含作者与隐含读者”，探讨莫言小说叙事的“文本意图”。作为叙事文本真正的创作主体与接受主体，隐含作者与隐含读者是“文本间接地、通过结合其所有资源再现或表现出来的意识形态价值系统的同义语”，是“文本意图”的表达。“作为老百姓写作”是莫言针对主流意识形态的“为老百姓写作”而提出的，是“隐含作者”与“隐含读者”进行叙事交流的集中与巧妙的体现，也是莫言式的叙事策略与智慧。莫言的“作为老百姓写作”，继承了现代小说底层叙事的精神实质，却又呈现出迥异的叙事风貌。莫言放下庙堂和知识分子的姿态而还原成老百姓，倡导以感同身受的老百姓体验和底层叙述拓展文学的境界，体现了对平民社会、民族精神以及底层智慧的尊重。“作为老百姓写作”是“为老百姓写作”的一种独特形态，甚至从本质精神上更是一种“为老百姓写作”。“作为老百姓写作”既是一种价值坚守，也是对当下文学创作精英幻觉的破除和对文坛浮躁之风的矫正，对中国当代文学的繁荣和发展具有重要的启示。

第六章“莫言小说叙事与真实读者”，探讨莫言小说的读者接受与批评。文学创作活动在“最终实践意义上”，是“真实作者”和“真实读者”之间的叙事交流活动，真正作者与真正读者之间叙事交流的成败，决定着小说叙事的终极意义，直接影响着一位作家的创作命运，莫言小说创作的三个阶段的起伏与此密切相关。纵观莫言小说创作历程，真实读者的公正评价、影视改编、热烈赞扬与激烈批判，都对他的小说叙事产生过重要影响，同时他的小说叙事也影响着真实读者的审美与接受。

莫言小说叙事以其独特性、驳杂性与争议性，反映了时代的发展、探索、困惑、痛苦和思考，是新时期以来，随着社会时代的变化，文学观念也随之变化的“晴雨表”，从中可以窥见中国现当代文学及文艺理论与批评发展的种种迹象。

Abstract

The narratology and narrative theories of Bakhtin, Wayne C. Booth, Seymour Chatman, Rimmon-Kenan and Jakob Lothe are particularly suitable for the interpretation of Mo Yan's novels, which provides a valuable perspective for the study of Mo Yan's novel narrative. Their theories are that every novel has a narrative communication mode including author, implied author, narrator, narratee, implied reader, and reader, which is a dynamic system. The novel narrative is a part of history that makes a contribution to the historical process from the inside.

Mo Yan's novels vividly reflects above narrative theory, which highlight the characteristics of dialogue through "double otherness", powerful and unconstrained style of narrative, free discourse, the advocation of "as people writing", and the positive interaction with readers in his novels. According to this narrative communication mode, we evaluate Mo Yan's novels objectively from the textual discourse, real communication, textual subject of Mo Yan's novels, which consists of six chapters below.

Chapter one, "Mo Yan's novel narrative and his hometown", analyzing Mo Yan's experience and "Double otherness" that has a civilizing influence on novel narrative. The geographical, cultural and ecological environment and Mo Yan's difficult childhood experience in his hometown is a well of Mo Yan's novels. We are also left to decide for ourselves how we feel about the fictional community and its people, since the narrator retains an ambiguous attitude toward his own hometown: "I didn't realize until I'd grown up that Northeast Gaomi Township is easily the most beautiful and most repulsive, the most unusual and the most common, most sacred and most corrupt, most heroic and most bastardly, hardest-drinking and hardest-loving place in the world. "Mo Yan looks for the lost or spiritual hometown through the desire of the historical narrative.

Chapter two, "Mo Yan's novel narrative context", stressing on the analysis of Moyan's writing background. Emerging at a time in the mid-1980s when young Chinese writers, painters, and filmmakers began to look beyond political ideology for theme and subject matter, when the forces of modernism began to reach Chinese intellectuals through translations of foreign literature, and when the move-ment to "seek cultural roots" gained momentum, Mo Yan has created a singular and compelling fictional voice that benefits from all these developments but owes allegiance only to its own esthetic principles. Mo Yan, then, is engaged in the same sort of project that occupied his acknowl-edged masters, Faulkner and Garcia Marquez, both of whom created extensive worlds set in the fictional communities of Yoknapatawpha County and Macondo respectively, through which the same characters and families moved over generations in the midst of the general sweep of history. Such efforts to mirror the continuity and complexity of the real world bring fic-tion into a closer proximity with the life of the reader and remind us that we too are swept up in larger polit-ical and social forces beyond our control or ken. Therefore Mo Yan's narration is unique a unique reflect of Chinese contemporary literature.

Chapter three, "Mo Yan's novel narrative mode", analyzing the narrative mode of "Storytelling in the square". A noteworthy feature of Mo Yan's innovative technique is his entirely original use of point of view. As the novel begins, with one of the most remarkable openings to be found in fiction, we discover that the story of a grandfather is being told by a grandson through the voice and sentiments of his father. Immediately we must ask ourselves how it is possible for the narrator to report on events he could not have witnessed and enter into the thoughts of someone he could only have known long after the events were over. Be-yond that, the narrator tends to undermine his own credibility by reporting on some-thing he was supposed to have done as a child, but then adding, "Someone said that little goatherd was me, but I don't know. " What this means is that the narrator is really the author of the text suiting the facts to his own interests, and that we too are at liberty to accept or reject what we will of the narrative. Mo Yan effectively undermines the trust readers once placed in their taletellers by suggesting that myth and belief are more important than history, which Without losing the modern vision when he is sinking into the traditional culture.

Chapter four, "Mo Yan's novel narrative discourse", analyzing the unique "Mo Yan tone" in his novels. In the narrative of Mo Yan's novels, the "Mo Yan tone" becomes the focus, and forms a unique practice way. "Mo Yan's novels has the specific stylistic rhythms of language, plot, characterization, dialogue, narrative pace, and point of view, for example. Narrative discourse of Mo Yan's novels often can create an atmosphere of rhetoric, and a "square" auditory effect highlight the narrator in the field through "talk style" narrative, which has the patina of a strong sense of reality. This conversation with the plot of the Mo Yan's novels form a kind of relaxation strength. Mo Yan's novels have strong visual impact, Because the novels narrative discourse pays attention to the sense of language expression, mobilizes various rhetorical means to construct the picture, language, build image to create the image, in order to attract the audience. Mo Yan's novel is pervaded by a bitter and bitter sound, which hides the satirist position in easy ridicule discourse. Therefore "Mo Yan tone" expresses text implication has the potential to convey text implications are difficult to describe in other means.

Chapter five, "Implied author and implied reader of Mo Yan's novels", analyzing the "textual intention" of Mo Yan's novel narrative. Mo Yan expresses intent of text through the communication of implied author and the implied reader. The more times the tale was told, the richer it became. The images becamem ore and more colorful. G radually, history became myth. Thus Mo Yan, or his narrator, is simply taking one more step in transforming history into myth, fact into fiction, and inviting the reader to participate in the process by suspending disbelief in what very often are fantastic and unbelievable events. Mo Yan's novel narrative demonstrates his ability to take in at one sweep an expansive panorama of the passions, tribulations, and tragedies of rural lives in Northeast Gaomi Township. His work is stylistically impressive, emotionally powerful, and intellectually engaging, which is the most imaginatively conceived and artistically accomplished narrative evocations of the complexity of peasant life ever written in twentieth-century Chinese fiction. "As people writing" is a kind of adherence to ideal, which has an important enlightenment to the prosperity and development of China contemporary literature.

Chapter six, "Mo Yan's novel narrative and the readers",

analyzing the readers' reception and criticism on the novels. The literary creation is a narrative communication between authors and readers Narrative communication determines the success or failure of the ultimate meaning of novel narrative, which has a great influence on Mo Yan's novel narrative. In Mo Yan's writing career, a fair evaluation of the readers, film adaptation, warm praise and fierce criticism on Mo Yan's Novels have an important influence on Mo Yan's novel narrative, at the same time, which has a same influence on aesthetic concept of readers.

In all, Mo Yan's novel narrative reflects the Contemporary development, exploration, confusion, pain and thinking in the society, as the outward sign of a values shift of literature, from which we can find the development and changes of China's contemporary literary theory and criticism.

目录

导论

一、叙事交流的理论视角与本书研究框架

本书拟通过相关小说叙事理论，主要是小说叙事交流理论，对莫言小说叙事进行多维透视，这一选择主要基于文艺学研究的现实需要、叙事交流模式的有效性与莫言小说叙事的代表性等几个方面的原因。

其一，文艺学学科迫切需要及物的理论研究。晚近以来，文艺学研究与文学理论已经与文学渐行渐远，甚至与文学互不相干。不难发现，举凡近期文学理论方面的热点问题“大多不是从文学创作、文学文本中产生，也不是为了解决具体创作和作品的问题，而是从文学理论自身生发、衍化而来，乃是自我复制、自我增殖的结果”，有学者就质疑这样的“文学理论”还是“文学”理论吗？① 当下做文艺学研究的很多人已基本不读文学作品，甚至不屑于具体作家作品的研究，他们研读的对象多是西方理论名家的论著，然后进行理论到理论的阐发与研究。文艺学研究对文学来说变成了无宾词的、不及物的，文艺学更多讨论的是哲学、文化学、历史学、心理学、现象学、阐释学、生态学等。长此以往，文艺学必然迷失方向、丢掉自身。基于此，文艺学必须充分观照作家作品，文艺理论要紧密联系作家创作，尤其是对具有代表性的作家作品，进行及

① 姚文放：《从文学理论到理论——晚近文学理论变局的深层机理探究》，《文学评论》2009年第2期。

物的研究。

其二，叙事交流模式是一种有效的小说研究范式。考察莫言小说叙事交流，既可勾勒莫言小说在“叙事”维度上的存在方式和样态，又可提炼当代小说叙事的“中国经验”，在为中国小说叙事提供历史参照的同时，还能提供具有启发意义的理论思考。莫言是中国当代文坛具有一定代表性的作家，其小说创作与小说叙事的丰富性、庞杂性和多义性，以及研究中的争议性，是研究界所熟知的。正如学者陈晓明所言：“莫言在当代文学研究中是讨论最多，争论也最多的作家。莫言的创作是如此丰富旺盛，任何一项研究都只能捕捉其某方面的特征。作为中国籍作家获得诺贝尔文学奖的第一人，对莫言展开更为充分全面的研究乃是一个迫切的任务”。[①] 小说叙事交流理论为我们“充分全面”地研究莫言及其创作打开了一扇方便之门。

其三，莫言开始创作的年代，是思想创新变革的时代，也正是西方各种理论开始涌入并产生较大影响的年代，尤其是小说叙事理论，对莫言等当代作家的创作不可避免地产生了重要而深刻的影响。叙事学理论，尤其是以巴赫金、韦恩·布斯、西摩·查特曼、里蒙-凯南、雅各布·卢特等为代表的叙事学理论关于小说创作的基本理念，与莫言小说创作实践有着广泛的适应性。以上叙事学理论发展出一个重要的观点，那就是在小说文本的外在或内在的不同层面上，认为小说创作及其文本是一个叙事交流（对话）系统。莫言小说创作实践与小说文本是此种叙事学重要理念的生动体现。莫言的“双重他者”身份、天马行空的叙事、汪洋恣肆的话语、“作为老百姓写作”的标榜、与读者的积极互动，都彰显出对话交流的特征。

其四，从莫言的研究现状来看，虽有一些理论成果，但还比较零碎、分散，缺少系统的理论整合与概括。如陈思和的“民间叙述”观点、“作为老百姓写作”的阐释、魔幻现实主义的理解、复杂的文本特征等，其中既有真知灼见，也有牵强附会。若从叙事学理论的角度出发，尤其是小

① 陈晓明主编：《莫言研究（2004—2012）·序言》，北京：华夏出版社，2013 年，第 7 页。

说叙事交流（对话）理论，即以巴赫金、布斯、查特曼、凯南、卢特等人的叙事理论为基本原理，可以对以上一些论述进行深入的研究与判断，把相关的观点、论述串联起来，去伪存真，形成一个经得起推敲的研究范式与框架，为全面研究莫言小说创作开路。

其五，在莫言研究领域，叙事学的系统研究才刚刚开始，还留有许多空白，亟需进一步深入、深化与填补。如莫言的一些创作谈、创作思想与他实际创作实践之间的矛盾如何解释、莫言的现实身份与他标榜的“作为老百姓写作”如何调和、莫言的“讲故事”与现当代其他经典作家的“讲故事”有何区别联系等问题，都需要作出合理的阐释。通过小说叙事交流理论，从莫言小说叙事的文本话语层面、文本主体层面、现实层面，将莫言的小说书写、创作理念、创作道路、创作主体的多重身份、小说的读者接受等等都纳入其中，可以有新的发现与洞见。

叙事理论虽然可以追溯到两千多年前亚里士多德的《诗学》，但叙事学作为一门独立的科学出现也就几十年时间。叙事学早期发展以苏俄和法国形式主义与结构主义为代表，研究对象拘泥于封闭的叙事文本之内，同时，作为与苏俄形式主义双峰对峙的另一个重要小说理论流派的代表巴赫金已经开始关注小说叙事的社会性因素，指出小说叙事具有“对话”性质。

20 世纪后半叶，英美小说修辞学理论蓬勃兴起，主要代表人物有美国的韦恩・布斯、西摩・查特曼、斯克莱・卡洛，英国的罗杰・福勒、杰弗・利奇，以色列的里蒙-凯南，挪威的雅各布・卢特等等，理论构架虽仍然是以文本分析为主，但已逐渐克服了俄国形式主义和法国结构主义只注重对文本形式的理性分析，而忽视文本与外界各因素普遍联系的封闭性的理论缺陷，将作者与文本、读者与文本的关系也作为重要关注对象，并认为小说等叙事虚构作品是一种不同层次的叙事交流的艺术，有着一定的交流模式，这是叙事学理论的重大发展。其中，韦恩・布斯 1961 年出版的《小说修辞学》对叙事学发展影响深远，被西方文论界视为小说理论的里程碑，《当代美国小说理论》评价说：“《小说修辞学》对后来在结构主义思潮中发展起来的叙事学产生了重大影响。

布斯提出的‘隐含的作者’、‘可靠与不可靠的叙述者’、‘戏剧化与非戏剧化的叙述者’，都成了叙事学的标准术语；他的‘距离’学说，他对传统‘视点’理论的批判等理论主张都被吸收进叙事学中并得到进一步发展。在某种程度上我们可以说，《小说修辞学》是叙事学的一块基石。”①在这部著作中，布斯最关心的就是作者、叙述者、人物（故事）和读者之间的关系问题，他认为“这种关系就是一种修辞关系，亦即作者通过作为技巧手段的修辞选择，构成了与叙述者、人物和读者的某种特殊关系，由此达到某种特殊的效果。”“也就是研究作者叙述技巧的选择与文学阅读效果之间的联系”。② 布斯开阔的理论思路与视野对查特曼、里蒙-凯南、雅各布·卢特等叙事学理论家产生了深刻的影响。这四位学者的叙事学理论，在一定程度上都受到巴赫金小说理论的影响③，并存在先后继承与发展的关系，下面就其叙事交流方面的论述做进一步的说明。

查特曼 1978 年的重要叙事理论著作《故事与话语：小说和电影中的叙事结构》，对布斯在《小说修辞学》中所提出的“小说修辞的本质就是一种叙事交流”的理论进行了进一步的阐发，并通过图表进行了生动形象的说明，绘制了在叙事理论史上被频繁征引、讨论的“叙事—交流情境示意图”④：

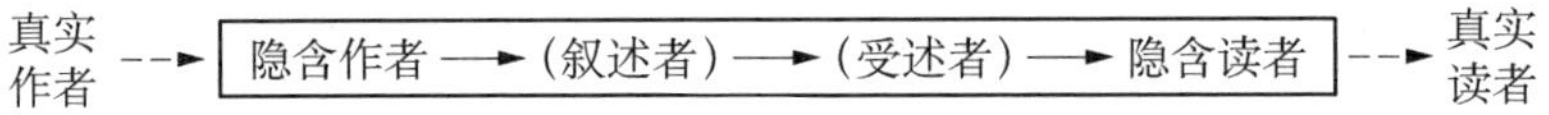

里蒙-凯南对这个图表反映的叙事交流范围提出了自己的看法。他不能接受查特曼“正如叙述者是可有可无的，被叙述者也是可有可无的”

① 程锡麟、王晓路主编：《当代美国小说理论》，北京：外语教学与研究出版社，2001 年，第 40 页。

② [美]韦恩·布斯：《小说修辞学》，华明等译，北京：北京大学出版社，1987 年，第 3 页。

③ 有论者认为，虽然布斯在创作《小说修辞学》时是否阅读过巴赫金的相关著作，还有待进一步考证，但布斯的小说理论可能受到巴赫金的影响，其“隐含作者”的概念与巴赫金的“人身上的人”概念有相似之处。参见何青志《布斯与巴赫金小说理论比较研究》，《社会科学战线》2012 年第 11 期。

④ [美]西摩·查特曼：《故事与话语》，徐强译，北京：中国人民大学出版社，2013 年，第 135 页。

这样的看法。他认为“一个故事里总有个讲故事的人,至少每句话,或记录下来的每句话是以有一个说这句话的人为前提的。从这个意义上讲,总有一个讲故事的人。”“应该把叙述者和被叙述者作为必要的构成要素,而不是作为可以取舍的成分,纳入叙述交流过程”。① 同时,他认为“如果要始终坚持把隐含的作者和真实作者、叙述者区别开,就必须把隐含的作者的概念非人格化,最好是把隐含的作者看作一整套隐含于作品中的规范,而不是讲话人或声音(即主体)。照此推论,隐含的作者不可能是叙述交际场合的真正参与者。”因此,凯南说:“在查特曼的六个参与者里,和我的叙述观点有关的只有四个,真实作者、真实读者,叙述者、被叙述者。”②

笔者认为,查特曼的观点主要是侧重于叙事作品的文本内部而言的,他虽然认为“真实作者和真实读者就其本身而论是外在于叙事交流的”,但也并没有排斥这两者在叙事交流中的作用,他说:“当然,在最终实践意义上也为交流所必须”。③ 凯南则强调叙事交流的实际效果,他将叙述者与受述者凸显出来是有道理的,可以看做是对查特曼叙事理论的重要发展。但他将隐含作者与隐含读者排除在叙事交流之外,会导致在实际叙事文本分析中陷入一种阐释的困难,却是不可取的。

雅各布·卢特 1994 年完成的《小说与电影中的叙事》以更加开阔的理论视野,对小说叙事交流模式进行了进一步的阐述。他说:“如果像批评家们现在倾向于强调的,阅读是一种社会行为,它受到超越作者和读者的社会影响,那么把各种叙事文本作为各种社会行为的表征去研究就很重要。”同时,他“把叙事广义地理解为文本动力的一种形式,而不是理解为形式主义的图式化构成。叙事是历史的一部分,但它也从内部对历史进程做出贡献。叙事是动态与变化的,但由于它对于历

① [以色列]里蒙-凯南:《叙事虚构作品》,姚景清等译,北京:生活·读书·新知三联书店,1989 年,第 159 页。
② 同上书,第 160 页。
③ [美]西摩·查特曼:《故事与话语》,徐强译,北京:中国人民大学出版社,2013 年,第 135—136 页。

史和文化的重要贡献与其被创造的方式密不可分，所以叙事需要被当作形式——即文学结构来研究。”[1]在书中，他结合前辈的一些观点，对叙事交流的各个要素进行了较为详细的界定与阐述。他认同里蒙-凯南的一些观点，但“我还是把隐含作者囊括进叙事交流模式中。不过我还有一种特殊的理解：隐含作者是‘作者在作品中的一个形象’，是‘文本意图’的表达。隐含作者实际上也就成为文本间接地、通过结合其所有资源再现或表现出来的意识形态价值系统的同义语。”[2]卢特对隐含作者的强调与阐释对有效分析叙事文本的构成是非常重要的。

笔者综合以上几位叙事理论家的相关论述与主要观点，并将他们关于叙事交流模式的图表进行简单整合，以期能够为莫言小说叙事提供更加广阔有效的分析阐释路径。整合后的叙事交流模式如下图[3]：

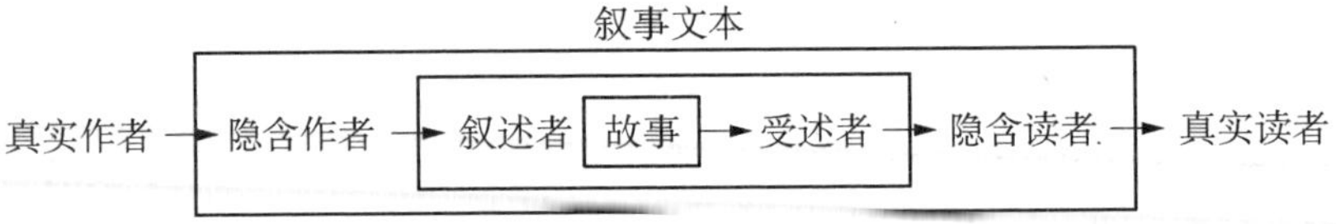

正如雅各布·卢特所言：“如果偏离 20 世纪自俄国形式主义以来多数文学批评之聚焦于文学文本这一特点，现代叙事理论将不可思议。不过，这种对文本的强调并不意味着作者和读者的概念变成交流模式中的不必要环节。……文本分析需要这二者。此外，它们把叙事理论和文学批评的其他侧面相联系，甚至更普泛地，和文学阅读的各种不同方式相联系。”这一叙事交流活动系统，是比较符合小说叙事文本形成的客观实际的，它揭示了小说创作的内在本质。本书就试图以此作为对莫言小说进行研究的总体理论框架。一方面，这一理论框架可以克服以往叙事学只注重文本形式研究的理论缺陷，既从“叙述者”与“受述

① [挪威]雅各布·卢特：《小说与电影中的叙事·序》，徐强译，北京：北京大学出版社，2011 年，第 4 页。

② 同上书，第 19 页。

③ 参见[美]西摩·查特曼《故事与话语》第 135 页、218 页，里蒙-凯南《叙事虚构作品》第 155 页，[挪威]雅各布·卢特《小说与电影中的叙事》第 15 页、26 页。

者”角度对小说进行具体的文本研究，又要从“隐含作者”“隐含读者”“真实作用”“真实读者”的视角来关注叙事文本的生成。这一开放的理论视角将文本研究与文化研究有机结合，是一种科学的研究理路。另一方面，这一叙事交流理论与莫言小说的叙事文本有许多契合之处。这为莫言众说纷纭的小说文本阐释提供了一条难得的途径。从这一叙事交流理论框架入手，可以有效地剖析莫言小说创作的诸多方面，也可以为目前研究中的众多分歧作出有效的解答。因此，本书拟从以下几个层面来考察莫言小说叙事：

一是现实交流层面：由叙事交流模式的两端“真实作者”与“真实读者”构成。“真实作者就是书写叙事文本的那个男人或女人”①，是现实生活中文本的创造者；“真实读者”则是阅读文本的人。从本质上说，按照查特曼的说法，应该是“最终实践意义上”，文学创作活动就是“真实作者”和“真实读者”之间的叙事交流活动，这也是叙事文本意义与价值生成的必然要求，否则文学创作就没多大意义了。而且，真实作者与真实读者之间叙事交流的成败，直接影响着一位作家的创作命运。当然，对于现实的创作个体与阅读群体来说，除了探讨他们之间的直接交流活动之外，他们所处的历史文化语境，作者出身与成长的环境等，都必须要被考虑，这可看作是他们与现实语境之间的交流活动。那么，本著作的现实交流层面将考察莫言小说宏观的叙事内容、叙事生成的历史文化语境、莫言小说的读者接受活动，由本书的前两章与末章组成。

二是文本话语层面：由“叙述者”与“受述者”的叙事交流活动构成。叙述者与受述者是叙事文本的有机成分，“由这两个概念我们已经到达交流模式的‘核心’”②。里蒙-凯南认为，叙述者“至少是在进行叙述，或为满足叙述的某些需要而进行活动的那个代理人，……受述者至

① ［挪威］雅各布·卢特：《小说与电影中的叙事》，徐强译，北京：北京大学出版社，2011 年，第 16 页。

② 同上书，第 20 页。

少是文本中隐含的叙述者的叙述对象”①。作为叙事交流的两个重要要素，缺少其中任何一个，叙事文本都不可能建立起来。因此，叙述者和受述者之间的叙事交流活动构成了叙事文本的话语层面。本书的第三、第四章，将探讨由此构成的莫言小说独特的叙事模式与叙述话语。

三是文本主体层面：由“隐含作者”与“隐含读者”的叙事交流活动构成。“隐含作者”与“隐含读者”的概念由韦恩·布斯在《小说修辞学》中首次提出，后经由查特曼、凯南、卢特等学者的阐释与丰富，成为叙事理论的重要范畴。“隐含作者”是作者的“第二自我”，是小说中作者潜在的“替身”②，它是主宰文本思想意义的真正主体，也是“叙述者——叙述接收者”所构成的文本话语层面的真正创造者。“隐含作者建立了叙事的准则”③。从根本上说，“隐含作者”才是每一个叙事文本真正的创作主体。叙述者的一切叙述行为都是“隐含作者”幕后操纵的结果。它也不同于“真实作者”，就叙事文本而言，“隐含作者”是蕴涵于其中的稳定存在，而真实作者的立场与情感却不一定直接真实地在作品中表现出来。与“隐含作者”交流的接受主体是“隐含读者”。“隐含读者”是“由叙事本身所预设的受众”④，是作者在叙事文本中设想出来的理想的接受主体，是一个能和“隐含作者”进行有效交流的“构想物”⑤，叙事文本就是在“隐含作者”和“隐含读者”的潜在交流过程中被创造出来。本研究将根据莫言小说叙事的实际情况，主要从其“作为老百姓写作”这一独特的角度，探究隐含作者与隐含读者的相关问题，这是本书第五章的内容。

当然，诚如雅各布·卢特所言：“世界上存在着难以计数的叙事，没

① [以色列]里蒙-凯南《叙事虚构作品》，姚景清等译，北京：生活·读书·新知三联书店，1989年，第160页。

② [美]韦恩·布斯：《小说修辞学》，华明等译，北京：北京大学出版社，1987年，第80页。

③ [美]西摩·查特曼：《故事与话语》，徐强译，北京：中国人民大学出版社，2013年，第133页。

④ 同上书，第134页。

⑤ [美]韦恩·布斯在《小说修辞学》中阐述这个问题时曾经说：“正如他（作者）创造了他的第二个自我，他也创造了他的读者。”

有哪一种单独的叙事理论能够彻底地说明所有这些叙事的技巧及其主题的效果。但叙事理论可以使我们的理解比不用它的概念、方法与眼光的理解更为深刻。同时，叙事分析则使叙事理论构成要素的修正与改善成为可能。”[①]这里不仅科学地阐述了理论与创作（作品）的关系，其所坚持的开放的学术研究态度也是非常正确的。所以，上述的叙事交流模式只是本书的总体理论框架，在具体研究与论述中，不排斥其他的叙事学方法以及各种有效的理论视角，这样或许更有利于对莫言及其小说叙事进行全面科学的阐释与研究。

二、莫言小说研究历史、现状及问题

在中国当代文学发展进程中，莫言是一个非常典型的案例，是引发评论界持久关注的独特存在。从 1981 年发表处女作短篇小说《春夜雨霏霏》至今，莫言的文学创作道路已经走过了三十余年，是少数一直能够保持旺盛的创作欲望与势头的当代作家。从 1985 年发表成名作《透明的红萝卜》正式引起学界关注至今，三十多年来，莫言始终处于文学评论与批评的第一方阵作家当中，在获得诺贝尔文学奖后，更是成为其中独领风骚的一位。在新时期以来的小说作家中，对莫言及其小说的评价与评论，呈现出两极分化的奇特景象：或奉为杰作，或斥为垃圾；或抬为独具特色的“莫言模式”，或贬其语法混乱毫无章法；或被讽为道貌岸然的“伪民间”立场，或被赞为当代最好的农民作家……种种不同的价值评判、不同的身份定位，都集中在莫言及其小说创作上。三十多年来，莫言的创作体量庞大，成果丰厚，共有 11 部长篇小说、100 多部中短篇小说、若干部散文集、演讲访谈及评论集和影视剧本、话剧创作，作品总量约 800 万字。在小说创作中，莫言总能以极具个性的代表性或争议性的作品引起巨大反响，20 世纪 80 年代的《透明的红萝卜》《红高粱》《欢乐》《红蝗》《十三步》等，90 年代的《酒国》《食草家族》《天堂蒜

---

① ［挪威］雅各布·卢特：《小说与电影中的叙事》中文版序，徐强译，北京：北京大学出版社，2011 年，第 1 页。

薹之歌》《丰乳肥臀》等，新世纪的《檀香刑》《四十一炮》《生死疲劳》《蛙》等，对莫言的小说研究也主要集中在这些作品发表的时间点上。获得诺贝尔文学奖以后，莫言及其小说研究迎来了一个新时期，呈现一片繁荣景象，许多以前的研究成果开始整合、结集出版。据统计，对莫言及其创作研究的文章有近 2000 篇，学术理论专著 10 余部，传记 1 部，博士论文 6 部[①]，硕士论文 150 余部，以及一些资料汇编。获得诺奖后井喷式出版的一大批论文结集、获奖评说、资料检索等编著与大众普及性读物，虽无多少学理性，但对于莫言小说研究提供了资料上的便捷，其中一些文章与言论也具有一定的参考价值。毫无疑问，莫言的小说叙事以其独特性、驳杂性与争议性，反映了时代的发展、探索、困惑、痛苦和思考，是新时期以来，随着社会时代的变化，文学观念也随之变化的“晴雨表”，从中可以发现中国当代文学及文艺理论与批评发展的种种迹象，再加上获得诺奖之后的轰动效应与世界影响，这些都使莫言及其创作研究变得尤为重要与必要。下面对莫言小说研究作简单总结，虽然大多与叙事学关涉不大，但作为研究的基础材料还是必要的。

(一) 莫言小说叙事学研究

20 世纪 90 年代前后，随着西方叙事学理论的引进，一些学者开始从叙事学的视角研究中国现当代小说。对莫言小说创作进行叙事学解读，主要是近几年的事，理论成果很少，公开出版的系统性研究更是难得一见。

需要指出的是一些研究虽以“叙事”为名，但只是广义上的叙事，并不是叙事学意义上的“叙事”，叙事仅仅是作为一个论述的由头而已。就笔者所及，真正从叙事学角度对莫言小说进行研究的公开发表的成果，主要是王西强的几篇文章：《论莫言 1985 年后中短篇小说的叙事视角试验》[②]《论 1985 年以后莫言中短篇小说的“我向思维”叙事和虚

---

① 已作为论著公开出版的，不重复统计。

② 王西强：《论莫言 1985 年后中短篇小说的叙事视角试验》，《中国现代文学研究丛刊》2012 年第 6 期。

构家族传奇》[①]《莫言小说叙事视角实验的反叛与创新》[②]。文章将莫言小说的叙事视角概括为“我向思维”，也就是在叙述视角上以第一人称来结构故事，“我”表现在乡村往事和生活想象里、奇幻的成年故事中，以及“煞有介事”的玄虚故事中；还有一些“类我”的复合人称视角也具有同样的叙事效果，例如“我爷爷”“我奶奶”“我父亲”“我母亲”等，使“我向思维”叙述者的叙述能限得到增加，使叙事空间和情感自由度进一步扩大。这种“我向思维”造成叙事效果较为独特：叙述时间和故事时间之间产生交错与间离，现实与历史穿插对比，形成了近乎矛盾的历史沧桑感和亲切感。这一观点触及到了莫言小说叙事视角与叙事时间的某种独特性，有一定的见地，但仅将其归纳为“我向思维”，还不能完全概括莫言小说叙事的复杂性。

目前对莫言小说的叙事研究主要见于一些硕士论文。刘广远《颠覆与超越——论莫言小说〈四十一炮〉》以个案角度，分析了《四十一炮》的“复调”和“对话”的叙事特征；徐国兵《莫言小说的叙事学价值》从叙事方式与叙事结构、反讽与诗化叙事、历史叙事、民间叙事等方面进行了论述；苏静《“独特的腔调”——莫言小说创作的叙述学研究》对莫言小说的叙事视角、叙事时间、叙事频率进行了分析；刘国辉《莫言小说叙事论》论述了莫言小说的现代叙事、叙事的审美品格与艺术效果、叙事伦理及意义等；鲍东梅《莫言小说的叙述学研究》从叙述视角、叙述开放性与多元性、怪诞现实主义的叙述倾向等方面进行了研究；张相宽《论莫言小说的叙事艺术》从故事、语言、视角、结构等四个方面展开论述。[③] 这些论文初步涉猎了莫言小说的叙述模式、叙述话语、叙述时间、叙述视角等问题，对莫言小说叙事进行了有益的探索，提出了一些值得关注的问题。但这些论文存在的问题是理论概括深度与广度非常不够，多为浅尝辄止，而且论文内容显得庞杂，条理不够清晰，论述尚显

---

① 王西强：《论 1985 年以后莫言中短篇小说的“我向思维”叙事和虚构家庭传奇》，《当代文坛》2011 年第 5 期。

② 王西强：《莫言小说叙事视角实验的反叛与创新》，《求索》2011 年第 8 期。

③ 参见程春梅、于红珍主编：《莫言研究硕博论文选编》，济南：山东大学出版社，2013 年。

稚嫩与粗糙，论述中心时有偏离，许多观点值得商榷。一些论文仅停留在作品赏析层面，有些论文内容雷同。因此，对莫言小说叙事确有进一步深入研究的必要。

（二）莫言及其作品的综合性研究

三十年来莫言及其作品的研究成果主要体现在综合性研究上，目前出版的专（编）著主要集中在这方面。

编著多为资料性汇编，主要有：贺立华与杨守森的《怪才莫言》（花山文艺出版社 1992 年版）与《莫言研究资料》（山东大学出版社 1992 年版）以及《莫言研究三十年》（山东大学出版社 2013 年版）、杨扬的《莫言研究资料》（天津人民出版社 2005 年版）、孔范今与施战军的《莫言研究资料》（山东文艺出版社 2006 年版）、林建法的《说莫言》（辽宁人民出版社 2013 年版）等；还有一部传记：叶开的《莫言评传》（河南文艺出版社 2008 年版）。这些著作多为立足于“全人”，涵盖莫言的生平经历、创作道路、研究情况等，对莫言进行全方位扫描，为莫言及其作品研究提供了丰富的资料索引，由于缺少集中统一的研究视角，理论价值不高。

专著主要有张志忠的《莫言论》（中国社会科学出版社 1990 年版）、钟怡雯的《莫言小说：历史的重构》（台北文史哲出版社 1998 年版）、谢静国的《论莫言小说（1983—1999）的几个母题和叙述意识》（台北秀威资讯科技股份有限公司 2006 年版）、张灵的《叙述的源泉：莫言小说与民间文化中的生命主体精神》（中央编译出版社 2010 年版）、付艳霞的《莫言的小说世界》（中国文史出版社 2011 年版）、叶开的《莫言的文学共和国》（北京大学出版社 2013 年版）等。这些成果选取莫言小说的某个侧面与角度对莫言小说进行了较为深入的研究，具有一定的理论深度与广度。下面对其中三本涉及小说叙事方面的内容，此处对其做简要说明。

《莫言论》从莫言的生命感觉和农民文化心理出发，以社会学理论为基础，论述了莫言小说体现的农民价值观和历史意识。值得注意的是其中对小说的儿童视角、作品中的声音以及莫言“有意为奇”的分析非常精辟。该著作于 1990 年出版（2012 年再版），之后的许多重要作品都没有涉及，当然莫言创作的变化流脉也就很不完整。

《莫言小说：历史的重构》分析了莫言小说语言的荒诞性和戏拟性，以及“审丑”与犬儒主义等。认为通过这样的叙述，莫言用“小我”的主体性建构历史，其“纸上原乡”是叙述的产物和历史想象的结晶。用这样的视角对莫言原乡神话的论述以及莫言隐含的创作立场的分析也有新意。但文中对莫言小说的阐释有许多牵强附会之处，如对莫言小说与“毛语体”的对话性的分析、对小说时空结构的分析等就存在许多漏洞。

付艳霞的《莫言的小说世界》将细部文本分析与综合文体特征考察相结合，从文体学的角度对莫言小说进行了较为深入的研究，具体是从语言、叙事个性、整体文体形态、文体的文化语境四个方面论述了莫言小说的文体。这部著作在莫言小说叙事方面有一些较为独到的论述，但将莫言小说呈现出的文体特征武断地总结为莫言创造了一种新文体，则是值得商榷的。而且由于该文是作者 2005 年完成的博士论文，出版时基本没有太大改动与完善，莫言在此之后的小说创作也很少论及，论文在论述上也显得有些庞杂。

（三）莫言小说的文本阐释与解读

对莫言小说的研究，最主要的就是对具体小说文本的阐释与解读，产生的成果也最为丰硕。徐怀中认为，《透明的红萝卜》是莫言至今写得最好的作品，它体现出的质朴、纯净和诗意，一派天籁之音，不可复制。[①] 他认为莫言反映了荒谬年代的农村生活，收到了强烈的艺术效果，已经初步形成了自己的色调和追求。[②] 李掖平用“激情·狂放·魔幻·诡奇”来解读《红高粱家族》，认为这部小说奇艳决绝、汪洋恣肆、激情炽热，张扬了乡野民间的雄强勇武之气，展示了中华民族蓬勃旺盛的生命力，在恣情任性中腾舞起力的旋涡和诡奇的魔幻，照见了中国小说的昨天已然古老。[③] 李珺平用“穿越象征的森林”来阐释《酒国》的本

① 朱向前：《莫言：诺奖的荣幸》，南昌：百花洲文艺出版社，2012 年，第 13 页。

② 徐怀中等：《有追求才有特色——关于〈透明的红萝卜〉的对话》，《中国作家》1985 年第 2 期。

③ 李掖平：《激情·狂放·魔幻·诡奇——重读莫言小说〈红高粱家族〉》，《山东文学》2012 年第 11 期。

质，认为汪洋恣肆的想象、五颜六色的通感、奇妙的隐喻，使得小说象征意蕴更加隽永深厚，救救孩子、救救民族、救救人类的寓意与象征是非常真切的。[①] 黄善明从试图摆脱"合谋"的创作心态、多重文本叠加的叙事模式、荒诞变形的形象设置和涵容深藏的主题话语四个方面全方位阐述《酒国》对莫言小说创作的创新意义。[②] 李衍柱认为莫言最近的长篇小说《蛙》是"生命的文学奇葩"，向读者诠释和展示了文学与生命这一深邃的美学意蕴，谱写了人的生命的喜与悲、善与恶、负罪与救赎，是可以载入世界文学史册的杰作。[③]

除了单个文本的解读，还有不少文章从整体上阐释莫言小说文本。童年时代的生活对莫言文学创作影响很大，这是许多论者对莫言小说文本阐释的重要方面。程德培从童年视角出发，探讨了那个"被记忆缠绕的世界"[④]，莫言的童年生活贫困，抚爱缺乏，不幸福的童年记忆作为心理积淀表现出来，从而产生了独有的创作底色。杨守森从中国当代文学中的"恶之花"、人性哲学的冷静沉思、种的退化与力的崇拜等方面，对莫言小说的意蕴进行了集中概括与价值判断，认为莫言小说是刻意展示人性丑陋与邪恶，表现出独特的审美/审丑特征，这是一种独特的现代派。[⑤] 杨联芬认为，思维方式的独特性、审美情趣的复杂性和价值判断的个性化主观化，是莫言小说的鲜明特色与价值所在；而泛滥浮华的感觉铺陈、单调的语言运用和写丑的失控，是莫言小说的明显缺陷。[⑥] "种的退化"也是莫言小说文本解读的重要关键词。赵歌东认为，莫言早期小说的人物谱系是一个具有理论上的血缘关系的部落群体，以"《红高粱》系列"到"食草家族"的中国历史颓败为参照，莫言演绎

---

① 李珺平：《换一只眼睛看莫言——〈酒国〉印象三则》，《湛江师范学院学报》2002 年第 1 期。
② 黄善明：《一种孤独远行的尝试》，《当代作家评论》2001 年第 5 期。
③ 李衍柱：《〈蛙〉：生命的文学奇葩》，《山东师范大学学报》2011 年第 6 期。
④ 程德培：《被记忆缠绕的世界——莫言创作中童年视角》，《上海文学》1986 年第 4 期。
⑤ 杨守森：《魔鬼与天使》，杨守森、贺立华等著《怪才莫言》，石家庄：花山文艺出版社，1992 年。
⑥ 杨联芬：《莫言小说的价值与缺陷》，《北京师范大学学报》1990 年第 1 期。

了一个“种的退化”的生命寓言。[1] 在一定意义上，“种的退化”的寓言是莫言早期小说生命意识的主要展现方式，构成了其小说苦涩的生命底色。

对莫言小说审美意蕴的阐释，有些是比较到位的，但也有许多仅停留在鉴赏的层面，主观臆断的成分多，理论概括不够，还有一些不太客观的溢美谬赞。

(四) 莫言小说的“民间叙述”研究

近年来以民间视角对莫言小说进行研究，产生了一批成果，其中陈思和的观点最为著名。陈思和的“民间”理论认为民间“是在国家权力控制相对薄弱的领域产生的，保存相对自由活泼的形式，能够比较真实地表达出民间社会生活的面貌和下层人民的情绪世界”，“自由自在是它最基本的审美风格”。陈思和在《莫言近年小说创作的民间叙述》中结合《野骡子》《牛》《檀香刑》《天堂蒜薹之歌》等小说，阐释了“莫言的独创性”正是彻底站在了民间的立场，尽管他似乎仍用知识者的视角与叙事来揭示民间藏污纳垢的可笑性。[2] 随后，出现了一些从民间视角研究评论莫言及其小说创作的论文。张清华从身体解放和民间伦理等概念入手，以《丰乳肥臀》《檀香刑》等作品为例，并结合莫言倡导的“作为老百姓写作”的创作理念，论述了莫言的民间立场。[3] 张柠从肉体经验对阐释的挑战出发，提出了莫言小说六种民间话语方式。[4] 王光东认为莫言小说是以一种“民间身份”去叙述民间乡土社会中的人物和所发生的事件，其审美世界源于民间，但又不时脱离民间叙述的轨道，表现出现代人对发生于民间大地中的人和事的看法。[5] 周红莉认为，莫言的独特以及由独特所生成的意义，无不基于他在官方意识形态与知识

---

① 赵歌东：《“种的退化”与莫言早期小说的生命意识》，《齐鲁学刊》2005 年第 4 期。
② 陈思和：《陈思和自选集》，桂林：广西师范大学出版社，1997 年，第 207—208 页。
③ 张清华：《叙述的极限——论莫言》，《当代作家评论》2003 年第 2 期。
④ 张柠：《文学与民间性——莫言小说里的中国经验》，《南方文坛》2001 年第 6 期。
⑤ 王光东：《民间的现代之子——重读莫言的〈红高粱家族〉》，《当代作家评论》2000 年第 5 期。

分子话语之外，建构了具有个人印记的，体现着某种符合自身历史逻辑和审美标准的民间世界，而这种民间世界的构筑，导源于作家所植根的关联着特定的兼具地理概念和精神范畴的民间本土以及滋生于此的具体而微的民间心理。[①] 其他还有张闳《莫言小说的基本主题与文体特征》(《当代作家评论》，1999 年 5 期)、周罡《犹疑的返乡之路——论莫言民间文化立场的回归与游离》(《小说评论》，2002 年 6 期)、郑峰《在民间戏说民间》(《当代文坛》，2003 年 1 期)、陈离《是“民间叙事”，还是精神逃亡？——从莫言的长篇小说〈檀香刑〉说起》(《江西师范大学学报(哲学社会科学版)》，2003 年 3 期)、王金胜《民间文化与莫言小说的传奇性》(《文艺争鸣》，2004 年 6 期)、李国《民间记忆的历史触摸——莫言小说的叙事特点》(《重庆师范大学学报(哲学社会科学版)》，2010 年 6 期)等，都从某一角度探讨了莫言小说的民间视野、民间立场等。

一些研究生论文也涉及这方面的研究。邓金洲《历史的民间想象——莫言新历史小说创作论》认为莫言采用了民间话语方式来审视民族生存状况和塑造人物形象，选择了源自民间的传奇体式和色彩斑斓的先锋叙事手法以及民间的语言资源来讲述历史想象历史，因此，莫言新历史小说之“新”主要体现在一改主流形态的历史，立足于民间想象历史，从而使历史民间化。王磊《民间孕育的精灵——论莫言民间写作及其意义》以莫言作品的叙事特点和思想内涵以及文化意蕴为研究重点，着重从三个方面即莫言小说呈现的民间性、莫言小说的文化意蕴和齐鲁民间文化对莫言创作的影响进行论述，并分析了“民间”之于莫言写作的意义。王娟《莫言小说与民间叙事——从〈檀香刑〉到〈生死疲劳〉看莫言的创作转型》从作品对民间、传统叙事资源的借鉴角度探讨了莫言创作的转型，对莫言的民间叙事进行研究。张志云《齐鲁民间文化的当代转换与新文学传统的重构——莫言创作的民间文化形态研究》梳理了莫言小说的三个民间叙事形态——“感觉”、“故事”和“狂欢”，探讨了莫言民间叙事的诗学特征与齐鲁民间文化之间的关系，认

① 周红莉：《论莫言的民间心理建构及其创作镜像》，《甘肃社会科学》2006 年第 1 期。

为莫言的创作“作为老百姓的写作”以其对生命本真状态的书写，体现一种民间叙事伦理。马晓晗《文学与民间——从民间视角审视莫言的小说创作》认为莫言具有完全的民间立场，他拨开了强大的主流意识形态对民间的遮蔽，并以现代性的思想认同民间社会中所蕴含的那种自由自在、生生不息的本真生命精神，展示了民间“藏污纳垢”的诸种文化形态。杨枫《民间中国的发现和建构——莫言小说创作综论》从莫言的小说、创作谈、对话等文本出发，对莫言小说的叙事美学、历史诗学、莫言小说中的人物、莫言与民间、莫言与文学史之间的关系进行综合考察和全面论述。

（五）莫言小说的“历史叙述”研究

这一研究中以陈晓明、张清华、温儒敏等的观点具有代表性。陈晓明认为，中国现当代文学大致可以说是以现实主义历史叙事为基础，以乡土文学叙事为主导，以民族国家建构的自我想象为创作冲动的文学。[①] 莫言为什么能够在众多表现20世纪中国历史的作品中独树一帜呢？陈晓明通过“历史主义”眼光来阐释莫言小说的艺术特质，并从中寻找答案。他认为，以小说描述的内容来看，从《檀香刑》《丰乳肥臀》到《生死疲劳》，可以看做是中国现代性的三部曲，《蛙》则以多种文本的缝合形式重建当代史，是重构历史叙事的一个启示性文本。《红高粱》华丽绚烂，《丰乳肥臀》厚重广阔，《檀香刑》冷峻凝重，《生死疲劳》强力投胎变种，到《蛙》的痛楚与救赎，这几部力作是书写20世纪中国现代性历史最为厚重深刻的作品。[②] 莫言把中国现代性过程中经历的大事件、大变局转化为个体的深切创痛，以鲜明多变的个性化语言风格和叙述方式，来表现20世纪中国历史的伤痛与苦难，使历史与人性被一种独特的生存状态绞合在一起，为小说叙事向着个人经验、语言和感觉层面转向提供了一个杠杆，从而使中国当代小说从思想意识、叙事文体到语言风格都焕然一新。

---

① 陈晓明：《以个人风格穿透现代性历史——莫言小说艺术物质漫议》，《山东文学》2012年第11期。

② 陈晓明主编：《莫言研究（2004—2012）·序言》，北京：华夏出版社，2013年，第2页。

张清华认为，莫言在当代作家中最具历史主义倾向，执着地关注着20世纪中国历史，而且这种关注还体现了强烈的人文性和当代性，对当代文学的精神走向起着重要的影响作用。《红高粱家族》《丰乳肥臀》分别是新历史主义的滥觞与扛鼎之作，《檀香刑》是现代中国文化语境下"重返历史主义"的代表作。[①] 洪治纲分析了《檀香刑》"刑场背后的历史"，认为这是新历史主义典范之作，是一部借刑场作舞台、以施刑为高潮的现代寓言体戏剧，它借助看似非常传统的文本结构，张扬了生命内在的强悍美、悲壮美，通过故事的隐喻，将小说的审美内涵延伸到中国传统文化的内部，并直指极权话语的深层结构，使古老文明掩饰下的国家权力体系和伦理道德体系再一次受到尖锐的审视。[②] 可以说《檀香刑》的成功，正是因为其以人性撕裂的尖锐方式，深刻表达了人性内在的丰富性与复杂性，将叙事不断地挺入深远而广袤的历史文化中，在一种鞭挞与诘难中，莫言内心深处的疼痛与悲悯的情怀得以表达。

温儒敏、叶诚生认为，莫言小说在"讲史"中绝少对现代性的简单认同，他的小说叙事打破了新旧模式的对立，习以为常的历史主体不再是不证自明的显赫存在。以往隐没在历史角落或被历史边缘化的人物频频走向前台，小人物甚至"历史反角"频频出场，不时在历史的长河中搅动起大小波澜。小说中讲史者角色的改变使历史演进的主人公发生变化，这就让被重述的历史变得复杂歧义而又丰富多彩、面目含混而又意味深长。莫言始终将叙事聚焦于不同历史情境中人的沉浮与挣扎，展现他们多重的生存面貌与精神蜕变，从而完成某种现代小说的伦理建构：在推动神灵佑护和规范伦理的混乱的现代社会，现代人如何在失范状态和种种新的压抑中解脱出来？这与其说是某种具体的现实批判和政治困境，是一个民族的困境，不如说是一个现代人的困境。[③] 莫

① 张清华：《莫言与新历史主义文学思潮——以〈红高粱家族〉〈丰乳肥臀〉为例》，《海南师范学院学报》2005年第2期。

② 洪治纲：《刑场背后的历史——论〈檀香刑〉》，《南方文坛》2001年第6期。

③ 温儒敏、叶诚生：《"写在历史边上"的故事——莫言小说的现代质》，《东岳论丛》2012年第12期。

言小说通过这种“写在历史边上”的故事表现了独特的现代品质。

（六）莫言小说的海外传播与比较研究

莫言小说能够获得诺贝尔文学奖与其海外译介与传播密不可分，一些研究涉及这方面的内容。刘绍铭分析了莫言小说在美英两国的译介情况，称莫言作品“入了世界文学的版图”[①]。姜智芹探析了莫言小说能够在西方读者中产生共鸣的原因。她认为，这源于莫言的现代性气质。莫言想象力异常丰富，不管是写历史还是写现实，都充满了奇特的想象。西方读者喜欢莫言在叙事技巧上的革新，他对历史、对人物的传奇化处理方式魅力无穷，他说故事的神奇天分尤其令西方文学界倾倒。“中西文化在最高境界上是相通的，莫言的作品表现了人类相通的领域，表现了人类在精神上、物质上的向往和追求。他在借鉴外国文学时对‘化境’的追求，既表现了中国人的气派，也是他的作品对外国读者有难以抗拒的魅力之源。”[②]

王德威将莫言的《生死疲劳》与海外作家朱天文的《巫言》进行了比较，企图找出世界性的莫言之于文学创作的意义，并通过这个标本透视中国文学如何走向世界。[③] 麦永雄从世界文学的视野类比了莫言与大江健三郎的小说创作。他指出，相对于以“中心”自居的西方文学，当代东方文学是边缘性的，大江健三郎与莫言小说的共有特征表现在：在创作中既深受西方文学及理论影响，又能够立足于边缘性的东方土地，分别创造了“森林峡谷村庄”和“高密东北乡”，从而展示出“边缘文化”丰富的历史意蕴和别具一格的艺术魅力。[④]

在中国现当代文学发展进程中，时常伴随着世界性的焦虑，这种焦虑的一个突出体现就是“诺贝尔文学奖情结”。这与中国现当代的历史

① 刘绍铭：《入了世界文学的版图——莫言著作、葛浩文译文印象及其他》，《作家》1993 年第 8 期。

② 姜智芹：《西方读者视野中的莫言》，《当代文坛》2005 年第 5 期。

③ 王德威：《狂言流言，巫言莫言——〈生死疲劳〉与〈巫言〉所引起的反思》，《江苏大学学报》2009 年第 3 期。

④ 麦永雄：《诺贝尔文学奖视域中的大江健三郎与莫言》，《桂林教育学院学报》1999 年第 2 期。

境遇有关。我们渴望融入世界，需要奋发直追，紧跟国际潮流。“也正因为这种焦虑，中国当代作家自觉不自觉地有着向西方作家看齐、赢得西方认同的心理。”①莫言的意义在于，他在融入世界的过程中，立足于民族传统的根基，坚守着自己的道路，这也正是他最终赢得世界认同的根源所在。

从目前的研究情况来看，对莫言小说的研究有一些好的观点、论说，但大都是零碎的、分散的，从叙事学的视角进行系统的理论整合与概括的成果还不多见。他的一些创作谈、对话、演讲，也只是简单的辑录，没有能够很好地纳入到对他小说创作的理论研究中去。总体而言，对莫言小说的研究还非常不充分，仍然还处在一个各抒己见的探索阶段，有些研究顾此失彼，以偏概全，因而产生了一些过于偏激的结论，也存在或轻或重的误读，许多问题还需要进一步的研究和探试。

① 杨守森、贺立华主编：《莫言研究三十年》，济南：山东大学出版社，2013 年，第 4 页。

第一章

莫言小说叙事内容

小说的叙事内容、叙事模式、叙述话语与叙事风格的形成，都与作者出身和成长的历史文化语境密切相关，这是被众多小说创作实践所证实了的，特别是对像莫言这类出生底层，且从小受教育程度不高的乡土作家来说，出生与成长环境的影响就显得更为突出与独特。“如果说，具体艺术话语(一部小说、一首乐曲等)是一则个人‘小文本’，那么，语境则是隐蔽地活跃于其间并起支配作用的社会性‘巨型本文’”[①]。因此，考察一种叙事生成的历史文化语境是非常必要，甚至是必须的。尤其是对于莫言这样极具创作个性的作家来说，他的成长经历与遭受的历史境遇，对其小说叙事及其个性的生成起着举足轻重的作用。因此，本章并不是从一般意义上来讨论莫言小说讲故事的题材内容，而是从叙事学与叙事交流的宏观视角来探讨莫言小说叙事内容生成的原因与独特性，也是后面各章论述的重要基础。

第一节　莫言小说的叙事原乡

莫言(1955.2—)，原名管谟业，出生于山东高密县大栏乡平安庄。在小学读了五年书便因故辍学回家务农；在棉花加工厂做过临时工；21

① 王一川：《修辞论美学》，长春：东北师范大学出版社，1997年，第83页。

岁瞒了岁数才勉强应征入伍，这成为他命运改变的转折点；年近 30 岁考入解放军艺术学院文学系，这是他文学创作道路的重大拐点，不久就发表了成名作《透明的红萝卜》，从此莫言声名鹊起，开始成为中国当代作家中重要的一员；他在 2011 年获得的诺贝尔文学奖，更是将其推向了一个高峰。① 此时，来回首莫言小说叙事的“原乡”，应该会有许多发现，甚至可以说，原乡对造就今天的莫言关系重大。这里没有使用常见的“故乡”概念，而采用“原乡”概念，是基于莫言小说叙事内容的现实考量。原乡是指一个宗系之本乡，更具原始性，而故乡是出生或长期居住过的地方，更具象化。莫言小说叙事经常溯及祖先与家族，其中乡土的含义宽泛而复杂，因此，用原乡的概念更加准确，在一定程度上可以涵盖故乡的意涵，也更加符合莫言小说叙事的实际。

个人成长环境和区域对文学的影响一直是文学研究的重要关注对象。法国文论家丹纳在 19 世纪 80 年代便已经提出决定文学现象的“时代、环境、种族”三个因子的说法；而中国至晚在南朝梁代刘勰的《文心雕龙》中，也注意到了南北文学（楚辞和诗经）的发展现象。在魏建和贾振勇合著的《齐鲁文化与山东新文学》中，对“区域文化”做了如下解释：

> （它）本质上是一种单位空间范围内的文化传统。它是一个空间地域与另一个空间地域之间保持各自连续性和同一性的文化传统。它是由一定区域内的社会制度、宗教信仰、价值观念、风俗习惯和行为方式等方面所构成，……随着时代和社会的变化，区域文化也必然会发生相应的变化。尤其是当中国的封建制度解体，固有的价值观念减弱了它的规范力量的时候，这种变化更为明显。②

具体到创作个体，对环境影响的分析则显得更加复杂些，但探讨的

① 详见附录：《莫言生平大事记及著作年表》。

② 魏建、贾振勇：《齐鲁文化与山东新文学》，长沙：湖南教育出版社，1997 年，第 37—38 页。

路径基本是相同的。一个地方的命名，大约都涵盖了当地的历史与记忆，尤其像中国这样历史悠久而又地域广大的国家，其中可能包涵开疆拓土时的丰功伟业，可能是先民初造时的荒凉景象，可能是方位，也可能是信仰，但往往也有名实不符的情况发生，这样的差距多半是沧海桑田、物换星移的结果。但不管怎样，名称与实质、论述与现实、甚至现实与记忆之间产生的落差，都镶嵌了当地人民生存和繁衍的隐喻，这也给作家和读者乃至评论家提供了驰骋想象的时空。在这个时空下，有重构家族辉煌灿烂景象的想象，如：《红高粱家族》；有错综复杂的家族谱系，如《丰乳肥臀》；当然也有自暴家族黑暗面的勇气，如《食草家族》等。

莫言小说叙事的"原乡"高密是一个十分独特的地方。从地理生态上看，高密是平原地带，地势低洼，河道密集，夏季常常有水灾，这里曾经是古战场，在现代民族抗争中是游击战场，民风彪悍。莫言说："高密东北乡确实是个很有特色的地方，那里的历史充满着尖锐深刻的矛盾，揭示这些矛盾将是我今后的重要任务"[①]。从文化历史上看，上古的高密为齐鲁文化的所在地，灵物崇拜、术士巫风很盛，"鬼怪就是当地世俗的构成"[②]。在民间信仰中，许多生物，如狐狸、黄鼠狼、刺猬、蛇虫、蜘蛛、喜鹊和古树等都被视为灵异之物，受到不同程度的尊崇。蒲松龄的《聊斋志异》、邹衍的《五德终始说》等都是齐地特殊的"怪力乱神"文化背景下的产物。被许多论者大为赞叹的莫言天马行空的艺术特色与怪诞魔幻色彩，与这种传统应该很有关系。鲁地又是孔孟的故乡，伦理道德观念根深蒂固。莫言认为这个地方"是封建思想深厚博大、源远流长的地方"，他承认自己"痛恨"封建主义，《红高粱》里爷爷奶奶大白天在野地里颠鸾倒凤，就是对封建主义的反抗和报复。[③] 这些也深刻影响了莫言认识世界和书写世界的方式。尤其是民间传说所包含的思维习

① 莫言：《〈奇死〉后的信笔涂鸦》，杨守森、贺立华主编《莫言研究三十年》，济南：山东大学出版社，2013 年，第 307 页。

② 参见阿城：《闲话闲说・39》，北京：作家出版社，1997 年。

③ 莫言：《〈奇死〉后的信笔涂鸦》，杨守森、贺立华主编《莫言研究三十年》，济南：山东大学出版社，2013 年，第 307 页。

惯和文化积淀的影响，再加上莫言独特的成长经历，对莫言小说叙事的生成起了重要作用。

当年莫言家是上中农，在当时的社会历史条件下，是“被教育和团结的对象”，属于主流阵营或领导阵营之外的，人在这种状态下只能唯唯诺诺、如履薄冰，否则一不小心就可能走向对立面，成为被打倒的对象。由于家庭成分问题，父亲更加谨小慎微，对子女的管束是非常严格的，童年的莫言似乎还无法体会成年人的这种巨大压力，懵懵懂懂的他口无遮拦，经常闯祸，他被迫退学也与此有关。一个刚五年级的孩子被排除在伙伴之外，成了孤独寂寞的放羊娃，尽管这样的打击在当时的莫言看来或许只是一种无聊、一种对于同伴的羡慕，然而，随着年龄的增长，终究会体会到这种压力，人也就会变得沉默内向。这种生活境遇使莫言回到自我的内心世界，性格上也会充满叛逆。莫言在解放军艺术学院文学系的同学朱向前当时对莫言的印象是：“一颗天真浪漫而又骚动不安的童心，一副忧郁甚至变态的眼光，寡言而又敏感多情，自卑而又孤僻冷傲，内向而又耽于幻想。”[①]这与莫言少时在故乡的生活境遇是密切相关的。毫无疑问，经济上的贫困和政治上的歧视给莫言的故乡生活留下了许多阴影。莫言的记忆中没有童话世界，只有美丽的幻想，他的成名作《透明的红萝卜》里沉默不语、逃离人世的困扰、一心一意生活在自己建构的心灵王国里的黑孩就是莫言的化身。长大之后，莫言曾这样说：“我的写作动机一点也不高尚……当初就是想出名，想出人头地，想给父母争气，想证实我的存在并不是一种虚幻。”[②]这也就不难理解莫言小说叙事中的主人公为何经常会出现幻觉，比如《透明的红萝卜》里的黑孩儿听鱼儿说话的声音，《红高粱》里的“我奶奶”向天国发出的呈请，《丰乳肥臀》里的上官金童的妄想，《四十一炮》里“我”和肉、和自己的肠子的对话，《酒国》里丁钩儿的魂魄趴到天花板上看着自己的肉体等等，类似的细节在莫言的小说中随处可见。这样的幻觉带

① 朱向前：《莫言“莫可言”》，《昆仑》1986年第6期。

② 贺立华、杨守森编：《莫言研究资料》，济南：山东大学出版社，1992年，第38页。

有一种叛逆性，而这种叛逆往往是为了自我表现，借此来证明自己存在。这样的天马行空尽管有时候与全文的节奏并不合拍，但莫言总是近乎执拗地使用这种方法，或许这是莫言进入写作癫狂状态的一个表征，也是他挥之不去的自我证实，反抗被忽视的心理情绪的表现。

当然，莫言的童年也有难得的快乐，快乐的源泉是家乡的故事，最早的讲述者应该是莫言的爷爷奶奶。莫言的爷爷虽然不认识几个字，但满肚子都是野史学问。他经常讲故事给莫言听，从三皇五帝到满清民国，无论名人逸事或是神狐鬼怪，他都能讲得活灵活现。爷爷为莫言展现了一个神奇的五彩缤纷的世界，后来莫言将其中的许多故事都写进了小说中。莫言在 1984 年爷爷去世之后写给家里的信中曾说："我至今不能忘记祖父带我去割草的情景以及他那戴着老花眼镜用青筋暴露的手挥动斧凿的形象。他这种吃苦耐劳的精神，正是我最缺乏的。……前几年我在家时，经常和他拉一拉，故意请他讲些古今佚事，所以颇得他的欢心，我也受益匪浅……。"[①]可以说，爷爷是莫言小说创作的启蒙老师。莫言作品中的大多数故事和传说都是从爷爷那儿听来的。如《红高粱家族》里綦翰林出殡、《球状闪电》里举子赶考救蚂蚁、《爆炸》里狐狸炼丹、《金发婴儿》里八个泥瓦匠庙里避雨、《草鞋窨子》里两个姑娘乘凉、条帚疙瘩成精等等。"如果把爷爷讲过的故事单独回忆整理出来，怕也要出一本厚厚的《民间故事集》呢！"[②]莫言的奶奶虽然并不是《红高粱》里那位敢公然违抗整个传统礼教、和"土匪种"野合的戴凤莲，但从戴凤莲坚强能干，善剪窗花等特质，也隐约可见莫言奶奶的影子。从奶奶那里，他也受到了浓重的高密乡土文化的熏陶。莫言的大哥管谟贤对莫言的创作也产生过重要的启蒙作用，他留在家里的书本、小说杂志，甚至是作文本，都是莫言在农村劳动之后的难得读本。

莫言十二岁便辍学务农，但仍然想尽办法读书和自修。他把村里

① 贺立华、杨守森编：《莫言研究资料》，济南：山东大学出版社，1992 年，第 4 页。

② 同上书，第 24 页。

流传的小说如《三国》《水浒》等书看完，连一本《新华辞典》“也觉趣味无穷”。后来在家里发现他大哥的全套教科书，更是如获至宝。莫言在给张志忠的一封信中，曾这样描述自己的这段经历：

> 偶而发现家中一破箱中装着我大哥读中学时的全套教科书，便如获至宝，日日翻看，数学化学自然是看不懂了，但汉语和文学（当时中学的语文教材一分为二）、历史、生物学等课本则是无一遗漏地看过。尤其那三本《文学》，上面有很多文章，像曹禺的话剧《日出》片段、普希金的《渔夫和金鱼的故事》、安徒生的《卖火柴的小女孩》、鲁迅的《铸剑》等都给我留下了深刻印象，连毛泽东的文章《反对党八股》《改造我们的学习》，也看得烂熟。再如一些流行小说《林海雪原》《青春之歌》《红日》《保卫延安》《钢铁是怎样炼成的》之类，则是在小学三年级时都读过了。《苦菜花》《迎春花》等也是在七、八岁时读的，看得废寝忘食，误了放牛割草便要挨骂。后来“文革”开始，更无书可读，于是连中医的书也拿来乱翻乱背，好些汤头歌诀和药性赋至今出口能诵。①

可以说，莫言的农村的生活是他小说创作的重要基础，也是他小说叙事的最主要内容，他的小说叙事总是带着一股浓烈的乡野气息。故乡的生活、家乡的风物人情、儿时的记忆、家庭里的爱恨纷争，是他小说叙事题材的最主要来源。他在文章中常提到童年的一些经历，如饥饿年代常常因贪食遭到祖父母和婶婶的白眼，并因此让母亲尴尬；因为说错话遭到老师的怨恨并由此迎来父亲的一顿暴揍；独自一人在地里放羊，望着天空自言自语，畅想着丰盛的美食和美好的爱情；听爷爷奶奶讲各种神秘的故事；用耳朵“阅读”的快乐等等。莫言说过他的小说“都是从高密东北乡这条破麻袋里摸出来的”②。莫言的叙事原乡与经历

① 张志忠：《莫言论》，北京：中国社会科学出版社，1990 年，第 19—20 页。
② 莫言：《我的故乡和童年》，《星光》1994 年第 11 期。

可提供给我们理解莫言小说叙事对“文革”话语的戏拟、对童年视角的频繁使用、演义手法的迷恋、擅长说故事以及丰沛的想象、庞杂的词汇和嬉笑怒骂的俚俗特性等的诸多线索。

研究一个小说作家的创作，无论是叙事内容还是叙述话语，归根结底都可以在作家的生活经历、价值观念中找到根源。所有这些根源都或隐或显地影响着小说叙事的生成。一个作家的经历“在文学世界中会慢慢演变成情节、细节，同时他的所有的生活积累会慢慢变化成一种创作哲学，而这种创作哲学往往是他的自我认知，即他的自我身份意识在不同作品中的表现。”①

莫言曾说过，作品不一定是作者生活经历的真实性自传，但它应是作者心灵上情感经历的自传，可以看做是一种潜意识的发泄。这种“心灵上情感经历的自传”的基础和源头，就是对原乡与家族的记忆。它们在经过世代的不断筛选淘洗后，总是指向过去或集体潜意识，或本能化了的先人经验。在某种程度上，莫言对原乡的呈现就是一种回归母体/本源的潜在欲望。莫言不断检视自身的生命，同时拆解“历史”的真相，他的叙述虽然有很大程度的想象，但绝不是虚无的，更不会退化成逃避现实的外壳。莫言在《食草家族》中说道：“在任何一个源远流长的家族的历史上，都有一些类似神话的重大事件，由于这些事件对家庭的命运影响巨大，传到后来，就必然蒙上了神秘的色彩。”②

莫言小说中的人、动植物、闪电、水等自然现象都带有神秘的性质。比如《秋水》中那漫天的秋水、女医生、黑衣人、白衣盲女；《球状闪电》里沾满羽毛要飞的老头和球状闪电；《神嫖》里具有仙风道骨的财主；《地道》里的方山；《你的行为使我们恐惧》中的大金牙和“你”；《天才》《地震》中的蒋大志；《养猫专业户》里的大响等等。还有《金鲤》《良医》《翱翔》《奇遇》《夜渔》等更是传奇志怪题材的小说。莫言许多小说的人物

① 付艳霞：《莫言的小说世界》，北京：中国文史出版社，2011 年，第 191 页。

② 莫言：《食草家族》第 31 页，见《莫言文集》（全二十册），长篇小说单独成册；中短篇小说皆为合集，并以其中的一篇小说作为合集名称。北京：作家出版社，2012 年。文中有关莫言小说作品的引文，皆出自该文集，将不再作注释，只在正文中标示某部作品与页码。

都带有半人半神、半人半巫的特点。而且很多残疾人、闲汉、接生婆、医生等在民间容易具有传奇性质的人物也都在莫言的小说里熠熠生辉。如《民间音乐》里的小瞎子;《麻风的儿子》中的张大力;《丰乳肥臀》里的瞎子上官玉女、哑巴孙不言;《白狗秋千架》里暖的哑巴丈夫和三个儿子;《屠户的女儿》里那个没有脚的香妞;《草鞋窨子》与《木匠与狗》里的闲汉等等,这些人也是乡村社会最普通的组成部分,在他们身上恰恰体现着一个乡村除了"面朝黄土背朝天"之外的休闲娱乐的生活构成。莫言笔下的主人公身上多带有强烈的原始气质,其最大的特点是无论年龄多大,都带着强烈的儿童气质,他们相对于文明世界的理性人物而言显得更为"原始"。付艳霞认为,这种"原始"不是指他们真的比现代人有什么差异,而是指很多原初文化的积淀、很多自然性的需求在这些人物身上保留得相对完整。"在莫言小说回忆儿时的乡村生活时,那些勤恳劳动的人往往不能进入他的视线,而是那些传说中的祖先、那些特立独行的乡村英雄、那些身体不健全因而能够闲散的人和旧日的阳光、大水、飞鸟和野兔、狗和猫一直构成了他回望的'高密东北乡'。"①

"人与物一体化的生命意识,原本是人类童年时代,在神话思维支配下,以变形互渗为法则认识自然、认识自己的一种原型心态。"②莫言的小说叙事构筑了一个充满蛮野力量的世界,这里所有的人物行动、人与自然的交往,甚至所有的叙事都很难找到清晰的因果和逻辑,而完全是被一种强大的情感推动着。它仿佛太极里的气一样,无处不在又难以捕捉。正是这种神秘的力量才使得莫言小说将传奇与现实、现代技巧与传统人事结合得如此紧密,这种神秘的力量正是来自于莫言的故乡。在莫言的小说里,人和自然万物构成了非常亲密的关系,他们仿佛《庄子·齐物论》中"自生、自取、自化"的万物,实践着"天地与我并生,而万物与我为一"。花妖狐媚、狗马骡驴、神妖鬼怪总是与人间的英雄、草包一起腾挪跳跃,同作同息。而且人与物完全可以超越任何界限进

① 付艳霞:《莫言的小说世界》,北京:中国文史出版社,2011年,第211页。

② 陈勤建:《中国鸟信仰——关于鸟化宇宙观的思考》,北京:学苑出版社,2003年,第306页。

行对话和交流。于是如同庄子从本体意义上的“齐万物”到认识意义上的“齐是非”一样，人的生存在莫言文体中也就有了像《庄子·德充符》所言的辩证的含蕴：“死生、存亡、穷达、贫富、贤与不肖、毁誉、饥渴、寒暑，是事之变，命之行也。”他的人物极其强大，有黑孩儿般强韧；有余占鳌般英雄豪迈，傲视群雄；有余大牙般笑对死亡，刚强血性；有母亲上官鲁氏般坚忍等等。同时，他的人物又极其弱小，有黑孩儿一样无法把握自己的命运；有丁钩儿一样无法驾驭自己的身份；有如孙丙、眉娘、钱丁、上官金童、《红树林》里的女市长等等，都无法按照自己的意愿行事，在既定的社会逻辑面前显得不堪一击。这是现实生活中人物的本真形态。

有论者认为莫言小说叙事具有一种“原始主义”倾向，莫言的创作采用的就是原始主义思维方式。[①] 虽然说这种归纳略嫌武断简单了些，但倒是反映了农村原乡对莫言小说叙事的影响。原始主义倾向与特征的根源正是莫言叙事的原乡。原始思维是相对于现代人的理性、辩证和逻辑思维而言的，它的自然观“既不是纯理论的，也不是纯实践的，而是交感的。”“在他关于自然与生命的概念中，所有这些区别都被一种更强烈的情感淹没了：他深深地相信，有一种基本的不可磨灭的生命一体化沟通了多种多样形形色色的个别生命形式。”[②]从文学创作来说，原始思维并不意味着简单、初级和蒙昧，它是混沌的、直觉的、朦胧的、敏于感受而拙于判断的，带着与世界初遇时的新鲜感、生动性和趣味性，能够用一种原初似的状态超越一切成见和既有的定势，产生某种新的发现。它类似人类童年时代的思维方式，也类似儿童的思维方式，这种方式对周围世界的感受是主动的，对别人对自我的悲悯都是严肃而真实的，而且对于自然的认识是“齐物”的，带有天地混沌的感觉。以此而言，原始思维是莫言思考轨迹的起点，是莫言笔下的“高密东北乡”的思维方式。

---

① 付艳霞：《莫言的小说世界》，北京：中国文史出版社，2011 年，第 206—207 页。

② 卡西尔：《人论》，上海：上海译文出版社，1985 年，第 55 页。

莫言小说的原生生态特征表现在内容与形式诸方面。莫言的代表性作品，如《透明的红萝卜》《红高粱》《丰乳肥臀》《蛙》等，整体所体现的混沌感、“齐物”感的特征，正是小说获得独特审美意蕴的重要方面。在莫言的小说叙事中，这种特征体现得越明显，审美意蕴似乎就越独特，越令人难忘。如《透明的红萝卜》所建构的意境空间似乎不是用理性与理论能阐释得清的。沉默的赤裸着的孩子、黝黑的唱着苍凉的歌的老铁匠、包着红头巾的菊子姑娘、斜着眼睛斜着肩膀的小铁匠、穿着高领衫的小石匠，以及萝卜地里为黑孩儿求情的老看护、吃着玉米饼子给社员讲话的队长、骑着破自行车的乡长，还有那座石桥、石桥下面的流水、小河旁边的黄麻地，一切都是乡村社会的原生态。三个年经人单纯的恩怨情仇，黑孩儿单纯地对人情、温情的向往都足以使这个文本自成自足的世界，无论期间充满了苦难还是欢乐、无论人物各自结局如何，都是乡村社会的生存法则。对于黑孩儿来说，红萝卜瞬间所发出的透明的光华，或许只是意味着一种神秘体验的转瞬即逝，而沉默的黑孩儿或许只是用自己的方式在静观默察。一切似乎都没有什么理由、似乎都没有什么文本以外的负载，但涵义却又意味深长，若隐若现，难以捉摸。再如《红高粱》《球状闪电》《白棉花》等作品中色彩的运用同样如此，那像凡高笔下疯狂的向日葵一般的色彩浓烈的高粱地，那火红的球状闪电，那雪白成堆的棉花，对比鲜明的色彩呈现，都给人最质朴的震撼。

农村高密原乡对莫言的重要影响，就在于让莫言能够比较擅长地用直觉把握世界，因而他常常能够写出纯真的儿童心理和儿童世界。它焕发了恒久的魅力和持久的诱惑，因为它的美是可知可感又难以言说的。由此可以说，直觉把握与原始思维并不意味着简单，对文学艺术而言，恰恰是一种复杂的思维状态，它对于人与物的感受非常细腻，正如黑孩儿能够感受到水的硬度、能够听到鱼说话的声音、能够看到别人看不到的世界一样。

莫言在他的原乡中游刃有余，那种书写的物质能量和精神力量有如泉涌。高密东北乡是个公分母，上面承载的是无数与这片土地相关的分子群。据此，我们可以把农村视作一个可供阅读的文本，而文本的创作者是生活其中的作家/莫言/人，透过不断地人的活动，对农村进行不辍的书写，然而莫言小说叙述话语的再现，已不再是以东北乡景物做机械性、物质性再现的产物，他小说中所蕴藏的再现与真实之间有更广阔的空间视野。

莫言利用时空和事件交织而成的记忆网络，包含了不同的故事、情节、影像、氛围、情绪和感觉，当然更包括了记忆的记忆，一种为了满足小说创作的虚构满足。莫言、余华和苏童都承认虚构的魅力，虚构是一种欲望的形式，而欲望是对应着匮缺和不满而生的追求和弥补，而这种奠基在想象和幻想之上的创造，不可能全是作家主观的臆测和猜想。哺育莫言的黑土地，正以其固化的形式赋予欲望形式，或者说是欲望的空间化，在这个微小/庞大的空间中，俯拾皆是的欲望，构成一种原始本能的写作冲动，文字成了记录欲望、呈显欲望的媒介。

从叙事语言层次上看，小说高密东北乡的对象，包括房舍、牲畜、人物、植物、气候、地理等等能指，都有它们相对应的所指，诸如衣食温饱、精神象征、风俗习惯等等。总的来说，这些标记与字句构成了符号，然而就其本身而论，它们的符号功能不再有用，亦即文学上的高密并不是地理上的高密的照相式再现，而是指示了其他东西，一个文学上虚拟与虚实掩映的时空环境。如若综合起来观之，这些“符号”又构成了另一个符号系统的能指，亦即“在神话的层次上”，而在神话层次上，新的所指成为“在高密意味着什么?”这就带来了吸引力和更大的阐释空间。莫言说：“故乡留给我的印象，是我小说的魂魄，故乡的土地与河流、庄稼与树木、飞禽与走兽、妖魔与鬼怪、恩人与仇人，都是我小说中的内容。”[①]1989 年，34 岁的莫言在接受采访时曾说：“一个好作家是应该听到大地悲怆的长歌的，……，土地在叹息、呻吟、悲歌，负载着先辈不死的魂灵——每当想起这些我就激动不安。”“我是个丧失了欢乐权的漂零者，因此必须寄生在一种色彩艳烈的悲剧里，高密东北乡的历史与现

① 魏建、贾振勇：《齐鲁文化与山东新文学》，长沙：湖南教育出版社，1997 年，第 249 页。

实都具有大悲剧色彩，我必须依附着它。”[①]尽管莫言在十年后自觉当时年轻气盛，才那样说，但我们还是能够看出高密东北乡的“大”哉斯土！在创作生涯中，莫言也充分意识到了故乡对构建其小说叙事的极端重要性，他说：“大凡有独特风格的作家，都有自己的一个文学共和国”。如威廉·福克纳的约克纳帕塔法县，加西亚·马尔克斯的马孔多镇，鲁迅的“鲁镇”，沈从文的“边城”，这些文学共和国“无一不是在它们的君主的真正的故乡的基础上创建起来的”，有许多作家虽然没有将他们的作品限定在一个特定的文学地理名称内，“但里边的许多描写，依然是以他们的故乡和故乡生活为蓝本的”[②]。莫言将眼光沉积在故乡的土壤中，渗透到高密东北乡的古老灵魂里，他并未荡涤其中的渣滓，而是和盘托出，一飨读者。这样的景致，一览无遗地展现在莫言的小说叙事中。

第二节　莫言小说原乡与异乡的叙事交流

高密作为“原乡”对莫言小说叙事的影响是毋庸置疑的，在莫言研究中也是经常被提及的。相对而言，研究者对与其相对的“异乡”重视程度还很不够。其实原乡正是作为异乡的对立面而存在的。事实上，莫言20岁之后从原乡“离开”去了“异乡”是同样不能够被忽视的，换句话说，莫言的“迁徙”对其小说创作及其叙事特征的形成非常重要，这种迁徙造成了莫言“双重他者”的身份。这样，在莫言小说叙事中就有了原乡与异乡的对话，也可以说是身在异乡的莫言通过小说与故乡的叙事交流。这种对话是莫言小说叙事生成的重要因素。

在文学创作与研究中，原乡一直以来就是一个古老的母题，沿着这

① 谢静国：《莫言小说（1983—1999）的几个母题和叙述意识》，台北：秀威资讯科技股份有限公司，2006年，第34页。

② 莫言：《超越故乡》，《说吧莫言——恐怖与希望演讲创作集》，深圳：海天出版社，2007年，第299页。

个母题，人类以不同的语言和表达方式演绎了数不清的故事。以“异乡人”的身份追溯原乡是它基本的模式。原乡往往是一种被对象化了的复杂的情感意象——它是家、是祖先流动的血脉，是一种根植在每一个“原乡人”生命中的文化记忆，也许用弗洛伊德的观点来看是一种回归母体欲望的象征。原乡从一开始便是由一种异己的力量——找寻原乡的人构成的，没有这种来自他乡的距离，便也就无所谓原乡的主题了。虽然追溯原乡的人经历的文化时空天差地别，但相同的一点是取自他乡的经验历史回看故土的一切，从而用独特的叙事方式构筑原乡的意象。莫言的小说叙事，大部分将历史空间构筑在原乡高密县。原乡的面貌与历史沉浮常常是透过“我”这样的叙述者来审视、观照、陈述、评价和展示的。

我们从《超越故乡》中可以看出莫言对高密原乡是有着复杂感情的，他写道：“……当我作为一个地地道道的农民在高密东北乡贫瘠的土地上辛勤劳作时，我对那块土地充满了刻骨的仇恨。它耗干了祖先们的血汗，也正在消耗着我的生命。我们面朝黄土背朝天，比牛马付出的还要多，得到的却是衣不蔽体、食不果腹的凄凉生活。夏天我们在酷热中煎熬，冬天我们在寒风中战栗。一切都看厌了，岁月在麻木中流逝着，那些低矮、破旧的草屋，那条干涸的河流，那些土木偶像般的乡亲，那些凶狠奸诈的村干部，那些愚笨骄横的干部子弟……当时我曾幻想着，假如有一天，我能幸运地逃离这块土地，我决不会再回来。”[①]这就很容易理解莫言的小说叙事为何时常以批判、反讽、挖苦等的激烈方式来与历史和原乡对话。

对莫言来说，想轻易逃离“这块土地”又谈何容易。他先是在棉花厂里扛棉花包、做过棉花检验的工人，当过司磅员，也做过杂活。莫言曾说这段亦工亦农的生活开阔了他的眼界，对他来说是非常珍贵的，但莫言并不甘心一辈子当扛棉花的临时工。“文革”时上大学要靠推荐，

① 莫言：《超越故乡》，《说吧莫言——恐怖与希望演讲创作集》，深圳：海天出版社，2007 年，第 297 页。

而他是一个连中学都没有上过的上中农子女，因而唯一离开农村的方式，就是去当兵。几经周折，1976 年莫言通过瞒报年龄才终于获得入伍的资格，当离家时，他这样形容那时的心情："当那些与我同车的小伙子们流着眼泪与送行者告别时，我连头也没回。我有鸟飞出笼子的感觉，我觉得那儿已经没有什么东西值得我留恋了。"①由此可见莫言曾经对原乡的强烈恨意。然而三年后，当莫言重新踏上故乡的土地时，看到迎接自己的母亲时却泪流满面，那时候"我就隐隐约约地感觉到故乡对一个人的制约，对于生你养你，埋葬着你祖先灵骨的那块土地，你可以爱它，也可以恨它，但你无法摆脱它。"②身处异乡的莫言自以为在做着离开故乡的努力，其实是不自觉的向故乡靠拢。这一吊诡现象是由莫言现实中的"双重他者身份"造成的。莫言自己也说："一旦离开农村，离开土地，进入都市，将都市与农村进行参照，于是就产生了一种眷恋。"③其实，原乡从一开始便是由一种异己的力量构成的，这一种力量就是找寻原乡的人。正是因为无法摆脱故乡，莫言才不断地通过自己的小说叙事，从不同的角度来建构一个虚实相生的故乡与它的盛衰史。

莫言是在军旅生活中开始自己的文学创作生涯的。起先写了几篇以海岛为背景的小说，莫言评价说："我并不爱它们，也不恨它们"。莫言对它们的感情是平淡的，并且很快意识到自己"为了让小说道德高尚，我给主人公的手里塞一本《列宁选集》，为了让小说有贵族气息，我让主人公日弹钢琴三百曲"，一直采取着"极端错误的抵制故乡的态度"④。然而，每当他创作的时候，他无法抵制故乡的声色犬马和方言土语，"缭绕在我耳边的是故乡的方言土语，活动在我眼前的是故乡形形色色的人物，"涌到脑海中的"都是故乡的情景"。⑤ 故乡在不断地召唤他。这种来自他乡的距离所产生的，对故乡无法释怀的情感，促使莫

① 莫言：《我的故乡与我的小说》，《当代作家评论》1993 年第 2 期。
② 杨杨编：《莫言研究资料》，天津：天津人民出版社，2005 年，第 30 页。
③ 贺立华、杨守森编：《莫言研究资料》，济南：山东大学出版社，1992 年，第 400 页。
④ 莫言：《超越故乡》，《说吧莫言——恐怖与希望演讲创作集》，深圳：海天出版社，2007 年，第 298 页。
⑤ 林建法主编：《说莫言》（上），沈阳：辽宁人民出版社，2013 年，第 96 页。

言意识到“我这个二十岁才离开了高密东北乡的土包子，无论如何乔装打扮，也成不了文雅公子，我的小说无论装点上什么样的花环，也只能是地瓜小说。其实，就在我做着远离故乡的努力的同时，我却在一步步地、不自觉地向故乡靠拢。”[①]莫言终于意识到自己对故乡的情感是无法逃避的，要创作出好的作品，就必须回归那片令他爱恨交织的原乡故土。他在《草鞋窨子》的附言中说道：“小说就是带着淡淡的忧愁寻找自己失落的家园”，对这一说法他曾进一步解释说：

> （这）并不是我的发明，好像是一个哲学家说哲学如是。我不过挺受感触便“移植”过来了。此种说法貌似深刻，但含义其实十分模糊，说穿了，文学是一种情绪，一种忧伤的情绪，向过去看，到童年里去寻找，这种忧伤就更美更有神秘色彩。人如果太幸福了，怕是屁也写不出来的，但痛苦过了度，也就离发疯不远了。淡淡的忧愁，是文学生长的好气候，即使痛苦过度也应该稀释才是。[②]

从莫言的这段叙述中我们可以看出：在时间上，童年这阶段的记忆是他创作的泉源；在空间上，去了异乡之后，“寻找失落的家园或精神的故乡”，是促使他以叙事去建构高密东北乡“历史”的要因；莫言认为小说创作是在原乡与异乡的纠结造成的适度痛苦的土壤和气候里成长的。故乡对莫言的制约和他自觉无法摆脱故乡的纠缠，是促使莫言在小说的创作过程中由逃避转而正视它、书写它的动力。莫言的小说叙事，与其说是回忆，不如说是一种寻找与重新发现的过程。他试图在寻找的过程中，用想象来改写它、丰富它。李咏吟认为：“莫言在选准山东高密乡之后，几乎获得了一种穿透历史的视野，把原始故乡的狂欢、豪悍和神秘作了惊心动魄的发挥。因而创作在他们那里既是一种历史记忆，更是一种生命的凝神注目。原始故乡里的一切都成为他重构艺术

---

① 莫言：《超越故乡》，《说吧莫言——恐怖与希望演讲创作集》，深圳：海天出版社，2007年，第299页。

② 张志忠：《莫言论》，北京：中国社会科学出版社，1990年，第31页。

世界的前提。”[①]莫言笔下的“历史”，因此并不局限于高密东北乡这一地理环境，他在书写原乡时，同时也在“重构其艺术世界”。他重构的主体性“历史”便成了与新时期以前尤其是“文革”中小说的政治“宏大叙述”进行对话的异质性声音与话语。

不难看出，创作的发轫是源于自身的“迁徙”。这是很多回忆故乡生活的作家，或者叫乡土作家，走过的类似的路径。对故乡的远离激活了一切关于那里的记忆，很容易进入创作状态。莫言曾这样说：“虽然我身居闹市，但我的精神已回到故乡，我的灵魂寄托在对故乡的记忆里，失去的时间突然又以充满声色的画面的形式，出现在我的面前。”[②]而从莫言小说叙事生成的角度来看，在表面的生活经历之外还有一个更深层次的自我认知：即莫言的“双重他者”的身份意识。这是一种无根状态，难以进入任何一种社会秩序，是一种被动的放逐和自我主动的疏离交叉缠绕的状态，是一种被拒绝和主动拒绝相交叉的反抗，是一种争辩和表现，是一种揭穿和暴露。在这个过程中，往往能够以新的视角重新打量周围的世界，也很容易主观化和情绪化，这需要作家保持理性的警惕。

莫言人生的重要转折，是从他的军旅生涯开始的，其中暗含着他能够成为作家的一个必要条件。离开了故乡的莫言曾经在他的代表作《红高粱》里歇斯底里地表达过对于故乡的矛盾情绪，后来又在另一篇文章中表达了这样的感慨：“我无法准确地表达我对故乡那片黑土大地的复杂情感……我在那里生活了整整二十年，那里留给我的颜色是灰暗的，留给我的情愫是凄凉的……对高密的爱恨交织的情愫令我面对虔诚踌躇、惆怅。”“尽管我近乎癫狂地喊叫过：高密东北乡是地球上最美丽最丑陋、最超脱最世俗、最圣洁最龌龊、最英雄好汉最王八蛋、最能喝酒最能爱的地方，但喊叫之后，我依然，甚至是更加悒郁沉重。”[③]这

---

① 李咏吟：《莫言与贾平凹的原始故乡》，《小说评论》1995 年第 3 期。

② 莫言：《超越故乡》，《说吧莫言——恐怖与希望演讲创作集》，深圳：海天出版社，2007 年，第 299 页。

③ 莫言：《高密之光》，《人民日报》1987 年 2 月 1 日。

悒郁和沉重其实在《红蝗》和《欢乐》这种似乎很“狂欢”的作品中都没有改变。极度的“审丑”冒犯了中国传统文学准则而引起一片挞伐之声，莫言认为有一些批评超出了文学的范畴，因而激起了他的反感，他感到在主流秩序中的“扎根感”受到了撼动，觉得那是一种“假清高”，是有意的攻击与排挤。这成为激发莫言更加关注人最本能的层面，比如“食色”的一个直接动因。从此这个“食”“色”主题在他的许多作品中一直延续着，例如《丰乳肥臀》《四十一炮》等。莫言仿佛在祖先的血性气质和快意恩仇之外，找到了关于祖先、儿孙、城市和乡下人共通的食色本性层面，并由此开始了有意识地亵渎、冒犯、张扬，而这一切都是为了回忆、为了对抗。其实，“食色”主题的关注动力不仅仅是因为作家的儿时记忆和农裔出身，同时也沾染了一种恶作剧式的获得社会平等的企图。在这种低级的层面上，莫言为写作和自己找到了尊严，也意气用事地使一切虚伪矫饰无处遁形。

莫言的都市外乡人的现状与身份是他无法回避的，他身上必然会带有寄居城市的乡土文学作家身上那种难以逃脱的双重气质。从这一点而言，也没有完全逃脱由鲁迅和沈从文建立起来的中国乡土文学的两大传统：用经历过现代城市文明的外视角审视乡村，或采取“哀其不幸，怒其不争”的“改造国民性”的精英立场，或采取顶礼膜拜原始“人性小庙”的回归立场。前者是通过对比看到乡村人性、乡村文明的落后性，欲推动之前进；后者则是通过比较，看到乡村社会温情脉脉的仁义性和缺乏竞争的宽厚性，欲使个人情感回归。前者更务实、更沉重些，后者则更带有梦幻般的色彩，更轻盈温柔些。然而，无论哪一种倾向，又都是痛苦的产物，因为故乡对于远离他的游子而言，总是承载着儿时的快乐和母亲的疼爱，思念故乡和书写故乡也总是带有回归母体的宁静韵味。而成年后回归的游子们打量故乡的眼光再也无法像儿时一样清澈和纯净，而是沾染了现代文明或者叫做“异域”文明色彩，于是眼前的故乡与作家想象中的梦幻之乡发生错位。

莫言曾经多次表达这种“城市里的乡下人，乡村里的外来客”的双重身分和由此带来的痛苦，这是他创作的原动力。“当我置身于故乡时，眼前的一切都是烂熟的风景，丝毫没能显示出它们内在的价值、它们的与众不同，但当我远离故乡后，当我拿起文学创作之笔后，我便感受到一种无家可归的痛苦，一种无法抑制的对精神故乡的渴求便产生了。你总得把自己的灵魂安置在一个地方，所以故乡变成为一种寄托，变成为一个置身都市的乡土作家最后的避难所。”[①]在这种双重身份的作用下，莫言既左右为难又要左右逢源，他的眼睛是半睁半闭的，因而他的写作状态是半理性半癫狂的，他的故事是似真似幻的，他的人物是亦正亦邪的，他观照农村的视角是既向往又批判的，他用农耕社会蛮悍的人性抵制城市生命力退化的立场也是半认真半嘲讽的，他的高密东北乡就成了充满魔幻意味的现实世界。这种不彻底使莫言有关“孤独”和“饥饿”的痛苦童年沾染了自由欢乐的气息，而他丰富而喧闹的写作生活也沾染了某些曲高和寡的孤独成分。这样，莫言的高密东北乡就带着乡土世界保存下来的传统文化氛围和改革开放后沾染的现代气息，带着迥异于都市生活的“乡土情调”，在中国当代文坛上屹立起来了。

莫言曾说过：“所谓的高密东北乡也不是原来的那个样子，小说的世界是我创造的。我写的不是我原来的家乡，仅仅是借助了高密东北乡这个名称，活动的人物，生长的植物，都不是那里的，这是我理想中的地方。”[②]“一个作家难以逃脱自己的经历，而最难逃脱的是故乡经历。有时候，即便是非故乡的经历，也被移植到故乡经历中。”[③]这里的“非故乡经历”应该包含一切来自异乡的、借鉴他人的、足以刺激他去想象、创造的间接经验。莫言小说里诡谲奇异的想象正兑现了莫言的创作理念，他以天马行空的狂气和雄风，企图超越现实的高密东北乡，来重构想像与文本中的高密东北乡历史。杨守森说：“从整体艺术境界来看，莫言笔下的‘高密’及‘高密东北乡’，又是一个子虚乌有，人间难寻，既

① 莫言：《小说的气味》，北京：当代世界出版社，2004 年，第 376 页。
② 贺立华、杨守森编：《莫言研究资料》，济南：山东大学出版社，1992 年，第 402 页。
③ 莫言：《我的故乡与我的小说》，《当代作家评论》1993 年第 2 期。

充满神秘、传奇、象征色彩，又经由现代文明之光照彻的超验艺术空间。”[①]这里所谓的“超验艺术空间”，指的即是藉由非直接经验来建构的小说空间。因而莫言笔下的高密东北乡，已经不是纯粹地理空间的高密东北乡了。苏珊·朗格指出，对一个小说家来说，他探索了一个虚幻的过去，一个他自己创造的过去，他“所设想的真理”，在那个被创造出来的历史中有着自己的根据。[②] 在莫言创造出来的高密东北乡历史中，既有属于莫言“自己创造的过去”，也有“自己的根据”，那就是他在高密原乡的生活经历与经验。

我们也可以将莫言与同为以写农村生活见长的赵树理作个简单比较，从中可以清晰地看出异乡对莫言小说叙事的影响。虽然莫言将自己的小说定位为“地瓜小说”[③]，但与“文摊作家”赵树理创作的“山药蛋”小说又有不同的表现形态。赵树理笔下有缺点的乡村小人物与莫言笔下的故乡人物有着巨大的差别。因为赵树理生于农村、长于农村，创作的主要时期也在农村，他的“理解式的同情”“同情式的批判”的创作立场是莫言所不具备的。也就是说，莫言从来不是写“小人物”的，即使他写的都是弱者，比如儿童，比如被权力支配的弱势群体，他也用魔幻和传奇“英雄化”了他们，他总是赋予人物彪悍的力量用以完成对世界的想象性抗议。对于离开高密的莫言来说，无论他对于乡野自由彪悍的人性和雷厉风行的行动力量的歌颂，还是对于儿时“痛并快乐着”的时光的回忆，“其实都隐含着一个对抗的视角，一种较劲的姿态”[④]。莫言在他的许多创作谈里，多次谈到超越故乡的问题。这是他坚守原乡这个文学地理空间和个人精神空间的一种方式，也是他的创作得以不断延伸的源泉所在。而且“超越故乡”对于莫言来说，早已内化为一种对于个人创作的反思意识，对于个人生活状态的内省意识。莫言的

① 贺立华、杨守森编：《莫言研究资料》，济南：山东大学出版社，1992 年，第 51 页。

② [美]苏珊·朗格：《情感与形式》，刘大基等译，北京：中国社会科学出版社，1986 年，第 336 页。

③ 莫言：《小说的气味》，北京：当代世界出版社，2004 年，第 365 页。

④ 付艳霞：《莫言的小说世界》，北京：中国文史出版社，2011 年，第 201—202 页。

思想里时刻涌动着这种“超越故乡”的冲动，而这种冲动的来源是他用自己都难以察觉的方式，将异乡的世界与高密东北乡的世界进行对比，用现实世界与自己儿时的经验世界进行对比：童年的生活有苦难悲伤，身心却自在踏实；现实世界虽富足充裕，心灵却虚浮飘摇。这种错位使莫言的小说语言呈现出诅咒与歌颂、阴暗与阳光交织的复杂状态，产生了讲述故事的特殊形态，也就造就了莫言小说特有的叙事风度与腔调。

张志忠认为“生命感觉和农民文化”是理解莫言小说的两个基点，“莫言之奇，在很大程度上就是因为，他是在中国文学史上罕见的、来自农民而又始终保持着农民的情感方式和思维方式的作家，他以其独特的乡土文化、农民文化对文人文化和文人加工过的乡土文化提出了挑战；他的蛮勇，他的粗鄙，他的桀骜不驯，他的不容人转脸回避的戳穿假面、直陈生活之痛苦污秽，他的对于农业社会主义的热烈的无保留的向往，他的恶毒的诅咒和浪漫的梦幻，都因凝聚了数千年的农民文化之光而表现得分外深切、分外撼人心魄。”[①]理解莫言的小说创作，不仅要从他文本的内容表象出发，也要从他的文本技法出发，不仅要挖掘作家的创作心理，更要阐发这种心理背后原乡与异乡交织形成的文化动因及其文化意义。原乡与异乡在莫言身上的双重并置，在内心的交流、对话与纠缠，影响了除莫言的生活方式与思维习惯，带来了作家心理变化和生命感觉的错位，从而激活了莫言的奇特之处。同时，现代派技巧与这种由错位而形成的思维方式及生命感觉的天然契合，最终成就了莫言的小说创作。

① 张志忠：《莫言论》，北京：中国社会科学出版社，1990 年，第 281 页。

第二章

莫言小说叙事语境

研究莫言小说叙事，了解与阐明其所处的社会历史文化背景是非常必要的。莫言小说叙事特征与风貌的形成与他作品创作的历史语境，即叙事语境，密不可分。莫言小说叙事语境，既可以看作是新时期再一次“西学东渐”过程中，中国当时的文艺现状与西方现代先锋性理论及创作的碰撞，也可以看作是新时期当代文坛的总体形态反映，从中不难窥见莫言小说叙事生成与世界及中国当代文坛或隐或显的紧密联系。也正是真实作者莫言与这一特定语境的不断交流、对话，从而影响甚至造就了莫言的小说叙事。

第一节　从“文革”独白到新时期“复调”

莫言小说叙事语境涉及政治、经济、文化等多方面，从中国当代文学发展的现实情况来看，其中最重要的因素是政治因素，探讨中国当代文学与研究作家个体，这也是一个绕不开的话题。莫言的出生、成长与创作几乎与中国当代文学同步，它的作品忽隐忽显地都关涉政治。因此，历史文化语境对研究莫言小说叙事生成至关重要。巴赫金的复调理论可以说是学界研究莫言时用的最为普遍的理论，但多为套用理论来解读作品，缺少宏观的视野。因此本节将从较为宏观的角度探究其对中国当代文学的影响，以期从叙事语境上观照其对莫言小说叙事生成的影响。

文革是中国的灾难，当然也是文学的灾难。莫言曾这样说："恨文化大革命断送了我的前程。"①文革对文学的影响，是使文学成了一个由中心意识形态所掌控的封闭系统，文艺要绝对服从于政治，这就使文学走向了独断和独霸，这是文学上的一种"独白"情形。

独白是巴赫金分析陀思妥耶夫斯基小说时，与复调或对话相对存在的批评术语，这些术语成为巴赫金藉陀思妥耶夫斯基小说话语的形式，来描述历史转型期的一种概括，从根本上说是一种语言和形式层面上的概括。所谓"独白"，是一个由单一意识所支配的、统一、完整、封闭的世界观，是作者的权威意识主导一切的一元世界，各种不同的意识和声音都成了作者"独白意识"的客体对象。在小说里这种独白意识的呈现，表现为主角是作者自己的主观意识的投射，主角并没有自觉意识，所以独白时期的小说人物是作者藉以发声的客体。

"独白"时期，政治化的思考模式成了作家创作的前提。文坛与评论界多以政治意识形态作为作品的评定标准，"主义"变成叙述的框架，文学成为"主义"的工具。独白式的写作，社会性的使命是第一要务，"美"或"艺术"一般不再是写作的主要考量。"文革"时期，文学成为了政治的传声筒与工具便是明证。在这一类作品里，作者为了达到宣传与煽动革命的作用，往往采用书信体，或以第一人称直抒胸臆，插入大量的标语和口号；其情节多是梗概式的，主要是为了说明一种对革命的观念或认识。在这样的观念主导下，沈从文所代表的"桃红色文学"，朱光潜所代表的"蓝色文学"，萧乾所代表的"黑色文学"，以及诸多以"色"来命名的文学现象，都成了反动文艺旗帜下的产物。

在"文革"中，文学向思想霸权完全投降，成了政治的顺民，文学被简单地二分为压迫者文学和反压迫者文学。独白式叙事呈现的是一种简化的进步历史观。文学创作要坚持所谓"三突出"原则，即"在所有人物中突出正面人物，正面人物中突出英雄人物，英雄人物中突出核心人物"。许多小说作品塑造的都是平面的"高大全"式的人物。"文革"期

① 莫言：《会唱歌的墙》，北京：人民日报出版社，1998 年，第 183 页。

间的小说充满对革命领袖语录的引用，这正是巴赫金所谓的“线性引语”。线性引语代表了封闭、独白、大一统神权/王权的时代，引语和引用者的话语泾渭分明。这种引语具有绝对的权威，神圣不可侵犯，因而是统治者维护其专制秩序的一个重要手段。“线性引语”在中国拥有非常丰富的历史，帝王的旨谕是“圣旨”，必须以最庄严的形式来引用。五四时期的“白话文运动”可看作是对“线性”传统的批判和反抗。

不难看出，独白时期的小说叙事，表现为统一同构性，独白式的特征非常明显，那就是作品都有一个先验的意识形态作为创作的指导原则，作品变成政治的载体，不容许异质性的“他者”存在。何谓“他者”？他者即是一种异端，是必须被批判、斗争的反动分子。作品人物被简单划分为“历史罪人”和“历史英雄”。如此一来，文学成了现代政治斗争与政治意识形态的图解，失去了文学的超越性，失去了人道与人性的光辉。

“文革”结束后，随着改革开放新时期的到来，中国文艺界从文革一元统一的封闭文化中走了出来，同时面临与世界文化交流和对话的局面，在文学上，逐渐进入一个对话美学的时代。文学独白时代宣告结束，复调/对话时代已然来临。

“复调”本是音乐上的专有名词，指的是由两个或更多互相独立的声部的音乐，与主调音乐有别。在复调音乐中，能听出各声部是独立进行的，在节奏上，它们互不依靠。复调音乐尤指各声部关系密切、互相补充，彼此间有相互作用的力度关系的多声部组织体，它所产生的能量不易停顿，因而使主调音乐和弦及功能和声力量得以进入，尤其在复调作品的结束部分。巴赫金使用复调一词是一种“文字上的模拟”或譬喻，用以说明陀思妥耶夫斯基的小说创造了一种作者（自我）与主角（他者）平等的对话、交流关系，不同的主体之间拥有各自的声音，因此构成了双声部或多声部的复调关系。作者和主角不分主从，主角亦非作者的代言人，他拥有绝对的自主权和发言权。正是在这种基础上，主角和作者以及其他的角色得以产生平等的对话和交流。[①] 作者笔下的主角和作者一

① [俄罗斯]巴赫金：《陀思妥耶夫斯基诗学问题》，白春仁、顾亚铃译，北京：三联书店，1988 年。

样，是一个具有自觉意识、独立的主体。作者创造了主角是因为他意识到每个人的自觉意识永远处在未完成和不确定状态，只有在与主角的平等对话中，作者才能实现自己的自觉意识。为了完成自我，必需创造一个他者。在巴赫金看来，陀思妥耶夫斯基的复调小说是一个只有相对主体的世界，主体与主体之间是相互对话、相互补充，同时并存的关系。

巴赫金指出，复调小说诞生的条件，是在危机深重、矛盾冲突尖锐化的“灾难性”时期，或社会历史的转型期。巴赫金对陀思妥耶夫斯基创作的时代氛围作了如下描述：

> 资本主义在俄国的立足几乎是灾难性的，它触及了广泛的未曾触动过的世界和阶层。这些世界和阶层在资本主义逐渐的侵蚀中，并未像西方那样，减弱了自己的孤立性。在俄国，社会生活的演变矛盾百出，无法再被自信而冷眼旁观的独白意识所框限，而必然表现得异常激烈。同时这些被抛掉了平衡、相互冲撞的世界，亦呈现得异常生动，异常鲜明。这样就创作了复调小说多层次、多声部的客观前提。但是考斯并没有把他的问题解释清楚。这里所说的“资本主义精神”是以艺术的语言来表达的，特别是指用某一种不同类型的小说语言来表达的。①

在这样的社会历史语境中，主体强烈地意识到他者声音的存在，意识到建立自我主体性的必要。基于确立自我意识而创造的小说，必然要在叙述话语和文本形式上突破独白的意识形态框架，打破传统单一或统一的叙述框架。至于主体的建立，则牵涉到“文学主体性”的人本主义观点。这个议题在新时期文学有着深刻的内涵。50 年代，有胡风的主体性理论的提出，80 年代，刘再复也举起文学主体性的旗帜。“文革”时期的封闭、权威和大一统，对文学和社会的高压钳制，早已消灭了一

① [俄罗斯]巴赫金：《陀思妥耶夫斯基诗学问题》，白春仁，顾亚铃译，北京：生活·读书·新知三联书店，1988 年，第 47 页。

切杂音，这使得政治意识形态成为指导一切的标准，宣传文学和歌颂文学满天飞，使创作者和读者牢牢地被社会中泛滥的符码所掌控。文人成了政治的传声筒，大众没有任何阅读的自由，沦为被文本教育的对象。在这种强大的向心力和中心话语的社会中，“人”（包括作者和读者）没有任何“主体”可言，也就更遑论文学的主体性了。

通过巴赫金提供的理论视角来观照中国当代文学走过的历程，显而易见“十年文革”是文学的独白时代。1976年之后，随着政治气候的改变，伤痕文学再度对“人”的问题加以反省和重视，表明知识分子/作家对自身在价值认识上的变化。论者大多认为新时期文学是对“五四”初期文学的遥相呼应，它再度同时并存着两种互为对立的思潮：一种是对人性饱受残害的愤怒，对人的价值充满人文主义色彩的肯定和颂扬；另一种是对人性一度陷于泯灭的自谴。人们在“文革”的浩劫中一方面是受害者，一方面又是参与者，时代造就了这种无法弥补的双重人格，使得文学的良知无法回避这段历史。这种对历史的反思是一种自觉意识，也即是巴赫金所谓对“他者”的创造，同时意味着对话战胜独白的新时期降临。陈思和把这种反思称之为“带有现代意识成分的忏悔”①。

卢新华的短篇小说《伤痕》可以说是新时期文学的起点，随后几年间产生了数量众多、被称为“伤痕小说”的作品。这些作品诉说着一个相同的主题：批判那个史无前例的苦难和苦闷的时代，控诉那个藐视人性与人权的时代。在时间上，它与“文革”的时间距离太近，对“文革”依然怀着深仇大恨，并不足以让创作者冷静的思考。“文革”的浩劫使伤痕文学无法冷静地批判，也就无法去思索导致悲剧的前因后果，所以伤痕文学的内容不离暴露、歌颂、申冤和诉苦；在思考模式上，也尚未跳脱事情因循的简单进化论，语言和文体意识并未苏醒。即使如此，在以“人”为主体的伤痕文学出现后，人性和人道主义的曙光已经隐约可见。无论是卢新华的《伤痕》、刘心武的《班主任》或是白桦的《苦恋》，作家们已经开始抨击“文艺是阶级斗争的晴雨表”的观念，对人性和人道的反

① 陈思和：《中国新文学整体观》，上海：上海文艺出版社，2000年，第175页。

思已显露端倪。在这样的文艺潮流中，一场关于“异化”的讨论是必须论及的。“异化”本是指一个哲学概念，就是主体在发展的过程中，由于自身的活动，产生出自己的对立面；然后这个对立面又变成一种外在的、异己的力量，转过来反对乃至支配主体本身。黑格尔和马克思都使用过这一概念。关于这一概念，新时期学界发生过争论，论争导源于对异化现象不同的解释，而主导这场论争的，仍然得回归到文学和理论界企图摆脱政治意识形态的控制上。无论各自所持的观点如何，都意味着另一种声音的出现。

从政治和文化霸权解放出来的新时期文学，尽管“伤痕”累累，还没有完全挣脱独白意识形态的束缚，但是作者已经走出阶级斗争和政治革命的牢笼，他们重新审视“人”的问题，焦点再度回到对“人”的尊严和价值的思考上来。新时期学界热衷讨论的一个重要议题，正是文学如何回到“主体”“人道”这个主题。从伤痕文学开始，作者已经走上寻找他者的路，文学理论和批评界也对此推波助澜，大加推崇那些描写人性、突破政治禁区的创作。一些小说作品突破传统写实主义，在技巧上推陈出新。小说语言和话语呈现出的多样性和多元化，正是社会转型的表征。这种现象和巴赫金的观察吻合，他认为小说的话语最全面、完整地展现了社会语言的变化，小说里的众声喧哗是对社会的众声喧哗最全面的再现。“独白小说”、“复调小说”或“对话小说”等，都是巴赫金用来揭示小说话语中社会众声喧哗的不同方面。

随后而来的反思文学，把批判的时间范围更进一步扩大到“文革”前的十七年，对文革的批判逐渐深化，它所涉及的题材有两大类：一类是以 1958 年“大跃进”为开端的历史，另一类则把五七年“反右斗争”扩大为对知识分子命运的反省。过往的阶级问题被现实问题所取代，作品的人物由英雄领袖变为有血有肉的凡人或小人物。王蒙的《布礼》和《蝴蝶》、高晓声的《李顺大造屋》、张一弓的《犯人李铜钟的故事》、茹志鹃的《剪辑错了的故事》、张贤亮的《绿化树》和《男人的一半是女人》是这个时期的代表作品。相对于伤痕文学，反思文学的题材和主题发生了深刻的变化，这源于其有了哲学与人文的深入思考，有了哲学忧患意识的介入，正是这种哲学反思使得伤痕文学得以升华。进入反思时期，作家有意识地开始寻找独白以外的、语言/形式上的“他者”。

审视巴赫金的对话理论，是围绕着主体的建构和主体之间的对话来探索人与人之间的相互对话和相互理解的。只有和主体产生对话的“他者”形成，才能建构具有自觉意识的主体和自我，完成社会建构整体的全部过程。“他者”是一种自觉意识，这种自觉意识使主体成为一个能动、发展、建构的过程，使人类互相交流、对话和沟通。主体不是上帝所赋予的、先验的或形而上的存在或实体。在主体与主体交流的过程中，就会分别以其独特而不可替代的感性体验，使得主体的“外在性”成为可能。外在性则是主体的自我对于他者在时间和空间两个层面上的外在，也是审美过程中作者创造主角的根本条件，唯其如此，作者才能创造出一个整体的、涵盖了各个不同侧面的主角。

主体的建构是通过作者对主角的外在、整体认识，或者自我与他者相互外在而又相互对话的过程来实现的。换句话说，主体实际上是指“作者”和“主角”这两个部分构成的。作者必须透过外在于他的自我之外的主角（他者）才能全面整体地把握、完成、认识甚而超越自己，从而达到一种“超在”的境界。当然，这种“超在”只是一种最高的美学理想，在现实生活中，在伦理和认知的世界上，“自我”永远不能完全彻底地超越“他者”，而他者也不可能完全彻底地超越“自我”。自我和他者，作者与主角必须共同参与创造，使不相同的意识交流，互相补充而共存。这一理论视角和形式主义批评不一样的地方正是在后者割裂了历史和社会氛围，而巴赫金的对话理论却是从形式出发，以历史内容为目的的。

巴赫金观察欧洲希腊文明向罗马文明过渡转型时期的标志，认为文学进入复调时代的关键是“文化语言与情感意向从单一和统一的语言霸权中获得了根本的解放，从而使语言的神话性趋于消失，语言不再是思想的绝对形式”①。由于语言的意识形态中心解体，社会中各种丰

① Mikhail Bakhtin, *The Dialogic Imagination*, Ed. Michael Holoquist. Trans. Caryl Emerson and Michael Holoquist. Austin: Texas UP. p. 367.

富的、不同的语言得以从封闭、僵化、自足的现有体系和框架中挣脱出来，这股离心的力量冲击、颠覆、瓦解了中心权力的独白式话语，使得文化/文学呈现出众声喧哗的景象，形成“大说”式微、“小说”鼎盛的时代，巴赫金称之为“小说化”时期。巴赫金认为语言单一并不是文明的真正起源，他发掘了各种不为人知、不受重视、俚俗乃至于猥亵的民间笑话，苏格拉底的幽默哲学对话、喜剧、梅尼普讽刺等。他从这些在当时被视为边缘、不入流的文类中，发现了语言多元的声音，也即是众声喧哗的声音，因而引发他对“小说”的思考。

巴赫金认为复调小说具有自由、开放、未完成的特性，广纳笑话、讽刺、幽默、戏谑等手段，乃至于嵌入其他文类的杂糅和包容性，使得鄙俗俚语以及各方言土语等民间语言和史诗式的中心语言相互冲撞，迸发出众声喧哗的火花，创造了语言的狂欢节。小说因此是和现实的脉膊紧紧相扣的。小说类型的根本特征，即是对众声喧哗、语言多元化现象的融合。这种不断发展、不断变形的类型，是一股强大的离心力量，向史诗语言中心论、语言单一和向心力提出强大的挑战，打破那种类似史诗般中心论的神话，从而进入活生生的现实社会。莫言小说叙事这种特征的体现是非常明显的。

虽然巴赫金对话语的思考是从小说出发，但是在他发现叙述方式是由史诗向小说转变时，巴赫金实际上是对社会文化的嬗变作了独特的观察。语言是意识形态的载体，是离心和向心、中心与边缘的意识形态角逐的场域。语言在客观物质世界中有其根本的社会属性，而非中性、透明、客观的存在。巴赫金认为语言的物质性和现实性使得我们掌握语言时，其实也是掌握了社会和文化的脉动。对生活话语和艺术话语作形式的、内在的意识形态分析和历史的分析，这是巴赫金对待语言的态度，因此众声喧哗不但是文学语言的理论，同时也是对社会文化现象转型的观察。众声喧哗的大前提是另一文化、另一语言的渗透与加入，这个“他者”成为一种离心的力量，使封闭的文化意识到其他文化与语言的存在，自己仅是众多文化中的一员，从而在与其他文化交汇的的时候产生对话，使封闭的中心意识解体。所以独白时期的小说必然将众声喧哗排除在外，表现封闭和向心的文化意识，这就是所谓“大说”（宏大叙述）专权的时代。与此相反，复调时期则是权威话语与非中心话语的语言离心力量较量争夺，互相渗透、相互融汇的时期，“大说”的解体使“小说”得以充分糅合当代现实世界中的喧哗，无论是表现在政治、文化或是文学上，都是一个充满活力，蓬勃发展的时代。

随着文学回归本体的要求，促使愈来愈多的创作者和评论者对文体进行探索，对于传统创作“主题先行”的论调产生质疑。形式具有独立于内容的意义，这是新时期文学的一个重要命题。小说叙事与文体探索在新时期一共有两次，一次是 1979 年以后，以王蒙为首的一批作家的创新试验，他们借鉴西方现代派文学中的意识流手法，创作了一批令人耳目一新的作品，如王蒙的《夜的眼》《蝴蝶》《春之声》和《海的梦》等，谌容的《人到中年》、茹志鹃的《剪辑错了的故事》和《草原上的小路》。第二次是 1984 年以后，随着寻根文学的兴起，作家的文体意识变得更加自觉，不管寻根作家所寻的根是传统文化、乡土文化，还是市井文化，如莫言、韩少功、贾平凹、汪曾祺、陆文夫、李杭育、邓友梅、李锐、郑义等，他们都已经超越伤痕和反思时期对“文革”的谴责和追悔，试图去挖掘被“文革”埋葬而成为禁忌的“根”。他们的小说创作已经不再囿于传统的写实主义手法，转而在形式上求新求变，大胆地进行小说叙事实验。

不难发现，形式的革新常常与一定的社会文化形态相联系。换言之，形式本身亦是一种意识形态；形式深刻地反映了文化对文学文本生产方式的制约与推动。赵毅衡认为，只有深入到产生叙述形式特征的文化形态之中，才能真正理解一种叙述形式的实质。这点若能做到，形式文论就与文化学结合起来，形式文论就超越了自身的局限，叙述学就不再是一种小说技法研究。① 换言之，赵毅衡认为形式不是手段，它本

① 赵毅衡：《必要的孤独——文学的形式文化学研究》，香港：天地图书有限公司，1995 年，第 94 页。

身就是意义。但是他又指出,形式的文化意义是隐蔽的,理解作品形式的文化意义,实际上是对作品的反理解,是暂时搁置其内容意义,是对叙述文本的自然状态的扬弃。[①] 从"文革"时期的单一写实形式到西方的现代派技巧的多元形式的变化,确实可以厘出这样一个隐蔽的文化意义,那就是中心意识的解体、不同文化的交流、对话场域的开放、文化进入众声喧哗的阶段,在文学上则是复调的美学原则时期。因而先锋派着意创造的是困难的新形式,以保持其颠覆性,在艺术上它总是与流行、占主导地位、体制化的、被大众所接受的艺术程序针锋相对。

在复调与对话的语境中,莫言在小说叙事上以魔幻写实、意识流等的现代派手法著称,评论者无论是着眼于他对高密东北乡的书写而把他划入寻根文学,或是因其形式具有的颠覆性而以先锋文学称之,这两个范畴的关键仍是在他所使用的叙述话语。莫言语言的魔幻怪诞除了他自已所言是得益于马尔克斯与福克纳的魔幻现实主义之外,巴赫金对拉伯雷的怪诞现实主义小说的看法也给我们提供了另一条理解莫言的途径。对拉伯雷极端的夸张语言,巴赫金曾作过详尽的分析。莫言小说语言的狂欢化特征,和拉伯雷一样体现了转型期文化的反叛和颠覆。关于寻根文学、先锋文学以及魔幻现实主义与莫言小说叙事的关系,下文会有较为详细的论述。

第二节　莫言小说叙事与异域历史文化语境

从上一节已经可以看出异域文化语境对包括莫言在内的中国新时期作家的重要影响,如果单就莫言小说叙事而言,对其产生巨大影响的,学界讨论最多的就是魔幻/怪诞现实主义,其中又以大家所熟知的,被莫言称为"两座灼热的高炉"的马尔克斯和福克纳的影响为最,这似

① 赵毅衡:《必要的孤独——文学的形式文化学研究》,香港:天地图书有限公司,1995 年,第 102 页。

乎已经形成了世界共识。2012 年诺贝尔文学奖授予莫言时的颁奖词就这样评价莫言的小说叙事:“很好地将魔幻现实主义与民间故事、历史与当代社会融合在一起。”[①]如果视野放得宽阔些,也可以说是现代主义和现代派的创作手法和精神对莫言小说叙事产生了重大影响。从莫言的一些创作谈和访谈中可以看到,“两座高炉”曾经把莫言烤得异常兴奋,也异常焦灼,这种“影响的焦虑”也曾经控制过莫言的写作。真正与莫言小说叙事发生切实联系的,是在莫言写作的发轫期为其选择自己的发展方向提供了启示:福克纳的邮票故乡启发了他对“高密东北乡”这个文化地域空间的塑造,而马尔克斯的魔幻现实主义则激活了莫言的文化乡土经验。下面对此作进一步的分析。

上文提到新时期文学已经从独白走向复调,表现在逐渐挣脱对政治的从属关系,高扬人道主义精神,从外在语境来看,引起变化的一个重要原因就是西方现代派技巧的引进。西方现代各种文艺思潮的引进,给中国文坛很大的冲击,当时的一批作家和评论者如王蒙、谌容、张洁、李陀等率先引进和吸收了一些西方现代的文学观念和表现手法,为后来的“先锋文学”作了开路工作。20 世纪 80 年代以来中国作家向西方现代文学学习进程逐步深化,“中国当代文学和外来文学已经难分彼此,中西作家在认识世界、认识人类的方式上的深层交流,更是共同守护着人之所以为人的基本价值。”[②]正是为了挣脱对政治的从属关系,以及随着人道主义的高扬,才有借现代主义的反传统的反叛精神来加速颠覆的需要。现代主义是和传统一次“彻底而激烈”的决裂,它最主要的特征是“前卫”,亦即一小部分具有自觉意识的艺术家或作家对文艺所作的“创新”。现代派主要的目的是打破既有的框架和秩序,以一个新的艺术形式来建立自我的主体性,是作家对既有文学形式的限制重新评价之后,所产生的一种对传统的传承和否定的审美观。其中的一个重要表现就是创造“丑陋的美学”,作品中常常出现超自然和神奇

① 杨扬主编:《莫言作品解读》,上海:华东师范大学出版社,2012 年,第 1 页。

② 黄发有:《莫言的启示》,《东岳论丛》2012 年第 12 期。

的描写，以奇特的意象把现实扭曲和变形，从而达到心灵的释放和自由。学者王宁针对现代主义曾这样描述说，现代派以向传统的理性观念和现实主义文学挑战、在文学作品中弘扬个性和自我为己任，艺术上致力于探索新奇别致的形式技功和表现手法，它不屑于表面的客观真实（现实主义的）和狂放无度的个人情感表现（浪漫主义的），志在表现潜意识的深沉感情，以冷峻严肃的笔调达到心理深处的客观真实。①

总体而言，“现代主义文学”是以人（作者）与自然、人与对象、主观与客观之间的关系的变异，作为一种新的“话语”，是与“传统”和“古典”分界的。传统的文学与绘画，无论是古典写实主义、自然主义、浪漫主义以至印象主义，在美学原则及其语言手段上，都着力于寻找作者、文本与描写对象之间的对应、直接关联的意义和联系。即便是强调主观感情和观察的浪漫主义及印象主义，作者、对象之间的对应联系也是显而易见的。在中国文学史里，无论“文以载道”“文艺为政治服务”“典型环境中的典型人物”或“文学干预生活”都是这种“对应”的不同表现。现代主义作品十分重视语言和叙事结构，其艺术则是要用抽象、变形、荒诞、反讽、时空错乱等打破这种“对应”关系。即使是对社会的批判，也是从“文学的本体认同”出发，而不是以“改革社会”为诉求。

现代主义的特征表现在思想上是多元而非统一的；在形式上是丰富多彩的，表现出多元性、复杂性、生命力和创造性。现代主义的精神存在于人类对人生的不断探索当中，存在于艺术家对表现方式不断的否定和进化的要求当中。现代主义所涵盖的流派五花八门，包括象征派、印象主义、后期印象主义、立体主义、未来主义、表现主义、达达主义、超现实主义和魔幻现实主义等。这些流派或多或少都影响了中国当代文学书写，尤其是新时期以来的作家创作。

在众多的现代主义流派当中，以魔幻现实主义对莫言的影响最为

① 王宁：《现代主义、后现代主义及其在二十世纪中国文学中的命运》，见《比较文学与当代文化批评》第三编，北京：人民文学出版社，2000 年。

深刻。魔幻现实主义不但继承了拉丁美洲文学传统，同时又受到欧美现代派文学的影响。具有现实主义的特性、非现实主义的特征与反现实主义的特征是魔幻现实主义的三大表现。莫言的小说大量运用意识流、隐喻、变形、象征、荒诞、预言、时空倒错等现代主义的叙事技巧，融合来自高密东北乡的传说和神话，与魔幻现实主义等现代派创作手法有许多相似之处。在现代派作家中，福克纳和马尔克斯最为莫言推崇，被他称为“两座灼热的高炉”，莫言曾被《喧哗与骚动》和《百年孤独》这两部著作所震惊。他在《两座灼热的高炉——加西亚·马尔克斯和福克纳》《说说福克纳这个老头儿》《好谈鬼怪神魔》《福克纳大叔，你好吗？》等多篇演讲、访谈或创作谈中提到这两位作家对自己的影响。

莫言说：“我在 1985 年，写了五部中篇和十几个短篇小说。它们在思想上和艺术手法上无疑都受到了外国文学的极大影响。其中对我影响最大的两部著作是加西亚·马尔克斯的《百年孤独》和福克纳的《喧哗与骚动》。”[①]福克纳和马尔克斯给莫言小说叙事以极大的启示，1985 年之前，莫言的小说风格尚未成型，这一时期的小说如《春夜雨霏霏》《售棉大路》《民间音乐》《白鸥前导在春船》和《雨中的河》，仍旧沿续传统讲故事的叙述模式，基本上并未突显莫言式天马行空的叙事风格。1985 年后从《透明的红萝卜》开始，梦幻、荒诞、象征等的手法始大量出现，标志着莫言小说的一个重大转变。同时，莫言认为“艺术上的东西，总是表层”，他认为马尔克斯真正值得借鉴、拓展他视野的是他的哲学思想，是他独特的认识世界和认识人类的方式。而对于福克纳，震撼他的是作家落寞又骚动的灵魂里，始终回响着的一个忧愁又无可奈何却又充满希望的主调。莫言对于福克纳“落寞又骚动的灵魂”“病态的心灵”也深有同感，而他对马尔克斯“去寻找拉美迷失的温暖的精神家园”[②]，也有“小说就是带着淡淡的忧愁寻找失落的家园”之说的类似回

① 莫言：《两座灼热的高炉——加西亚·马尔克斯和福克纳》，《世界文学》1986 年第 3 期。
② 同上。

应。[①] 不过，诚如莫言所说的“真正的借鉴是不留痕迹的”[②]，而且“任何民族、任何时代文学的横的移植或借鉴，不仅负载着不同的历史和现实的生活内容，即使在形态上也会发生程度不同的变形，它绝不会是借鉴对象维肖维妙的翻版”[③]。

莫言认为，他的小说对域外文学的借鉴，分为比较高级的化境和属于外部摹写的不化境两种情况。莫言所说的“化境”，正可印证孟繁华所说的由于“不同的历史和现实的生活内容”，“绝不会是借鉴对象维肖维妙的翻版”。他之所以会对福克纳和马尔克斯情有独钟，也是因为彼此的心灵有相似之处，对家乡亦有浓厚的情感，因而他的化境是在立足于自己的故乡高密东北乡上，建构了不同于福克纳、非马尔克斯式的“莫言式”的家乡历史。对于这点，莫言有非常明智的看法：“我如果继续迷恋长翅膀老头、坐床单升天之类鬼奇细节，我就死了。我想：一、树立一个属于自己的对人生的看法；二、开辟一个属于自己的领域的阵地；三、建立一个属于自己的人物体系；四、形成一套属于自己的叙述风格。这些是我不死的保障。”[④]这几个方面莫言都已经做到了，他“带着淡淡的忧愁寻找失落的精神家园”，对世界和人生有一套属于自己的观照和感知方式。他开辟了自己的文学领地——高密东北乡，并以这个地方的人物谱系为想象基础，写成了高密的“历史”，他怪诞和狂放的叙述风格也随着前面三项的确立而成形。至于所谓“不化境”，则是指福克纳和马尔克斯对莫言创作观念的重要启迪。而这种启迪，是根植于“对自己的国家民族有着很强的责任感和使命感”[⑤]。

莫言在《两座灼热的高炉——加西亚·马尔克斯和福克纳》中写道：

---

① 张志忠：《莫言论》，北京：中国社会科学出版社，1990年，第30页。

② 杨守森、贺立华主编：《莫言研究三十年》，济南：山东大学出版社，2013年，第316页。

③ 孟繁华：《魔幻写实主义在中国》，吴亮等编《魔幻写实主义小说》，长春：时代文艺出版社，1988年，第1页。

④ 莫言：《两座灼热的高炉——加西亚·马尔克斯和福克纳》，《世界文学》1986年第3期。

⑤ 贺立华、杨守森编：《莫言研究资料》，济南：山东大学出版社，1992年，第2页。

> 福克纳对邮票大的故乡小镇——他的杰弗生镇，加西亚·马尔克斯之于马孔多镇，都是立足一点，深入核心，然后获得通向世界的证件，获得聆听宇宙音乐的耳朵。一个作家如果想在作品中包罗万象，势必肤浅。地区主义在空间上是有限的，在时间上是无限的。加西亚·马尔克斯和福克纳都是地区主义，因此都生动地体现了人类灵魂家园的草创和毁弃的历史，都显示了人类社会发展的螺旋状轨道。因此，他们是大家气象，是恢宏的哲学风度的著作家，而不是浅薄、猎奇的、通俗的小说匠。[①]

莫言从福克纳和马尔克斯小说对故乡的书写中找到了创作的心理依托。所谓的“地区主义”，让莫言领悟到生长的土壤和根的重要，也进而促使莫言决心开辟一个属于自己的领地。这里有必要对福克纳和马尔克斯影响莫言的两部著作作一简略的说明。

《喧哗与骚动》和《百年孤独》都是描写家族衰败的历史。《喧哗与骚动》写的是杰弗生镇的一个破落家族康普生家世，这个家族曾经有过辉煌的历史，然而祖先们的开创精神和昂扬的生命力到了后代子孙却已荡然无存。《百年孤独》是拉丁美洲独立百年后的一个寓言。马尔克斯以魔幻写实主义的手法去写人生的悲欢离合，生命的虚幻和孤独，以预言/寓言的方式来呈现邦迪亚家族六代的故事。瑞典皇家学院在1982年颁给马尔克斯诺贝尔文学奖的理由是：“像其他重要的拉丁美洲作家一样，马尔克斯永远为弱小贫穷者请命，而反抗内部的压迫与外来的剥削。”又赞扬他的小说“巧妙地揉合了虚幻与现实，创造出一个丰富的想象世界，却反映了南美大陆的生活和冲突”[②]。《百年孤独》以马孔多镇为故事背景，叙述邦迪亚家族六代的生命史。运用轮回的观念，混淆人鬼的观念，夹杂印第安和阿拉伯的神话传统，以象征、影射、夸张、意象等技巧，使故事的情节在神奇的气氛中发展。概括来说，《百年

① 莫言：《两座灼热的高炉——加西亚·马尔克斯和福克纳》，《世界文学》1986年第3期。
② [哥伦比亚]加西亚·马尔克斯：《百年孤独》，黄锦炎等译，上海：上海译文出版社，1984年，第3页。

孤独》在叙事上有六个方面的特色：鬼魂的出现；东西方神话和典故的融合；时间的轮回和重复；预言和预示；象征和颜色；荒诞的情节。[①] 我们可以从以上所列的六点特色，逐点来检视莫言小说与马尔克斯的《百年孤独》的相似之处，从中大约可以较为具体地看出魔幻现实主义对莫言的影响。

莫言的小说也常常出现鬼魂的描写。在《战友重逢》里，所有的“人物”，包括叙述者“我”赵金，队友赵英豪、罗二虎、华中兴、郭金库都是战死的鬼。他们在鬼的世界里，也和活着的时候一样是国家的部队，必需按照部队的纪律过活，履行职责；同样也有情绪的起伏困扰，以及家庭的牵挂。不同的是，他们是住在墓穴里，思考的范围更可涵盖生前死后。可以说，《战友重逢》是一篇以鬼的身躯来乘载人的问题的小说，死而为鬼之后，人鬼相加的问题更显复杂，充斥幽冥世界的湿冷为小说笼罩一份无奈。在《红高粱家族》的《奇死》里，二奶奶被日本鬼子凌辱而死后，鬼魂上身，她的叫骂声是一个年过半百的老头声音。莫言以黑猫象征二奶奶，先是在她将断气之际安排黑猫在屋顶上凄厉的叫嚣，继而是淫邪的叫声，再后来猫叫声是从二奶奶的口里出来，“一声比猫叫春还难听的声音，从她的嘴里冲出来”。几经折腾之后，最终才请来李山人驱邪成功。在《夜渔》和《奇遇》两个短篇里，“我”也同样和鬼魂打过交道。前者是一个非鬼非人非神的女人，她自称是人，但却具有类似特异功能，能以一根带穗的高粱杆把螃蟹引进大麻袋里，并且预言二十五年之后，在东南方向的大海岛上，二人还有一面之缘。二十五年后在新加坡的大商场里，“我”果然与一女人相遇，正是那个帮他捉螃蟹的女人，而新加坡正是她所说的东南方向的大岛。《奇遇》则是“我”在返回高密的途中遇见赵三大爷，他请“我”转交五元钱和一个烟袋给“我”父亲，不料回到家才从“我”的母亲口里得知赵三大爷早在三天前就死了。“我”在路上遇见的其实是赵三大爷的鬼魂。在《梦境与杂种》里，已死的陈圣婴老师还会从坟墓里钻出来，向“我”打听传教士莫洛亚的情况，

① 陈光孚：《魔幻现实主义》，广州：花城出版社，1986 年，第 96—138 页。

所写的都是鬼事，显得怪诞不羁。

《百年孤独》里常出现的预言和预示，也是莫言的小说最惯用的技巧。《梦境与杂种》的叙述者就是一个具预言能力的小孩。当他把自己的预言能力告诉母亲，她半信半疑、试探性的让他梦一梦去年丢失的五个饽饽。结果果然如梦境所示，发现那五个饽饽是被黄鼠狼偷走的，终于使母亲洗刷了偷吃的冤屈。故事在他梦见陈圣婴老师死在槐树下时达到高潮，继而他陆续梦见莫洛亚死亡、将会和妹妹树叶第二天在学校出丑、母亲到生产队磨豆子偷黄豆被王麻子抓住等等。小说发展到后来，甚至连树叶也有了梦的能力。在《奇死》里，凌辱二奶奶的日本士兵之一，就长得像那个死在二奶奶手下的黄鼠狼。当年二奶奶见到它时，它正站在坟顶上，身体坐在两腿上，两只前爪举起，对着二奶奶频频挥动。自此之后，黄鼠狼的幻影便常常在二奶奶的眼前出现，她因此而疯颠了很久，“在一个暗红色的充满色欲与死亡诱惑的泥潭里挣扎”(《红高粱家族》)。后来她用门闩把黄鼠狼打死，日本兵进来的时候，她正盯着门闩上的黄鼠狼污血，那种曾令她惊心动魄的震颤又一次发作。而后在整个受辱的过程中，日本兵的影像都是与黄鼠狼不断交错。

颜色的象征，更是莫言小说的重要叙述特色之一。季红真认为，莫言以几近于诗歌的隐喻手法，借助色彩语词来完成其语义的表达，传达现代人的强烈自我意识，并且指出莫言有自成一套的色彩象喻系统。[①]莫言自己则表示很喜欢后期印象主义梵高和高更的作品，“梵高的作品极度痛苦极度疯狂；相比之下，我更喜欢高更的东西，它有一种原始的神秘感。小说能达到这种境界才是高境界。”[②]

后期印象派强调对自然色彩的超越，并在色彩之中表现主观的自我，所以印象派的绘画与实际肉眼所见的自然色彩不同，突破了自然色彩的制约，呈现主体性的生命和精神。正如梵高所说：“我不是想正确地重现我眼睛所看到的东西，而是较随意地使用色彩，以便有力地表现

① 季红真：《忧郁的土地，不屈的精魂——莫言散论之一》，《文学评论》1987年第6期。
② 贺立华、杨守森编：《莫言研究资料》，济南：山东大学出版社，1992年，第404页。

我自己。”高更也说：“我通过线条与色彩的安排而获得交响与和谐，并不表现普通字面上所说的‘真实’。”塞尚则指出：“一幅画首先是、也应该是表现颜色。历史呀，心理呀，它们仍会藏在里面……这里存在着一种色彩的逻辑，老实说，画家必需依顺着它，而不是依顺头脑的逻辑……绘画是一种‘光学’，我们这项艺术的内容，基本上是存在我们眼睛的思维里。”[①]莫言在小说中使用大量的强烈色彩，是为了补偿现实的枯竭和贫乏这种主体性格的因素，他所渲染的，其实是心中的主观情感。[②] 从这一点来说，高更、梵高、塞尚用颜料与莫言选择用文字来做表达媒介一样，具有独特的美学效果。莫言在颜色的选择上，确实与他们三位有着异曲同工之妙。他的小说还有一个特别的现象就是出现许多“不合常理”的颜色。如《狗道》里的绿狗和红狗；二奶奶死的时候，她眼前出现黄光和绿光；或者是头发和牙齿是蓝色的（《怀抱鲜花的女人》）；猫也有蓝猫（《养猫专业户》），这些都是有悖于常理的。但是从后期印象画派用色的观点来看，这些由主观感情所投射的主观色彩，却又是合理的。梵高曾表示他在画幅《夜咖啡馆》里用红与绿来表现人类可怕的情调，它们表现出人们的火热的情绪活动。莫言的小说也最爱用红与绿两种颜色，而且两种颜色常对比使用，形成一种大红大绿的色彩风格，如：

> 秋天发了大水……从天而降的红翅鲤鱼和黑脊草鱼在生着绿色气根的高粱秸秆间横冲直撞，翠绿的鱼狗不时钻到水里去，又叼着银亮的小鱼从水里钻出来。（《白狗秋千架·老枪》，第239页。）[③]

> 他知道奶奶流尽了最后一滴血，奶奶临死前的肉体像成熟的

---

① 吴非：《莫言小说与“印象派之后”的色彩美学》，《小说评论》1994年第5期。

② 贺立华、杨守森编：《莫言研究资料》，济南：山东大学出版社，1992年，第36页。

③《白狗秋千架》为中短篇小说合集的名称，《老枪》为合集中的一篇。下文此类标注皆为此意。

蚕体一样光亮透明，只能是那件红褂子的颜色染红了翠绿的高粱秸杆。(《红高粱家族》，第248页。)

在《怀抱鲜花的女人》里，那位带着黑狗、一直紧随王四不放的神秘女人的装束就是身着绿衣，手持一束大红鲜花，这种打扮配合她神出鬼没的行踪，无疑使这种色彩的组合十分具有鬼魅效果。而在《透明的红萝卜》里，除了红色，红绿配也是主色调：

黑孩转过身去，眼睛望着河水，不再看这些女人。河水一块红一块绿，河南岸的柳叶像蜻蜓一样飞舞着。(《欢乐·透明的红萝卜》，第9页。)

他看到了一幅奇特美丽的图画：光滑的铁砧子，泛着青幽幽蓝幽幽的光。泛着青蓝幽幽光的铁砧子上，有一个金色的红萝卜。(同上，第35页。)

接近萝卜地时，他趴在地上，慢慢往外爬。很快他就看到了满地墨绿色的萝卜缨子。萝卜缨子的间隙里，阳光照着一片通红的萝卜头儿。(同上，第41页。)

除这篇成名作《透明的红萝卜》之外，色彩运用红绿相对照方面特别突出的当推《爆炸》，如绿麦穗上大红的蜘蛛，鲜红摩托车追赶着疯狂奔跑的灰绿色拖拉机，红狐飞跑的影子和绿色的柳树相对比等画面。莫言的这种美学追求，是缘于我国民间年画的色彩运用。年画在色彩上就追求浓重、单纯、鲜艳，并用大红大绿的装饰性画风，以示“欢庆吉祥”“辟邪纳福”之意。莫言的小说就是利用这种色彩的强烈对比，表现创作主体的主观情绪。其实莫言的小说里运用得最多也最具讨论意义的色彩，是红色和绿色，尤其是红色系的意象构筑最为突出，最具感染力。红色语词由于长期的社会历史文化积淀，具有丰富的文化语义，如表示生命、勇武、力量、神圣、尊贵、权势、威严和喜庆吉祥等等象征意义。如金色的"透明的红萝卜",血一样的"红高粱",火红的"球状闪电",火红的、代表生命力的狐狸,穿红裙子、手拿红苹果的小女孩(《爆炸》)等。就像高更所说的,"色彩就像音乐一样,我们利用纯熟的和声创造象征而获得自然中最暧昧最普遍的东西:即自然中最深奥的力量"①。莫言常用的颜色还有绿色,相对于传统绿色所指涉的和平、清新、亲爱等正面的意义,绿色之于莫言是肮脏、卑屈、愚昧和落后等的负面主观象征。莫言的小说对绿色恣意咒骂,因为绿色是农村的主要色调,而农村在莫言的小说里往往是落后的。《狗道》对于灰绿色的杂种高粱痛之入骨,是因为对人种的退化,对农村生存者的愚昧卑屈感到悲哀。《欢乐》则是由对农村的憎恶而转成对绿色的疯狂诅咒。《弃婴》的故事始于绿色的玉米地。此外,绿色也用来表示愤怒、恐惧、紧张的情绪,如在《红蝗》里形容愤怒的眼睛都是闪烁着绿色的光芒。莫言的色彩象喻系统到了晚期,则起了根本的变化。红色常与沼泽、蝗虫、水灾等关联(《红蝗》),红花成了弟弟的夺命花(《罪过》),红色与绿色所指涉的语义由相对而走向统一,因而在《红蝗》中不仅"红水滔天",也"绿水滔天"了。红色与绿色不再对立,不过在莫言的笔下,红与绿都关联到人类的欲望和罪行,暗示着人性的负面。②

《百年孤独》里常出现的荒诞情节,在莫言的小说里也非常丰富。最离奇的,首推《幽默与趣味》。这篇小说是写某大学的中文系教师王三由人变猴子再变回人的故事,颇有卡夫卡《变形记》的荒诞精神,这是莫言对西方现代派技巧运用的最神似之处。小说第一章就点明了其"'离奇''荒诞'的超现实内容"。小说里的王三正在为《中国诗歌大辞典》的"诗歌风格卷"撰写"雄奇""诡异"等名词的注释,这不啻是为小说的荒诞开宗明义,同时也是替莫言的小说风格做注。在《奇死》中,已死去多年的二奶奶会从坟墓里跳出来,对退化的后代冷嘲热讽:"并非我

① 吴非:《莫言小说与"印象派之后"的色彩美学》,《小说评论》1994 年第 5 期。
② 季红真:《现代人的民族民间神话——莫言散论之二》,《当代作家评论》1988 年第 1 期。

生的孙子,照照你的尊容吧!”而《食草家族》系列小说,都是在传述长蹼的祖先的事迹。《球状闪电》的题目也已预见它的荒谬,闪电而成球者已经够离奇,而蝈蝈的女儿竟然还能飞脚去踢,把火球踢得穿过墙壁进入牛棚,把奶牛电得倒了下去。值得一提的是,《球状闪电》里的那个身上贴满羽毛、专吃蜗牛蚯蚓、会飞的瘦脸老头,他的出现是荒诞的高潮。人类想飞的欲望在现实生活里是由飞机代为实现了,而莫言则在小说里极尽其想象来满足飞翔的梦想。这篇小说也令人想起马尔克斯的短篇小说《巨翅老人》。飞翔的情节也同样出现在《翱翔》里。燕燕因不甘被传统受摆布的婚姻所束缚,竟然因此产生了飞翔的能力来逃离既定的事实。

显而易见,莫言和马尔克斯与福克纳在创作上确有许多相似之处,受其影响不言而喻。莫言小说的这些特点和魔幻现实主义的特征相吻合,那就是:神奇的描写和现实的反映结合,变现实为幻想而不失其真;打破生死、鬼神的界限;打破时空的界限;大量使用隐喻、象征、暗示、预言;古老的民间传说和神话的插入,有时将神话与现实融汇在一起。莫言和马尔克斯相似的生长环境,传统、现实和文化背景,也是促使他们的作品出现同一性的原因。中国新时期文学之初,当时的中国文坛经过伤痕和反思文学,开始意识到文学的主体性,文坛也开始有走向世界的呼声。孟繁华在论述魔幻现实主义在中国新时期文学中出现时说:

> 传统文化的重负使我们难以前进。当“寻根”作家们在反思民族历史和文化的时候,痛感传统因袭给民族带来的负担。因此,他们极力想通过文学来揭露和批判传统文化中消极的东西,以启迪民智、唤醒民心。这种基于现实的和文化的心理欲求,同拉美魔幻现实主义一拍即合。我们甚至可以这样说:当作家有了心理和现实的累积之后,魔幻现实主义在中国的介绍,成了“寻根”作家的创作的突破口和契机。他们在魔幻现实主义那里看到了适于表现我们民族文化和心理的方法。一九八四年之后,带有魔幻现实主义

特征的作品，在当代中国文坛上出现了。[①]

莫言的《透明的红萝卜》《白狗秋千架》《爆炸》等几个引起文坛注目的短篇就是发表在1985年。这几篇小说所用的夸张、象征和隐喻的手法，对愚昧和落后的农村以及传统的批判，以及《红高粱家族》穿梭于过去未来的叙述视角，都与《百年孤独》有相似之处。

中国新时期作家们除了已经意识到文学的主体性之外，大约与寻根思潮同时，他们也在思考文学本身的突破，近而在接触外来文学的刺激时，思索中国文学如何走向世界：究竟是通过谋取世界文学的认同，还是立足于本土，以自己与世界文学的差异性走向世界。福克纳和马尔克斯的引进，无疑是一个具有决定作用的导向。他们两人都是立足于故土，由此而观照世界，进而走向世界。他们的成功无疑给莫言很大的心理鼓励。正如莫言所说："文学创作，不管你是哪个民族的作家……只要是真正的文学，毕竟会在某一点上相撞，会有某种共通的东西。"[②]

当然，借鉴并不等于翻版和抄袭，莫言也融汇了多种中国文学传统的手法，如民俗说唱和演义小说，内容更是以书写高密东北为创作核心。他的目的在为家族立传，歌颂"我爷爷""我奶奶"的英魂，高密有他一辈子写不完的题材，他要进行"历史的重构"[③]。而且他也清楚地意识到"我如果无法深入进入我的只能供我生长的土壤，我的根就无法发达、蓬勃"[④]。莫言在学习借鉴的时候，他的头脑是很清醒的，也没有忘记中国文学的一些优良传统。他认为一个小说家应该能"写出多种多样的小说，把自己的某一时期的感情物化在小说中。我在今后一段时间内还想写些神神怪怪的小说，心情改变了，也许会改变样式，但是老

① 孟繁华：《魔幻写实主义在中国》，吴亮等编《魔幻写实主义小说》，长春：时代文艺出版社，1988年，第5页。

② 贺立华、杨守森编：《莫言研究资料》，济南：山东大学出版社，1992年，第146页。

③ 钟怡雯：《莫言小说——历史的重构》，台北：文史出版社，1997年，第53页。

④ 杨守森、贺立华主编：《莫言研究三十年》，济南：山东大学出版社，2013年，第317页。

祖父的方法，永远是暗夜中引导我前进的一盏灯笼。”[①]中国的文学离不开世界文学的影响，马尔克斯的影响，可以看作为一个外国的大作家，恰好在我们某些作家中引起了一个强烈的心灵共鸣，中国作家是在这个基础上的再创造与再发展。魔幻现实主义并不是幻想文学，也不是浪漫主义文学，马尔克斯和其他魔幻现实主义的作家一样，坚持文学是现实经过加工提炼的成果，作品中的神奇是现实中神奇事物的叙述和加工，或是来自当地的神话和传统观念。马尔克斯甚至强调：“使我得以写就《百年孤独》的这一新发现是百分之百源于现实的，即我们特有的现实。”[②]

福克纳以故乡约克纳帕塔法县为对象的系列小说，不但影响马尔克斯的马孔多镇系列创作，同时也刺激了莫言对高密东北乡的记忆。福克纳给莫言最大的提示是，他立足于“邮票大的故乡小镇，然后获得通向世界的证件”[③]。马尔克斯的成功也给莫言很大的启示，对他的创作观念也起着革命性的作用。接触两位以故乡为创作母体的作家之后，乡土意识很重的莫言也开始有意识地“探寻、设计、营造着属于他的那方小小的‘邮票’”[④]。“莫言在福克纳和马尔克斯的影响下，逐渐开辟了属于自己的艺术疆域。”[⑤]不过，必须强调的是，莫言对西方现代主义文学的借鉴是广泛的，并非只局限于福克纳和马尔克斯。海明威、卡夫卡、结构主义、新感觉主义、意识流小说、弗洛伊德等方面的因素，在莫言的小说叙事中都留下了痕迹。由于在众多的流派中，以魔幻现实主义对他的小说叙事最具影响，而且莫言也一再强调马尔克斯对他的叙事风格的塑造之功，因而本节着重于对魔幻现实主义的论述，次及福克纳，对于其他流派只能略为触及。当然，在各种域外语境的影响下，

① 莫言：《好谈鬼怪神魔》，孔范今、施战军主编《莫言研究资料》，济南：山东文艺出版社，2006年，第29页。

② 陈光孚：《魔幻现实主义》，广州：花城出版社，1986年，第153页。

③ 莫言：《两座灼热的高炉——加西亚·马尔克斯和福克纳》，《世界文学》1986年第3期。

④ 贺立华、杨守森编：《莫言研究资料》，济南：山东大学出版社，1992年，第146页。

⑤ 张学军：《莫言小学与西方现代主义文学》，《齐鲁学刊》1992年第4期。

莫言并不是邯郸学步，而是有着强烈的民族文化主体意识，他的小说依然贯注着民族的灵魂和气质。

第三节　莫言小说叙事与中国当代文学生态

莫言作为中国文艺大家庭中，尤其是当代文坛中的一员，他的创作生活、他的小说叙事的生成与中国文学这个整体是密切相关的，他也不可能不与当代文学发生交流。中国当代文学的发生、发展以及兴起的各种流派、群体都会对莫言的小说叙事产生这样那样或大或小的影响，本节拟选择对莫言创作与小说叙事影响较大，较为典型的文学流派、群体或个体，如：寻根文学、先锋文学、乡土文学及赵树理等，来进行探讨，以期厘清中国当代文学生态对莫言小说叙事的影响。

中国当代文学史常常将新时期以来的文学按照“伤痕文学”“反思文学”“改革文学”“寻根文学”“先锋文学”“乡土文学”等创作流派的演变脉络进行书写。这样的梳理既能够为文学史写作提供便利，同时也能够体现 20 世纪 80 年代之后当代文学变动不居的状况。只是这样容易给人造成一个错觉，那就是一个个写作思潮是按历时顺序此起彼伏的。其实，文学的各个流派、各种创作倾向之间并非那么泾渭分明，作家的写作也很难按照这样的划定准确归类。实际的情形往往是，各个创作倾向之间你中有我，我中有你。仅以先锋派文学与寻根小说为例，从写作行为上看，家族叙事、选择特殊的叙事角度等等都是他们共同的特点；而从发生学的角度来看，二者也是“西学东渐”整体大环境下文学应激反应的“一体两面”：先锋派文学是西方现代主义思潮涌入中国的直接呼应，而寻根文学则是在《百年孤独》等魔幻化叙事的外来参照下，对逐渐强化的民族精神文化源流的再审视。

莫言活跃于先锋派文学和寻根小说之间，可以说与二者联系非常紧密，从某种角度上甚至可以被定位为用先锋文学的技法包裹了寻根文学内涵的当代作家。先锋文学堕入文本实验的纯技法性被寻根文学的价值追寻所缓解，而寻根文学寻找终极价值的冲动被先锋派的感觉所拯救。莫言的小说叙事特征与很多先锋小说的文体叙事一样，在某些方面体现了“西学东渐”过程中的特殊形态”。如前所述，这里所谓“西学东渐”的最直接的表现就是西方现代主义文学、后现代主义文学的引进，具体而言就是拉美魔幻现实主义的代表作家马尔克斯的《百年孤独》和博尔赫斯的叙事技巧的影响。同时，还有一个非常重要的文化背景就是人类学研究在国内的盛行，使得对边远区域的关注和对民间野史的重审成为了当时的关注热点。也就是说，中国作家接受《百年孤独》并为它的原始魅力所打动，实际上是构成了全球化时代里人类学的发展及其对文学与文学批评造成影响的一部分。

1980 年代，《原始思维》《金枝》《神话—原型批评》等人类学著作在国内翻译出版。随后，上海、北京、浙江、四川、山东等地的出版社竞相出版人类学译丛、比较文学丛书和民俗文化丛书。之后，一些介绍方法论和将其具体应用到批评实践中的文章也大量出现。90 年代以来，《文艺争鸣》《上海文论》《文艺研究》《中国比较文学》《东方丛刊》等刊物还以专栏的形式推出以神话、仪式、民俗、原型等为视角的研究文章。[①] 人类学研究视角的引入和发展对于寻根文学到边缘地带和民间寻找文化的“根”，对于重新重视被现代文明挤压的“地方性知识”，并由此带来的“文化相对主义”的立场都是直接的诱发因素。另外，从理论层面上说，西方叙事学理论、形式主义文论、新小说理论、语言学理论以及海德格尔、萨特等的存在主义哲学思想在新时期的大力推介也为先锋小说的叙事实验提供了丰厚的理论背景。

中国本土改革开放的整体社会环境、中国文学界在痛苦的反思之后的觉醒和焦灼与“西学东渐”一拍即合，甚至可以说重新创造了中国思想文化史上的第二个“五四”。而作为寻根文学和先锋文学的重要铺垫，王蒙、宗璞等的意识流小说和“朦胧诗”的崛起，以及由此所引发的

① 叶舒宪：《文学与人类学——知识全球化时代的文学研究》，北京：社会科学文献出版社，2003 年，第 257—259 页。

关于“西方现代派”的讨论功不可没。[①] 随后刘索拉、徐星和王朔的“观念意义上的现代派”也对文学的发展进行了有益的探索。莫言出现在文坛的时候，除了上述背景之外，如火如荼地向乡土和文化边缘寻找“文化之根”的运动也是一个重要的创作背景，比如韩少功的《爸爸爸》、王安忆的《小鲍庄》、阿城的《棋王》、贾平凹的“商州系列”、李杭育的“葛川江系列”、郑万隆的“异乡异闻系列”等等。

在众多的新时期作家中，马原是莫言的一个重要参照对象。马原是新时期全面倡导小说叙事技巧的第一人。他对于小说虚构性本体特征的强调，在很大程度上引领了当代先锋文学的叙事革命。但是正因为马原走得太远，他给当时的文学阅读带来了某些不适。而随着他的“叙事圈套”被揭穿[②]，马原给文学带来的阐释意义也消失了。莫言不同，他的《透明的红萝卜》《红高粱》在寻根之外加入了很多可亲可感的元素，而他的感觉、他的叙述视角又同样兼顾了叙事形式的革命。从这个意义上说，尽管莫言的叙事革命声名不如马原，甚至他对于后来文学观念转变的影响也逊色一筹，然而他被阐释和关注的程度却远远超过了同时出现的马原、残雪等人。如果说马原是先锋文学的技巧先导的话，那么莫言小说中所呈现出来的有关乡野童年和家族历史叙事，以及对此采取的判断立场、感觉资源等则为先锋小说提供了可资借鉴的题材及主题。有论者认为，莫言处于“寻根文学”与“先锋文学”的中间地带[③]，是有一定道理的。

新时期先锋小说的技法探索在很长一段时间内都没有走出马原的“圈套”，而其主题话语都没有走出莫言的关注视阈。莫言的土匪（战争）题材、家族（历史）叙事、童年情结、情爱模式等等，以及其间渗透的对于身体的关注、对于苦难意识的重构、对于死亡和暴力的描写、对于

---

① 据统计，仅 1978 年到 1982 年这五年间，关于现代派问题的争论论文不下五百篇。《外国现代派作品选》《西方现代派文学研究》、高行健的《现代小说技巧初探》等销量惊人。

② 吴亮：《马原的叙事圈套》，张国义编《生存游戏的水圈》，北京：北京大学出版社，1994 年，第 210—222 页。

③ 付艳霞：《莫言的小说世界》，北京：中国文史出版社，2011 年，第 239—240 页。

乡村与城市的对立、对于家族血缘等级的重新审视等等都构成了先锋小说叙事中最重要的识别密码。例如这类小说还有：苏童的“枫杨树故乡系列”中的《十九间房》《罂粟之家》《1934年的逃亡》《飞越我的枫杨树故乡》《米》《我的帝王生涯》等，叶兆言的《枣树的故乡》《艳影》等，格非的《迷舟》《大年》《敌人》，洪峰的《瀚海》，余华的《许三观卖血记》《呼喊与细雨》《活着》等。这样说，并不是说这些题材受到关注都归功于莫言，而是说在先锋小说之前，莫言构成了一个启发和一个起点，也构成了先锋小说超越和反叛的一个对象。仅以苦难描写为例。莫言小说中有很多与乡村和童年相联系的苦难描写。这种因农村物质生活匮乏所造成的纯粹个人经验的书写，在莫言的笔下更多地带有感时伤怀的含蕴。比如《透明的红萝卜》《五个香饽饽》《枯河》《遥远的亲人》等等，而《丰乳肥臀》的母亲所经历的人生变故则可以看作“莫言式”苦难书写的集大成。在这样的描写中，生存的基本层面裸露出让人难以回避的真实，作家的叙述也很难回避传统现实主义而去炫耀“现代派”的方法。即使是带有些许形而上思考的《十三步》《模式与原型》《梦境与杂种》《幽默与趣味》，莫言也力图在荒诞化的叙事中触及人的精神：比如树根与树叶情感的毁灭与本土的神秘文化和外来的宗教文化产生了联系(《梦境与杂种》)；比如狗的杀母悲剧带有反写弗洛伊德的含蕴(《模式与原型》)；比如王三变猴子的荒诞与张赤球的主体确认等，都触及到了人的异化的主题(《幽默与趣味》《十三步》)，但从文本所产生的效果看，过于熟悉的经验和“隐含作者”对于这种经验的过于贴近，限制了文本所能达到的深度和广度。

中国本土文学苦难描写的最大特点是更关注苦难的现实层面而不是哲学层面。这种特点贯穿着解放区文学以来的中国文学史。无论是推翻“三座大山”还是打倒“四人帮”，中国人的苦难都能够找到现实渊源，因而“诉苦”“苦难解救”也都具备现实依托和现实的目标。这一点甚至可以从中国传统文化中的“实用理性精神”和“乐感文化精神”[①]中

① 李泽厚：《中国古代思想史论》，合肥：安徽文艺出版社，1999年。

寻找论据。对于“苦难”的这种体悟方式和呈现方式，是民族性和国民性的集中体现。比如余华的《活着》就是一个生存苦难的全面展示。只是福贵的苦难既是社会历史使然，又带有太过巧合的典型性。余华似乎试图通过这样一再的、颇有戏剧性的生活变故来展示生命中本来存在的韧性，以及不断能够消解苦难、面向生存的务实性。从这个意义上说，如果说莫言对十七年文学中普遍存在的苦难描写的背叛，是将其从崇高化的群体苦难拉向个体真实的生活层面，从而剔除掉很多浪漫主义色彩的话，那么余华对于苦难的展示则带有拉向生活常态的力量。最终，福贵的经历仿佛与历史语境无关，而只是生活中不断遭遇的事实。而正是这种解构的力量，反而使得余华的书写能够超越单纯的经验维度而带上了哲学的韵味，福贵的“活着”变成了西方现代主义文学反复书写的“城堡意识”和“西绪弗斯”式的轮回，他也变成了一个隐喻每一个苦难中的人们的寓言。而后来者，比如鬼子的“瓦城三部曲”、东西的《没有语言的生活》，毕飞宇的《青衣》《玉米》等苦难描写，既展示了常态社会环境的影响，又从更加深层的意义上强化生活的偶然、巧合对于人的捉弄。如果说余华认为苦难是生命的常态的话，那后来者的理解往往是苦难是生命的巧合和机缘。只是，“苦难”书写从意识形态寓言蜕变到人生寓言，是否意味着文学的进步，是否意味着作家已经卸下社会责任感而背负上犬儒主义的现世哲学，是否代表了文学与现实在更高程度上的连接，并不是轻易就能说清楚的。

小说叙事中的暴力和死亡描写也呈现出同样的面貌。余华曾说：“暴力因为其形式充满激情，它的力量源自于人内心的渴望，所以它使我心醉神迷。”[①]暴力与激情的结合是一个另类的解释，而对于人性中的暴力因素的挖掘也带有“鲁迅式的”拷问意识。很多先锋小说作家都延续着这样的激情路数。莫言笔下的暴力和死亡描写很多，比如《秋水》中黑衣人的死，《老枪》中大锁的死，《枯河》中小虎的死，《筑路》中刘罗锅和孙巴子的死，《红高粱》中罗汉大爷、我奶奶、余大牙、任副官、恋

① 曹文轩：《20世纪末中国文学现象研究》，北京：北京大学出版社，2002年，第263页。

儿等的死，还有《丰乳肥臀》中各个人物的死等等。而最著名的场景莫过于《红高粱》中罗汉大爷剥皮的描写。后来的《十三步》也曾写到殡仪馆的整容师对于死者的整容，而《檀香刑》则将凌迟刑、檀香刑等刑罚描写发挥到了极致。但这些后来的描写远不如 20 世纪 80 年代中期的作品中剥皮场景乍现时令人震撼，用那样一种惨烈的方式描写抗战中普通百姓的遭遇在中国文学史上是第一次。有意思的是，此后的先锋作家都不约而同地采用这种极端粗砺的方式进行刻画。比如余华的小说中有这样的场景展示："然后她拿起解剖刀，从山岗颈下的胸骨上凹一刀切进去，然后往下切一直切到腹下。这一刀切得笔直，使得站在一旁的男医生赞叹不已。……失去了皮肤的包围，那些金黄的脂肪便松散开来。首先是像棉花一样微微鼓起，接着开始流动了，像是泥浆一样四散而去。于是医生仿佛看到了刚才在门口所见的阳光下的菜花地。"[①]如果说莫言对罗汉大爷的死进行毫发毕现的展现是与民族抗争相联系，通过煽动读者对死亡的畏惧情结而展示正气、展示对侵略战争抵制和抗拒的话，那后来很多先锋小说的死亡描写都褪去了死亡本身之外的意义含蕴，变得带有想象性体验的无畏性和没有价值、没有意义的神秘性，甚至带有技术性、审美性了，如余华的《往事与刑罚》、叶兆言的《红房子酒店》等作品，都有这样的叙事描写。在先锋小说作家这里，只有死亡场景的展现，而没有死亡原因的追寻和死亡意义的回响，"人们无法从这些先锋小说之中觉察到古典的崇高或悲壮，无法觉察到个人对于命运的不屈反抗以及最终失败；相反，先锋小说中的悲剧主人公毫无分量。""先锋小说之中悲剧的意义已经转移到叙事层面上。"[②]

然而值得玩味的是，先锋小说在这样非常态的描写集中轰炸之后不久又集体转型。他们或者创作一度处于停滞状态，比如余华，或者从历史的深处走到了现实，如苏童、叶兆言、格非等等。如今，尽管他们仍旧是当代文坛创作的重量级人物，但他们的写作早已丧失了"先锋"时

---

① 余华：《现实一种》，上海：上海文艺出版社，2004 年。

② 南帆：《文学的维度》，上海：上海三联书店，1998 年，第 215 页。

代的灵性和含蕴,变得贴近现实,甚至变得“一地鸡毛”。在这样的转变过程中,他们丢掉了充满魅惑的历史、丢掉了灵动的文学想象而拾得了支离破碎的现实和脆弱的现实判断。[①] 他们放弃了极具探索性和终极关怀式的写作而走向了大众化和通俗化。对照而言,莫言能够在几经周折之后写出《檀香刑》,以及之后的《蛙》,仍旧在历史书写领域有所作为,就显得异常难能可贵了。如前所述,莫言身上隐藏着寻根文学和先锋文学兴起和衰落的根源性因素。或许正是莫言在寻根文学过于沉重的文化负累中加入了技法的轻松,而在先锋文学过于耽于技法的时候加入了常态的历史文化内涵,才使得他一直保持创作的活力。

莫言受到当代文坛的影响,同时也影响着当代文坛。他的叙事视角、安排故事的方式、方言俚语进入小说的尝试等都在当代文坛产生了重要影响,并有数量众多的借鉴者,以至于曾经使“我爷爷”等叙事方式成为一个时期的主调,但莫言的叙述腔调和乡土经验的铺排方式是难以模仿的。或者说,莫言用天才般的艺术感觉和独特的个人经历的结合,寻找到了自身介于寻根和先锋之间的法宝。“莫言看来是最具中国含量的中国‘先锋作家’。作为西方话语的‘酒神精神’很难缚住他不安分的灵魂。他精致但不规则的中短篇写作,延接着从庄子到蒲松龄的余绪,而他的长篇小说,有《大地》式的旷袤、伤痛和复杂,特别是他不放弃当代性的精神探索,因而道技相济,内劲悠远。他成为先锋作家中发光持久,激情不息的特例。”[②]“他总是能够给平淡的都市生活和牧歌田园般的乡土情结带来别样的气味,他也总是能够给所有的命名提出挑战而作为一个丰富的个案存在。”[③]

以上对寻根文学、先锋文学与莫言小说叙事的关系作了简单分析,下面将主要以赵树理为参照,简单探究乡土文学与莫言小说叙事的

① 从苏童新世纪的短篇即可窥见一斑。最直接的例子就是《莽原》杂志 2005 年第 1 期在“远与近”栏目中将苏童早期的《桑园留念》《伞》和新作《寒露》放在一起,体现了作家书写现实的气力疲弱。

② 施战军:《“先锋写作”:方位调整与精神重生》,徐俊西《世纪末的中国文坛》,上海:上海文艺出版社,2002 年,第 222 页。

③ 付艳霞:《莫言的小说世界》,北京:中国文史出版社,2011 年,第 247—248 页。

关系。

一般来说，乡土文学特指文学描写中所体现出来的地域特色和风土人情，这一命名大约产生于“五四”时代。鲁迅、周作人、茅盾等都分别著文探讨乡土文学的地域特色①，认定乡土文学的特点就是“风俗画”“风情画”“风景画”。从叙事模式而言，出现了鲁迅模式和废名、沈从文模式两种不同的审美取向。鲁迅带有厚重历史感的叙事，在描画地域风情的时候体现的更多的是苦难、落后和启蒙的艰难；而废名、沈从文模式则从城乡对立的角度描写家乡的田园牧歌，挖掘家乡风土中所蕴涵的温情。此后，以赵树理为代表的“山药蛋”派和以孙犁为代表的“荷花淀派”成为中国乡土文学的两大主流。应当说，由于处于特殊的年代，二者都更多地继承了鲁迅的叙事模式，尤其是作家的创作立场和情感态度。但从审美情趣上而言，“荷花淀派”更接近废名、沈从文模式，其带有陌生化效果的地方在当时一片“救亡与启蒙”的社会责任感之中，给文坛吹来了难得的审美之风。此后，就是新中国成立后的乡土文学：路遥的陕北、刘绍棠的京西，甚至包括此后的“寻根小说”系列、“知青小说”系列等等，大都继承了鲁迅模式的遗风。

莫言是新时期乡土文学的重要领军人物。陈思和在一所高校演讲时评价莫言是当代“最好的农民作家”②。莫言的小说叙事深受乡土文学的影响，而且精神血脉错综复杂。以他的个人经历而言，他的世界观和人生立场更接近沈从文，然而他笔下的乡村世界，审美情趣又与之大相径庭，反而更接近鲁迅。而从他“野狐禅”的、“天马行空”的叙事风格而言，又显得特立独行。细究起来，莫言的情形倒与赵树理有一定程度的相似。首先，从文化形态来说，赵树理的小说所具有的“话本”小说的通俗性和“亚文化”的叙事性质早已被广为评论。赵树理在认同主流文

---

① 参见鲁迅《且介亭杂文二集》,《中国新文学大系》小说二集序，周作人《地方与文艺》，茅盾《关于乡土文学》等文章。

② 陈思和2013年6月3日在江苏淮阴师范学院发表题为《莫言与当代文学》的演讲。见淮师新闻网 2013 年 6 月 4 日电。http://news. hytc. edu. cn/news/zhxw/2013-06-19/10584. html。

化的前提下，用平视的视角面向民间大众，用大众能够接受的价值观、用大众喜闻乐见的故事形式印证政治话语，宣讲和讴歌主流文化。也就是说，赵树理用“亚文化”叙事的形式包裹了主流文化叙事的内容。莫言的小说也具有这样的特点，他用乡村传奇、用非常个体化的经历暗含着“宏大叙事”的主题，他始终无法忘记为弱势群体代言、为弱者辩护的立场，因此也可以说，他用乡村传奇故事或具有传奇性的先锋叙事手法，包裹的始终是传统现实主义的主题。其次，从小说叙事所产生的审美效果和社会效果而言，二者都有不同程度的割裂。比如赵树理在上世纪 50、60 年代的创作，就出现了叙事形式背叛主观倾向的情形，故事和人物本身偏离了作家的创作初衷而自动显示了某些异质性，甚至批判性。莫言也是，往往主观意愿会被客观表达所淹没或篡改。尽管文本脱离作家控制而自行产生意义是所有创作都会面临的问题，但是在“赵树理方向”这里就会具有另外的意味。总之，正是由于赵树理、莫言很难被准确地归入鲁迅模式或者废名、沈从文模式，二者又都更多地保留了乡土社会的自在性、自为性，吸收借鉴了民间文学的特征，保留了乡土社会价值观的完整性，同时二者都有直觉审美与理性认知错位的叙事形式，但二者的小说叙事又呈现出非常迥异的风貌，因此，对他们进行必要的比较和考察，必然会有重要的发现。

莫言的小说叙事和赵树理的小说叙事有很多不同。它们所处的时代不同，面临的语境不同，呈现的叙述风度也不同。仅仅是出身农村、后来又到了城市这样的经历并不能成为将二人并举的理由。更重要的原因是，莫言“作为老百姓”的写作定位和不断关注权力腐败问题等，很容易让人联想到赵树理的“问题小说”意识和“文摊作家”的定位。这两种看起来非常相似的写作意识，代表的是出身农村而带有强烈社会责任感的作家所具有的职业品质。表面上看，他们采取的都是放弃知识分子的俯就式启蒙立场，而站在与被观照对象平等的层面上写作，但事实上两个人又有所不同，而在这种不同之间，或许可以发现很多问题，尤其是有关中国文学的现代性和通俗文学形式的生存空间问题。莫言“作为老百姓”写作的定位其实更多地可以理解为“作为弱者”的写作定位，这个“弱者”在大多数情况下是针对于权势拥有者和城里人的，或者更准确地说是拥有权势的城里人的。而所有的“代入感”“间离感”等等都只是这种针对性结构的副产品。只是莫言小说在叙事模式上的精心设计，既用弱者的立场赢得弱者的支持和同情，又用传奇化的故事、蛮野化的爱情、神秘化的乡村风情和虎虎生风的暴力描写吸引了那些所谓“强者”的目光，迎合了读者消费历史、消费传奇的文化口味。关于“作为老百姓写作”将在第五章进行详细探讨。

莫言小说与赵树理小说预设的“隐含读者”是不同的。赵树理的小说叙事是用通俗文学的形式包裹着新文学，或者准确地说是左翼文学的内容，不断发现和解决在接触农民的过程中出现的问题。从其语言的口语化、画面化、动作性、故事的通俗性和讲述故事的传统性等角度而言，完全是以农民和农民的教育者、启蒙者为“隐含读者”的。正如他的创作初衷是“夹在卖唱本的摊子里去赶庙会”一样，他与普通的村民一样，嘲笑二诸葛、三仙姑、吃不饱和小腿疼，在他们改过之后也可以既往不咎。这种温和、这种不计前嫌，使得赵树理总是像这些人物的邻居一样，没有更加尖锐的、提升到什么学理层面的洞察和判断，而只是用乡村世界有关仁义和善良、有关本分与不本分、厚道与不厚道的乡土法则来衡量每一个人、每一件事。这种自发的文学意识与当时创作原则的不谋而合，实在是历史条件使然，是“生正逢时”。而正是因为有这样的“隐含读者”的设定，使得赵树理的小说从形式到内容都体现了一种特定的区域美学风格和温和的教育启迪作用。原汁原味的语言、朴素的叙事方式和亲切可感的人物形象，都是这种区域美学风格和教育启迪作用的构成部分。而莫言的小说尽管始终没有离开“高密东北乡”，但是并没有留下典型的区域美学风格。因为他始终力图用“高密东北乡”浓缩整个民族的历史、文化和传统，他的语言、叙事策略、他所写的传奇和人物等等，无不在象征和隐喻，无不承担着“寓言”的功能。从这个意义上说，“隐含读者”的不同设定，决定了两个不同时代的、都有效利用通俗文学形式包裹现实主题的作家的根本不同。

莫言与赵树理的小说表现形式差异很大。赵树理的小说叙事是对

“五四”新文学叙事的一种反拨，随着白话文取代文言文，“文学革命”所倡导的文学走向“引车卖浆之流”的理想并没有实现，相反，知识分子的写作反而越发地走向了西方化、翻译体。赵树理文体的出现是对当时的西方化倾向的反拉，他彻底走向农民文化，文学形式上则走向宋代的话本。莫言叙事模式形成的时候，也正是中国文学再次集体西方化的时候。改革开放之后，西方的文艺思潮、创作观念潮涌而入，文坛在惊呼“小说原来可以这样写”的时候，慢慢开始“师夷长技”，莫言是其中的一员。只是，他的战争文学、他的直觉感性、他丰沛的想象力和张扬热烈的语言都溢出了先锋化的叙事策略之外，因而他显得特立独行。但从小说叙事的内核而言，如果说赵树理的小说叙事是民族形式，或者说传统文学形式的更新和创造性运用的话，那么莫言小说中所呈现出来的传统文学形式，不过是西方化叙事话语中的装饰和点缀，尤其是在《檀香刑》之前。由此，也可以看出通俗文学或者说传统文学的创造性转化，所提出的有关文学现代性的问题，今天看来可以在赵树理和莫言两个作家身上看到两种不同的走向：一是如赵树理，在社会生活变化之后，在自身文化积淀的范围内进行创造性的更新，也就是“旧瓶装新酒”；一是如莫言，用外来的叙述技术手段来包裹和重新打量旧日的生活，也就是“新瓶装旧酒”。① 当然，从文学发展的角度来说，往往是莫言的方式更能够适应文学的不断发展，这就是所谓太阳底下无新事，而文学可以常写常新。黑格尔说：“形式的缺陷总是起源于内容的缺陷。……艺术作品的表现愈优美，它的内容和思想也就具有愈深刻的内在真实。”②从这个意义上说，赵树理小说叙事被落后的文学形式限定了新内容所能达到的高度。莫言小说通过外在形式的借重提升了书写内容的内涵。

值得注意的是，一个作家仅靠形式上的创新，而没有对生活、对人认识的不断深化和改变，创作生命力是难以维持的。著名作家孙犁在

① 尽管结构主义等西方文学理论早已摒弃了这种两分法，尽管这样的新与旧其实很难截然区分，然而，在赵树理和莫言这里，这种区分仍旧是最恰当的理解手段。

② ［德］黑格尔：《美学》（第一卷），朱光潜译，北京：商务印书馆，1979 年，第 93 页。

《谈赵树理》一文中写到：赵树理的小说，用故事的通俗性和人物性格的鲜明性、富有地方特色的语言“突破了此前一直很难解决的文学大众化的难关”，然而，赵树理从乡村到城市之后“他的创作迟缓了，拘束了，严密了，慎重了。因此，就多少失去了当年青春泼辣的力量。”“赵树理中后期的小说，读者一眼看出，渊源于宋人话本及后来的拟话本。作者对形式好像越来越执著，其表现特点为：故事行进缓慢，波澜激动幅度不广，且因过多罗列生活细节，有时近于卖弄生活知识。”①莫言的小说也面临着类似的问题。对于莫言小说而言，在充分调动和运用各种现代叙事手段的同时，加入拟话本的古典文学元素、加入传奇化历史的写法，塑造乡野间蛮勇洒脱的人物性格，包括吸收侦探小说、民间传说、武侠小说等文体的某些因素等等，这些尝试都有益，并很快成了莫言小说叙事的标志性元素。尽管在大多数情况下，莫言用强大的、汹涌的叙事语流在形式和内容这“两把椅子”中间找到了叙事的腔调和节奏，也掌控了在二者之间不断进行调适的技巧。然而，“叙述技巧的花样翻新与传奇化内涵的不断重复，或者说民族化的写作内容与借用的叙事技巧之间的缝隙也日益凸显。而且随着作家的不断成熟，对生活和艺术的判断必然不断变得厚重，那么莫言小说面临的问题就是，激情之后的稳健写作向何处去？与赵树理在特定的历史背景下被迫中止写作，或者说，与赵树理的写作困境正好被特定的历史条件所掩饰和遮蔽不同，莫言的小说在经历不断地蜕变之后，仍旧面临着新一轮的创作选择和艺术选择。”②这一看法还是比较中肯的。

无论是赵树理式的用自身的语言资源和思维方式激活自身的现实经历，还是莫言式的借用外来的语言资源和思维方式激活这种经历，其实都有一个必不可少的前提，那就是实施这种激活的行为者具有一个重新观照和打量这些资源的视角，以及由这种视角和打量所引发的与这种资源本身不同的判断。从这个意义上说，赵树理的判断没有超出

① 孙犁：《谈赵树理》，中国赵树理研究会编《赵树理研究文集——近二十年赵树理研究选萃》(上)，北京：中国文联出版公司，1998 年，第 24—28 页。

② 付艳霞：《莫言的小说世界》，北京：中国文史出版社，2011 年，第 233—234 页。

这种资源本身，他在特定社会历史情境中的沉浮都因为这种没有超越；而莫言的判断显示了某些锋芒，因而他在特定社会历史情境遭到了另一种沉浮。而这种沉浮迫使莫言做了创作技术上的调整，催生了他观察事物的更加成熟和稳健的角度。于是，莫言在褪去了批判的锐气之后，反而获得了更加内劲悠远的批判力度。只是绵延这种批判，需要避免历史判断的短视，需要获得更加深广的境界。

第三章

莫言小说叙事模式

第一节　莫言小说的叙事格局

在小说等叙事虚构文本中，作品的叙述模式是由“叙述者——受述者”所形成的不同的叙述风貌决定的。中国传统白话小说一直保持着一种“书场”格局，五四新文学时期遭到抛弃，后来的赵树理又充分继承和发扬了这一模式，其最大特征就是小说的“可说性”，按赵树理的话说就是“写在纸上和口头上说是统一的”①，“说起来就听得懂，使人一看就想看下去”②。小说的“拟书场”叙事模式，贴近受众，容易引起感情上的互动，使小说的叙述者与受述者经常处于一种“共生状态”，给人一种“在场”感，但弊端也很明显，叙述者与受述者“距离”太近，甚至是“迁就受众”，含蓄的美感就非常薄弱了，蕴涵与想象空间严重缺失，毕竟小说作品和说书人的底本或讲唱文学还是有区别的。莫言显然是意识到了这一点，他的小说叙事选择性吸收了传统小说的“书场”形式，进行了大胆的变革创新。因此，莫言小说叙事模式既不同于传统小说，也有别

① 赵树理：《从曲艺中吸取养料》，《赵树理全集》第 4 卷，太原：北岳文艺出版社，2000 年，第 411 页。

② 赵树理：《生活・主题・人物・语言》，《赵树理全集》第 4 卷，太原：北岳文艺出版社，2000 年，第 527 页。

于“五四”小说，即使与同样以“讲故事”著称的赵树理相比差别也很大，具有传统小说“书场”格局和现代小说叙事技巧杂糅的特征。

陈平原认为由口头化到书面化，由“讲故事”到“写小说”，是中国小说叙事史上的一个巨大转变。[①] 莫言的小说在一定程度上则是从“写小说”到“讲故事”的回流，而且这种故事更带有在古代书场中说书的底本的性质，只不过在故事的讲述过程中加入了许多现代技法。这种故事与技法的调和促成了莫言小说特殊叙事模式的形成。这也是莫言在当代文坛上比纯技术性的作家，比如马原等更有生命力的重要原因。正如杨义所言：“视角的功能不仅可以表现独特的世界感觉，蕴涵某种人生哲学和历史哲学，而且它的执著和独到的运用，可以导致叙事文体的变异和革新。”[②]莫言把已经被新时期作家抛弃的“说书人”叙述者重新请回到叙事文本中来，同时借鉴西方一些现代叙事技巧与手法，进行现代叙事艺术的改造，让它以有别于传统小说中“说书人”的崭新姿态再度统治文本叙述。与传统叙事以及赵树理的叙事格局相比，莫言小说的叙事交流模式中，叙述者的叙事诉诸各种感观，如听觉、视觉、味觉等等，叙事形式更加丰富多样与复杂多变，能够产生阅读上的强大冲击力，从而形成自己独特的叙事模式与叙述话语。学界早就注意到了莫言这一独具特色的叙事格局，但研究得很不深入，都是侧重某个具体方面，主要是从小说语言方面，有的将其归为“狂欢化”，有的总结为“拟演讲”[③]，缺少整体的观照。如“狂欢化”确实触及到了莫言小说叙事的主要特征，但忽略了莫言小说叙事的中国语境；“拟演讲”某种程度上还是一种独角戏，具有居高临下的说教色彩，不能准确涵盖莫言小说叙事的非常显著的“交流”与“复调”特征。因此，笔者从莫言小说叙事整体上进行观照，将其归纳为：“广场化”叙事格局。就莫言小说这一具体的文本而言，“广场化”应该更有概括力与特征所指。“广场”上可以有“狂

① 陈平原：《小说的书面化倾向与叙事模式的转变》，见《中国小说叙事模式的转变·附录一》，北京：北京大学出版社，2003 年。

② 杨义：《中国叙事学》，《杨义文存（第一卷）》，北京：人民出版社，1997 年，第 197 页。

③ 付艳霞：《莫言的小说世界》，北京：中国文史出版社，2011 年，第 17 页。

欢”，可以有“演讲”，可以有“书场”，可以有各种“对话”“交流”，有各色人等，热闹非凡，众声喧哗；同时也可以看作是对中国传统“书场”的拓宽与延展。

“广场化”是借鉴了巴赫金研究陀思妥耶夫斯基和拉伯雷的创作时所提出的“对话”“复调”“广场”等概念，并在其话语研究的基础上作一定程度的拓展，用以概括莫言小说整体叙事格局（包括叙事模式与叙事话语），这也和小说叙事交流模式相统一。关于“对话”“复调”方面前文已经有较为详细的分析，下面就“广场”作简单论述。

“广场”是大众生活的地带，在那里上演着各种悲喜剧、闹剧和正剧。巴赫金认为，“民间广场”作为拉伯雷通过小说展现新世界的舞台，体现着最具人性的生活，人以及他生活中的一切行为、一切事件与时间空间形成崭新的关系。显而易见，在这一崭新的关系当中，“质量水准（价值）同时空规模（量）是相符的，形成正比”①。在广场中，人与人之间的关系是平等、自由、无等级观念的，它包罗万象又具有再生性。水平线在新模式中起主导作用，人的身体就是宇宙的相对中心，探究平面空间的价值内涵是文学等级空间的新特点。

这一“广场”空间不仅是大众聚会的场所，更是一个自由空间，是可以尽情享受的感官欲望与理性水乳交融的空间，即“公共空间”和“公民社会”。在这样的空间中，芸芸众生之间平时的尊卑贵贱，以及清规戒律等等都在随心所欲、不受约束的欢娱中被颠覆。平等、自由、感性是“广场”空间中人与人之间最本真的关系。在揭示这一关系的过程中，巴赫金还看到了形成这种关系的潜在力量。巴赫金的“广场理论”存在两个不同的世界——民间世界和官方世界。其中民间世界是一个“乌托邦理想的东西与现实的东西，在这种绝无仅有的狂欢世界感受中暂时融为一体”的场地②，人的毗邻关系回归到了自身，并在人们之中感

① ［俄］巴赫金：《巴赫金全集·小说理论》，白春仁、晓河译，石家庄：河北教育出版社，1998年，第362页。

② ［俄］巴赫金：《巴赫金全集·拉伯雷的创作与中世纪和文艺复兴时期的民间文化》，李兆林、夏忠宪译，石家庄：河北教育出版社，1998年，第12页。

觉到自己是人。在这样的民间世界里，常常使用颠覆、亵渎、逆向、嘲弄、贬低的行为和话语，将现实中的事物现象、语言思想间传统的毗邻关系撕开，例如，上和下、生与死、坟墓与孕妇等这些有着形而上等级思想的词语。莫言的小说叙事正体现了这样的特征。

巴赫金"广场"空间理论的意义是非常深刻的。通过"广场"这个空间重新揭示被人们日常空间所遮蔽的一种曾经有过的自由的生活方式，使人们在颠倒的世界中重新认识他们之间的毗邻关系，重新享受到自由的感觉。[①] 巴赫金写道："拉伯雷艺术方法……的实质，首先就可以归结为破坏一切习惯的联系、事物间和思想间普通的毗邻关系，归结为建立意想不到的毗邻关系、意想不到的联系"[②]，"在破坏事物现象、思想词语间传统毗邻关系的同时，拉伯雷通过别出心裁的荒诞奇幻的形象以及形象的组合，达到揭示世界一切现象间的新的、真实的、合乎'自然'的毗邻关系和相互关系。在拉伯雷笔下……恢复了事物间非常古老的毗邻关系。"[③]巴赫金对民间广场的空间毗邻关系的论述，是其对理想中颠倒的世界的描述，正是在民间文化与官方文化相互碰撞和影响下带来了文学获得革新的动力。这种革新的力量源于破坏和重建的欲望，用拥有医疗性质的广场破坏已有的成型的关系，在颠倒的世界里寻找一种更真实、自然的毗邻关系，"这时，毗邻关系中的所有成员（整体的所有成分）都具有同等的价值"[④]，从而在小说世界中成为一种暂时的平等。

小说的叙事模式与叙述话语是反映一位作家小说叙事特征的最重要方面，也是形成文体特征的重要方面，是作家具有特色的、不可替代的部分，也是他自觉创造的东西。莫言小说的"广场化"叙事格局正体现了这样的独创性。这一叙事特征介于弗吉尼亚·伍尔夫所说的"难

① 梁佳、刘进：《从巴赫金的"广场"理论看微博空间》，《新闻界》2011年第2期。

② ［俄］巴赫金：《巴赫金全集·拉伯雷的创作与中世纪和文艺复兴时期的民间文化》，李兆林、夏忠宪译，石家庄：河北教育出版社，1998年，第364页。

③ 同上书，第403页。

④ 同上书，第409页。

以复述的小说"[1]和传统的、可供说书者讲说的故事之间。这种特征的形成主要得益于莫言对创作题材传奇性的迷恋，以及对叙事方式技艺性的追求。传奇性包括几个层面，一是莫言小说的故事总是带有神秘传说的性质；二是莫言小说总是善于在"主叙述"中加入一些"副叙述"，而这"副叙述"的内容大多是民间传说；三是莫言小说的情节安排总是出其不意，带有中国侠义小说的特征。而莫言小说叙事风格的技艺性则是指他有意地在小说中使用各种技法，甚至有时候采用故意裸露技法的方式，以调节叙事节奏，营造特殊的故事氛围、情节氛围。正因为莫言热衷于讲故事，所以他的小说与先锋小说的纯形式实验不同，能够给人留下完整的情节可以复述，但由于莫言的小说又总是在给人讲述一个完整故事的同时制造许多"非故事"的因素，比如叙述视角跳荡、结构交错、时空穿越，从而形成了独特的小说叙事模式。本章及下一章将对此展开论述。

第二节　"多重性"的叙事角度

陈平原在《中国小说叙事模式的转变》中说："在 20 世纪初西方小说大量涌入中国以前，中国小说家、小说理论家并没有形成突破全知全能叙事的自觉意识，尽管在实际创作中出现过一些采用限制叙事的作品。""五四"作家"更是直接在西方小说视角理论影响下自觉突破传统小说全知叙事模式的"[2]。这样的说法大体是不错的。在西方叙事学研究中，叙事角度是一个有多种命名方式并被广泛讨论的问题。[3] 无

---

① 耿占春：《叙事美学——探索一种百科全书式的小说》，郑州：郑州大学出版社，2002 年，第 20 页。

② 陈平原：《中国小说叙事模式的转变》，北京：北京大学出版社，2003 年，第 59—61 页。

③ 帕西・拉伯克称之为"视角"；克利安斯・布鲁克斯和罗伯特・潘・沃伦称为"叙述焦点"；兹韦坦・托多罗夫称为"叙事体态"；热拉尔・热奈特称为"焦点调节"。参见陈平原：《中国小说叙事模式的转变》，北京：北京大学出版社，2003 年，第 62 页。

论是法国理论家热奈特的“聚焦说”①，还是俄国形式主义者的“公式”化的分析②，查特曼的“叙事结构”分析③，以及其他许多学者形式多样的图表阐述等等④，关注的问题多是作者、叙述者和人物以及读者的关系，而且侧重于探讨这种关系的变化给小说情节的呈现方式、故事的讲述方式、小说的阅读效果乃至作家的文体特征等所造成的影响。因此，“传统上的视角一词至少有两个常用所指，一个是结构上的，即叙事所采用的视觉（或感知）角度，它直接作用于被叙述的事件；另一个是文体上的，即叙述者在叙事时通过文字表达所流露出来的立场观点、语气口吻，它间接地作用于事件。”⑤由于叙事角度与众多人物设置的复杂关系，以及叙事人称的灵活变化，也使得这一问题变得十分复杂。如果单纯从理论上研究叙事角度的变化和叙事人称的多样化还能够穷尽的话，那么落实到具体作家的身上，情况就会复杂得多⑥，尤其是对于莫言这样一个在叙事上变化多端的作家更是如此。这就难怪有论者面对莫言“叙述的极限”，而“感到徒劳的危险”了。认为莫言“成功和最大限度地裹挟起了一切相关的事物和经验、最大限度的潜意识活动，以狂欢和喧闹到极致的复调手法，使叙事达到了更感性、细节、繁复和戏剧化的‘在场’与真实”⑦。

在小说叙事中“叙述既可以看作真实的，也可以看作虚构的。在经验世界中，承担叙事作品的创造及其交流任务的是作者。然而，实际经

① 参见［法］热拉尔·热奈特：《叙事话语·新叙事话语》，王文融译，北京：中国社会科学出版社，1990 年。

② 参见托多罗夫：《叙事作为话语·叙述学研究》，张寅德编选，北京：中国社会科学出版社，1989 年。

③ ［美］西摩·查特曼：《故事与话语》，徐强译，北京：中国人民大学出版社，2013 年，第 253 页。

④ 参见杨义：《中国叙事学》，《杨义文存·第一卷》，北京：人民出版社，1997 年。

⑤ 申丹：《叙述学与小说文体学研究》，北京：北京大学出版社，1998 年，第 197 页。

⑥ 申丹的《叙述学与小说文体学研究》第九章对既有的研究成果进行了比较详尽的论述，具体比较了各种理论之间的异同。从这样的比较、分析和评判中就可看出叙述角度问题的复杂性，任何一种区分方式都有难以避免的缺陷，笔者以为，较为科学的方法应该是尽量避免纯形式主义的琐碎分析，而要从作家的创作实际出发进行概括和界定。

⑦ 张清华：《叙述的极限——论莫言》，《当代作家评论》2003 年第 2 期。

验意义上的交流过程同叙事虚构作品诗学没有多大关系，与此密切相关的是作品文本内部同这种实际交流过程相对应的（理论的或虚构的——译者）交流过程。作品文本内部的交流所涉及的是，一个虚构的叙述者向一个虚构的被叙述者传达叙述内容。”[①]“在这个过程中叙述者起着关键作用。然而我们会发现文本的作者和文本里的叙述者之间有重要的联系。”[②]莫言小说叙事视角的运用非常灵活自由，第一人称、第二人称与第三人称在莫言小说中都有独特的使用，既有单独的使用，更多的是在一部作品中，灵活交替转换使用，甚至很难说是运用哪一种人称，也就是说，莫言小说的叙述者不是单一的，呈现出叙事角度的多重性。

一、叙事人称的灵活多变与自由转换

莫言小说的叙事视角的多重性从整体上表现为叙事人称的灵活多样，在单部作品中主要表现为叙事人称的自由转换。不同的叙事视角具有不同的叙事功能，叙事视角的自由转换，使得莫言自如地控制叙事节奏，自由地在叙事对象之间出入，有利于叙述者和叙述对象的抒情和互相评判。

在中国当代文学中，《红高粱家族》叙事人称的使用是一个创造。莫言“我爷爷”“我奶奶”的叙事视角成功地将历史与现实的源流纳入到了血缘亲情的层面，才使得他的小说在当时新历史小说的潮流中显得别具一格，这也是莫言感到满意的一个创新。他说：“《红高粱》我最得意的是‘发明’了‘我爷爷’‘我奶奶’，这个独特的视角，打通了历史与现代之间的障碍。也可以说是开启了一扇通往过去的方便之门。”“过去的小说里有第一人称、第二人称、第三人称，而《红高粱》一开头就是‘我奶奶’‘我爷爷’，既是第一人称的视角又是全知的视角。写到‘我’的时

① ［以色列］里蒙-凯南：《叙事虚构作品》，姚景清等译，北京：生活·读书·新知三联书店，1989年，第6页。

② ［挪威］雅各布·卢特：《小说与电影中的叙事》，徐强译，北京：北京大学出版社，2011年，第5页。

候是第一人称，一写到'我奶奶'，就站到了'我奶奶'的角度，她的所有的内心世界都可以很直接地表达出来，叙述起来非常方便。这就比简单的第一人称视角要丰富得多开阔得多，这在当时也许是一个创新。"[①]对此，有研究曾从时间变形的角度做过这样的分析："当一个隐蔽的、无处不在的叙事人运用超越时间的单数第三人称或别的手法进行叙述时，整个故事过程中竟闪现了一种似真写真，现今发生的'感受'，仿佛我们与故事世界相距仅仅一纸之遥，仿佛若是没有单数第三人称中介，那纸上的世界便可并入我们生活的一景。"而"莫言借助血缘家族的人称关系，把一个过去的世界托付给了时间的设计。"[②]莫言不仅用这样的叙事人称沟通了祖先世界和现实世界的联系，同时也沟通了叙事者"我"与"我爷爷""我奶奶"之间相互比较、相互审视的一种关系。正是在这种间接的对比中，小说中的故事与作家的叙述构成了奇特的张力，成就了《红高粱》关于"种的退化"的断言，也由此激发了现代人抗日救亡的民族激情，和对于快意恩仇时代的向往："这些男人女人，豪爽开朗，旷达豁然，生生死死中狂放出浑身的热气活力，随心所欲里透出做人的自在和快乐"，让人感到"人活一口气"的舒畅和自由。[③] 因此，尽管"我爷爷""我奶奶"这样的叙事视角是第三人称的，但实际上兼具第一人称叙事的直接性，也就是说，在这样的叙事人称之后其实隐藏着一个真正的叙述者"我"。这里的"我"应当有四个方面的作用：一是充当倾听者，"爷爷""奶奶"的故事是"我"经过多方探询获得的，有九十二岁老太太的讲述，有母亲的述说，还有县志的记载等等。二是评判者和抒情者，仅评判和抒情的"插笔"就不胜枚举，比如：

我奶奶一生"大行不拘细谨，大礼不辞小让"，心比天高，命如

① 莫言：《作为老百姓的写作》《我为什么要写〈红高粱家族〉》，《小说的气味》，沈阳：春风文艺出版社，2003 年，第 15 页、20 页。

② 孟悦：《荒野弃儿的归属——重读〈红高粱家族〉》，《当代作家评论》1990 年第 3 期。

③ 这是张艺谋对于选择拍《红高粱》的解释，见张晓红：《〈红高粱〉中的女人与性》，《当代》1989 年第 8 期。

纸薄，敢于反抗，敢于斗争，原是一以贯之。所谓人的性格发展，毫无疑问需要客观条件促成，但如果没有内在条件，任何客观条件也是白搭。正像毛泽东主席说的：温度可以使鸡蛋变成鸡子，但不能使石头变成鸡子。孔夫子说："朽木不可雕也，粪土之墙不可圬也。"我想都是一个道理。（《红高粱家族》，第 118 页。）

三是故事的想象者和建构者。四是"我奶奶""我爷爷"心理的揣测者和转述者，这也是莫言小说叙述者最突出的作用。莫言小说的叙事视角是跳动不定的。研究界对于莫言天才般的想象力的赞赏其实在一定程度上是对他娴熟转换叙事角度，并能够出人意料地扩大文本的辐射面的嘉许。对于此后莫言小说的叙事角度特色的逐步形成而言，《红高粱》中的"我"既是一个奠基又是一个开始，此后莫言的许多小说都有这样的一个"我"，只不过这四个方面的功能在不同的作品中发挥的程度有所不同。

就第一人称叙事角度而言，莫言小说中的"我"既是一个叙述者又是一个角色，而角色是超出叙事学功能而进入心理学和社会学功能的。"在叙事学意义上，第一人称意味着叙述者在叙事话语中出场；在心理学与社会学意义上，第一人称通过角色景况隐喻了人与世界之间关系的转折。"[①]这种转折在有的研究者看来是代表了个人主体性的张扬。有人抽样调查了 1988 年的小说，曾就第一人称小说的急剧增多发出过"说得太多和太累"的慨叹[②]，而莫言小说的"我"却使这个疲沓的叙事模式增添了很多新鲜的元素。小说的主要人物之一、故事的亲历者"我"，比如《白棉花》《罪过》《飞艇》《弃婴》《梦境与杂种》《五个饽饽》《石磨》《苍蝇·门牙》《冰雪美人》《四十一炮》等，无论是顽皮而忧郁的少年，还是从部队还乡的人都既是事件的"体验主体"又是"叙述主体"[③]，其叙事特征很容易辨别；而单纯作为故事的寻访者、倾听者和讲述者，

① 南帆：《文学的维度》，上海：上海三联书店，1998 年，第 138 页。
② 黄浩：《角色紧张：一个说得太多和太累的"我"》，《作家》1990 年第 5 期。
③ 申丹：《叙述学与小说文体学研究》，北京：北京大学出版社，1998 年，第 27 页。

并不参与故事本身的“我”，比如《战友重逢》《白狗秋千架》《我们的七叔》《生蹼的祖先们》《神嫖》等等，其叙事角度与所表达的立场之间的错位和一致则是值得探讨的。当然，莫言也有一些隐去叙述者的小说，采取“全知全能”的叙事角度，比如《幽默与趣味》《模式与原型》《流水》《筑路》《师傅越来越幽默》等等。所有这些类型的小说都体现了莫言小说叙事视角的多重性。

叙事人称的自由转换是莫言小说叙事多重性的重要表现。这种转换有时发生在章与章之间，有时发生在各段落之间，有时甚至是发生在一个段落里。《十三步》《天堂蒜薹之歌》《丰乳肥臀》《檀香刑》《生死疲劳》《你的行为让我们恐惧》等等均是典型的例子。下面以《十三步》（又名《笼中叙事》）与《丰乳肥臀》为例作简要分析。

莫言在《十三步》的开篇有两段话这样写道：

> 你是关在笼子里的叙述者。你慢慢咀嚼着，然后，用烟头般的红瞳仁盯着我们，滔滔不绝地说：
>
> 星期一上午，市第八中学高三班物理教师方富贵站在讲台上讲原子的原理和人类制造第一颗原子弹时的轶闻趣事。学生们都听呆了。讲台上摆着一盒五颜六色的粉笔，你对我们说，他的嘴滔滔不绝地说着，他的手捏着一截粉笔在黑板上画着，笔画弯弯曲曲，好像用铁丝在编织铁笼。一副大眼镜架在鼻梁上，眼镜腿上缠着白胶布。他是个好人，学校里上上下下都不说他坏。他老婆也挺好，她在学校开办的兔肉罐头厂里做临时工，从事着为兔子们“脱袍摘帽”的工作。他还有一男一女两个孩子，男的叫方龙，女的叫方虎。两个孩子都是面貌清秀，知书达理，是公认的好孩子——让他们先到一边歇会儿！你说，方富贵让教室里升腾起蘑菇状烟云，让那五十多个学生眼睛发直，脑瓜子发涨。他是我的亲密战友，曾经。我们立即看到一道矫情的口红涂抹在你的嘴巴上。
>
> “原子弹爆炸时，钢铁都气化啦，沙漠里的沙子都变成了玻璃！”他说——你对我们说——学生的头颅在他描述出来的蘑菇烟

云里时隐时现着：一个头一个头又一个头……三个脸五个脸七个脸……头上都竖着一撮撮刚毛，好像一蓬蓬小火苗……好像我右边笼子里那只高傲的羊驼……他感觉自己有点迷糊，晃晃头更迷糊，这些孩子都有些怪模怪样起来，他们在想什么呢？你咀嚼粉笔的声音混合在你叙述的故事里的粉笔在黑板上艰涩运动的声音，使我们感到十分的牙碜。你说：大家想想看，学生们在想什么呢？你让我们代替方富贵思想？（《十三步》，第3—4页。）

在这两段话中，作者用了10个“你”和2个“我”，指“笼中人”；用了6个“我们”，指听笼中人叙述的人；用了10个“他”，指的是“方富贵”，但因为这个“他”是从“你”的嘴里说出来的，就需要读者绕过“你”的表述，去达到对“他”的行为的认识；用了2个“他们”，前后分别指方富贵的一对子女和学生。还有1个“她”指方富贵的“老婆”。总计用了31个人称代词，包括：你、我、他、她、我们、他们，几乎涵盖了汉语中的所有人称。“人称的变化就是视角的变化，而崭新的人称叙事视角，实际上制造出来一个新的叙述天地。”①在《十三步》中时而使用全知全能视角，时而局限视角，时而讲故事，时而心理刻画，叙述者的思维是断断续续的，他想到什么说什么，时间上的连续性与情节之间的因果关系似乎显得不再那么重要，整体结构看起来也显得相对松散的，或许这正是作者有意追求的叙事效果。

《十三步》是一个读起来很具挑战性的文本，体现了“文学语言的颠覆与价值语言的混乱”。莫言本人曾经在京都大学演讲的时候谈到：“《十三步》是一部复杂的作品，去年我在法国巴黎的一所大学演讲，一个法国读者对我说，她用了五种颜色的笔做着记号，才把这本书读懂。我告诉她，如果让我重读《十三步》，需要用六种颜色的笔做记号。”②这样的调侃从侧面说明了这部小说对于读者阅读习惯和思维惯性的巨大挑战。

---

① 莫言，王尧：《莫言王尧对话录》，苏州：苏州大学出版社，2003年，第154页。
② 莫言：《在京都大学的演讲》，《小说的气味》，沈阳：春风文艺出版社，2003年，第121页。

这一切都因为人称的频繁转换。小说开头第一段用第二人称叙述:“马克思也不是上帝!你坐在笼子里的一根黄色横杆上,……毫无顾忌地对我们说:马克思已经使我们吃了不少苦!”这样的开头,造成的情境是一种“我们”与“你”的对话效果,并且这种对话带有一种“事后效应”。事实上,小说在第三小节马上就做了这样的交代:时间过去了这么久,我们还是难以忘记他趴在笼子里边吃粉笔边为我们讲故事的情况……那时,他丝毫不钳制我们的想象力,只管讲你的故事。而此时的对话者——“你”和“我们”在共同回忆当时的情景,而“我”作为当时的观察者、现在的描述者在向“你”描述“你”当时的状况。

然而第二段马上就变成了“他的话大逆不道,使我们感到恐怖。”说话者的视线一下子又转向了读者或者说另一个“第三者”,开始对“你”的行为进行评判,对“我们”当时的感觉进行描述。这里的“我”好像戏剧中的故事内外穿梭的人物,一边参与故事的进程,一边面向观众说话。这样就形成了比较清晰的叙述分层:“超叙述层”①是关在笼子中吃粉笔的怪人向“我们”讲故事,而“叙述层”则是怪人所讲的故事内容和涉及的人物。

然而,小说还远远没有那么简单。“你”这个人称的所指在小说中一再变换,一会儿是整容师李玉蝉,一会儿是方富贵的妻子屠小英,一会儿又变成了方富贵,不一而足。当然,人称所指的变化其实隐含着对话对象和情境的变换,当然也暗含着观察立场和角度的变化。作为故事的亲历者,怪人一会儿回忆、一会儿转述被讲述人的心理经历;而作为故事的讲述者,他时而对自己的讲述内容进行评判和议论,并不忘时时与“我们”交流。而“我们”作为笼子外的听众需要倾听、需要向怪人描述他本人的情况,并时时对他发问;作为小说的叙述者又需要向读者描述怪人的动作神态、转述怪人的语言;同时“我们”作为小说中的人物

① 指主要叙述层之上的层次。这是与叙述分层相关的概念。叙述分层的通俗解释是指故事套故事的情形。对于其学理价值赵毅衡在《苦恼的叙述者》一书中有专节论述。见赵毅衡:《苦恼的叙述者——中国小说的叙述形式与中国文化》,北京:北京十月文艺出版社,1994年。

又总是对怪人的话似信非信、似懂非懂，于是就产生许多揣测和心理活动。因此，在怪人进行的“回忆——转述——评判——讲述”的过程中，“我们”也在进行“倾听——转述——评判——揣测——讲述——判断”的过程。而这些过程无不与叙事人称的随意跳荡、叙事人称“你”“我”等的所指人物的不断变化相交织、相纠结，共同构成了一个复杂的叙事网络。同时小说的情节内容又是关于整容、死人变活的，于是“缺席的在场”和“在场的缺席”成了小说中人物所经历的荒诞不经的现实处境，小说变得更加扑朔迷离。这一切都挑战了读者的阅读习惯，考验着追踪、架构、整合故事情节的能力，甚至在技法的迷宫中，读者都难以注意到作家对于知识分子问题、个性解放问题的考问所流露出来的锋芒。而实际上，作家写这部小说的立场从未远离现实批判。比如《十三步》中：

我曾经是方富贵的亲密战友，我曾经是张赤球的亲密战友，我曾经是所有中学教师的亲密战友。你骄傲地挺起扁扁的肚皮，大言不惭地说。（《十三步》，第8页。）

他说你叫张赤球。

你对我们说他叫张赤球。

这些话都是他挂在笼中横杆上对我们说的。

这些话都是你挂在笼中横杆上对我们说的。（同上，第9—10页。）

我们看到你的脸苍白啦。你是像秃鹫一样蹲踞在笼中横杆上的叙述者，你是“美丽世界”的整容师，你是被人家用两把镊子把嘴巴拉成了多边形的死者。因为这个中心事件，你的脸可能变得苍白，你的脸有可能变得苍白，你的脸完全可能变得苍白。我们可以直接看到你的脸，我们通过你的叙述可以间接地看到另一个你的脸，又另一个你的脸。三个你是三个独立的个体，在特别的意义上又可以合三为一。（同上，第55页。）

整部小说都在这样扑朔迷离的人称所指中滑动。这样类似文字游戏般的叙事视角变换与人称吊诡其实正是小说的圈套和价值所在。

更加复杂的是，小说不仅人称随意变换，而且大量使用自由间接引语。雅各布·卢特认为："自由间接引语在语言学意义和叙事学意义上成为直接引语和间接引语的中间状态"，"可以同时传达人物的言语和思想"，具有"可作多种理解的特性"。[1] 多利特·科恩说，它"在表现人物思想上比前者（直接引语）更间接，比后者（间接引语）更直接"[2]，"叙述独白（科恩用以称呼自由间接引语的术语）在意识的表现方面立刻比其他竞争性技术更加复杂和更加灵活。"[3]因此，莫言小说叙事中的自由间接引语一方面使得叙事高度节俭，在增强语意密度的同时造成意识流的效果，另一方面又可以遮蔽和掩盖创作者的真正立场，从而有效地表达讥讽或诙谐的效果。尽管整个小说的叙事迷宫会让人难以琢磨，但麻雀走"十三步"的隐喻以及对物理老师的生存挣扎、副市长的装腔作势等的描写中依旧可以看出作家的悲悯和对于现实的拷问、对于美好生存空间的向往。也就是说，随着莫言小说的逐步成熟，小说家立场的体现也越来越具有文学的意味，阐释的可能性也越来越多维。而这部小说的"笼中叙述者"也可以看作莫言有意识地自我收敛，进入了一种"戴着镣铐的舞蹈"的叙事状态。

对此莫言有着清醒的认识："在虚构的笼子里，故事和叙述故事的人是自由的，你们可以在里边撒野，在里边撒欢，在里边作出各式各样的超出常规的动作，但你们不能越出笼子。你们的声音、你们的气味、你们的思想可以越出笼子，但你们的实体，必须老老实实地呆在里边。只有如此，你们才能保持足够的强度和密度，才能够保持可以观赏、不

---

① [挪威]雅各布·卢特：《小说与电影中的叙事》，徐强译，北京：北京大学出版社，2011 年，第 47—48 页。

② Dorrit Cohn, *Transparent Minds*: *Narrative Modes for Prensenting Consciousness in Fiction*, Princeton: princeton University Press, 1983. p. 105.

③ Ibid., p. 107.

至于涣散的形态。”①

再来看《丰乳肥臀》。这部小说前十章为全知全能的第三人称视角；从第十一章至三十六章为第一人称，叙述人是“我”上官金童；第三十七章前两个自然段是第三人称，之后是第一人称；第三十八章前三个自然段是第一人称，之后为第三人称；第三十九章有时是第三人称，有时是第一人称；第四十章上半部分是第一人称，下半部分是第三人称；第四十一章上半部分是第一人称，下半部分是第三人称；第四十二至五十章是第三人称；第五十一章前半部分是第三人称，后半部分是第一人称；第五十二章前半部分是第一人称，后半部分是第三人称，偶尔会用第二人称；第五十四章是第一人称；第五十五章主体是第一人称，有时是第三人称；第五十六章先是第三人称，后转为第一人称，接着又转为第三人称，最后转为第一人称；第五十七、五十八章是第三人称；第五十九至六十三章是第一人称；拾遗补阙一总体上是第一人称，但有时你、我、她的称谓交替出现；拾遗补阙二、三是第一人称；拾遗补阙四是第三人称；拾遗补阙五是第一人称；拾遗补阙六、七是第三人称。从小说的叙事效果来看，第三人称全知叙事利于交代故事的来龙去脉，第一人称让上官金童能够用讲故事来叙述家史，第二人称符合抒发强烈感情的需要。小说将各种叙事视角融为一体，各取所需，不拘一格，充分体现了莫言小说叙事视角的多样性。

莫言小说的叙事视角的自由转换有时有过渡语提示，有时没有，这会使读者稍不留神就搞不清楚“你”“我”“他”是谁。在同一个段落或同一句话里的视角转换就更容易造成这样的效果。如《你的行为让我们恐惧》里的一句话：“在下课铃敲响前二十分钟，他就烦躁不安起来：烦躁不安通过你扭屁股、摇脖子、头皮上流汗等一系列行为和现象表现出来。”这里的“他”和“你”其实是指同一个人吕乐之。有时人物的对话没有用引号标注，人称自由转换，造成扑朔迷离的效果。如《丰乳肥臀》里上官金童和汪银枝的相好的见面和对话：“那天，与汪银枝的小红脸相

---

① 莫言：《笼中叙事的欢乐——代后记》，《十三步》，杭州：浙江文艺出版社，第360页。

遇。她用最精美的食物喂养他，喂得他膘肥体壮。我应该摘下铁手套扔给他。我没有铁手套可摘也应攥拳头呀。可是他满脸都是笑容，并且向我伸出了友好的手。你好！他说。你好，我说。接下来我竟然握住了他的手。一个戴着绿帽子的丈夫握住了给自己戴上绿帽子的手。互致问候，表示感谢。仿佛都占了天大的便宜。你这个孱头！他痛骂着自己，在霏霏细雨中。下次碰到他，决不许这样温良恭俭让，应该对准他的脸猛揍一拳，打得他眼冒金花，鼻子嘴里都往外喷血！”（《丰乳肥臀》，第557页。）在这段话中，对话不用引号标注，视角转换频繁，有时候“你”“我”“他”指同一个人，有时候“他”不是同一个人，这就给读者的阅读和理解造成了障碍，有些论者对此不以为然，但能够给读者带来全新的阅读体验倒是显而易见的。

莫言小说作品的叙事从总体上看以第一人称居多，但大多又与单纯的第一人称叙事不同。不同的小说有时虽然叙事人称相同，但效果却大相径庭。莫言有时对小说叙事不太常用的第二人称却情有独钟。如《欢乐》与《红树林》都采用了第二人称叙事。《欢乐》是意识流式叙事，使用第二人称，却又能在时空中自由穿越，特色鲜明。《红树林》又与《欢乐》里的第二人称意识流不同。《红树林》的“你”对话的“我”是现身的，但这个“我”自始至终都没有显示出清晰的面目。从小说的叙事进程中可以揣测到，“我”其实是“你”的影子，无论“你”做什么隐秘的事情，都逃不出“我”的视线。莫言对各种叙事视角（组合）的尝试给小说带来了独特与奇异的叙事效果。

二、“叙述代言人”/“复合叙述者”视角

对莫言小说叙事视角的复杂性与多样性及其隐含的意蕴，有不少论者试图进行概括，有的认为是“类我”视角，有的认为是“儿童视角”，从上面对莫言小说叙事视角灵活多变与自由转换的分析来看，这些概括都难以切中要害。如果以布斯对小说叙述与叙述者类型的划分来观照，倒是很容易对莫言小说叙事视角的特征进行归纳。

布斯认为，西方叙事学把叙述类型分成第一人称、第三人称和全知

观点等三类用处并不大，因为它既不能说明这些叙述类型之间质的区别，也无法运用这种分类来说明为什么某种叙述是成功的，而另一种则可能会失败。比如詹姆斯《使节》中的叙述者斯特雷瑟，虽是第三人称叙述，可效果却接近第一人称。所以，从人称角度区分叙述类型并没有抓住叙述的核心问题。由此出发，布斯提出以作者声音在小说中的多种形式来考察叙述，并提出了新的分类范畴。

戏剧化的叙述与非戏剧化的叙述，是布斯提出的最重要的一对叙述类型。戏剧化的概念源于詹姆斯，又经卢伯克作了阐发，布斯在此基础上又作了新的发挥。“在叙述效果中，最重要的区别也许取决于叙述者本身是否戏剧化”。所谓戏剧化的叙述者，就是“把他们变成与其所讲述的人物同样生动的人物”。有时，这些叙述者有明确的称谓，比如福楼拜在《包法利夫人》中写道，当查·包法利进来时，我们“正在教室里”，这里的“我们”便被戏剧化了。然而，现代小说中许多戏剧化的叙述者并无明确称谓，亦即“非人格化的叙述者”，海明威的《杀人者》就属此类。这种戏剧化的叙述会产生一种特殊的真实效果，它往往使没有经验的读者产生某种“误解”，感到整个故事无中介地进入他的意识，他无人引导便自然而然地处于千变万化不断展开的故事之中。布斯认为，戏剧化的叙述，其核心在于小说中承担叙述功能的角色，根本未被称作叙述者，表面上他们似乎只在表演自己的角色，但实际上他们却经过乔装打扮，他们的每次讲话、每个动作实际上都是在讲述，以便告诉读者一些必须要知道的东西。戏剧化的叙述者，又有旁观者与叙述代言人之别，前者一般不影响到情节进程，后者则置于情节之中并影响到情节的发展。与戏剧化的叙述者相对，非戏剧化的叙述者，也就是小说中明确承担叙述功能，并直接以叙述者面目出现的人。通过“我”或“他”的眼光和意识来讲述故事，他们未被戏剧化，与作品中的人物有明显区别。布斯认为，这种明确承担叙述功能的“我”或“他”，一旦出现在小说中，便形成一种中介，使读者产生一种经验意向，即叙述者的观察叙述角度，与故事本身是间离的，因而读者便与故事隔了一层，这种效果与戏剧化的叙述正好相反。[①]

莫言小说叙事视角显然主要采用的是“戏剧化的叙述者”中的“叙述代言人”叙述。在莫言的小说中，有时只有一个叙述代言人，如《透明的红萝卜》《倒立》等，但许多情况下，尤其是在中长篇小说中，都有多个叙述代言人。这里的多个叙述代言人情形，也正是杰拉德·普林斯所说的“复合叙述者”的情况。他说，在一个给定的叙事中有只有一个叙述者的情况，“但也有很多叙事有着一个以上的叙述者”，“一个叙述者可能介绍另一个叙述者，而后者又介绍另一个叙述者，以此类推”，“或者一个叙述者介绍另一个叙述者，然后介绍另一个，另一个，以此类推”，“当一个叙事中有两个以上叙述者时，就有可能在他们之间建立起一个等级顺序。最终介绍全部叙事（包括作为其组成部分的所有最小叙事）的那一个是主要叙述者。其他的是第二叙述者，或第三叙述者，等等。”[②]“叙述者是作者所写小说之内的有机成分。叙述者（或者说叙述者群体）是作者手中的一个叙事工具，作者用它来表达和发展文本，而文本则由叙述者所实施的行为和功能组成。”[③]在莫言的小说叙事中，常常有一个叙述代言人作为“主要叙述者”。这就形成了莫言小说叙事视角套视角的典型特征，在现实的叙事效果中，不仅作家与叙述者和人物之间形成了一个大视角，叙述者与人物形成了一个小视角，甚至人物之间也形成了一个相互关照和打量的视角。

一般认为，莫言小说总是依托个人经验，因而他经常使用第一人称叙事。这样做最直接的原因是有利于表达主观感受，确定个人立场，同时也可以产生“信史”般的效果，增强可信度。但还有一个更深层的原因在于，或许在真实作者的印象里，没有一个人物能够完全承载自己感受的丰富性，于是只能靠不同的人物、从不同的侧面来完善和丰富。然

① 周宪：《小说修辞学·译序》，布斯：《小说修辞学》，华明、胡晓苏、周宪译，北京：北京大学出版社，1987年，第9—10页。

② [美]杰拉德·普林斯：《叙事学：叙事的形式与功能》，徐强译，北京：中国人民大学出版社，2013年，第16—17页。

③ [挪威]雅各布·卢特：《小说与电影中的叙事》，徐强译，北京：北京大学出版社，2011年，第20页。

而，单纯的第一人称又无法充分表达天马行空般的想象和心游万仞的感受，无法深入其他人物的内心，无法进行尖锐的现实评判，因此在小说叙事中又设置了一个甚至多个叙述代言人。这个叙述代言人所叙述的内容和"我"的叙述或相互补充、相互印证，或相互解构、相互质疑，而且二者相互评判。于是整个叙事形成了一种回旋繁复的情态和亦真亦假的张力，这既为故事增加了扑朔迷离的色彩，又为作家的讽刺象征提供了便捷的藏身之地。

莫言的短篇小说《木匠和狗》共设置了五个叙述代言人：全知全能的叙述人讲述了管大爷给钻圈讲故事、钻圈又给孩子们讲故事、一个听过故事的小孩儿写下了这个故事的故事。管大爷是第二个叙述人，他要讲木匠与狗的故事。但只是开了个头就讲到自己的父亲管小六身上去了。在管大爷讲故事的过程中，钻圈爷爷又成了第三个讲故事的人，他为了说明场所的重要性讲了老舅爷王敬萱的故事。钻圈是第四个讲故事的人，他给树下的孩子讲了木匠与狗的故事。最后，听故事的孩子成了第五个讲故事的人，"我"写了（实际相当于给读者讲了）木匠与狗的故事。在这样一环套一环的叙述者讲述的递归中，莫言设置了一个有关"故事"的圈套。读者不自觉地钻进去之后，却发现这是一个让人无法通行的世界：故事在经过这样层层转述的过程中终于显现了，但它最终的出现却那么值得怀疑。这样的叙述暗示着"故事"本身作为一种口头叙述流传下来所固有的被不断修改的性质，也暗示了"历史——时间"本身的不可信。更重要的是，每一个讲故事的人都总是按照自己的好恶进行选择性的记忆和讲述，于是，在经历了管大爷→钻圈→嗵鼻涕小孩儿三代人的不断淘洗和选择之后，木匠与狗的故事的本来面目早已成为了不可考证的"虚妄"，而每一个人的讲述也都变成了"作为修辞的叙事"①。每一个人都可能被叙事的魔力所迷，但故事中所发生的一切又都无据可查。于是，故事成了话语的故事，世界也成了话语的世

① ［美］詹姆斯·费伦：《作为修辞的叙事——技巧、读者、伦理、意识形态》，陈永国译，北京：北京大学出版社，2002 年。

界，而我们关于这个世界的话语使这个世界成为我们现在所见的样子。这样的回旋往复让真实与虚构变得纠缠不清。这正是叙事视角的多重性达到的叙事修辞与艺术效果。

从莫言小说叙述代言人的运用来看，无论代言人叙述者如何变化，莫言小说的叙事视角始终都是"叙述者·人物"的，无论是作品中塑造的叙述人角色与叙述对象之间，还是作者和所叙述的人物之间，都是这种关系。只是，莫言小说中叙述者比人物更加全知全能的具体表现，与托多罗夫提出这个公式的本意不尽相同。叙述者的全知全能是一种表面现象，更多的是叙述者想象出来的。从实际的写作过程看，叙述者是最有权威的，它无处不在，知道所有人物都不知道的秘密，掌握所有人物的命运走向。但从文本的表现来看，叙述者又是一个被塑造出来的形象，因而它又时时刻刻处于倾听、调查、想象、建构的过程中。莫言显然比较充分地意识到了小说写作的这种"真伪"变化，因此，他总是在具体的文本中实践法国叙事学研究者热奈特所赞成的观点，在叙事角度上强调"转调和变音"[①]，将传统全知全能的叙事变成了"伪限制叙事"。也就是说莫言擅长用叙述者所知有限的文本表现来掩盖实际上他的全知全能。莫言曾在小说中借"叙述代言人"之口表达过这样的想法：

> 关于这场火刑，每个家族成员都有自已的一套叙述方式。四老爷有四老爷的叙述方式，九老爷有九老爷的叙述方式，我深信在这个大事件的背后，还应该有更多的戏剧性细节和更多的"猫儿腻"，对这件事情、对那个年代进行调查、研究、分析、批判、钩沉、索隐的重担毫无疑问地落在了我的肩上。(《食草家族》，第35—36页。)

这个充满了怀疑精神和探究意识，对真相充满了想象欲望和建构推理欲望的叙述代言人"我"在小说中屡屡出现。他一会儿在城市里诅咒虚

① 陈平原：《中国小说叙事模式的转变》，北京：北京大学出版社，2003年，第63页。

伪，一会儿到乡间歌颂率性；他一会儿探听四老爷的风流韵事、向四老爷描述自己的猜想并加以评判，一会儿又向治蝗女专家讲述家族的故事。他的分析能力会让四老爷感叹“魔鬼……杂种”，他白日做梦的行为又总是让人感觉诡秘可疑。在“倾听——想象——叙述”的过程中，弥合现实与历史、故事与真实的距离，弥合人物与“我”的距离，弥合“我”和读者的距离，同时也在弥合真实作者与隐含作者、与人物之间的距离。当然，从历史观念的角度而言，“我”所表达的都是真知灼见。也许莫言正是因为对历史的“任人打扮”和“大浪淘沙”有着深刻的体悟，才在小说叙事中选择了这种多角度、多层次、多侧面的叙述代言人叙述。

莫言小说叙述代言人的设置与叙述人称的转换，使得真实作者和叙述者的关系变得暧昧不明、真实作者对人物的好恶难以揣摩，当然真实作者的立场是否与叙述者一致也变得难以判断。因此，在这种相互的审视、倾听、揣测和叙述之中，叙述者和人物的关系、真实作者和叙述者的关系、真实作者和人物的关系，甚至人物与人物之间的关系都变得扑朔迷离。这一点在莫言的许多小说作品中都有程度不同的体现，比如《十三步》《欢乐》《你的行为使我们恐惧》《金发婴儿》等等。这种叙事角度的选择表现的是莫言在进行着一种文学虚构与现实指向、文学叙述与表达效果，甚至创作的本意与接受者的“误读”之间的理性思考。莫言小说叙述代言人视角在当下的文学语境中具有特殊的意义：“在小说叙事极为内心生活化、私人化或家庭生活化之后，这样一些小说为叙事拓宽了空间，叙述者找到了一种个人化的方式重新启用集体经验的可能。对集体经验或共同记忆、对传说和民间智慧的‘引用’和‘转述’，产生了一种新的小说品质：这种品质使它与人文学科有了更多的相似之处。它克服了纯粹的个人话语的高度个人化所带来的封闭性，同时也跳出了传统话语难以传达个人内心经验这一困境。虽然写作者不再置身于共同体话语的经验之内，但他可以以个人化的方式来分享那样一种集体经验和集体智慧。在故事层面和修辞层面汲取那样一种悠久的传统，对注目‘现在’这一时刻的文学写作和整个人文学科来说，人类历史多样性、人类事务的多义性,既是狭隘地理解生活的一副解毒剂,也是理解'现在'这一时刻的独特视点。"①

莫言的小说叙事随着叙述人的变化,小说的叙述所呈现的面貌也在不断变化,这种变化对于故事本来面目的改变是意义非凡的。当然,或许根本就不存在什么故事的本来面目,它本来就是叙述人在不断的倾听和转述中逐步建立起来的。从这个意义上说,故事总是在讲述中确立自己的面貌,也总是在讲述中不断进行自我修正、自我完善和自我阐释。而在整个过程中,真实作者的创作立场被隐藏起来,而真实作者操纵叙事话语的自信则被无限地放大出来。尽管从理论上讲,每一个作者都是具备这样的自信,然而,这种自信的隐匿和彰显的程度是有差别的,而正是这种差别决定了小说的面貌。如果说"伤痕""反思"等文学思潮还延续着现实主义小说让内容产生意义的传统的话,那么在1985年以后的小说那里,受西方先锋文学的影响,内容变得轻贱起来,故事本身开始被忽视,而一向为现实主义小说所隐藏的技巧变得尊贵起来,创作和研究都对此津津乐道。从某种意义上说,这种对于个人叙事能力的自信、对于功能的依赖和尊崇,是1985年以后直到新写实小说出现之前一段时期内写作者的普遍状态。作家们很快从"小说原来可以这样写"变成了"小说怎么写都可以,只要敢于尝试"。马原的叙事圈套自不必说,余华执拗暴力景象呈现、苏童对于家族历史毫不懈怠地追根究底,都是这种自信的异常表现。在他们的笔下,历史、现实、包括写作都呈现了异常的面貌。莫言也是这样,叙述的塑造力量日益为他所重视,因而个人的主体性也日益张扬。而1985年后的文学恰恰具有的是凸显作家个人主体性的社会学和心理学上的意义。这种个体不再承担现实主义文学需要呈现价值与意义的重担,而更愿意只做一个有技术含量的讲述者,一切对传统文学观念颠覆和对现实的关怀都在叙述中产生。文学卸掉了自己身上背负的现实功能,回归了本体。文学

① 耿占春:《叙事美学:探索一种百科全书式的小说》,郑州:郑州大学出版社,2002年,第181—182页。

也迎来了“百花齐放”的繁荣。但是很快，有限的技巧在百变的生活面前就显出了捉襟见肘，“个人化”也迅速变成了“普遍化”和“相对化”，于是自上世纪 90 年代中期开始，文学又开始慢慢朝着现实的方向回归。如今看来，文学的“体用之辩”从未停歇，创作和研究或此或彼的偏重就是一部文学发展史的轨迹。

叙述代言人构成了莫言小说独特的叙事角度。如前所述，莫言是一个主体性非常强的作家，他最擅长灵活多变地运用第一人称叙事角度，如果小说全部从“我”的角度出发来叙事，无疑会有很大的局限，完全不能满足他天马行空般的想象和感觉，于是他设置了叙述代言人，这样莫言可以在个人主体性和想象驰骋之间居中调和，也可以在文学虚构的真实感与虚幻感之间进行调和。同时，叙述代言人叙述还从某种程度上促成了莫言小说“广场化”的话语风格与叙事格局。

莫言小说叙述代言人视角不仅仅造成了一种类似真实性、实证性的感觉，它同时是在推卸或者隐藏什么。也就是说，莫言总是让特定的叙述代言人负载道德立场和价值判断。这有点类似于沈从文的“道德洁癖”，真实作者跳出是非争议，而由叙述代言人全部负责。至于叙述代言人的叙述是否可信，可信到什么程度，全凭读者自己去理解。在这种似真似幻的感觉中，真实作者仿佛找到了一种表达现实判断和历史判断的安全方式，然而实际上这只不过是真实作者对叙述者主体性的压抑。

莫言小说叙事中叙述代言人视角的运用，对叙述者叙述权限随意转嫁，形成视角套视角的叙述方式，是有意压抑叙述者的主体性，这不仅具有叙事形式更新的意味，也是为了在叙事上呈现出交流对话的特征，从而打破传统小说呈现出的叙事权威性。“作者对叙述者主体性的压抑，同时也是社会霸权话语对作者主体性进行压抑的结果，作者无法承担或不想承担的社会环境的压力，一定会转嫁到叙述者的身上，并由叙事者的叙述直接转嫁到文本构造的身上，最终则转嫁到读者的身上，因为小说作者和小说叙述者是无法截然分开的。”①小说中似乎谁都能

① 王富仁：《中国文化的守夜人——鲁迅》，北京：人民文学出版社，2002 年，第 158 页。

主导叙事,叙事的权威性被彻底打破,叙述常常呈现出布斯所说的“不可信”特征,导致了小说的反讽和含混,小说也就呈现出一种多义性,这或许是莫言小说多重性叙事视角更深层的意义与价值所在。

第三节　“多层次”的叙事结构

叙事结构是一个与小说的故事、情节结构相关的概念,涉及到如何区分故事和情节在功能上的作用,主要指小说的叙事层次问题,也与上节的叙事视角密切相关。一般来说,故事指的是事件按实际时间顺序和因果关系的发展过程而呈现的东西,情节则是通常所说的“故事的话语形态”,即通过作家的安排和调度,通过各种话语技巧,将故事中包含的事件呈现出来的过程。叙事层次一直是现代叙事学热衷探讨的话题,是叙事结构的最重要体现。杰拉德·普林斯说:“每个叙事里至少有一个叙述者,和他或她对之陈说的受述者位于同一个叙事层次中。”[①]当有多个叙述者时,就有了不同的叙述层次。“作者也可以结合不同的叙事层次来安排话语。这样,一个被讲述出来的实施行动的角色,他自身在一个被嵌入的故事中又可以充当叙述者。在这个故事内可能又有另一角色讲述另一故事,以此类推。”[②]关于叙事层次的划分与命名,主要有雅各布·卢特的“故事外层”与“次故事层”之说[③],有热奈特的“超故事的”叙述层、“故事内叙述”层的划分[④],里蒙-凯南则直接称之为第一等级、第二等级、第三等级……,[⑤]等等。国内学者对此

① Gerald Prince (1991), *A Dictionary of Narratology*, Aldershot: Scholar Press, p. 65.

② [挪威]雅各布·卢特:《小说与电影中的叙事》,徐强译,北京:北京大学出版社,2011 年,第 32 页。

③ 同上书,第 32—33 页。

④ Genette, Ferard (1972), *Figures Ⅲ*. Paris: Seuil. In English, (1980) Narrative Dicsourse. Ithaca, NY: Cornell University Press, pp. 255 - 256.

⑤ [以色列]里蒙-凯南:《叙事虚构作品》,姚景清等译,北京:生活·读书·新知三联书店,1989 年,第 170 页。

也有总结研究，赵毅衡在《苦恼的叙述者——中国小说的叙述形式与中国文化》中写道："当被叙述者转述出来的人物语言讲出一个故事，从而自成一个叙述文本时，就出现叙述中的叙述，叙述就出现分层。此时，一层叙述中的人物变成另一层叙述的叙述者，也就是一个层次向另一个层次提供叙述者。"并由此引申出：超叙述、主叙述和次叙述三个层次。① 以上这些分类虽然在说法上有些差异，但在内涵上大致相同。下面主要以赵毅衡的说法为依据，并结合莫言小说叙事的实际情况，对莫言小说叙事结构作简要分析。

莫言小说叙事结构的特征主要体现在以下几个方面：一是莫言小说由于多重"叙述代言人"的存在，导致叙述分层明显。二是由于莫言擅长采用多视点叙事关照同一事物的"罗生门"法，和传统小说中的"花开两朵，各表一枝"的方法等，使得他的小说也常常出现并置式的叙述层次。三是"元小说"技法的大量使用。同时，又有大量奇闻轶事的插入、梦境描写、民间戏曲歌谣的插入等等，这些元素与"元小说"技法在叙事功能上有异曲同工的作用，它们共同构成小说主叙述之外的"卫星"因素，也形成了莫言小说叙述结构的一个特殊层级。

从叙事交流的角度来看，各种分层都有或隐或显的"对话"情境和对话效应。也就是说，莫言小说总是有意识地将小说的情境安排在"讲述与倾听"之间。这样既方便叙述者"叙述"，也方便受述者的"再叙述"，当然也直接促成了叙事结构的多层化。

莫言的小说往往有一个超叙述的框架，然后在框架内部再进行叙述的层递关系或并列关系。如《十三步》，叙事框架就是一个被关在笼子里的吃粉笔的怪人给"我们"讲故事。在这一总体框架内部，各个人物分别从自己的角度回忆个人生活的历史、阐发面对生活现状的感受与挣扎。再比如中篇小说《你的行为使我们恐惧》的框架是"我们"站在"你"门外呼唤"你"出来，安慰"你"，并力图证实有关"你"的传闻，而小

---

① 赵毅衡：《苦恼的叙述者——中国小说的叙述形式与中国文化》，北京：北京十月文艺出版社，1994年，第117页。

说的主体部分则是叙述“我们”与“你”共度的少年时光。还有长篇小说《天堂蒜薹之歌》的框架是天堂县蒜薹滞销引发的群众冲击县政府的暴力事件，而小说的主体部分则是用并置式的方式分别讲述高马的爱情故事和高羊的生活困境。长篇小说《四十一炮》的框架是“我”给大和尚讲故事，这些故事的内容则构成了小说的主体。中篇小说《战友重逢》中“我”与战友钱英豪的重逢是故事的框架，而主体部分则是二人对于旧日时光的加快和钱英豪对于阴间世界的描述。

这种叙事框架有时候直接就是主叙述层。比如长篇小说《酒国》的框架是侦察员丁钩儿对酒国吃婴儿事件的调查，小说的主叙述也是丁钩儿在酒国的经历，但作家莫言与李一斗的通信又对主叙述不断地进行旁证；中篇小说《球状闪电》的框架是“我”与妻子茧儿和同学毛艳的情感纠葛，这也是小说的叙述主体，只不过在其间更侧重于反映“我”作为高考落榜人的“高加林”式的心理状态；长篇小说《檀香刑》的框架是清政府处罚抗德的孙丙，主要的叙述则是这种处罚所牵涉到的人物之间的关系。上述这些例子都是从宏观上能够清晰辨别的，至于莫言其他的小说中，在讲述内部突然分层的例子更是不胜枚举：《我们的七叔》中七叔对“我”讲述他在淮海战役中的英勇表现，以及后来同村人王老五的讲述；《白棉花》中对于方碧玉的结局的种种猜测；《你的行为使我们恐惧》中我们听到的关于“你”的传闻与“大金牙”的见闻大相径庭；《红高粱》中对于“我奶奶”经历的不同评判等等，这些都是微观上的叙述分层。可以说，这一切都体现了莫言对“真实”的相对性的清醒认知。任何一种经历，任何一件事情，不同的人站在不同的立场上都会有不同的认识和讲述，因此，所谓的“真实”其实是多种“虚构”的叠加。

莫言小说叙事分层在内容方面的表现是史据框架与传奇故事的缝合，最典型的文本就是他著名的长篇小说《红高粱家族》和《檀香刑》。从文本的社会意义上来说，历史真实和传奇故事的缝合既可以从宏观上囊括历史风云，映照特定的时代，从而使文本获得广阔的视野和厚重的含蕴，又可以增强故事的可读性，可感性，从而从微观上烛照普通人的生活，造成一种“非虚构”的“虚构”小说的效果。真实的情形往往是，无论在后人看来某一历史事件具有多么重要的意义、具有多么巨大的影响，生活在彼时彼地的人们都很难察觉，切近的生活目标和出于切近利益的考虑而采取的行动是任何时代的真相，所谓的历史意义，只有拉开时间的长度才能够显现，所以它往往是后人赋予的。所谓“一切历史都是当代史”就是这个含义，而“任人打扮的小姑娘”之譬喻亦来源于此。具体到莫言的小说，尽管他始终难以割舍对历史的关注，但真正的阅读效果却往往是人的生存，亦即人最本色的、带着动物般的狡黠和愚钝、血性和良善的生存战胜了历史，于是一个本来具有史诗意义的题材却往往最终演化成了传奇。这既是莫言的“解构”，也是他个性化的“建构”。

“元小说”技法的使用，也是莫言小说叙事分层的重要特征。“元小说”也叫“自反小说”。“所谓‘自反’的意思是文学作品(尤其是小说)叙说中涉及文学本身，或是以文学为主题，或是以作家、艺术家为小说的主角。更有一种自反现象则把叙事的形式当为题材，在叙事时有意识地反顾或暴露叙说的俗例、常规，把俗例常规当为一种内容来处理，故意让人意识到小说的‘小说性’或是叙事的虚构性。”[①]可以说，上述种种“元小说”技法都曾在莫言的小说中出现过，他是非常有意识地使用这一技法，并坚持将之发展为自己的叙事标志的作家。比如《酒国》中直接出现的角色——作家莫言，这个莫言还对自己的创作和当时的文坛进行评判，言之凿凿又虚实难辨。比如《生蹼的祖先们》中的“我”也是作家职业，还有《木匠和狗》中以记录的方式说出小说的来历、《红耳朵》在小说开始之前直接加上的故事的来历、《幽默与趣味》中叙述者以当事人朋友的身份现身说法等等。甚至有许多小说在叙事中直接暴露创作过程和技法。

> 现在园中只有他和她两个人——这是铁笼中古怪口味叙述者的错误结论。我们知道熊猫馆旁边的凤尾林里潜伏着一位怀揣牛

① 高辛勇：《修辞学与文学阅读》，北京：北京大学出版社，1997年，第93页。

耳尖刀、手提塑料纸包的歹徒。歹徒看到一男五女沿着弯弯曲曲的小径往猴山的方向去了。(《十三步》,第114页。)

那是前年的暑假,我回家的路上,由一条白狗为引,邂逅了久别的朋友暖姑,生出了一串故事。这些故事被我改头换面之后,写成了一篇名为《白狗秋千架》的小说。这篇小说我至今认为是我的好小说。[①] (《白狗秋千架·弃婴》,第334页。)

这件现在看来甚至是令人愉快的事情竟然成了我在学校生活期间一件难以忘却的大事,究竟是由于什么原因?无论怎么样地挖空心思来解释,这件事情也不具备文学性,不应该写进小说中充当细节。想到此我的文学信心就要土崩瓦解了。我甚至不想把这篇所谓的小说写下去,但我必须违背自己的意志往下写,尽管接下来发生的事情更加琐碎和无趣。(《怀抱鲜花的女人·梦境与杂种》,第420页。)

王十千的故事应该结束了。但就这样结束是不是太简单了?用这么短的篇幅、如此粗疏的笔墨打发了一个这么好的素材,确实有点可惜。本来还有好多文章好做呀!譬如……我真笨,我把一个好素材给毁了。(《怀抱鲜花的女人·红耳朵》,第177—180页。)

---

① 杨义从中国小说的实际出发,认为"反元小说"是中国小说特有的情形,并以蒲松龄《聊斋志异》中的《狐梦》一篇为例,认为:"所谓'反元小说'乃是采取与元小说站在真实世界谈论虚构世界相反的视角,它是站在虚构世界的深处反过来,谈论着作者及其熟人的真实世界。"(《杨义文存》第一卷《中国叙事学》,北京:人民出版社,1997年,第243页)尽管这样的区分突出了中国小说的特质,但是还有一个方面被研究者忽略了,那就是站在虚构世界中谈论另一个虚构的世界,也就是如莫言这样,一个虚构文本的人物谈论另一个虚构文本的人物,这应当也属于元小说的范畴。因此,笔者认为,上述三种情形都可以用"元小说"这个概念来概括。

> 我们回过头来接着讲小车和裤子的问题。另外这一段好像很长了，为了让你们阅读方便，我们就分个段吧。(《师傅越来越幽默·我们的七叔》，第 78 页。)

> 作者曾问过王三变成猴子的感觉，王三说没什么感觉，变成猴子之后的事他全部不记得，变成猴子之前的事还记着。作者也采访过汪小梅，汪小梅很简略地说了一些王三变成猴子之后她的生活过程。本文的第一部分根据王三的谈话编写，第三部分根据汪小梅的谈话编写。(《怀抱鲜花的女人·幽默与趣味》，第 453 页。)

以上这些叙述在传统文论中被称为修辞性大于经验性的作家“插话”现象，但这种“插话”不是传统小说中那种评价故事人物的善恶，也不是阐发故事的意义或抒发个人的感慨，而是直接讲小说创作的技法。它本质上具有“反叙述倾向，就是尽可能使叙述人为性暴露出来，不是用自然化来擦抹叙述程式，而是有意把叙述行为作为叙述对象(来叙述)。”[①]这样的“露技”“自我点穿了叙述世界的虚构性、伪造性。小说的基本立足点就不可能再是模仿外部世界和内心世界的制造逼真性。好比傀儡戏的牵线班子，本有一道布帘遮盖，现在撕掉布帘，读者就不再可能把演出当作‘真实的’，读者就赢得了一个批评距离……在这样的‘元小说’中，小说及其对象就没有本质上的差别了，虚构和‘现实’可以任意转换，转换到不知何者在虚构何者。真幻混淆，相反相成。”[②]这种创作方法是“综合既有的形式与题材，对它们做游戏性的或揶揄性的讽拟，与之进行反思性的‘对话’。这种创作流露出作品的高度自我意识，与对文学形式的自我反顾。反顾的同时，也正是对当时文化的一种回应与批评。”[③]这种“元小说”的技法在当代小说是从马原开始的，他那句“我就是那个叫马原的汉人”开启了一种新的小说叙事模式，也正

---

① 罗钢：《叙事学导论》，昆明：云南人民出版社，1994 年，第 232 页。

② 赵毅衡：《关于“西方后现代主义小说”》，北京：作家出版社，1998 年，第 2 页。

③ 高辛勇：《修辞学与文学阅读》，北京：北京大学出版社，1997 年，第 83 页。

式开启了“元小说”技法的辉煌时代。但是从运用的圆熟程度而言，莫言堪称当之无愧的楷模。莫言往往将这些技巧与幽默讽刺的语言腔调、亦正亦邪的人物形象和带有传奇性的细节设置联系在一起，整体上造成一种诙谐幽默、皮里阳秋的叙事效果。比如《酒国》中作家李一斗对于文坛的褒贬。李一斗在小说中被塑造成了一个自吹自擂的写作者形象，为了学习写作，能够在文坛出人头地，他毫不隐讳地吹捧作家莫言。那么这样的角色说出的观点实在很难让人严肃对待。还有《我们的七叔》中那个自称用裤子为淮海战役运送粮食的七叔，《红耳朵》里那个长着一双奇异大耳、大户人家的纨绔子弟王十千的传奇故事等等。“情节叙述的荒诞和人物性格亦正亦邪是莫言小说的一个基本特色”，并加入一些神秘迷幻的故事来渲染氛围，而这些与“元小说”技法放在一起，更增加了小说主题的扑朔迷离和作家立场的难以把捉，“这样技法的亦真亦幻作用与莫言小说本身的题材内容的亦真亦幻之间构成了一种特殊的张力”[①]，这种张力在某种程度上淹没了或者说掩盖了作家本人的真实意图，以一种形式上的“花腔”呈现出来，这在某种程度上模糊了评论界的视线。而这一切对莫言而言，早已变成了一个本体特色，也是莫言在当代文坛特立独行的一个无须讨论的标识。只是，评论界目前对这个标识所具有的意义的探讨和认识还远远没有达到相应的深度。

莫言小说还善于在小说叙述的过程中加入奇闻轶事与梦境描写以造成拓展文本空间的分层效果。这些插入的故事有的时候与小说的情节紧密相关，从侧面渲染人物的心理或者捕捉人物的思想动态；有的时候则很难看出确切的功能指向，从情节的发展来看似乎也没有插入的必要，仿佛仅仅是作家急于、乐于讲故事而已。无论哪一种情形，都有一个客观的阅读效果，那就是在调节叙事节奏的同时有可能使整个结构变得散漫。比如《红高粱》中对曹梦九断案的描写和父子两个用羊腚运子弹的描写；《我们的七叔》中用裤子给淮海战役送粮食；《十三步》中

① 付艳霞：《莫言小说中“元小说”技巧的运用》，《山东文学》2004年第10期。

屠小英失去丈夫方富贵后所想到的两个女子丧夫后的通奸故事;《爆炸》里狐狸炼丹的传说;《草鞋窨子》中小轱辘子讲鬼讲怪;《飞鸟》里奶奶讲古;《天堂蒜薹之歌》中王老头给高马讲的拉磨的故事;《战友重逢》中包黑子的故事和蛤蟆的故事等等。这些故事大多是带有“野狐禅”性质的民间传说,来源于莫言长期在农村“用耳朵阅读”[①]的积累,也是莫言创作中“一笔更为富贵的财富”[②]。

早期的“解梦”往往被启蒙思想家斥责为迷信和愚昧,梦境作为一个神秘的行为也难以被合乎逻辑地对待。而自从弗洛伊德理论被广泛接纳之后,梦境阐释首先变得科学化了,它由不可知不可解而变成了心理学的一个重要概念。由此,梦境象征也作为艺术手段得到了广泛重视,它被认为是“潜意识”的心理过程,因而与人格、与思维方式、与行为逻辑甚至与人的性格、世界观、人生观都有紧密的联系。当然,它在文学上的意义也该加以重新阐释。在中国,无论是20世纪30年代施蛰存等的海派梦境,还是80年代被许多小说家所运用的梦境描写,其实都“开始承担起用科学术语解释人类内在生活的任务,并使得自身因此能够被划归为心理现实。”[③]莫言的很多小说都有梦境描写。《梦境与杂种》中的“我”具有一种特殊功能,能够在生吃活虾之后用梦境做预言,并且所有的预言都逐个被验证为灵验;《天堂蒜薹之歌》中写高马梦到与金菊告别,高羊梦到被狗咬、自己娘的坟被掘,四婶梦见四叔催促伸冤;《十三步》整容师和物理老师的梦境等等。福斯特在论述英国小说的时候曾说:“梦被引用到小说中,竟不是以烘托人物的整个生命为目的,而仅作为烘托他醒着的那一部分生命之用。”[④]这虽然是对小说中没有单纯梦的题材提出的诟病,但也完全可以看作梦境描写作用的

① 这是莫言一篇演讲的题目,他介绍了自己在农村听老人讲故事的经历。《小说的气味》,沈阳:春风文艺出版社,2003年,第104—109页。

② 莫言:《我在美国出版的三本书》,《小说的气味》,沈阳:春风文艺出版社,2003年,第53页。

③ 刘禾:《跨语际实践——文学、民族文化与被译介的现代性》,北京:生活·读书·新知三联书店,2002年,第189页。

④ [英]E·M·福斯特:《小说面面观》,苏炳文译,广州:花城出版社,1984年,第48页。

概括。而且梦境往往不仅仅是烘托现实的，在莫言的笔下，梦境作为人物心理的一个构成部分，往往是现实的倒映、隐喻和预言。

莫言小说叙事中还经常插入许多民间歌谣和戏曲，这也造成了叙述的多层次特征。莫言自己曾说，除了吸收民间口语、其他文学作品中的语言以外，自己还有许多从民间戏曲中学来的东西，“我的小说经常出现元曲的味道，尤其在《檀香刑》这部小说里这种民间戏曲的影响更加深重。”[①]除了《檀香刑》里的猫腔，还有《天堂蒜薹之歌》里瞎子张扣的演唱。这些唱词本身就可以构成叙事的线索，形成与内容或呼应、或注解、或补充、或对照的格局。《天堂蒜薹之歌》里瞎子的歌谣都是俚俗语，更容易叙述事件的经过，揭露事情的真相。而且每一次演唱都比小说的内容来得更直接、更痛快淋漓。比如第十章：“仲县长你手按心窝仔细想，你到底入的是什么党？你要是国民党就高枕安睡，你要是共产党就鸣鼓出堂”；第十九章：“县长你手大捂不住天，书记你权重重不过山，天堂县丑事遮不住，人民群众都有眼……”等等。还有《透明的红萝卜》中老铁匠的苍凉戏曲、《秋水》中的童谣、《十三步》中校长编的山东快书、《你的行为使我们恐惧》中的歌词、《野种》中的歪诗、《战友重逢》中“死魂灵”的诗歌、《司令的女人》中押韵四字句等等。这些“引车卖浆之流”的“俚歌俗语”，是真正民生民意的表达，也是他们消化苦难的独特审美体验。从这个意义上说，近年来出现的“底层叙事”的文学思潮，就是一个历史性总结与概括。所谓“底层”在莫言、阎连科、贾平凹、刘震云、方方、迟子建等等一批小说家的笔下，几乎从来就没有不被重视过。只是，值得探究的是，他们笔下的底层往往承受的是农业文明的苦难，而随着社会生活发展，后来的作家大多关注城市化进程中的苦难。而无论哪一种，制造因素都从未脱离权力和愚昧两个维度。回到这些唱词的叙事学功能，它们除了构成莫言小说的语言特色之外，在阅读上则有调整情节节奏，增强叙述密度等作用。上述所有具体的运用都可

① 莫言、石一龙：《故乡·梦幻·传说·现实》，《小说的气味》，沈阳：春风文艺出版社，2003年，第172页。

以囊括在“叙述分层”这个概念里面。据赵毅衡的分析，叙述分层现象在晚清小说中尤为突出，他认为原因在于叙述者“发现自己处于一个尴尬的地位，他不再是那个位置明确的说书人，他应当找一个方法使自己实体化，但是充分地人物化又不可能，因为他还不能成为一个显身介入式的叙述者，他与故事的关系依然若即若离。”是在“程式化书场超叙述已经不可能维持”的情况下，“叙述者的不安和苦恼”的表现。[①] 而在莫言的小说里，小说分层是他反讽性叙述的重要构成，其主要的作用是方便作家的叙述干预，体现作家的主体性。

有论者将莫言小说叙事中插入的民歌、歌谣、信笺、民间故事或传说称为“镶嵌本文”，这是借鉴了巴赫金“镶嵌体裁”的说法，从这个角度也反映了莫言小说叙事的多层次性。镶嵌本文将文本分成了内、外两个部分，内本文是小说主体叙事单位，承担小说主要的叙事需要；外本文是镶嵌在小说中的叙事单位，在整体上属于外故事叙事链上的一环。“两者构成一个自足的经验世界，互为视角，构成一个和谐的‘二声部’合唱，使作品进入一个艺术和哲理的世界。”[②]莫言不仅自己要回忆，还要将读者和人物带入对回忆的思考中，因为“文体将揭示一种声音的语域，有时揭示声音相对于它所描述的事物和相对于其读者的时空位置”[③]。民歌、歌谣、故事等的流传性或说因袭性将时间定位在了远离“此在”的一个时刻。叙述者的叙事和这些“镶嵌本文”的并置产生了陌生化的效果，并置的双方并非互不相关，而是各为双方的存在提供条件和制约，形成了“主流—民间”的二声部合奏，使小说叙事形式的意味在有限的空间内大大增值。虽然镶嵌本文在小说中占的篇幅通常很有限，有时也很难从原文本中分离出来，但是镶嵌本文的存在，不仅体现了另一种声音，体现了作者对虚构的故事的超越，使读者不仅仅注意虚

① 赵毅衡：《苦恼的叙述者——中国小说的叙述形式与中国文化》，北京：北京十月文艺出版社，1994 年，第 131—132 页。

② 李刚、石兴泽：《窃窃私语的“镶嵌本文”——莫言小说的民间品性》，《中国社会科学院研究生院学报》2007 年第 2 期。

③ [美]詹姆斯・费伦：《作为修辞的叙事》，陈永国译，北京：北京大学出版社，2002 年，第 20 页。

构的叙事表象，还可以进一步深入思考小说故事本身、叙事者与接受者之间的关系，起到仿佛布莱希特戏剧一样的间离效果，使读者不耽于叙事文字本身。

莫言小说“叙述分层”造成了莫言小说情节结构的“缀段”性质。莫言小说的叙述角度的随意变换，多重叙述代言人的存在，这些从某种程度上来说都是“反叙事”的，往往会切割情节的连贯性。所以，很多小说局部叙事都是历时性的，而整个小说的结构则往往是共时性的片断缀连，即使是篇幅非常有限的短篇小说，比如《神嫖》《神医》等也用不同叙述人的叙述缀连成篇。中篇小说比如《你的行为使我们恐惧》《我们的七叔》《筑路》等也总是用片断架构在一起。长篇小说的这个特征则更明显一些。《红高粱家族》那种对于时间及事件的任意切割，评论界早已论述得相当充分，此后的长篇小说莫言也基本上沿袭着这样的路数。《天堂蒜薹之歌》的故事框架是天堂县的蒜薹滞销给农民生活带来的影响，具体的情节叙述所采用的是双线索发展的并置式结构，一条是高羊被抓、高羊的成长过程，一条是高马与金菊的爱情以及与方四叔一家的恩怨纠葛。其中一、三、五、七、九、十二、十四、十六、十八章是写高羊的，二、四、六、八、十、十一、十三、十五、十七章是写高马与方四叔一家的。第十九章的审判大会与第二十章的群众日报让两条线索合二为一。《酒国》也是两条线索：丁钩儿的侦察和作家的通信，《红树林》的两条线索为：“你”的爱情失落和大虎的爱情追逐，《四十一炮》的两条线索为：“我”与村长老兰的现实故事与大和尚的传奇故事。《檀香刑》就更明显，是从各个主要人物的角度分别叙述，缀连成一个完整的故事。

莫言的许多小说在叙事结构上虽然没有清晰的、一以贯之的情节线索，却总是能够给人提供可以复述的故事。莫言在小说叙事中总是调动各种手段、给阅读或者给故事的呈现设置障碍。延宕、省略、无事之事的插入、离题等手段都被莫言收入自己的叙事百宝囊中。他就像一个魔术师，在合适的时机取出一件“法器”给自己的故事制造变化多端的情境和婀娜多姿的叙事风度。当然，有时候也会显得不得体，会显得过于累赘和多余，但都被莫言的语流和我行我素的叙事风度感染了或者同化了。大多数的情况是，剥离了叙事结构的外壳和鬼魅般的人物之后，莫言的故事内核其实都相当传统。莫言似乎着力于在老套的故事和先锋化的叙事节奏中寻找写作空间，寻找驾驭的张力。

第四节　“穿越”式的叙事时空

中国小说叙事“到 20 世纪初接触西洋小说以前”，“基本上采用连贯叙述方法”。[①] 80 年代中后期的先锋小说可以说是一场叙事革命，包括叙事时空的革命，身处其中的作家们以空前的姿态挑战着读者的阅读习惯，变幻着语言的迷宫，如马原、格非、余华、苏童等等不一而足，而能够持续保持叙事文本的新鲜感，并能幸存至今的，莫言是其中为数不多的一个。考察莫言与其他先锋作家的不同，其中一个重要的方面，就是对叙事时空的处理。

如果从上一节提到的小说叙事中的“镶嵌本文”来进行考察，不难发现一个基本的事实：其他先锋小说家所套用的插入本文多是叙事性的，而莫言作品中的插入本文多是非叙事性的。“这并不是说非叙事性插入本文比叙事性插入本文更适合小说主题空间的拓展，插入本文单纯的文体特征并不是问题的所在，真正的症结在于小说中的时间。”[②]巴赫金在评价歌德作品高度的艺术成就的时候，赞扬歌德善于在世界的空间整体中看到时间，而中国新时期的先锋小说，正如有学者所言：“没有什么比克服时间性的障碍，更具有文学的纯粹性，也没有什么思想比突破时间性的历史困厄更接近对生存论意义的纯粹关注。”[③]先锋小说中错综复杂的时间布局或者说无时性叙事始终是在心理意义上的时间，也就是在柏格森的“时间绵延说”上做文章。而此时，莫言聪明地

① 陈平原：《中国小说叙事模式的转变》，北京：北京大学出版社，2003 年，第 36 页。
② 李刚、石兴泽：《窃窃私语的“镶嵌本文”——莫言小说的民间品性》，《中国社会科学院研究生院学报》2007 年第 2 期。
③ 陈晓明：《无边的挑战》，桂林：广西师范大学出版社，2004 年，第 232 页。

将创作中的时间利用“镶嵌本文”的变换在空间中显现了出来，而空间反过来则要通过时间来理解和衡量，故事的可读性不仅没有受到时间错乱的干扰，相反的，正如上一节所论证的一样，文本的阐释能量在“镶嵌本文”特殊的文体所造成的时空穿梭效应下反而大大地增值，简单的故事笼罩上了神秘感和时间哲学的色彩，在这里，“故事是在地球上一块有限的空间中发生的，所包容的历史时间也是十分短暂的片断。但尽管如此，在长篇小说的世界背后，总还存在着一个新的完整的世界，这个新世界把自己的代表派进长篇小说里，让它们反映出世界新的和现实的充实性和具体性。远非一切东西都在小说中出现，但现实世界所具有的严密整体性却可在他的每一形象中感觉出来。”[1]巴赫金关于歌德长篇小说的评价对莫言是同样适用的。《红高粱》开篇就插入了“我”的童年故事：

> 曾经有一个光屁股的男孩牵着一只雪白的山羊来到这里，山羊不紧不慢地啃着坟头上的草，男孩站在墓碑上，怒气冲冲地撒上一泡尿，然后放声高唱：高粱红了——日本来了——同胞们准备好——开枪开炮——
>
> 有人说这个放羊的男孩就是我……(《红高粱家族》，第 3 页。)

父亲的墓碑和“我”童年的莽撞行为连接在一起，时间在这里被设置出一段空白，父辈与子辈衔接的断裂的存在，使“我”尽管曾跑回高密东北乡做详细调查，历史仍已经被现代的时间和个人意识缠绕，无论如何也不能再使叙事挂上还原性的色彩。叙事文本的时间可以简单划分为故事时间与叙事时间，故事时间和叙事时间以顺叙、倒叙、插叙的方式发生不同程度的重合或分离。在中国传统小说中，叙事文本基本都是在故事时间和叙事时间这两个维度下展开的。莫言采用西方小说从中间

① [俄]巴赫金：《巴赫金全集・小说理论》，白春仁、晓河译，石家庄：河北教育出版社，1998 年，第 257 页。

写起的方法，在运用预叙[①]的同时将时间的第三个维度——“现在时间”引入了小说创作中，这是作者生活在其中的真实时间。第三维时间的介入增强了叙事的陌生化效果，使叙事的跨度增大，使莫言在沉入传统的时候不失现代的眼光。叙事时间三维化产生的双重叙事立场是莫言从容地进行“批判的赞美和赞美批判”的不可或缺的前提。“很多人对《红高粱》中活剥人皮的场面描写深有疑虑，其实只要看到了莫言这种超时空的时间视角所代表的人类意义的高度，也就不足为怪了。”[②]莫言通过“镶嵌本文”将神秘色彩和时间哲学引入文本，在高密东北乡这块有限的空间上呼风唤雨，谈古说今。这一方法迅速成了先锋作家竞相效仿的叙事手法，在这方面，莫言可以说是具有开创之功的。

学界对于莫言小说空间和时间的研究一般是分头进行的。“高密东北乡”的研究者大多从其地理故乡和精神故乡的角度进行论述，探讨其故乡经验与童年回忆给莫言小说带来的原动力；探讨其描写的历史事件则从“种的退化”的寓言出发，认定莫言如此的用意在于表现祖先快意恩仇的淋漓，并由此表达个人在行伍间铸就挥之不去的英雄情结以及对现代文明的拒斥。[③] 也有的研究将“高密东北乡”作为莫言小说塑造的一个整体地域形象，并现出其历时发展的线索。[④] 而从巴赫金所谓的“时空体”角度进行考察，将时间和空间结合，目前这方面的研究很少。王德威的《千言万语，何若莫言》有所涉及，认为：“莫言以高密东北乡为中心，所辐奏出的红高粱族裔传奇，因此堪称为当代大陆小说提

① 雅各布·卢特定义为：“是提前唤起将要在后来发生的事件的叙述策略”。见《小说与电影中的叙事》，徐强译，北京：北京大学出版社，2011 年，第 56 页。预叙是莫言小说常用的叙事方式，可以造成时空穿越的效果。

② 杨守森、贺立华主编：《莫言研究三十年》，济南：山东大学出版社，2013 年，第 244—245 页。

③ 参见雷达：《灵性激活历史》，《上海文学》1987 年第 1 期；陈思和：《历史的二元对话》，《钟山》1988 年第 1 期；季红真：《忧郁的土地，不屈的精魂——莫言散论之一》，《文学评论》1987 年第 6 期。

④ 季红真：《神话世界的人类学空间——释莫言小说的语义层次》，《北京文学》1988 年第 3 期。

供了最重要的一个历史空间。”[①]但并没有充分展开。本节将对莫言小说叙事时间和空间分别作出分析，然后分析二者的结合，并最终探究莫言小说的时空意识特色以及由此体现的作家的创作理念和世界观。

对于莫言的小说而言，“高密东北乡”这个空间几乎已经成了莫言小说的代名词，甚至都成了一个文学“品牌”。而小说中的时间则一直是叙事学重点探讨区分的对象。目前对于叙事时间的区分主要有故事发生的时间和故事讲述的时间两种，分别被命名为“故事与情节”“史实、记叙、叙述”“阅读时间与情节时间”“被讲述故事时间与讲述时间”等。[②] 笔者力图摈弃纯形式主义的区分方法，而将故事本身认定为按照日常生活常识的因果逻辑排列出来的事件顺序，而情节则是文本中呈现出来的面貌，即：“故事本身的开端、发展、结局是独立于话语形式之外而存在的；无论采用什么人称叙述、运用何种视角，无论是倒叙、插叙还是从中间开始叙述，故事本身开端、中腰和结尾都不会改变。其实正因为故事具有其自身的开端、中腰、结局，才有可能产生‘倒叙’、‘从中间开始的叙述’等话语技巧。”[③]本章不考虑作者对于故事的选择和裁剪过程，也不涉及读者的阅读和接受的过程，而仅仅考察文本中呈现出来的故事与这个故事讲述的方式之间的错位。主要从莫言小说的故事所发生的时间以及小说对于故事的讲述方式出发，重点关注二者之间的关系。从莫言的代表作《红高粱》，到他最有争议的作品《丰乳肥臀》，再到他最“血腥”的作品《檀香刑》[④]，如果说书写动荡历史中人的生命活力是莫言小说的一翼的话，那么对于童年时光的回忆和家乡人事风物的描写则构成了莫言小说的另一翼。可以说，“历史”与“童年”两翼在“高密东北乡”这个特定的空间的具体表现构成了莫言小说的叙

① 王德威：《千言万语，何若莫言》，《读书》1999 年第 5 期。
② 陈平原：《中国小说叙事模式的转变》，北京：北京大学出版社，2003 年，第 36 页。
③ 申丹：《叙述学与小说文体学研究》，北京：北京大学出版社，1998 年，第 47 页。
④ 莫言还特别注目于项羽兵败和荆轲刺秦，只是二题材均写入了戏剧，分别为《霸王别姬》和《我们的荆轲》。

事时空特色，即巴赫金所谓的“时空体”：“时间在这里浓缩、凝聚，变成艺术上可见的东西；空间则趋向紧张，被卷入时间、情节、历史的运动之中。时间的标志要展现在空间里，而空间则要通过时间来理解和衡量。这种不同系列的交叉和不同标志的融合，正是艺术时空体的特征所在。”①

莫言的故乡是高密东北乡，指山东高密县东北隅的河崖乡、大栏乡，“高密东北乡”的称呼是沿用明、清、民国时的叫法。② 莫言小说中最早出现“高密东北乡”这个地名是写于 1984 年的短篇小说《白狗秋千架》。“我开篇就写：‘高密东北乡原产白色温驯的大狗，绵延数代之后，很难再见一匹纯种。’这篇小说在我的整个创作中具有重要的意义，因为我在这篇小说中第一次使用了‘高密东北乡’这个文学地理概念，从此一发而不可收。”③这部小说后来被改编成电影《暖》，并走向了国际影坛。然而，“高密东北乡”真正在文坛上名声大噪还是因为著名的《红高粱》。在这部小说里，这个地方被描绘为“地球上最美丽最丑陋、最超脱最世俗、最圣洁最龌龊、最英雄好汉最王八蛋、最能喝酒最能爱的地方”，这里长着遍野的红高粱，到处飘着高粱烈酒的香气；这里生活着穿梭于红高粱之中的土匪“我爷爷”和蔑视封建礼教的“我奶奶”，这里民风彪悍淳朴，国仇家恨都得以痛快淋漓地表达。莫言对这个地方的描绘，再加上那句著名的“种的退化”的断言，仿佛一下子唤醒了人们对自由草莽的向往、对侠骨柔情的青睐，甚至激发了一种群体性的有关生命力退化或弱化的反省思潮。电影《红高粱》的上映，一曲高亢酣畅的“妹妹你大胆地往前走”更是让“高密东北乡”变成了许多人心向往之的地方。由此，莫言也很快被划归“寻根文学”的阵营。而实际上，其他“寻根文学”的代表作所塑造的地方，比如贾平凹的商州（贾平凹的商州系

① ［俄］巴赫金：《小说的时间形式和时空体形式——历史诗学概述》，《巴赫金全集》（卷三），白春仁、晓河译，石家庄：河北教育出版社，1998 年，第 275 页。

② 管谟贤：《莫言小说中的人和事》，《莫言研究资料》，贺立华、杨守森主编，济南：山东大学出版社，1992 年，第 32 页。

③ 莫言：《寻找红高粱的故乡——大江健三郎与莫言的对话》，《小说的气味》，沈阳：春风文艺出版社，2003 年，第 128 页。

列)、韩少功的鸡头寨(《爸爸爸》)、王安忆的小鲍庄(《小鲍庄》)等地,要么是一片古色古香的优雅之地,要么是闭塞的原始之乡,因而所造成的情感冲击远没有"高密东北乡"般强烈火热。换句话说,"寻根文学"大多数是知识分子之"寻",因而文化发现、思辨和反省的意味远胜于建构。而莫言不同,莫言跳出了知识分子的传统,找到了一种更直接、更痛快的表达方式。他的寻根之旅与民族矛盾直接联系起来,与个性解放直接联系起来,因而他的情感酣畅淋漓,毫无纠结。

莫言用高密东北乡颠覆了"五四"以来的乡土小说书写原乡时的情感积淀。尽管莫言的乡土小说仍旧延续了"五四"以来乡土小说"借乡情写己情,借古时写今时"的传统,注重的仍旧是个人主观情绪的抒发,但是莫言的抒情已经大异其趣。无论是鲁迅《故乡》那种儿时快乐时光与当下闰土的生活现状的对比,还是此后乡土作家群许钦文、蹇先艾等对于故乡恶旧习俗的控诉,乃至后来沈从文充满深情地建构故乡湘西的"人性小庙",故乡从来都是游子们或爱或恨的地方,急于逃离又耽于思念的地方。而这些游子在描绘的过程中,又始终用一种被现代文明浸淫过的眼光审视和投射,因而他们往往描绘的是思念中的故乡的美好与眼前所见故乡的破败之间的对比,以及由此激发出来的乡愁、哀怨、悲叹和感伤。可以说,这些小说不约而同地处理的都是知识分子与农民间的鸿沟问题,体现的是返乡的游子因知识而造成的"无言情结"和精神故乡无从寻找的失落感。而莫言的故乡从某种程度上来说,跳出了这个传统。首先他写出了历史上的故乡充满野性野趣、活力四射的那一面;其次,他的目光始终对那里的故乡流露出赞赏和羡慕。他始终以一双被现代文明修整的、过于脆弱的眼睛仰视那些生活在历史边缘中的人物——"土匪""不守妇道的女人",写他们在国仇家恨中的英雄表现。他们的美是野性的、大开大合的美,是特殊的事件和机缘激发出来的美。这与沈从文笔下的"翠翠"那种本来就是美的化身的形象形成鲜明的对照。即使是面对现实中的故乡,莫言也总是通过故乡人率直的欲望和凡俗的"吃喝拉撒"来展现人性的自由。从这个意义上说,颇受争议的《红蝗》中有关秽物的描写其实也是力图用极端的方式体现一种人性的本然和舒展。莫言注重人的自然性,也尊重人的本然,他所有的精神追求都建构在这个基础上。也就是说,与“五四”以来的乡土作家将故乡描绘成寄托改造社会的理想和精神乡愁不同,莫言的故乡更是一个传奇性的、充满侠骨柔肠的空间;一个充满神秘性的花妖狐媚的空间;一个充满了童贞童趣的梦幻空间;也是一个人的自然性大于社会性的空间。而且与“五四”作家笔下“死水微澜”式的空间不同,莫言笔下的空间更是一个波澜壮阔的、充满“乱世寓言”的空间。

可以说,“高密东北乡”既是莫言小说的写作空间和精神空间,也是一个包含社会、心理和感觉的整体空间,是一个“子虚乌有、人间难寻,既充满神秘、传奇、象征色彩,又经由现代文明之光照彻的超验艺术空间。”①这个空间带有很强的伸缩性,既在基本的地理或文本概念之外向社会历史或现实延伸;同时随着心理感觉的变化,随着意识流、场景迅速轮换等手法的运用,这个空间的转换也异常迅速,慢慢变成了一个多变多解的意义场地。莫言通过高密东北乡的时空穿越意象来托喻自己的历史思考。贺立华和杨守森认为,如果将莫言小说发表时间的顺序打破进行重新组合,就会发现莫言基本完整地构建了故乡从开创到今天的历史变迁。《马驹横穿沼泽》中美妙神奇的传说,展现了高密东北乡食草家族创世纪经历;《秋水》中爷爷奶奶逃到高密东北乡大涝洼子的蛮荒之地,男耕女织,休养生息;而后“陆续便有匪种寇族迁来,设庄立屯,自成一方世界”②。此后便在这块土地上演出了一幕幕悲壮惨烈、生死恩仇、男欢女爱的悲剧、喜剧和正剧。从《生蹼的祖先》《玫瑰玫瑰香气扑鼻》《红蝗》,到《檀香刑》《丰乳肥臀》《红高粱家族》,再到《透明的红萝卜》《枯河》《罪过》《草鞋窨子》《五个饽饽》《白棉花》《牛》《三十年前的一次长跑比赛》《爆炸》《欢乐》《球状闪电》《筑路》等,从《模式与原型》《幽默与趣味》到《天堂蒜薹之歌》《酒国》《四十一炮》《蛙》等,涵盖了传说中的远古时期、清末义和团运动、抗日战争、“大跃进”、“文化大革

① 贺立华、杨守森编:《莫言研究资料》,济南:山东大学出版社,1992年,第51页。
② 同上书,第89—90页。

命”、改革开放以来的人口政策变迁与高考制度变化、农村经济改革以及随着市场经济发展孳生出来的贪污腐败等，高密东北乡人民各个历史时期的生活都得到了艺术的表现。“高密东北乡”简直就是莫言勾勒的中国的缩影。而且，很多作品的历史跨度，无论是从 1923 年写到 1976 年的《红高粱家族》，还是从抗日战争写到 20 世纪 90 年代的《丰乳肥臀》，还有跨越 50 年、书写三代人的《食草家族》，都体现了作家建构高密东北乡史诗，充分发挥小说叙事的个人主体性，并以此与宏大的历史书写进行对话的创作意图。莫言总是试图“以小说代史”，以高密东北乡历史折射整个中国近现代史的真实。尤其是晚近的三个长篇小说：《檀香刑》把历史拉向晚清，《四十一炮》《蛙》忽然又直指中国的农村现实。在这样的转换中，高密东北乡的历史和现实获得了某种沟通，而莫言也由此获得了更为深广的历史判断和现实思考。

莫言的一些小说尽管并没有明确出现“高密东北乡”的字眼，但由其描绘的情形看，都可以归于此类。在这些小说中，有一部分是童年生活的回忆。对于生于斯长于斯的儿童少年而言，家乡的自然风物、人情世故充满了诱惑，他们还没有完全剥离家乡的神秘面纱，因此这些儿童眼中的世界相对纯净。《透明的红萝卜》里那个听得见自然界的各种声音的黑孩儿，他的沉默却恰恰是最能与自然相沟通的语言，所以他能够在社会情感沙漠中发现别人发现不了的闪着金光的红萝卜；而《初恋》里的“我”，即使在生活困难，肚子都填不饱的时期还萌发了美好的情感。其他同种视角的小说也是，比如《枯河》《罪过》等，里面描写的事件在成人看来异常惨烈，但是孩子特有的对于苦和痛的健忘机制都让浓烈的情绪变成了淡淡的感伤。另外一部分是“还乡人”视角的小说。这里包括部队返乡的军人，比如《白狗秋千架》《怀抱鲜花的女人》《爆炸》等，还有《生蹼的祖先们》中在外从事文化工作的返乡人“我”等。还乡人带着与这个空间的血肉联系，又带着在异质空间获得的新体验、新眼光返乡，其间无所适从的尴尬和近乡情怯的感受都暴露无遗。另外还有描写外乡人到来的小说。比如《生蹼的祖先们》中的治蝗专家、《爱情故事》中的知青、《三十年前的一次长跑比赛》中的下放“右派”、《民间音乐》中的小瞎子等等。高密东北乡那些淳朴憨厚中透着无知的乡民对于外乡人的轻视和保护、拒斥和接纳、嘲笑和追随等都写得异常真切。另外还有描写故乡神秘性的小说，比如《神嫖》《奇遇》等。借助民间传说来想象神秘的神鬼世界是莫言一部分短篇小说的特色，这是个人文化记忆的一部分，也是个人心理时空的延展。其中最著名的就是《战友重逢》，阴阳两界的战友会面，共同回忆峥嵘岁月，各自讲述阴界和阳间的生活，通过“穿越”来表达命运的荒诞和生活的艰难。

评论界曾将莫言营造的“高密东北乡”这个文学空间与福克纳的“邮票”故乡“约克纳帕塔法”进行比附，在肯定其激活想象力和开发创作资源的意义的同时，指出“一方小小的‘邮票’，容易限制作者的艺术视角，如果没有内涵的不断深化、扩展，这方邮票的艺术设计和营造，更易于落入某种窠臼。”[①]莫言本人对此也有深刻的认识。他在承认受到福克纳和马尔克斯“两座灼热的高炉”影响，并认定二人的“地区主义”在空间上有限、时间上无限之后，决定通过这样的空间，发表自己对人生的看法、开辟自己的阵地、建立自己的人物体系、形成自己的叙述风格，认为这是自己创作“不死”的保障。因此，他有意识地使自己的创作变成“地区主义”的而不是“地方主义”的；他有意识地借助各种叙述手段，尽量从时间的无限性角度来拓展高密东北乡的内涵，为其增添新的元素，使之变成一个常见常新的地方。而具体的叙事技巧包括两个重要的方面，即叙述时间的调配和转述人的设置。

叙述时间的调配与叙事视角有着非常密切的关系，是现代小说叙事常用的技巧。有研究者在论述《红高粱》的叙事方式时曾指出：“选取一个瞬间作为临时的标尺并前瞻后眺，乃是莫言叙事人（即叙述者。——笔者注）的典型行为。”而且“莫言的叙事人那穿梭往返的行为成功地在叙述层面阻断故事时间的连续性和绝对性，他似乎是以自身的叙述来而复去地切割着‘过去’，把一个并非不能顺着讲的，从前到后

① 朱向前：《深情于他那方小小的“邮票”——莫言小说漫评》，《人民日报》1986 年 12 月 8 日。

来的故事尽可能详细地用叙述的'现在'分割开来,他的前瞻后望,他优越于人物的全知全能,一律在客观上阻止你沿着任何一个顺时性方向多走一步。他在每一个可能造成连续性的地方引入另一个临时的现在或过去。"这样他把"我"与"爷爷""奶奶"之间的历史隔绝托付给了时间,而将红高粱世界与现实世界的经验隔膜托付给了感觉。[①] 实际上,从《红高粱》开始,这种时间调配的特色成了莫言小说的特征。在此后的小说中,莫言继续着这种任意切割时间的方式。这就使莫言小说叙事给人一种时空穿越感。

"预叙"是莫言小说叙事惯用的一种技巧,这也是形成莫言小说穿越式叙事时空的重要方面。莫言小说叙事总是用回望的姿势,描述逝去的童年时光和先辈的生活。即使是描写当下的作品,他也总是不忘用一两句"预叙"引发回忆。例如《檀香刑》中:"周聋子想不到,七天之后他去处死俺爹的刑场听猫腔,被德国鬼子用抟瑟枪打破了肚子,那些花花肠子,鳝鱼一样钻出来。"《金发婴儿》中:"不久,面对着人民法院那个和蔼的法官,黄毛儿如实地诉说了这个夜晚的经过,连一个细节也没有漏掉。"又比如《白棉花》中方碧玉的死发生在小说的结尾第三十小节,但在第十小节作者就已经加入了"我"与冯结巴关于方碧玉的死的对话,而接下来又继续叙述方碧玉在棉花厂的经历。《幽默与趣味》在第二章中"作者"直接现身,将故事的结尾叙述出来:"作者是汪小梅和王三的同乡又是好友,……后来果然就回来了。回来后王三还当他的大学教师,汪小梅还当她的体校教员,好像什么事也没发生过一样。"《丰乳肥臀》第二章上官金童对于来日生活的预叙等等。

有研究曾经从人称的角度谈到"预叙",认为:"在各种人称的小说中,第一人称的小说最适宜采用预叙,叙述者在回顾他过去的生活时可以很自然地预叙将来,因为这个'将来'相对于第一叙事时间而言,即'现在'而言,也已经是遥远的往事了。"[②]其实,在第三人称叙事中同样

---

① 孟悦:《荒野弃儿的归属——重读〈红高粱家族〉》,《当代作家评论》1990 年第 3 期。
② 罗钢:《叙事学导论》,昆明:云南人民出版社,1994 年,第 142 页。

可以便捷地使用预叙，所不同的是，其隐含的视角是全知全能的，而且从时态上而言，相对于彼时而言的“未来”，相对于“现时”而言，早已经是往事了。莫言非常欣赏大江健三郎引用过的《圣经·约伯记》的一句话：“我是惟一一个逃出来向你报信的人”，他说“真正有远大理想的导演或小说家，应该有这种开天辟地的勇气，唯一一个报信者的勇气。”①所以他总是在故事刚刚开始的时候就忍不住将结局透露出来。于是，所有的悬念都变成了旧事，所有的故事都变成了回忆。

莫言小说还常用“倒叙”，比如《红高粱》中奶奶弥留之际的回忆、《生蹼的祖先们》中对于四老爷艳遇的回顾等等。几乎莫言的每一篇小说都能见到这样的叙述。其他的技巧还有：其一，时间阻滞，即时间停滞，抽离叙述时间，造成主题倾斜或者故事中心迁移。这主要表现在中断情节插入民间轶事传说，比如《爆炸》中狐狸的故事等等。其二，时间交错，即随意切割故事内容，用叙述者的意识重新拆散、组接、倒装、折叠，比如《红耳朵》《十三步》《酒国》等。其三，时间叠加，即一种“罗生门”式的叙述方式，用以建立一种复合网络式的叙述空间，比如《檀香刑》。这些叙事方式都让故事原本清晰的线索变得支离破碎，而一切意义也都来源于这种叙述方式，而不仅仅是故事情节。正如莫言小说的语言与言语、语言与感觉能够达到浑然一体的状态一样，莫言小说的故事情节的魅力也能来源于故事和故事叙述方式的浑然一体，阅读的快感不仅在于将故事本身慢慢剥离出文本而清晰化，同时也在于整个阅读的过程之中。实际上，这样选择瞬间作为参照，用各种调配时间的方式将相对于瞬间而言的“过去”和“现在”并置的方式，所造成的效果是：“时间的流逝被突然体验到了。”②而这种瞬间并不是普鲁斯特所谓的“纯粹时间”，而是空间。这是以系统研究小说空间形式闻名的美国批评家弗兰克最重要的一个概念，即在文字线性组合所体现的时间流动

① 《选择的艺术——大江健三郎与莫言、张艺谋的对话》，《小说的气味》，沈阳：春风文艺出版社，2003年，第137页。

② [美]约瑟夫·弗兰克：《现代小说中的空间形式》，秦林芳编译，北京：北京大学出版社，1991年，第13页。

中，文学作品的每一次停留和塑造都意味着一种空间，意味着对于时间流动的反抗。莫言实现任意组接故事的章法也往往借助梦境描写或多重叙事视角的设置。梦境本身似真似幻的性质及其与现实扑朔迷离的关系使得小说的组接往往可能产生一种新的逻辑，而多重叙事视角除了能给叙事造成似真似幻的效果之外，还有调理时空的作用。

其实，莫言小说叙事无论是时间调配的技巧，多重叙事视角的设置，还是多层次的叙述，从某种程度上，都是意在幻化小说的时空，让时空在这些技法下水乳交融。当然最直接也是最根本的作用就是拓展了“高密东北乡”这个相对单调的空间设置。同时，正是因为这个空间的框定也才为时间的穿梭和拼贴提供了一个有限的节制，也为莫言的感觉提供了一个可以框定的展现空间。

第四章

莫言小说叙述话语

第一节　莫言小说“广场化”叙述话语的形成

莫言说：“诉说就是一切”，“看起来是小说的主人公在诉说自己的少年时光，但其实是小说作者让小说的主人公用诉说创造自己的少年时光，也是用写作挽留自己的少年时光。”“所谓作家，就是在诉说中求生存，并在诉说中得到满足和解脱的过程。”[①]莫言的“诉说”是通过“广场化”叙述话语来实现的。

在当代作家中，莫言是最具话语革新意识、擅长话语实验的少数作家之一。莫言曾这样说过：“某种语言在脑子里盘旋久了，就有一种蓄势待发的力量，一旦写起来就会有一种冲击力，我是说写作时，常常感到自己都控制不住，不是我刻意要寻找某种语言，而是某种叙述腔调一经确定并有东西要讲时，小说的语言就会自己蹦跳出来，自言自语，自我狂欢，根本用不着多思考该怎么说，怎么写。”[②]其实，这种腔调与话语是作者长期学习、训练，对某种话语形式自觉追求的结果，是在特定情境下的自然而然的呈现。

---

① 莫言：《诉说就是一切》，《当代作家评论》2003 年第 5 期。

② 石一龙、莫言：《故乡・梦幻・传说・现实——著名作家莫言访谈录》，《小说的气味》，沈阳：春风文艺出版社，2003 年，第 155—158 页。

学界将莫言独特的叙述话语特征称作“莫言腔”。带有“莫言腔”的语言已经成了莫言小说一个鲜明的标记，但什么是“莫言腔”，却众说纷纭。目前比较有代表性的观点认为，莫言小说的叙述话语特征在于其杂语性和狂欢性。[①] 但从成就叙述话语的独特性来说，这种语言特征还远远不足以使一个作家达到真正的个性化。早在1907年，就有人这样概括小说的杂语现象：“小说中非但不拒时文，即一切谣俗之猥琐，闺房之诟谇，樵夫牧竖之歌谣，亦与四部三藏鸿文秘典，同收笔端，以供馔箸之资料。”[②]莫言将韵文歌谣、方言俚语、政治术语、都市流行语各种吸收入文并不是他的独创，很多当代小说家比如王蒙、贾平凹等的创作都是杂语性。而“狂欢”这个词来源于巴赫金的叙事学理论，它以西方的狂欢节为社会语境，指涉一种短暂的泯灭阶级和等级差异的状态[③]，这在上文已作了论述。仅用“狂欢”来形容莫言的语言，除了纯粹概念的借用，以及方法论上的用创作支持理论、用理论套住创作之外，缺乏必要的社会文化背景支撑，其可论证性是相当欠缺的。那么莫言小说的叙述话语的特征到底是什么呢？笔者认为是一种“广场化”叙述话语，这一概括兼顾莫言小说“对话”特征与“拟书场”传统，具体体现为以倾诉式叙述进行情绪渲染、通过各种感觉进行氛围营造，以及用信口开河的话语状态主导着叙事。在莫言小说杂语喧哗与热烈狂欢的背后，真正与众不同的是其“广场化”氛围的营造、语言腔调、语言浓度和话语的抒情性特征，以及由此达到的叙事效果与发挥的“渲情效应”[④]。打开莫言的每一篇小说，几乎都能感受到这种“广场化”语言气势对人的冲击力。如果说《透明的红萝卜》还在直觉化的话语中穿插了一个线索明晰的传统故事、镶嵌了一个可供感知、可供阐释的朦胧意象的话，那么从《红高粱》以后，莫言渐次将自己的直觉充分张扬，到了《红蝗》《欢

① 张闳：《莫言小说的基本主题和文体特征》，《当代作家评论》1999年第5期；谭桂林：《论〈丰乳肥臀〉的生殖崇拜与狂欢叙事》，《人文杂志》2001年第5期。

② 陈平原：《中国小说叙事模式的转变》，北京：北京大学出版社，2003年，第137页。

③ [俄]巴赫金：《巴赫金全集・小说理论》，白春仁、晓河译，石家庄：河北教育出版社，1998年。

④ 唐跃、谭学纯：《小说语言美学》，合肥：安徽教育出版社，1995年，第28页。

乐》的阶段,莫言的叙述话语甚至成了意识直觉的直接记录和诡异感觉的直接变形。此后这一特征尽管在不同阶段的不同小说中体现方式和程度略有不同,但排比句式的大量使用、情绪心理的即兴抒发、直觉感觉的肆意挥洒以及杂语俚语的插入等语言特色始终是莫言小说的一个标牌。实际上,莫言本人一直向往的、一种信口开河的话语状态始终主导着他的写作。笔者将这种标牌概括为"广场化"叙述话语。

从小说叙事角度来讲,在"广场化"的叙述中,叙述者面对一个或一群人进行对话、交流、叙述或讲演,叙述者努力向受众或演绎故事,或传达某种理念与思想,当然也希望将受众拉向自己的逻辑,产生吸引对方认同的效果。在这个过程中,叙述者必须对自身逻辑和传达能力非常自信,对吸引受众也充满信心,因此一般而言,演绎者要情绪饱满、有理有据,尽管有时候这种逻辑经不起冷静的推敲,但是流畅的语言根本就不给推敲和警觉留下任何间隙,它让叙述言辞长驱直入地作用于受述者,从而将语言与预定意图之间的距离压缩到最小的程度,以达到叙述与言说的效果。从这个意义上说,用"纯粹能指的过剩"形容"广场"修辞方式应当不为过。莫言小说叙事总体上就具有这种"能指过剩"特征,虽然有的时候并不那么明显,它的煽情效应也往往是由语言的华丽与故事的鬼魅一起构成的,但他语言的繁复罗列和铺排也是毋庸置疑的,而且在这种铺排过程中所体现出来的强烈的主观情绪和强势的理念灌输,在小说叙述中也是屡见不鲜。这也是笔者将其叙述话语表述为"广场化"的重要原因。

莫言本人在谈到自己的叙述话语特征形成的影响因素的时候坦言,某些"红色经典"、"文革文体"等"把汉语里华而不实的部分极端放大,是一种耀武扬威、色厉内荏的纸老虎语言",但这种东西"对我的小说还是有潜在影响。"另外就是民间说唱文学、民间口头文学,尤其是鬼怪的故事、外国作家的影响,还有元曲"一韵到底的语言气势"。[①] 综合分析以上四个方面,也可以看出,无论是"红色经典"惯用的排比句式还

---

① 莫言、王尧:《从〈红高粱〉到〈檀香刑〉》,《当代作家评论》2002 年第 1 期。

是民间口头文学的夸张句式，还有元曲的语言气势都对莫言小说的叙述话语产生了巨大的影响。这不仅表现在莫言小说语言的排比、夸张修辞，而且表现在其语言的一泻千里的气势和滔滔不绝的情态。这些语言本质上都带有“广场”的特征，它的铺排、它的说服的信心、大段大段酣畅淋漓、情绪饱满的煽动效应等都促成了莫言小说的“广场化”叙述话语的形成。下面从“倾诉”式叙述话语及其所造成的渲情效应、诉诸视觉的感官化叙述及其所起到的造像效应、幽默调侃式叙述及其隐含深意等三个方面展开论述。

第二节　诉诸听觉的“倾诉”式叙述

陈平原认为，直至鲁迅的《狂人日记》独白式的心理描写，“现代小说的表现技巧才引起广泛的注意和充分的重视。这种几乎没有故事情节、全凭个人心理分析来透视社会、历史、人生的‘独白’，对于急于宣泄情感、表达人生体验及社会理想的年轻一代，无疑是最合适的。再加上个性主义思潮和民主自由意识的萌现，‘独白’(包括日记体、书信体小说)几乎成了‘五四’作家最喜欢采用的小说形式。”“不管作家意识到与否，‘独白’无疑是对以情节为中心的传统小说叙事结构的最强烈冲击。《狂人日记》根本没有办法还原为一个完整的故事，或者改编成戏剧或电影。”[①]但值得注意的是，“‘五四’作家的书信体小说大都是‘独语’，而不是‘对话’——似乎收信人从不想作答，写信人不得不再三引进对方的言行来协助完成故事的叙述。”[②]这一概括与论述是很深刻的。而真正使“独白”具有了普遍“对话”性质的叙述话语要到新时期的小说叙事才形成，而莫言小说叙事就是其中的典型代表。

莫言小说叙事借鉴了这种“独白”的技法，但又有很大的发展。莫

① 陈平原：《中国小说叙事模式的转变》，北京：北京大学出版社，2003年，第124—125页。
② 同上书，第89—90页。

言小说中的“独白”具有对象性，如《蛙》整体是书信体，但却具有显著的交流对话特征。他的小说也可以“还原为一个完整的故事，或者改编成戏剧或电影”。所以笔者用“倾诉”来概括他小说的这种独白特征。

陈平原所言的“强烈冲击”在“五四”那个崇尚创新与反叛的蓬勃时代，对小说的发展以及小说本身所产生的社会效应自然是功不可没。然而，任何事物都是如此，在一个震撼性的强烈效应之后，其他的价值和意义会在此后的发展中缓慢显现。现在看来，尽管当时感染文坛的更多的是小说中流溢出来的情绪，但其故事性也并没有完全被忽视，因为“故事虽是最低下和最简陋的文学机体，却是小说这种非常复杂机体中的最高要素。”[①]正如尽管传统小说(指明清小说)以情节为中心也并没有排斥情绪的流露一样。从这个意义上说，情节与“心理独白”并非互不相容。

毫无疑问，小说始终是以故事性为核心的，但这种核心会被一些技巧，包括人物的心理独白等打乱或改变面貌。也就是说，人物的心理独白与情节并不是非此即彼的关系，前者是展现后者的手段之一，只不过在不同的小说中，使用频率和突出程度有所区别罢了。“五四”以后的小说，甚至解放后的小说、“文革”后的“伤痕小说”“反思小说”“改革小说”“寻根小说”，对心理独白、理念阐释、小说的教化作用的偏重一直是小说的主流，甚至很多时候都成了小说与现实相对照的一种方式。当小说发展被冠以某种流派的时候，其实反映的正是某种题材、情节结构和小说情绪上的的雷同性和一致性。“先锋小说”的被命名最初就是因为其“叛逆性”，只不过这种叛逆不仅仅体现在人物的心理和行为上，小说的形式技巧本身也是对传统小说写作技巧的“叛逆”。从这个意义上说，莫言最初登上文坛也是因为其对于文学传统的继承和修正。当时的文坛，先锋文学大行其道，而莫言与其他作家相区别的地方在于，他既吸收了先锋小说的技法，同时又非常注重小说的故事性。在先锋小说普遍用“叙事圈套”遮蔽故事性的时候，莫言则用直觉的方式达到了

① [英]E·M·福斯特：《小说面面观》，苏炳文译，广州：花城出版社，1984年版，第22页。

二者的并重，并在此基础上融合了异常浓烈的情感抒发。这样“三合一”的方式是莫言小说的独特成绩，也是他能够脱离先锋阵营而成功转型并保持旺盛的创作生命力的重要原因。

莫言小说叙述话语常常通过倾诉式的叙述，创造一种修辞氛围，制造一种“广场”式听觉效应，彰显叙述者的“在场”。这种倾诉式的叙述表现为人物倾诉（其中叙述者的影子也非常清晰）与叙述者的倾诉。

一、小说中人物的倾诉

在莫言的小说中，人物经常通过大段即兴而发的倾诉式感慨宣泄情绪，倾吐心声。这种倾诉与戏剧中经常出现的舞台告白类似，是展示人物心理活动以获得观众共鸣的一种方式。莫言小说中的倾诉本身就是一种“模拟”，是一种氛围的营造和情绪的抒发，它的“受述者”被想象成倾听的观众。这种倾诉实质上是叙述者借人物之口发出的；而且大多数情况下，这种倾诉式的语言都与意识流小说的氛围相契合，多使用第一人称。偶尔用第二人称，比如《欢乐》，但其主体氛围仍旧是用意识流的方式展现高考失利、生活杂乱的青年内心的焦躁和愤世嫉俗。有意思的是，除了成名作《透明的红萝卜》里那个终篇沉默的黑孩儿以外，几乎每一部莫言的小说，尤其是中长篇小说，都会塑造一个有倾诉情绪的叙述者（人物）。这个叙述者总是善于想象和发挥，善于感受和表达，仿佛一个臆想症患者，在现实的不如意和弱势的处理下用想象获得自我满足，实现现实困境的想象性超越。比如《十三步》中的笼中人，《酒国》里的作家李一斗，《红蝗》里的“我”，《野骡子》里的母亲，《檀香刑》里的孙眉娘，《四十一炮》里的炮孩儿等等。这些叙述者的倾诉方式各不相同，有的讲故事，有的发议论，甚至有的还用詈骂方式。无论哪一种，莫言都能准确地为人物找到清晰的标志性语言，让情绪性的发泄沾染深刻的性格印痕，巧妙地推进情节逻辑和性格逻辑，同时也将叙述者的声音清晰而明确地表达出来。《红高粱》里“我奶奶”临终前那段莎士比亚式的倾诉就是典型的一例：

天哪！天……天赐我情人，天赐我儿子，天赐我财富，天赐我三十年红高粱般充实的生活。天，你既然给了我，就不要再收回，你宽恕了我吧，你放了我吧！天，你认为我有罪吗？你认为我跟一个麻风病人同枕交颈，生出一窝癞皮烂肉的魔鬼，使这个美丽的世界污秽不堪是对还是错？天，什么叫贞洁？什么叫正道？什么是善良？什么是邪恶？你一直没有告诉过我，我只有按着我自己的想法去办，我爱幸福，我爱力量，我爱美，我的身体是我的，我为自己做主，我不怕罪，不怕罚，我不怕进你的十八层地狱。我该做的都做了，该干的都干了，我什么都不怕。但我不想死，我要活，我要多看几眼这个世界，我的天哪……（《红高粱家族》，第64—65页。）

这样具有“五四”腔调的表达显然不可能来自高密东北乡的女人“我奶奶”，而是叙述者因感慨颇多而强行介入的直抒胸臆[①]，但它又确实出自小说人物之口，这是叙述者与受述者的一种叙事交流方式。叙述者将“我奶奶”对老天的诅咒与对个人生活的反省和辩护交织在一起，展现她作为“个性解放的先驱”所经受的反叛传统的挣扎，以及突然面对死亡时对现世的留恋。尽管这样突兀地中断小说的叙事节奏使整个小说显得不够成熟，叙述者用如此概念化的现代腔调揣测祖先的心思也显得牵强，但这样的倾诉也确实能够在营造悲壮氛围的同时为丰满人物形象起到很好的作用。而且在以后的小说里，比如《欢乐》《红蝗》《酒国》《战友重逢》《藏宝图》等，莫言几乎是不顾任何批评和误解，执拗地把这种与故事行进速度非常不合拍的随感而发变成了自己的叙事特色和特异性的语言风格，并且运用得日益成熟。在几年后的长篇小说《笼中叙事》（后更名为《十三步》）中，莫言又塑造了一个蔑视传统

① 这在20世纪80年代的文坛曾是一种流行的小说腔调。张贤亮的《男人的一半是女人》也曾出现过类似的酣畅淋漓的表白。张承志的《北方的河》通篇都是这样的表达。刚刚经历过十年梦魇的一代作家，急于表达思想解放之后的理论和激情。可以说，整个80年代的文坛，都处在一种理念大于故事、思想大于情感的纠葛之中。很多人物都在历史与现实、理念与现实的矛盾中挣扎，而这种挣扎恰恰表明作家、乃至整个知识分子群体身上所背负的历史与现实的双重负担，当然，也反映了人生观念、文学观念的重生艰难。

伦理、宣扬个性独立的女性形象——整容师李玉蝉。她和母亲同为原来的王副局长、现在的王副市长的情人，而因为误会，她又和邻居家的男人在殡仪馆发生了关系，于是她也发出了一串倾诉式的诘问：

> 她在思想：一切都像命运一样不可抗拒，生在这个世界上就是倒霉透顶，没有必要再谴责自己。难道把处女膜献给了王副局长就是淫荡吗？难道在那一刻，因为石榴花开、因为鱼市上飘来的腥咸味儿我情欲勃发克制了就高贵吗？在情爱面前，没有理性好讲。既然如此，又何必为昨天中午发生在殡仪馆里的事而内疚呢？处女膜不过是一层皮，比鸭蹼还薄，骑自行车也能颠破它。只有那个可恶的中尉重视它。(《十三步》，第43页。)

李玉蝉对于女性贞操的看法与“我奶奶”对于爱情的追求都带有反对传统道德、争取女性独立人格的色彩，所不同的是，戴秀莲对于老天的反问在李玉蝉这里变成了一种自我反问，戴秀莲的语气更像是一种求助式的辩解，而李玉蝉则更倾向于自我肯定式的辩解。因此，李玉蝉对于个人情感命运的感叹就剔除了“我奶奶”的焦灼和矛盾，变成了一种尖利的思想探询。而“隐含的作者”对于女性贞操问题的思考，对于情爱道德的判断也因为人物的直抒胸臆而变得扑朔迷离，难以把捉。更加值得对比思考的是，长篇小说《檀香刑》里也有一个敢于追求有悖世俗的情感的已婚女性孙眉娘。县太爷钱丁为了移风易俗，让高密的女人不再缠足，给孙眉娘在南校场准备了秋千。孙眉娘在众目睽睽之下将秋千荡上了高空：

> 俺感到飘飘欲仙，鸟儿的翅膀变成了俺的双臂，羽毛长满了俺的胸膛。俺把秋千荡到了最高点，身体随着秋千悠荡，心理汹涌着大海里的潮水。一会儿涨上来，一会儿落下去。浪头追着浪头，水花追着水花。大鱼追着小鱼，水鱼追着小虾。哗哗哗哗哗……高啊高啊高啊，实在是高，再高一点，再高一点……俺的身体仰起来

了，俺的脸碰到了飞翔着来看热闹的小燕子的嫩黄的肚皮，俺臭美地躲在了风编雨织的柔软无比的垫子上，荡到最高处时，俺探头从那棵最大的老杏树的梢头上咬下了一枝杏花，周围一片喝彩……真恣悠啊，真舒坦啊，得了道啦，成了仙啦……然后，让大坝决口，让潮水退落，浪头拖着浪头，水花扯着水花，大鱼拉着小鱼，小鱼拽着小虾，啦啦啦啦，退下去了。退到低谷又猛然地上升，俺就俯仰在那两根绷得紧紧、颤抖不止的绳子上，身体几乎与地面平行，双眼看到了新鲜的黄土和紫红色的小草芽苗，嘴里叼着杏花，鼻子里全是杏花淡淡的清香。(《檀香刑》，第 23—24 页。)

孙眉娘得意洋洋地在秋千上享受众人艳羡的目光，感受干爹钱丁的爱恋，于是天地万物，在这种忽上忽下的悠荡中变得亲切了，变得可触可感了，而现实的人群变得无足轻重。孙眉娘人生高潮时期的所有幸福也都随之超越了伦理道德的界限，变得张狂。这种张狂无须解释，也无须争辩，当然也没有给孙眉娘带来任何心理压力。于是这一段倾诉，不再是疑问式的排比，而完全是一种享受性的带有感叹色彩的陈述句排比。相对而言，隐含作者的声音较之“我奶奶”时期和李玉蝉时期，也不知道隐退了多少。他不再注重“个性解放”“女性贞操”这样刺耳的概念，而是采取了观赏和倾听的立场，让人物自己在享受性的表达中透露自己的意识。因而，莫言小说倾诉的语言更加远离那种表面化的演说特色，变得越发契合人物的心理实际和文本塑造形象的艺术实际。当然在这种纯粹的语言狂欢、气氛渲染和心境描画中，其实隐含着作家对于人生与命运的看法：秋千的上下飘荡不正是人生潮起潮落、悲喜交加的隐喻吗？

三个不同的女性尽管各自生活的年代不同，但在莫言小说中构成了一个“我奶奶”到李玉蝉再到孙眉娘的形象序列，其背叛传统伦理道德的程度以及由此所产生的内心挣扎也构成了一个发展的序列。如果说”我奶奶“的背叛带有被余占鳌胁迫的被动性质，而且她在背叛的过程中还有与“五四”时期相类似的文化焦灼和历史焦灼的话，那李玉蝉的背叛则更大胆了一些，她是主动的、听从了个人欲望的指引，在背叛的同时虽然也进行了自我反思，但其强烈程度已经远远不如“我奶奶”。至于孙眉娘则完全没有了任何反思和辩白的冲动，她完全享受自己的背叛，完全不顾任何人的眼光，更坦率更直接。

从这样三个女性形象的塑造中，从她们的性格心理发展的脉络中，甚至可以看出当代文学发展史上对于传统伦理道德的背叛程度的逐步强化，尤其是性描写和婚外情的描写。从最初张贤亮的《绿化树》《男人的一半是女人》的理想主义与欲望的双重焦灼，到王安忆的“三恋”(《小城之恋》《荒山之恋》《锦绣谷之恋》)中纯粹的欲望和这种欲望挣扎之后人性的蜕变、贾平凹《废都》中“金瓶梅式的”春秋笔法以及文坛由此进行的论争，再到《私人生活》的揭密和美女作家的欲望撒野以及评论界对此的默许和并不强烈的批评，乃至曾风靡一时的“身体写作”时尚等等，在面对欲望和伦理、面对个人隐私和社会责任，越来越多的情形是“存在即是合理”的消极评判[①]。而文学对于身体和欲望的描写也早已不再有任何禁区可言，正如有的评论者所断言的那样：这个时代迫切需要的并不是对人体的认识(那是欲望压抑和文化禁锢时代艺术的重要功能)，而是对魂魄的寻找。[②] 更多的情况下，人都是如孙眉娘一样在充分的享受欲望获得满足之后的快感，而丢掉了沉重的传统道德的负累。只是，文学写作突破性的禁区并不难，难的是对这种突破的审美价值和思想价值的把握。而这种把握往往是突破的意义所在。

从文本时空与写作时空的角度看，尽管孙眉娘生活的时代比“我奶奶”早了几十年，然而她却比“我奶奶”更接近现代人。从“我奶奶”到上个世纪 80 年代，与从孙眉娘到 21 世纪，历史叙事的加速“再语境化”的速率已经大大加快。在这样的时间压缩过程中，体现了历史叙述永远

① 从某种意义上而言，文学研究的文化视野，即在形式主义之外加入的历史主义的内涵，从某种程度上磨平了文学批评的尖锐程度，因为一旦一个文学内部的审美标准放大到一个更大的文化语境中之后，所有的文学现象都变得具有意义，而这种“泛意义”的“后现代主义”倾向对于文学批评的影响不仅仅具有正面意义。

② 张柠：《肉体符号的文化分析》，《花城》2003 年第 1 期。

直指当下的真相。而且，这种今人意识的大跨度渗透和历史人物的大幅度"再语境化"，既带有詹姆逊所谓"永恒的当下"的特征又富有马克·柯里所说的"对于当下的叙事性逃避"①的性质。从某种程度上说，这种书写角度的"当下逃避"与判断立场的"永恒性当下"集中体现了莫言小说叙事与现实的关系。

上面三段引文尽管排比句式的使用是其一贯的做法，但其倾诉式的腔调和渲情效应的发挥有一个发展变化的过程。莫言的成名作《透明的红萝卜》对于感觉的描写还很有节制，整个作品简约温婉，而且适应小说塑造沉默的人物形象的需要，小说的语言也没有大开大合的情绪展开。从《红高粱》以后，莫言开始随意穿梭在历史与现实、感觉与真实之间，语言的情感浓度也开始日益加大，但由于最初技法运用的生涩，以及上个世纪 80 年代初与"五四"颇为相似的社会情境，莫言在让人物抒发情怀的时候带有明显的斧凿痕迹。后来，随着《红高粱》的成功，以及批评界对于这种表达方式的普遍肯定，莫言的感觉世界日益放开、表达欲望更加强烈，渲情性的语言也开始变得缺乏必要的节制。如前所述，这种情况主要表现在《红蝗》和《欢乐》两个大中篇里，尤其是在"审丑"的问题上，尽管莫言在《酒国》这个虚实相间的小说中借人物之口提示批评者注意"审丑"的具体语境②，但其毫无节制和章法的表达方式还是值得商榷。这种情形一直延续到颇受争议的《丰乳肥臀》。此后随着莫言创作理念的日益成熟和感觉蜕化、技法凸显的创作现实，莫言小说的倾诉性语言日益减少，或者说日益转变为一个人物用自由间接引语和自由直接引语的方式讲述另一个人物的心理过程，这样给读者带来的阅读冲击力就变小了，审美冲击也变得更加隐讳，观念的直接灌输性减弱而思考的余地增加了，同时也给作家对人物的褒贬带上了虚实难辨的模糊色彩。

---

① [英]马克·柯里：《后现代叙事理论》，宁一中译，北京：北京大学出版社，2003 年，第 106 页。

② 莫言：《莫言文集·卷 2》，作家出版社，1996 年，第 134 页。当然，莫言主要针对的是没有文学尺度的批评，这样的评论其实对于作家和研究那段批评史的研究者来说，参考意义并不大。

莫言小说叙述话语的变化，从最初的节制发展到带有摧枯拉朽性质的无节制抒情到被批评之后有所收敛，都不是简单的艺术技巧的打磨问题，甚至批评界对于莫言小说语言的评价都不是单纯的文学技巧问题，而带有更多的意识形态的所指。“对于莫言而言，叙述话语的变化过程与他对于历史重构的信心、对于现实批判的想象性力度是息息相关的。”[①]在话语张扬的过程中，其实蕴含着一种追求文学社会效应最大化的信心，甚至蕴含着一个写作者对于写作与意识形态的关系的简单化预计和乐观性想象。

二、叙述者的直接倾诉

莫言小说叙事中的这一叙述形式，更加凸显出叙述者的存在，像是面对面在和受述人交流对话，给人强烈的生活感和真实感。

这种倾诉往往与小说情节的发展构成一种有张有弛的力量，这是莫言小说的一大特点。如《十三步》中笼中人对李玉蝉心理的转述，《我们的七叔》中王老五对七叔故事的转述，《四十一炮》中罗小通对大和尚故事的转述，《酒国》（又名《酩酊国》）中作家李一斗与莫言的通信，《红树林》中“我”对“你”的情爱心理的转述等等。莫言非常善于运用转述性倾诉，这样可以缓解人物倾诉与全篇叙事节奏的风格冲突，也能减轻这种宣泄给读者带来的直接冲击力，有时还可以带来揶揄、轻松的审美效果，给小说增加一些扑朔迷离的色彩。比如《酒国》中，李一斗与莫言通信全文的直接引述，给小说的叙事增添了别样的可信度，而二人对于文坛人事的褒贬又让小说的现实指向带上了真假难辨的特征。

莫言小说中的引语表面上看是在尊重亲历者的叙述，而实际上则是“一种改变原意或者故意改变与曲解原意的转引的陈述风格”“一种重新加以拼贴加以镶嵌用以组成新的文本的转引风格的戏仿。”[②]在这种戏仿的过程中，可以隐藏作家的真正立场，或者为作家的针砭时弊搭

① 付艳霞：《莫言的小说世界》，北京：中国文史出版社，2011 年，第 32 页。

② 耿占春：《叙事美学：探索一种百科全书式的小说》，郑州：郑州大学出版社，2002 年，第 197 页。

建能够全身而退的“营寨”。这种写作体现了所谓“民间文化”的特点：即以其暧昧和多义，营造出相对独立的自由话语领域，从而用隐晦曲折的方式掩盖现实批判的锋芒。

> 老师，昨天夜里，我又写了一篇题为《肉孩》的小说。在这篇小说中，我认为我比较纯熟地运用了鲁迅笔法，把手中的一支笔，变成了一柄锋利的牛耳尖刀，剥去了华丽的精神文明之皮，露出了残酷的道德野蛮内核。我这篇小说，属于“严酷现实主义”的范畴。我写这篇小说，是对当前流行于文坛的“玩文学”的“痞子运动”的一种挑战，是用文学唤起民众的一次实践。我意在猛烈抨击我们酒国那些满腹板油的贪官污吏，这篇小说无疑是“黑暗王国里的一线光明”，是一篇新时期的《狂人日记》。如果有刊物敢于发表，必将产生石破天惊、振聋发聩的效果。今随信寄上，请老师大笔斧正。“彻底的唯物主义者是无所畏惧的”，老师不必怜香惜玉进退维谷，更不必投鼠忌器左顾右盼，有什么看法直说不要吞吞吐吐，竹筒倒豆子，是我党的光荣传统之一。（《酒国》，第 59 页。）

大篇幅加入人物通信是《酒国》这部小说的一个重要特征。在这种私人信件公开化的写作方式中，所有的表述其实都带上了“转达”的特征。“书信体文学对经验进行即时的、自发的和不加粉饰的记录，其约定俗成性毕竟不亚于诸如在伪自传小说中依赖假定可靠的记忆力搜集的往事。因为书信体裁意味着有可能不失说服力地靠文字来转移当面讲话或舞台表演所具有的表现力。……毫无修饰和没有形象化比喻的语言具有直接的指涉价值。除此之外，人们还相信替代当面讲话的印在纸上的东西具有权威性。”[①]在小说中，书信既是叙事的媒介又变成了情节的一部分，它和日记一样，“总把广播用语中的直接播送和录音

① ［法］保尔·利科：《虚构叙事中时间的塑形——时间与叙事（卷二）》，王文融译，北京：生活·读书·新知三联书店，2003 年，第 12 页。

广播，把准内心独白和事后转述结合起来，这里叙述者既是主人公，又已经是另一个人。”[1]上面的引文，在李一斗自我吹捧中，他本人的褒贬态度以及小说中的人物——莫言的立场，甚至作家本人的态度都变得模棱两可、似是而非。应当说，正是通过这种倾诉性语言的转述性变化，使得“广场化”的话语风格与小说故事性和叙事情节的跌宕性显出了不相符合的特性，而正是这种错位才成就了莫言小说特异性的叙述话语。

莫言的话语节奏和语言尝试也是非常有特色的，他擅长用天马行空般的想象驾驭感觉，运用藻饰铺排、言语密集的超长句式表达这种感觉，使整个语流变得湍急飞腾，语势也是一泻千里。比如《食草家族》里那段对于冰雹的吟咏和《十三步》中关于雨的联想，完全是故事情节之外的闲笔运用，但这种铺排的方式又确实构成了整个小说情绪氛围的一部分：

> 温柔的冰雹，我爱你，当我把你含在口腔里时，就像吮吸着母亲和妻子温暖的乳房……天空多壮丽。自然多辉煌。尘世多温暖。人生多葱姜。铿铿锵锵，噎噎嗒嗒，冰雹持续不断地掉下来，天地间充溢着欢乐的色彩和味道，充满了金色的童年和蓝色的多瑙河。五彩的甜蜜的冰雹降落到苍老枯萎的大地上，唤醒了大地旺盛的性欲和强大的生殖力。(《食草家族》，第 95 页。)

> 燕子在巢里啁啾，我在床上抽泣。后来乌云漫上来，春天的雨水下降。雨点叭哒叭哒地敲着檐瓦吧哒，清晨新美如画。属于田野的风灌进了我们的小城，风里有槐花，风里有草芽，风里有蛙鸣，风里有爱情，风里有蝌蚪。金鱼巷里，应该出现一个提篮的春姑，亮开她甜而不腻的嗓子，叫卖时令鲜花。小城一夜听春雨，深巷叫

① [法]热拉尔·热奈特：《叙事话语·新叙事话语》，王文融译．北京：中国社会科学出版社，1990 年，第 150 页。

卖红杏花。杏花早已化成了泥土，桃花也烂在树下，梨花随风翻滚，村姑也不知流落到了何处。五月里应该叫卖金黄色的苦菜花。(《十三步》，第 243 页。)

这样的描写最初出现的时候，产生的阅读效果有两个方面：一方面有人对此大加赞赏，说这样的描写是丰沛想象力的表现，并极力阐发描写背后的文化意义；另一方面也有人对这种毫无节制和章法的写法提出批评。现在看来，这种写法在 1987—1989 年[①]的文坛是有必然性的。先锋文学技法创新的潮流如火如荼，一时间仿佛只要是突破传统技法的做法就是创新，就是受到欢迎的。而且这种十分随意的任意堆砌的方式，的确如评论者所言："吸引了一些效仿者"[②]，但是现在看来，这样的描写只能算是用一种有点矫情的、非常态的方式发泄了一种情绪，过分随意的表达伤害了故事、人物的审美，至于文化含蕴和想象力则远远谈不上。此后，莫言也渐渐剔除了这种纯宣泄式的表达方式，向着具有内涵的表达方向变化，于是阅读的冲击性和文体意义都发生了一些转移。随着莫言小说的逐步成熟，莫言逐渐把遏制不住的"书场情绪"运用到了场面描写上，而且是那种带有冲击力的、混杂的场面。

八颗质量一等的日本手榴弹几乎同时爆炸，巨大的气浪挟带着黑豆般的弹片四处飞溅，起码有十几条狗被炸碎了，起码有二十几条狗受了伤。狗血、狗肉，飞扬到河道上空，冰雹般打到河水里。墨水河里嗜血成性的白鳝鱼群集起来，吱吱地叫着，争夺狗肉和狗血，受了伤的狗一起哭叫，令人心悸。没受伤的狗四散逃窜，有的沿着河道狂奔，有的跳进墨水河，挣命般地往河对岸游去。(《红高粱家族》，第 194 页。)

① 莫言：《生蹼的祖先们·作者的话》，北京：文化艺术出版社，2001 年，第 1 页。
② 张志忠：《莫言论》，北京：中国社会科学出版社，1990 年，第 244 页。

道路肮脏狭窄，像一条弯弯曲曲的肠子。卡车、拖拉机、马车、牛车……各种形状、各种颜色的车辆，像一长串咬着尾巴的怪兽，堵塞在一起。有的车熄了火，有的没熄火。拖拉机头上竖起的铁皮烟筒里和汽车藏在屁股下边的铁皮烟筒里，喷吐着一圈圈浅蓝色的烟雾。燃烧未尽的汽油、柴油味道，与牛马驴口腔里的味道混合在一起，汇成一股混浊的潮流，漫散流淌。（《酒国》，第 7—8 页。）

大雨继续倾泻，庄稼被淹没，道路被冲毁，房屋被泡坍。八隆河水暴涨，湍急的水流中漂浮着绿色的庄稼、连根拔出的树木、死猫死狗死野兔子。水里有股腥臭气。石桥上纤尘不存，白得似冰如玉。河堤上冲出了沟沟槽槽。白桑树抽出新枝嫩叶。碱土荒原成了绿褐色。压路机玻璃上泪流滚滚，钢铁巨轮陷在泥水里。一群群老鼠蹲在沥青堆上避难。黑色的道路像缺首的大龙一样趴伏着。（《怀抱鲜花的女人·筑路》，第 93 页。）

有脱离了马身蹦跳着的马腿；有头上插着刀子的马驹；有赤身裸体、两腿间垂着巨大的阳物的男人；有遍地滚动、像生蛋母鸡一样咯咯叫着的人头；还有几条生着纤细的小腿在她面前的胡麻杆上跳来跳去的小鱼儿。最让她吃惊的是：她认为早已死去的司令竟慢慢地爬起来，用膝盖行走着，找到那块从他肩膀上削下来的皮肉，抻展开，贴到伤口上。但那皮肉很快地从伤口上跳下来，往草丛里钻。他逮住它，往地上摔了几下，把它摔死，然后，从身上撕下一块破布，紧紧地裹住它。（《丰乳肥臀》，第 38 页。）

另外，《售棉大路》中那人喊马叫的场面，《三十年前的一次长跑比赛》中一群年龄不同、穿着各异的右派聚集在一起的长跑，《模式与原型》中狗的游街，《幽默与趣味》中王三在大街上的不知所措，《父亲在民夫连里》（又名《野种》）中民夫连过冰河，《大风》中飞旋如柱的大风对爷爷的吹打,《球状闪电》里莫名的闪电对人的震撼,《天堂蒜薹之歌》里的鹦鹉大战等等。喧闹混杂的场面是莫言小说一个不可忽视的特点。在这种杂乱无章中莫言总是能够找到一个切入点,驾轻就熟地把雄壮的场景调配得活灵活现。这其间体现的强烈的驾驭意识、调配意识和传达意识是小说叙述者“在场”的重要体现,也是莫言小说叙述话语倾诉特征的一种隐性表达。

中国的传统文论在论述语言修辞的时候总是主张适当控制,所谓“巧言不辩”“大巧若拙,大辩若讷”(老子)、道家“正言若反”式的悖论等,都认为过分的藻饰会影响表达效果,进而影响作家道德形象的自我塑造。所谓“修辞立其诚”,“诚”是中国文论衡量语言表达的一个非常重要的标准,即语词表达方式决定了一个人的道德品性。对于莫言而言,他的《欢乐》《红蝗》受到质疑也是评论界有这样的潜在衡量标准。另外,从“文以载道”的传统上而言,孔夫子强调“辞达而已矣”,主张决不能因为语言本身而妨碍了教化的目的。而且,中国传统文论又十分强调“炼字”“推敲”,杜甫的“为人性僻耽佳句,语不惊人死不休”一直是文学史上的佳话。由此可以看出,历来的“言”“意”之辩都是以语言节约原则为基础的。小说创作尽管不似诗歌、尤其是律诗那样字斟句酌,但也讲究言与意的水乳交融,讲究语言的提炼和净化。从这个意义上说,莫言语言表达的“铺张浪费”是对传统文论的一种反拨和背叛。他是不是创造了一种有关语言的新的审美形态标准还很难下定断,但至少有一点是肯定的,那就是莫言用这种喧腾的话语写小说并矢志不渝,打破了当代文坛的审美习惯,放开了当代人的审美和审美悟性,成功制造了一次“话语事变”。汉人王充在《论衡·艺增篇》中曾说:“世俗所患,患言事增其实。著文垂词,辞出溢其真,称美过其善,进恶没有罪。何则?俗人好奇。不奇,言不用也。故誉人不增其美,则闻者不快其意;毁人不益其恶,则听者不惬于心。”[①]意思是说,尽管夸张的表达方式往往与事实有很大出入,也很难让人相信其含义的真实性,但文学作

① 吴礼权:《修辞心理学》,昆明:云南人民出版社,2002 年,第 108 页。

品中四平八稳的语言往往难以达到预期的效果,倒是有悖常理的语言常常能唤醒人的好奇心。

对于莫言而言,显然不是唤起读者的好奇心这么简单。他已成风格的叙述话语方式也早已过了"陌生化"的阶段。他不遗余力的铺排很多时候是因为沉默太久,是因为独自对着天空和动物说话的冲动突然找到了突破口[①]、是因为故乡经验猛然被激活之后激情难以抑制。他说:"从此之后,我高高地举起了'高密东北乡'这面大旗,就像一个草莽英雄一样,开始了招兵买马、创建王国的工作。当然,这是一个文学的王国,而我就是这个王国的国王。在这个文学的王国里,我发号施令,气指颐使,手里掌握着生杀大权,饱尝了君临天下的幸福。"[②]莫言的叙述话语因此带有激情状态下的慌不择路。心理学认为:"在激情状态下,人往往会出现'意识狭窄'的现象,即认识活动的范围缩小,理智分析能力受到抑制,自我控制能力减弱,进而使人的行为失去控制,甚至作出一些鲁莽的行为或动作。"[③]同时"在激情状态下,人们常常在伴随着上述这些生理变化和明显的外部行为表现的同时,言语上也有一些超常的表现,如语言表达多有与逻辑事理相悖,经不起理智的分析与推敲……。"[④]而从审美效果的角度而言,莫言则是用这种"脉络分明的理性无法不让位给毛茸茸的感性;上意识的意识无法不败在下意识的力量下"的"信口开河"[⑤]的写作状态营造了一种氛围。

有论者在对《红高粱》的历史题材进行评价时曾发出过这样的感叹:"它的奇异魅惑在于,我们被作者拉进历史的腹心,置身于一个把视、听、触、嗅、味打通了的生气四溢的独特世界,理性的神经仿佛突然

① 莫言曾在多篇访谈中讲到自己很小辍学之后,独自放羊,躺在草地上仰望天空,与天空说话,与羊说话,与自然万物说话。事实上这些情节也经常出现在他的小说中。他的人物总是能够听到自然界的声音,比如《透明的红萝卜》里沉默的黑孩、《红树森》里的哑巴黑孩小海等。

② 莫言:《在京都大学的讲演》,《小说的气味》,沈阳:春风文艺出版社,2003 年,第 120 页。

③ 彭耽龄主编:《普通心理学》,北京:北京师范大学出版社,1998 年,第 448 页。

④ 吴礼权:《修辞心理学》,昆明:云南人民出版社,2002 年,第 107 页。

⑤ 莫言:《〈奇死〉后的信笔涂鸦》,贺立华、杨守森主编《莫言研究资料》,济南:山东大学出版社,1992 年,第 409 页。

钝化，大口呼吸着高粱地里弥漫的腥甜气息，产生了一种难以言说的神秘体验和融身历史的‘浑一’状态，于是，我们再也不能像惯常喜欢使用的‘形容’，说是观赏了一幅多么悲壮的历史画卷云云，而只能说是置身于一种有呼吸有灵性的历史之中了。”①借用这样的说法，我们也可以说，莫言的叙述话语，尤其是这种“广场化”的倾诉话语不仅是提高表达效果的需要，更是为了让人置身于一个汁液饱满的话语世界。而在这个富于节奏和韵律的纯语言世界中，所有的抗议、詈骂、呻吟、哀求、心灵破碎的响声都隐匿起来了，而躯体和器官的仪式在几近癫狂地进行。这种彻底回归语言、彻底回归身体物质性的“摇篮情结”，具备了强大的整合功能，它将被语言和精神伤害的零散个体重新召集在一面写着另外一种秩序的乌托邦的旗帜下。对莫言而言，这面旗帜并不清晰，与其说他在明确主张一种秩序，毋宁说他反抗现有的秩序更为妥当。说到底，莫言倾诉式的叙述话语更多地是在宣泄一种愤怒的情绪，一种卑微者被摆布、被掌控的不甘与抗辩，一种对于社会改良的“良史之忧”，中间隐藏着对现实的无法舍弃和对未来的模糊信念。

此外，莫言小说的叙述话语具有非常浓厚的口语化色彩，许多段落都可以朗诵，这也是诉诸听觉的重要方面。且不说他那个以四字句著名的中篇《司令的女人》，就是在其他篇章中他的口语化语言也非常常见：“那位监理官抬手就扇了小青年一个耳光，他打得那样利索，那样平静。脸上毫无表情，这位监理官。”（《天堂蒜薹之歌》）最后一句平常的重复“这位监理官”使前面书面化的表达带上了家常的特征。另外，“奇怪奇怪真奇怪，仙姑嫁了个丑八怪，眼睛瞎，鼻子歪。腋下挟根木头拐……”（《鱼市》）“布谷鸟飞来又飞走。槐花盛开又凋落。麦子熟了。西瓜长得比蒋大志的脑袋还要大了。天气热了。有一天，忽喇喇一个闪，喀隆隆一个雷，第一场雷雨下来了。”（《天才》）以上这样的表达颇得中国古典笔记体小说短句式、童贞化语言的神韵。另外还有一些民间

① 雷达：《历史的灵魂与灵魂的历史》，《昆仑》1987 年第 1 期。

歌谣、民间小调的插入，典型的如《天堂蒜薹之歌》中瞎子张扣的唱词、《檀香刑》中猫腔的唱词等等，都颇得元曲一韵到底的语言风韵。而这样的段落在调整故事情节节奏的同时，也给小说增添了别样的韵味。当然，在这种可读性非常强的语言节奏下，受众也更加容易进入叙述者设定的故事情境，从而从接受美学的角度成就叙述者倾诉与对话兼具的“广场化”特征。

上述的所有特征或许都与莫言“用耳朵阅读”的经历有关。他不止一次地回忆自己童年听故事的经历：“我虽然没有文化，但通过聆听，这种用耳朵的阅读，为日后的写作做好了准备。我想，我在用耳朵阅读的二十多年里，培养起了我与大自然的联系，培养起了我的历史观念、道德观念，更重要的是培养起了我的想象能力和保持不懈的童心。”①当然，光靠想象力还是不够的，莫言对此的有意追求也是不可忽视的方面：“为了适合广场化的、用耳朵的阅读，我有意大量使用了韵文，有意地使用了戏剧化的叙事手段，制造出了流畅、浅显、夸张、华丽的叙事效果。”②应当说，随着莫言创作的不断成熟和语言意识、文体意识的不断自觉，他逐步将想象力和传达力结合得比较好了。

第三节　诉诸视觉的感官化叙述

莫言小说具有强烈的视觉冲击力与场面感，主要体现在莫言小说叙述话语注重感观化的语言表达方式，调动各种修辞手段构筑画面、构筑语言形象、营造意象，以吸引受众的眼球，达到与受众沟通的目的。

莫言善于用感观化的叙述话语构筑画面。莫言构筑画面的能力在当代作家中是屈指可数的。他的许多小说的篇名本身就是一鲜明的意象，本身就能构成一幅美丽的静物画：“透明的红萝卜”“红高粱”“红蝗”

---

① 莫言：《用耳朵阅读》，《读者》2004 年第 8 期，第 9—10 页。

② 莫言：《〈檀香刑〉后记》，北京：作家出版社，2001 年，第 517 页。

“球状闪电”“金发婴儿”“怀抱鲜花的女人”“红耳朵”“白棉花”“大风”“秋水”“石磨”“枯河”等等。而在他的很多小说中，这种视觉化的画面往往是动态的、流动的、延展的，有时候是清澈透明的，有时候又是浓烈浑浊的。画面的色彩也是，有时候恬淡疏朗，有时候又对比鲜明。

> 我看到一条黑狗夹着尾巴、脊背上驮着雪从街上走过。它走得小心翼翼，好像怕身上的积雪抖落似的。狗走过去，又跑过来一头黑色小毛驴儿。它跑得飞快，一边跑还一边蹦，好像生怕雪花停留在身上似的。黑色的小毛驴儿在白色的雪花里闪闪发光，跑到窗外时，它停留了一会儿，原地转了一个圈儿，尥了一个蹶子，好像跟我打了个招呼，然后又向前跑去。(《与大师约会·冰雪美人》，第359页。)

> 我看到父亲的腮帮子可怕地扭动着，父亲的嘴巴扭得很歪，紧接着我便脱离地面飞行了。湛蓝的天空，破絮般的残云，水银般的光线。黄色的土地，翻转的房屋，倾斜的人群。我在空中翻了一个筋斗，呱唧一声摔在地上。我啃了一嘴泥沙。趴在地上，我的耳朵里翻滚着沉雷般的声响。那是父亲的大脚踢中我的屁股瓣时发出的声音。(《白狗秋千架·罪过》，第323页。)

> 老爷爷说月亮上来后，花香更浓，一缕缕的清风把香气的幕帐掀起一条缝，随即合拢后香气更浓。银色的光洒在槐花上，那些槐花就活灵活现地活动起来，像亿万的蝴蝶在拉动翅羽，在求偶交配。花在月光下长，像云在膨胀，这里凸进去，那里凹进去，一刻也不停顿地变幻，像梦一样。红马的皮毛在槐花稀疏的地方偶一闪现，更像宝物出了土，放出耀眼的光来。蜜蜂抢花期，趁着月光采花粉，星星点点地飞行着，像一些小金星。(《与大师约会·神嫖》，第83页。)

眼前的树木和山峰突然彤红耀眼，奶奶蜂窝着一个血胸膛从很高的地方，从天上，从白云里，缓缓地跌下来，落在了他伸出的手臂上，奶奶的血流光了，身体轻软，如同一只美丽的红色大蝴蝶。他托着她向前走，柔软的高粱林闪开一条路，路光上射，天光下射，天地合为一体。他站在墨水河高高的大堤上，堤上黄草白花，河里的水鲜红如血，凝滞如油，油光似鉴，映着蓝天与白云，鸽子与苍鹰。(《白狗秋千架·人与兽》，第462—463页。)

她眼前飞舞着绿色的光点，耳边响着火苗燃烧的哔剥声，黄麻的影子在眼前晃动着。那匹枣红色的小马驹站在高马的身旁，伸出紫红色的舌头，舔舐着他脸上的污血和灰尘，一道道金黄的迷雾从路面上升起，从万亩黄麻地里升起，从苍马县的辣椒地里升起，枣红马驹在金黄迷雾里时隐时现……大哥的脸是青的，二哥的脸是蓝的，爹的脸是绿的，娘的脸是黑的。大哥的眼是白的，二哥的眼是红的，爹的眼是黄的，娘的眼是紫的。她看着他们，她悬空立着，微笑着摇了摇头。(《天堂蒜薹之歌》，第178页。)

作为心理事件与感觉奇特结合的“意象”，在心理学上表示有关过去的感受上和知觉上的经验在心中的重现或回忆，它带有视觉化的特征，同时也可以是联觉上的特征。① 修辞学上把这种将想象化成意象，又将意象用语言传达出来的过程称为“示现”。“示现是把实际上不见不闻的事物，说得如见如闻的辞格。所谓不见不闻，或者原本早已过去，或者还在未来，或者不过是说者想象里的景象，而说者因为当时的意象极强，并不计较这等实际间隔，也许虽然计较也仍然不愿受它拘束，于是实际上并非身经亲历的，也就说得好像身经亲历的一般，而话语里，便有我们称为示现这一种超绝时地、超绝实在的非常辞格。”示现

① [美]韦勒克、[美]沃伦：《文学理论》，刘象愚等译，北京：生活·读书·新知三联书店，1984年，第201页。

分为“追述的示现”“预言的示现”“悬想的示现”三种[①]，而这几种示现在莫言的小说中都曾得到运用。可以肯定的是，无论哪一种，都带有强烈的主观性，而且从莫言运用示现时夹杂了很多排比句可以看出，他始终在追求语言的气势，追求一种罗列穷尽的快感和一种用“书场”式叙述话语营造氛围的冲击力。但在这种主观性充分体现的同时，莫言也用丰沛的想象和劲朗的勾勒构造了具有开放性和对话特征的画面，于是，在获得良好的自我发泄途径的同时，作家也很有效地调动了受众的想象力和注意力。

除此之外，莫言的小说叙事总是调动所有的感觉器官，尽力让所描写的情绪或景象具体可感。莫言是当代文坛以特异感觉著称的作家。有时候他用比喻的方式，将原本抽象的东西具体为熟悉的日常之物，将原本普通的情态幻化成喧闹的、如在目前的场面。比如：“父亲像一件古老的法器灿烂辉煌。他脸上有一千条皱纹，每条皱纹里都夹着汗水和泥土，如纵横的河流，滋润着古老的大地。”（《爆炸》）“这一笑神秘莫测，这一笑像烙铁一样，在父亲的记忆里，烫出一个马蹄印。”（《红高粱》）“英文课。挺新鲜。几十个男孩子怪腔怪调，把教室变成了池塘。满池塘蛤蟆叫。新来的校工兼炊事员老何摇响了下课铃。姚先生宣布下课。憋了一个小时的顽童们箭一般往外射。十千也跟着往外射。”（《红耳朵》）等等，类似的例子不胜枚举。有时候莫言又用通感（又叫联觉），比如：“这声音灰白阴冷，给我留下了极恐怖的印象。”（《麻风的儿子》）“水很硬，顶得他趔趔趄趄。”（《透明的红萝卜》）等等。钱钟书曾对通感修辞有过专门的论述，“在日常经验，视觉、听觉、触觉、味觉往往可以彼此打通或交通，眼、耳、舌、鼻、身各个官能的领域可以不分界限。颜色似乎会有温度，声音似乎会有形象，冷暖似乎会有重量，气味似乎会有锋芒。”[②]而这种修辞手法的运用，在更多的情况下，“乃是一种文学技巧，一种隐喻性的转化形式，即以具有文学风格的表达方式表现出

---

① 陈望道：《修辞学发凡》，上海：上海教育出版社，1982 年，第 124 页。

② 钱钟书：《通感》，《钱钟书散文》，杭州：浙江文艺出版社，1997 年，第 255 页。

对生活的抽象的审美态度。”[①]莫言这种将感观体验打通的情况也受到了评论界广泛的关注，只是对于这种创作手法来源的解释尚局限在莫言天才般的感觉上。实际上，所有的人都有这种通感的现实经历和经验感受，那么何以莫言在创作中运用得如此突出而娴熟呢？这与他长期的农村生活经验有关，在此过程中他贴近自然，并了解了民间的原始思维。

这种叙事方式与话语是需要高超的想象力的。在当代文坛的日常化叙事日益严重，想象力日趋枯竭的今天，莫言创作的路数是一个特例。这一方面得益于莫言创作题材的乡野特异性，以及他乡村经验的城市异质性，即莫言的想象力之所以显得卓越是因为他关注的焦点是很多作家所无法关注的，因而，莫言想象力是否枯竭的问题应当从他自身的创作发展来衡量。从莫言晚近的写作来看，语言运用和叙事技法日趋成熟，但想象力也在不断“退化”：后期的创作中再也没有《透明的红萝卜》《红高粱》那般透亮、劲朗、悠远的味道了。那个曾经因为超乎寻常的想象和细致入微的感觉而受到评论界关注的莫言，到了《檀香刑》阶段，变成了因有意识的汉语写作和对民间小调的着意摹写而备受好评的莫言。这样的变化从某种意义上说，是莫言想象力重心的转移或想象力表现方式的模式化。相对而言，莫言是将文学想象力创造力保持得很好的当代作家。但从他自身的创作历程来看，如何通过更新乡村经验、更新激活乡村经验的视角、更新想象力的表现方式等手段避免自我重复依然是非常严峻的问题。长篇小说《四十一炮》和发表在《收获》2004 年第 3 期的三个短篇就明显地昭示了这一点。所以，其实莫言小说的对话性还应该有一个非常重要的层面，那就是自己与自己的“对话”，自己全部作品的纵向、横向比较。

莫言的感官化叙述还体现在色彩表现上。莫言在小说叙事中经常使用大红大绿，色彩的对比上极为鲜明。莫言笔下的色彩之浓烈，之狂

① ［美］韦勒克、［美］沃伦：《文学理论》，刘象愚等译，北京：生活·读书·新知三联书店，1984 年，第 80 页。

野，各种色彩之间有悖常理的怪诞搭配所构成的画面感，各种狂放的色彩所承载的独特的感觉曾为莫言的想象力、创造性和莫言的叙事特征赢得了巨大的声誉。关于莫言小说的色彩，前文已有相关论述。莫言的这种诉诸视觉的感官化叙述，除了给人以视觉上的冲击，也具有强烈的象征意义。“色彩作为文化的载体往往代表某种象征，承担特定的含义。”[①]以红色为例，红色可以说是人类原始艺术中最为钟爱的色彩之一，它能够表达一种生命力的张扬。红色在莫言笔下使用频率很高，如“红高粱”“红蝗”“红耳朵”“红树林”等等。由于“红色”在社会历史文化背景下的特殊文化意蕴，比如它常常和生命、勇武、力量、尊贵、权势、革命、庄严等词联系在一起，又使得这种色彩的运用在增强叙述质地的同时，具有了象征和隐喻的意义。而这种色彩的浓烈实际上与莫言文体一贯以血性彪悍的性来对抗现代文明中懦弱胆小的人性相呼应，共同构成现代乡村传奇的野性特征。

无论是构筑画面，还是调动感观，莫言小说叙述话语的这种自成一体的倾诉性和对话性兼具的特征，实际上就是巴赫金所谓的小说的“杂语”现象，而且更接近巴赫金所说的俚俗体裁中的“杂语”。他认为这种“杂语”，“不单是不同于公认的规范语（连同它所有的体裁），亦即不单是不同于一个民族一个时代语言和思想生活里的语言核心。更有甚者，这个‘杂语’是有意地同语言核心相对立才出现的。它是一种目的在于讥讽的摹仿，是与当代各种官方语言针锋相对的东西。这是对话化了的杂语。”[②]这种“对话”的对象如前所述包括作家本人，还包括莫言的读者。实际上，即使是调动各种手段营造如在目前的意象，也是与前面谈到的人物倾诉和场面描绘一样，在表达作家的情绪，宣泄一种情感。正如“广场”的显性特征和主要目的是传递叙述者的主体逻辑和表达叙述者的主体理念，最后煽动和感染受众，而隐性特征才是与受众沟

① ［日］淹本孝雄等：《色彩心理学》，成同社等译，北京：科学技术文献出版社，1989 年，第 73 页。

② ［俄］巴赫金：《长篇小说的话语》，《巴赫金全集》（卷三），白春仁、晓河译，石家庄：河北教育出版社，1998 年，第 51 页。

通一样，莫言小说叙述话语的主要特征也是激情的倾诉和宣泄，所谓更多地顾忌到受众的反应、与受众沟通只不过是调动受众情绪、更好地达到渲情效应的一种手段。

第四节　具有深意的幽默调侃式叙述

莫言的小说叙事中有许多幽默调侃的话语，给人以轻松快乐，这只是话语修辞的表象。“语言形象”这个概念来自于巴赫金。与西方形式主义语言学和中国传统的功能语言学不同，巴赫金倡导文化语言学，他反对形式主义语言学的纯符号研究，认为“在语言的自身中研究语言，忽视它身外的指向，是没有任何意义的，正如研究心理感受却离开这感受所指的现实，离开决定了这一感受的现实。”[①]当然也反对忽视语言的本体特征而进行实用主义分析的功能语言学，他认为语言除了自身的修辞形象之外，还有一个社会文化形象：“这种语言的形象，在小说中便是社会视野的形象，是与自己话语、语言连成一体的某一社会思想的形象。所以，这样的形象极少可能沦为形式主义的花腔。不同语言、不同派头、不同风格的形式标志，在小说中便是不同社会视野的象征。”[②]意思是说，作家的语言风格、驾驭语言的方式就是塑造了一种特殊的语言形象，这种形象可以脱离作家的驾驭获得独立意义，与作家的创作初衷“对话”。莫言的小说就有这种特点。比如《天堂蒜薹之歌》，作家的创作初衷是为了反映一种苦难的现实和小人物令人心酸的生活状况，反映蒜薹滞销给农民带来的艰难境遇。小说从农民自发地抗议政府引发的争端写起，中间穿插的是一对青年男女的爱情悲剧，整部小说的格调是悲怆而苍凉的，但是瞎子张扣的俚俗小调和最后作家刻意加上的“光明的尾巴”又给整个小说带来了许多反映现实的小说惯有的面向未

① ［俄］巴赫金：《长篇小说的话语》，《巴赫金全集》（卷三），白春仁、晓河译，石家庄：河北教育出版社，1998 年，第 73 页。

② 同上书，第 144 页。

来的“乐观主义”，也就是说作品所体现出来的语言形象和作家刻意而为的笔法构成了一种对立乃至冲突。又如《丰乳肥臀》，且不说篇名的本意与给人的印象相去甚远，就是作家的创作初衷——反映母爱的博大与作品实际体现出来的畸形儿的“恋乳癖”也构成了一种冲突，也确实给很多误解留下了口实。当然，作品想要表达的也是一种悲怆的主题，但从小说所有人物的传奇性经历来看，这种主题又变成了一种“历史演义”性的故事，故事的酣畅性让整个叙述带上了“狂欢”的色彩，因此，很多意见总是认为莫言在写苦难和残酷的时候笔调是轻松的、态度是欣赏的。再如《师傅越来越幽默》，下岗劳模的心酸经历让荒诞的故事冲淡得让人更加注重其“幽默”色彩，而“反讽”的严肃意向一闪而过。《红树林》这方面的问题更加突出，女市长爱而不得其爱的身不由己被情欲宣泄的狂潮和权利欲望的膨胀冲刷得消失殆尽，而小说从容的叙述也因为神秘的叙述人“我”在第十章说出的“内容梗概”而变得怪模怪样。陈珍珠与吕大同的爱情悲剧也因为过于浓重的传奇色彩而变得滑稽。

小说语言的这种特征与莫言“广场化”的叙述话语相结合所建构的“语言形象”也带有这种辩证的色彩。索绪尔指出“语言符号是一种有两面的心理实体”，进而提出了“能指”和“所指”这两个具有划时代意义的语言学概念，并且用形象化的说法说明了二者之间的不可分割性：“语言还可以比作一张纸：思想是正面，声音是反面。我们不能切开正面而不同时切开反面。”[①]福柯则认为：“话语的真理性不仅在于它说什么，而且在于它怎么说。换言之，话语是否被接受为真理不仅与它的内容有关，而且还与话语使用者的意向有关。”[②]很多时候，莫言小说“广场化”语言能指背后的所指微不足道或者远远没有能指那么复杂，所以，作家选择这种单纯的语词“泛滥”的叙述方式往往只是通过一种排山倒海的语式营造在场交流与情绪宣泄的氛围，以至于“语言常常遮盖和偷换了现实。这时语言本身也变得单薄了，失去了深度”，但这样的

① 胡名扬主编：《西方语言学名著选读》，北京：中国人民大学出版社，1999年，第71页。
② 转引自张清华、王月峰：《“演讲”话语之于革命叙事——当代红色叙事研究》，《文艺争鸣》2002年第3期。

语言“决不意味着要话语同现实脱离”①。恰恰是这种空洞无物的“能指”本身，能够产生一种令人难以想象的力量。这种力量不仅能够催生读者积极的认同感，而且能够刺激作家本人在激情四溢的喧哗中不由自主地产生一种乐观情绪。“这种乐观主义不是一种生活态度，而是一种话语，一种叙事，即一种意识形态的感性显现，用西方人的话，可以称作：形而上学式的抒情。”②换句话说，在话语和叙事中表现出来的乐观主义是一种即兴而冲动的自然流露，而与作家对话语内容和叙事内容所持的生活态度和创作立场无关。它们可能是一致的，也完全可能是相对的。莫言属于后者，有人曾经问到过，国外的翻译者在翻译莫言的小说时，经常被莫言的幽默所感染，他对此有何看法的时候，莫言说：“我的小说不可能给人提供欢乐，因为我在写的时候，总是沉浸在痛苦之中。”③这样，莫言的语言形象和自身的创作意图就产生了一个矛盾。比如长篇小说《酒国》，在反写侦探故事的情节构架中，主人公丁钩儿在酒国“有辱使命”的经历、作家李一斗和莫言的通信、酒国的传奇人物和魔幻现实等等都构成了小说的阅读趣味，很多煞有介事、玩世不恭的语言都让人忍俊不禁。然而，剥离这样的语言形象背后，是莫言对于文学中的人文精神丧失、现实中的权力腐败以及在这种强大的负面力量的影响下人性的堕落等的痛苦思考。表面的语言形象与隐含的创作立场之间的错位正是莫言小说的语言的价值所在，也是莫言小说的叙述话语的个性所在。

在莫言的这种叙述话语中，幽默调侃和反讽总是相辅相成，而表面的情感宣泄背后总是隐藏着丝毫没有得到缓解的痛苦。因此，其“语言形象”的总体特征是用”广场化”话语形式表达个体化的判断，用快乐的外表疗救内心的痛苦。正如童年时的苦难与自由欢乐相互交织一样，对于现实的悲观失望往往与对于生活的乐观向往，以及面对不幸只能自我开解的现状相缠绕，于是文学的批判和生活的韧性共同构成了一

① [俄]巴赫金：《长篇小说的话语》，《巴赫金全集》(卷三)，白春仁、晓河译，石家庄：河北教育出版社，1998年，第141页。

② 潘知常：《反美学》，上海：学林出版社，1997年，第303页。

③ 莫言：《写小说就像过大年(代序)》，《十三步》，沈阳：春风文艺出版社，2003年，第15页。

种犬儒式的“话语形象”。

莫言叙述话语的幽默调侃的色彩主要得益于两种修辞手法的运用，一是仿拟，二是陌生化。仿拟修辞格的特点是用旧形式与新内容的结合来构成同一形式下新旧两种根本不同的表达内容的对比，从而形成强烈的格调意趣的反差。比如：

那只额头受伤的母狐狸，竟轻伤不下藤蔓。（部队用语“轻伤不下火线”）（《白狗秋千架·人与兽》，第455页。）

拉胡琴的朱老师是个很严重的罗锅腰子，还是个很严重的近视眼。他那副白边眼镜的腿儿不知断过多少次了，用胶布横缠竖绑着。他是个老右派，划成右派前家里成分是富农。据说他还参加过国民党，还在国民党领导的三青团里当过训导员。这可是个像五香面儿一样滋味丰富的坏蛋，无论搞什么运动，都逃脱不了他。镇压反革命跑不了他，整风反右跑不了他，土地改革跑不了他，四清运动跑不了他，他是真正的货真价实的老运动员。（《师傅越来越幽默·我们的七叔》，第94页。）

因为，这个具有一部分俄罗斯血统的杂交二代一定会成为掌上钻石。（“掌上明珠”）（《十三步》，第319页。）

车上男人已经把头靠在那个全老徐娘的怀里。（“半老徐娘”）（《欢乐》，第243页。）

余大牙的身体静止了两眨眼的工夫。（一眨眼的工夫）（《红高粱家族》，第51页。）

棉花这东西特别喜欢招虫，什么蚜虫、红蜘蛛、造桥虫、象鼻虫、棉蛉虫，简直是“虫出不穷”。（层出不穷）（《怀抱鲜花的女人·

白棉花》，第185页。）

俺公爹头戴着红缨子瓜皮小帽、穿着长袍马褂、手捻着佛珠在院子里晃来晃去时，八成似一个告老还乡的员外郎，九成似一个子孙满堂的老太爷。（《檀香刑》，第5页。）

类似的例子在莫言的小说中还有很多，这种化用有时候是神来之笔，既能够简洁明快地达到表达目的，又能够营造小说的幽默氛围。虽然这种幽默的背后隐藏着作家的讽刺性立场，比如《你的行为使我们恐惧》中的大金牙生产“骡子”牌避孕药，工厂开工之后，小说有这样一段描写：

“大金牙”的工厂冒烟之后，整座村子都被那怪味充斥了。闻了那怪味我们都感到不舒服。起初仅仅是不舒服，后来就恶心伴随呕吐，腹痛伴随腹泻。还有很多症状，不能一一列述。我们并没想到这是被“大金牙”折腾的。后来，连鸡都不下蛋了，鸡都蹲在墙旮旯里吐酸水。又后来，村里所有的男人都无法跟女人睡觉了。女人更彻底，据她们回忆道：自从闻了从吕家祠堂里飘出来的味道后，她们都没了例假，而且一见男人的影子就想上吊。（《欢乐·你的行为使我们恐惧》，第452页。）

这样带有揶揄搞笑性质的描写有时候是莫言叙述过程中情不自禁的“撒欢”，有时候又带有非常明显的讽刺特色。还有被称为老运动员的朱老师，实际上体现的是特殊年代的人颇具荒诞色彩的不幸遭遇和经历，人物所经历的苦难，人物命运在大历史之下的悲剧性都在戴着缠满胶布的眼镜、罗锅腰等的一系列描写中体现出来了。貌似轻松，实则辛酸，这特殊的“乐观主义”或许正是沉重的历史与现实赋予中国作家的疗救方式。

另外，莫言让人物语言文白夹杂，俗语与规范语交织出现，也是其乐观主义的一种表现，这样的例子也比比皆是：

照照吧，他马上就要变成另外的模样，尽管我会使你变得更美好，但俗话说，“生处不嫌地面苦”，“儿不嫌母丑，狗不嫌家贫”，“敝帚自珍”，还是请你看他最后一眼。(《十三步》，第142页。)

陌生化手法的运用也是莫言小说语言幽默化的又一个方面。亚里士多德的《诗学》对于语言的偏离常规性有过这样的论述：“有偏离常规用途的非熟悉化可拔高词语，而保留部分常规形式可维持词语的清晰。”[1]在这种清晰和陌生之间，语言的表达效果显得颇有新意。比如：

父亲的手缓慢地举起来，在肩膀上方停留了三秒钟，然后用力一挥，响亮地打在我的左腮上。父亲的手上满是棱角，沾满着成熟小麦的焦香和麦秸的苦涩。六十年劳动赋予父亲的手以沉重的力量和崇高的尊严，它落到我脸上，发出重浊的声音，犹如气球爆炸。(《欢乐·爆炸》，第193页。)

他悲哀地看着我们，咬了一口岩浆，吐出一块地幔，扔掉一块啃完的地壳。(《与大师约会·天才》，第74页。)

这时，他才发现扎眼的钢圈箍在了自己漆黑的手脖子上。两道钢圈之间，垂着一根沉甸甸的白色链条，他一抬手，那链条就很慢地悠荡着。(手铐)(《天堂蒜薹之歌》，第4页。)

他恍惚地看到结巴警察把一个喷吐着绿色火焰的东西触到自己胸脯上。(电棒)(同上，第45页。)

尤其是在《天堂蒜薹之歌》中，陌生化手法的运用特别多，这固然是

① 胡壮麟：《理论文体学》，北京：外语教学与研究出版社，2000年，第91页。

和小说的主题相呼应，表现农民生活闭塞、见识少，但这种陌生化有时候会同样用幽默色彩冲淡作家的本意。比如金菊和高马为逃避包办婚姻私奔，金菊看到“候车室有二亩地那么大”，这样的描述非常契合金菊的心理，但又难免让人看过之后发出看《陈奂生上城》那样的会心一笑。

此外，荒诞的闲笔插入和荒诞的情节安排也是莫言小说叙述话语的一个重要侧面。闲笔是莫言小说语言的一个重要特征，在叙事学上也有深刻的含蕴。反映年轻军人在国家计划生育法规和家庭孝道压力的双重挤压下，情绪几近崩溃的小说《爆炸》插入了很多狐狸的故事；而《飞鸟》在反映“文革”时代少年暴力对于知识分子的伤害的同时，以奶奶一个扑朔迷离的故事结尾；《翱翔》则在展现包办婚姻戕害人性的同时给了主人公一个非常荒诞的去处——飞；还有啼笑皆非的《辫子》《师傅越来越幽默》等等。这种闲笔大多是口语化的故事，还有一些解释性、说明性的文字，比如：“这些文字不是三爷的，故事是三爷的”（《罪过》）；“一想起那时候比现在这时候格外寒冷的气候，我就思维混乱，说话，写文章，都是前言不搭后语，头上一名，腚上一句，说着东又想着西，这是小时候冻出来的毛病，怕是难治好了。”（《飞艇》）等等。可以说，这种闲笔的插入是莫言小说异常显著的一个特征，而且几乎遍布了所有的文本。综合考察，这些闲笔总是好像说书人在熟练掌握故事底本之后，上台说书时的情不自禁的发挥。莫言小说叙事常常在小说书面化叙述中搀杂说书人的口语化的夸张、引人入胜的故事以及随意将故事情节前调来吸引读者。这样的叙事形式，给小说整体的“语言形象”增加了庞杂的色调，调和了小说主题本身所具有的悲剧化色彩。莫言小说的“广场化”话语特征也深刻地体现在这里。

上述所有这些语言特征其实都从不同的侧面体现了巴赫金所谓的“戏拟”性的语言。[1] 所谓戏拟就是带着游戏意味的模仿，而且这种模

① 戏拟是巴赫金文学理论的一个重要概念，在《陀思妥耶夫斯基的诗学问题》和《拉伯雷和他的世界》中他也反复运用这个理论进行阐述。他认为小说戏拟其他的文类，暴露其他文类的语言和形式的规范性，压缩其他文类，融合进来，戏拟与小说的复调性是相辅相成的两个方面。

仿的对象不是自然或现实，而是“语言形象”。对于莫言的小说语言而言，也是如此，其模仿对象是日常生活、政治与文学中的话语类型和风格，而在这种看似荒诞不经的嬉笑、调侃、戏谑和插科打诨的叙述话语中体现着深刻的有关意识形态的含蕴。“在文化转型期，戏拟是小说的主导话语策略。戏拟的对象是文学艺术中的其他类型，以及为文化和政治语境所渗透的生活话语。至于戏拟的意蕴，则须到与之有关的文化与政治语境中寻找。”[①]对于莫言的戏拟而言，很多时候都带有“话外有话”“一语双关”的反讽性，而表面的戏拟和实际的反讽也是构成其幽默风趣和严肃庄严相辅相成的重要因素，当然也是他痛苦的生活经验与乐观主义的叙述语调悖反共存的重要原因。

《文心雕龙》的“体性”篇认为，“体”是作品的风格，“性”是作家的性格。且“辞为肤根，志实骨髓”，即认为语言修辞乃是文本的外部表现，是浅层次的，而作家的性格心理才是作品的灵魂。莫言小说在幽默调侃式叙述话语背后是含有深意的。表面来看，在莫言的小说中，很难找到寻常所见的一本正经的思考，其实，莫言总是有意识地将十分沉重的思考，甚至一些意识形态味道很浓的思考，都纳入到轻松的氛围中，比如对“文革”的反思、对农民生存现状的关注、对腐败问题的深恶痛绝等。

可以说，无论莫言写什么，他的小说都从未脱离现实，从未远离现实，但他又有意识地回避批判现实主义的沉郁忧患的风格。这种轻松与张贤亮在盐水、血水里的煎熬，与张承志受难者般的忏悔和反思形成鲜明对比。同时，他与同时代作家同样带有轻松味道的表达又有很大不同，既不是王蒙似的洞察之后的聪明，又不是王朔“痞子”式的调侃，莫言的皮里阳秋更像一个孩子的不谙世事、不知深浅，同时又进退有据，左右逢源。莫言采用的这种“举重若轻”的处理方式，在卡尔维诺看来是文学辩证法的“轻”。外部世界沉重而有惰性，充满了各种浑浊的不透明性，而话语在反映这样的世界的时候也会带有重量，“世世代代的文学中可以说都存在着这样两种相互对立的倾向；

① 钟怡雯：《莫言小说——历史的重构》，台北：文史哲出版社，1997 年，第 61 页。

一种倾向要把语言变成一种没有重量的东西，像云彩一样漂浮于各种东西之上，或者说像细微的尘埃，像磁场中向外辐射的磁力线；另一种倾向则要赋予语言以重量和厚度，使之与各种事物、物体或感觉一样具体。”[①]莫言显然属于前者，这种化生活的沉重和个人思考的沉重为文学表现和语言表达的轻松的做法，在卡尔维诺看来恰恰是值得赞赏的创作观和世界观，因为“文学是一种生存功能，是寻求轻松，是对生活重负的一种反作用力。”[②]莫言的经历和创作历程的确也是这样，他不断地强调“饥饿和孤独是我创作的财富”，他在用创作表达一个被“饿怕了的孩子对美好生活的向往。”[③]而且，从文艺创作的角度而言，那些曾经在彼时彼地非常痛苦的经历，被赋予审美距离之后，往往会变成愉快的事情。

弗洛伊德指出：“可以断言，一个乐天派从来不会幻想，只有不如意者才有幻想。幻想的原动力是不能满足的愿望，每一次幻想就是一个愿望的满足，就是对不满意的现实做了一次修正。”[④]从这个角度说，莫言的“快乐的深意”又带上了辩证的味道。莫言总是在描述苦难的同时对未来充满向往，用韧性的生命力在苦难中寻求幽默。有的学者从意识形态的角度出发，认为这种话语现象是“戏拟”与“反讽”的对话，是莫言对于现实世界的“愤怒的犬儒”[⑤]；有的则从启蒙的文学立场出发，认为这是莫言对于现实的“混乱与腐败”所做的“一种语言治疗”[⑥]。其实，这不单单是莫言对于现实世界的态度的问题，而是与他的身份意识和心理调试有关：

---

① [意]卡尔维诺：《美国讲稿》，《卡尔维诺文集》，吕同六、张洁主编，萧天佑译，南京：译林出版社，2001年，第330页。

② 同上书，第343页。

③ 莫言：《饥饿和孤独是我创作的财富——在斯坦福大学的演讲》，《小说的气味》，沈阳：春风文艺出版社，2003年，第50页。

④ 弗洛伊德：《创造性作家与昼梦》，《西方现代派文学问题论争集（下）》，何望贤编选，北京：人民文学出版社，1984年，第651页。

⑤ 钟怡雯：《莫言小说：历史的重构》，台北：文史哲出版社，1998年，第59—62页。

⑥ 周英雄：《酒国的虚实——试看莫言叙述的策略》，《当代作家评论》1993年第2期。

> 艺术家本来就是背离现实的人，因为他不能满足其与生俱来的本能要求，于是他就在幻想的生活中放纵其情欲和野心勃勃的愿望。但是，他找到了从幻想世界返回现实的途径；借助原来特殊的天赋，他把自己幻想塑造成一种崭新的现实。而人们又承认这些幻想是合理的，具有反映实际生活的价值。因此，通过某种艺术创作的途径，艺术家实际上就成为自己所渴望成为英雄、帝王、创造者、受人钟爱的人物，再也不用去走那种实际改变外部世界的迂回小路了。①

更准确些说，无论是“愤怒的犬儒”也好，“语言治疗”也罢，不过是莫言创作生存策略的一种反映。他的真正的目的在于达到一种小说中的布莱希特式的“间离效果”，让主人公意识到自己是在表演，让读者意识到自己是在阅读，增强叙述者的存在感，从而获得一种文学的对象化、现实的对象化、历史的对象化，更重要的是叙述者的自我对象化。在这样的过程中，达到逃避或者干预现实的目的。而通过这样的叙述话语，莫言的写作也变成了一种表演。耶鲁大学政治人类学者詹姆斯·斯考特在研究下层群体对抗权力的方式的论著中认为：即使在现代民主制度中，“对权力说真话”也是一种奢侈的理想。因此弱者在权势面前的伪装成为普遍的现象，而权力双方的对抗也从极端的方式日益渗透到日常生活中。在这种非极端的日常化对抗中，权力阶层和下层群体的行为方式都带有“表演性”，而在这种表演过程中，下层群体的话语方式有“公开语本”“隐蔽语本”“外线政治”三种形式，尤其是下层群体的“隐蔽语本”，往往采用正话反说、插科打诨、流言蜚语的形式，在冒犯和自我克制间寻求一种妥帖的表达方式，由此所形成的双重理念就是既想讨好又想反抗，既想安于现状又想铤而走险。因而，一切都变得真假难辨。②

---

① ［美］韦勒克、［美］沃伦：《文学理论》，刘象愚等译，北京：生活·读书·新知三联书店，1984 年，第 76 页。

② 徐贲：《弱者的抵抗——詹姆斯·斯考特的弱者抵抗理论》，《文化研究》（第 3 辑），天津：天津社会科学院出版社，2002 年，第 222—237 页。“公开语本”是指权力双方的心照不宣的表演性，而“隐蔽语本”则是创造性的潜台词，“外线政治”则是指非政治的政治。

总之，"广场化"叙述话语，无论其渲情效应还是其造像效应，以及其间呈现出来的作家创作立场的辩证哲学，其最终目的都是为了更好地表达文本的意蕴。剥离很多外在的、辅助的特征，莫言的叙述话语弥散着一种愤懑的、痛苦的声音。渲情者通过语言的喧嚣而时时与苦痛迷离的回忆共处，像执著于往事的囚徒一样无法挣脱童年的记忆。于是，叙述者时而是嚣张的顽童，时而是愤怒的青年，他用语言的皮鞭殴打现存秩序，用一种貌似具有仇恨的力量在世上行走，依靠破坏性的力量表达自己与这个世界所有的合谋决裂。他企图用屁股颠覆头脑，用肉体意识打击精神意识，用蛮化消灭文化，用摧毁的力量获得占有的力量。他怨恨，但他更忧伤。他说："要让自己的作品充满色彩和画面、声音与旋律、苦辣与酸甜、软硬与凉热等等丰富的可感受的描写，当然这一切都是借助于准确而优美的语言来实现的。好的小说，能让读者在阅读时产生仿佛进入了一个村庄、一个集市、一个非常具体的家庭的感受，好的小说能使痴心的读者把自己混同于其中的人物，为之爱，为之恨，为之生，为之死。"[①]莫言一直为此在努力着。

① 莫言：《用耳朵阅读——在悉尼大学演讲》，《小说的气味》，沈阳：春风文艺出版社，2003年，第109页。

第五章

莫言小说叙事的隐含作者与隐含读者

第一节 “作为老百姓”写作

前面两章讨论了莫言小说叙事模式与叙事话语的特征，回答了莫言怎么叙事的问题。那么莫言小说叙事的内涵是什么？反映了怎样的立场？莫言现实身份与小说文本叙述者的多重性矛盾如何解决？这些问题或许能够从本章对莫言小说“隐含作者”和“隐含读者”所构成的叙事主体层面的相关讨论中找到答案。

“隐含作者”是美国小说理论家布斯提出来的一个重要概念。他认为“隐含作者”是处于叙述者和真实作者之间的一个叙事主体，它既不同于真实作者又不同于叙述者。真实作者是现实生活中具体的人，而隐含作者是真实作者在文本中的作者形象，是作者在文本中的“第二自我”；而叙述者尽管是叙事文本中故事的讲述者，但它归根到底只是隐含作者在文本中创造出来的一个虚构的叙事主体，它在文本中的一切叙述行为都要受到“隐含作者”的幕后操纵。所以说，“隐含作者”才是叙事文本真正的创作主体。“隐含读者”最早是由德国接受美学理论家伊塞尔在描述文本和读者的相互关系时提出来的一个概念。他认为本书是一种“召唤结构”，“隐含读者”就是能完全按照文本“召唤结构”的召唤去阅读的读者。显然伊塞尔的“隐含读者”不是现实生活中的真正读者，而是一个设想的能达到最佳接受状态的理想读者，是一种内在于本文结构中的“超验范型”。

现代小说修辞学和叙事学理论家借鉴了这两个概念，并把它们放在作家的创作过程中加以理解。他们认为，“隐含读者”是文本创造过程中的一个重要构成因素，文本的创造是由“隐含作者”和“隐含读者”共同完成的，美国小说修辞学家赖特·莫里斯就曾说：“如果一部小说完全是留以有待地为了作者自己，那么，小说家也许会开始写小说，但鲜有能写完的。……在整个写作的过程中，他会感觉到另一个读者的出现。……这个读者是小说密不可分的一个部分，是小说明显可以感觉到却又隐而不见的部分。他在作者犹豫不决而寻求解决办法的时候，就出现在作者的脑海里。”[①]美国叙事学理论家查特曼从叙事就是一种交流活动的基本观点出发，认为文本叙事就是在“隐含作者”和“隐含读者”之间相互交流的过程中建构起来的。查特曼的这一见解是很有见地的，它给我们理解“隐含作者”和“隐含读者”的关系提供了一个很好的平台。

站在查特曼所提供的文学创作是由“隐含作者”和“隐含读者”构成的文本叙事交流活动的平台上，考察二者之间的叙事交流活动，我们便不难发现，为了使双方的交流能够顺畅地进行，“隐含作者”和“隐含读者”分别作为叙事发送者和叙事接收者的一方，二者必须处于平等的地位。因为“隐含读者”尽管处于叙述接收者的位置，但在叙事交流活动中，它并非是被动的，它的审美观念、审美趣味、审美方式都直接制约着“隐含作者”对文本的建构方式。“隐含作者”只有自觉地摆平和“隐含读者”的平等地位，时刻把“隐含读者”放在心中，随时考虑到“隐含读者”的接受能力，阅读趣味，并同时不断调整自己的叙述行为以更靠近“隐含读者”，才能实现二者之间有效的叙事交流，也只有这样，“隐含作者”创造出来的叙事文本才能真正赢得它心目中读者的喜欢（在一些情况下，也可以有意去达到相反的目的与效果）。所以，在创作的时候，一

① 李建军：《小说修辞研究》，北京：中国人民大学出版社，2003年，第71页。

个作家最大的忌讳就是高高在上，自以为是，他应该时时和心目中的读者保持平等的关系，并能时时心存读者。也正是在这个意义上，美国小说修辞学理论家布斯说："小说修辞的终极问题，就是断定作家应该为谁写作的问题。"①

雅各布·卢特对隐含作者"还有一种特殊的理解"，认为其是"作者在作品中的一个形象"，是"文本意图"的表达。"隐含作者实际上也就成为文本间接地、通过结合其所有资源再现或表现出来的意识形态价值系统的同义语。"②"和隐含作者一样，隐含读者也是一个构想物。""在伊瑟尔看来，文学作品产生于读者与作品的相互影响、相互作用。进入这一相互作用的隐含读者是一个'角色'、一个'立场'，它'允许（真正的）读者解读出作品所包含的意义'。"③可以说，隐含作者与隐含读者的叙事交流实现了小说叙事的"文本意图"。

莫言曾在小说叙事中运用"元小说"技法生动地呈现真实作者莫言、隐含作者莫言、小说中人物莫言的"形象"，令人称奇。他的长篇小说《酒国》中有一个人物是小说家莫言，他与初学写作的作者李一斗通信，评价李一斗的作品，探讨写作技巧，评点文坛，还表达对于李一斗所述酒国事件的看法。在小说的第十章，二人约定见面，"莫言"出场：

> 躺在舒适的——比较硬座而言——硬卧中铺上，体态臃肿、头发稀疏、双眼细小、嘴巴倾斜的中年作家莫言却没有一点点睡意。列车进入夜行，车厢顶灯关闭，只有脚灯射出一些微弱的黄光。我知道我与这个莫言有着很多同一性，也有着很多矛盾。我像一只寄居蟹，而莫言是我寄居的外壳。莫言是我顶着遮挡风雨的一具斗笠，是我披着抵御寒风的一张狗皮，是我戴着欺骗良家妇女的一副假面。有时我的确感到这莫言是我的一个大累赘，但我却很难

① ［美］韦恩·布斯：《小说修辞学》，付礼军译，南宁：广西人民出版社，1987年，第408页。

② ［挪威］雅各布·卢特：《小说与电影中的叙事》，徐强译，北京：北京大学出版社，2011年，第19页。

③ 同上书，第19页。

> 抛弃它，就像寄居蟹难以抛弃甲壳一样。在黑暗中我可以暂时抛弃它。我看到它软绵绵地铺满了狭窄的中铺，肥大的头颅在低矮的枕头上不安地转动着，长期的写作生涯使它的颈椎增生了骨质，僵冷酸麻，转动困难，这个莫言实在让我感到厌恶。（《酒国》，第335—336页。）

在小说中，此“三人”的外貌相像，但却相互打量，在不同的时刻、不同的地点，心境也完全不同，他们时而惺惺相惜，时面怒目相向，甚至相互敌视，这不仅表现了作者随着心情变化而不断改变的自我评价，也从侧面印证了创作与生活、创作初衷与创作实际、人物与作家之间会发生错位。这正是叙事学上“隐含作者”理论的重大发现与重要意义所在。而且，这里对于小说中的人物莫言，作家使用的代词是“它”，可见其良苦用心。韦恩·布斯在评析用人称划分叙述方法的缺陷的时候指出：“说出一个故事是以第一人称或第三人称来讲述的，并没有告诉我们什么重要的东西，除非我们更精确一些，描述叙述者的特性如何与特殊的效果有关。”[①]的确如此，在创作这个复杂多变的情感过程中，表面的叙述形态只是创作心理学的选择而已，究其动机和内核才是区分叙述人称的意义所在。具体而言，就是在讨论莫言小说“叙述代言人”视角、隐含作者与隐含读者的时候，应当时刻注意这些概念的设定对于表达效果的意义。

莫言在现实中有双重甚至多重身份，他曾是农民、军人，现在是作家、大学教授、作协副主席，也可以说是体制内的一员，不管莫言怎么谦虚地强调他只是个农民，他总是存在着三种身份立场：民间立场、知识分子立场与政治立场。那么他如何在创作中处理好这三种立场，以及真实作者与隐含作者、隐含作者与隐含读者的关系，而获得成功的呢？或者说，在他的小说叙事中，真实作者、隐含作者以及隐含读者的叙事

① ［美］韦恩·布斯：《小说修辞学》，华明、胡晓苏、周宪译，北京：北京大学出版社，1987年，第168页。

交流活动是如何成功实现的？莫言的独特与巧妙之处在于，他针对主流意识形态一直奉为不二法门的“为老百姓写作”，而提出了“作为老百姓写作”，这在新时期以前的小说创作中，是没有人提过的。他的小说叙事的种种表现可以从“作为老百姓”那找到解释，这也是莫言式的叙事智慧。“作为老百姓”是莫言小说叙事“隐含作者”与“隐含读者”进行叙事交流的集中与巧妙的体现。

有学者在研究鲁迅小说的叙事结构时认为：遵循创作从外部到内部的规律而言，小说文本应当具有三个基本视角，即作者的视角、读者的视角和叙述者的视角。其中叙述者的视角已在前面章节讨论过，而作者的视角是指作家对于小说文本的整体观照，和在自我对象化过程中所获得的审美满足感；读者的视角则是指“作者从自己假想的读者的角度对小说文本进行的整体观照，他要在这样一个角度上使自己假想中的读者感到审美观照上的满足或相对的满足，这种满足是接受者的审美满足，是借助文本获得自我发现的乐趣的过程，并且在这个过程中，与作者在思想上发生共鸣。”[①]这种发现就跳出了文本分析的技巧性范畴，延伸到了“隐含的作者”“隐含的读者”乃至作家的现实层面。

从总体而言，莫言小说作者的主体性非常强大，无论是题材还是叙事话语本身，都体现了这样的特征。那么，莫言小说的“隐含的读者”设定是什么样的呢？从“广场化”的语言以及文本的叙述风度来看，莫言设定的“隐含的读者”绝不仅仅是高密东北乡的“听众”，还包括官方、体制内的人、城里人以及其他地域的百姓。正是因为有这样的设定，莫言小说的语流才滔滔不绝、莫言小说的叙述人才故意站在仰视祖先角度，对祖先快意恩仇的江湖生活进行夸张式的描画，甚至不惜使用令人发指的暴力和刑罚描写，体现隐含作者对于隐含读者生命力退化的蔑视，对于隐含读者自认为文明、自认为现代的嘲弄。尽管第一人称叙述者“我”的使用使读者产生了叙述者与自己一体、与自己一起羡慕祖先、一起为自己的生命力退化感到惭愧的“代入感”，然而，隐含作者早就用

---

① 王富仁：《中国文化的守夜人——鲁迅》，北京：人民文学出版社，2002 年，第 157 页。

“广场化”了的身份吸引了众多的视线，用“我奶奶”“我爷爷”这样炫耀和不可替代的口吻弥补了自己的弱小。因此，这样的叙述所产生的焦灼感都是读者自己的，或者说是“隐含作者”加给“隐含读者”的。

莫言在《作为老百姓写作——2001 年 10 月在苏州大学的演讲》《作为老百姓写作——与大江健三郎、张艺谋对话》等对话演讲中，表达了自己“作为老百姓”写作的理念。这一思想的形成也有一个过程。从他的一些创作谈中可以得到这种变化的信息。从最早的“天马行空”说，到“痛感到骚乱过后的蚀骨的凄凉”，从“十年一觉高粱梦”到“难以捕捉的幽灵”，再到“大踏步的后退”①，应当说，在这种“颠沛流离”的个人经历变化中，莫言对于自我和小说本身的反思也逐步深入，自我定位的变化和不断强化的自我保护意识，使得他的写作更注重语言、结构、故事要素等技术层面，而在书写内容方面，则由原来《天堂蒜薹之歌》（又名《愤怒的蒜薹》）般的宏大视角逐步退化为写下岗工人、女工、风尘女子、普通村妇等小人物视角，对于历史也更多了戏剧化、传奇性的成分，更注重让历史人物本人发出声音。从这个意义上说，莫言小说叙事正逐渐努力从“作者文本”蜕变出来，走向一种写作者自甘边缘化的状态，也可以理解为“隐含作者”表现得更加突出。实际上这也是莫言在《檀香刑》后为自己所作的定位：边缘化的、作为老百姓的写作。② 他在《丰乳肥臀》的创作谈中这样说：“一个作家，如果把自己的注意力放在研究政治的和经济的历史上，那势必会使自己的小说误入歧途，作家应该关注的，始终都是人的命运和遭际，以及在动荡的社会中人类感情的变异和人类理性的迷失。小说家并不负责再现历史也不可能再现历史，所谓的历史事件只不过是小说家把历史寓言化和预言化的材料。”③莫言多次阐述作家“应该是作为老百姓而写作”，并表示“因为我本身就是老百姓，我感受的生活和我灵魂的痛苦是跟老百姓一样的。”

---

① 莫言：《旧创作谈批判》，《小说的气味》，北京：当代世界出版社，2004 年，第 285 页。
② 莫言：《作为老百姓写作》，《小说的气味》，北京：当代世界出版社，2004 年，第 123 页。
③ 莫言：《我的〈丰乳肥臀〉》，《小说的气味》，沈阳：春风文艺出版社，2003 年，第 65 页。

在2012年获得诺贝尔文学奖后，莫言又再次重申了这样的观点。[①] 可以说，莫言小说叙事秉承的这一理念一直没变，即使在不同时期有自觉不自觉、有程度和方式上的差别。

这种定位很容易让人想到赵树理的“文摊”情愫。赵树理笔下那些精明可爱的乡村小人物，赵树理所使用的幽默诙谐的语言都是如此贴近彼时的时代和生活。然而，莫言的“作为老百姓写作”又与赵树理的“文摊”有着本质的不同：赵树理的“山药蛋”小说中所反映的小人物，通过接受党的教育而发生转变，并顺应历史潮流，贴近主流意识形态，契合既有话语秩序，实际上是一种生正逢时。正如前面论述过的一样，在“五四”之后小说的“知识分子腔调”长期占据文坛的历史背景下，赵树理的出现恰恰迎合了“普罗大众”的审美情趣的时代要求，像一股清新的民间之风，代表着一种古老又新鲜的审美方向。而莫言的“地瓜”小说和“作为老百姓写作”则更多的是作者的自我反省和自我追求，前提条件是他的“知识分子写作腔”，或者说“启蒙立场”受挫。莫言的这个定位针对的是“为老百姓写作”，莫言认为只要是“为”某一群体写作，就意味着还是一种“准庙堂的写作”，与作为老百姓的民间性有所区别，他更愿意放弃启蒙立场，放弃高高在上的提供价值和意义的立场，回到故事和生活本身。当然，他同时也清醒地意识到，这种写作在操作层面的吊诡之处，于是他把这种定位内化为自我意识的定位而不是可供普及的定位，他将其视为一个借以不断自我反省的提醒。这种对于边缘写作、民间写作的安之若素或许真的是一个经历了巅峰与低谷的作家成熟的表现，也是一个伟大的作家诞生的前提。

“作为老百姓的写作”体现在莫言的历史小说上，就是在书写宏大历史题材的时候，用更加个体的、直觉感性的和符合民间伦理的视角，而不是局限于党派立场的阶级视角。因此，在写《儿子的敌人》的时候，作家让运尸体的战士犯了错误，把日本兵的尸体当作抗日英雄的尸体放在了一个母亲的面前；而在写《野人》（又名《人与兽》）的时候，让日本

---

① 莫言：《作家应作为老百姓去写作》，《晶报》2012年10月12日。

村妇穿上了与抗日英雄"我奶奶"同样的补丁内衣;在《红高粱》和《丰乳肥臀》中,他又在惯常的线性历史观和历史决定论中,渗透历史选择的公平性和偶然性观念。在写"右派"和下乡知青的许多篇章中,比如《三十年前的一次长跑比赛》《爱情故事》等等,他都用一种刻意欢乐、祥和的情调代替了斗争和严肃的氛围。而有关"忆苦思甜"和乡村阶级斗争的荒诞性在《丰乳肥臀》《飞艇》中也都有所表现。

同时,"作为老百姓的写作"的创作追求也影响到了莫言小说的人物性格塑造。他笔下那些亦正亦邪的英雄与"红色经典"中"高大全"的英雄形象大异其趣。阳刚血性的土匪抗日英雄余占鳌、司马库等是莫言小说中熠熠生辉的形象,可以说是新的社会语境中的"卡里斯马化"的典型。而在某些"红色经典"中,人物的阶级性党性总是大于人性,总是将人物的欲望做升华处理,使之服膺于政治意图,成为革命工具;而在莫言的小说中,他们被日常化了,甚至被做了卑贱化的"降格"处理,让他们的人性得以张扬,甚至让他们回归到象征原始生命力的本源,同时还突破了传统伦理道德和书写禁忌的拘囿,构建了在20世纪80年代中期个性解放的社会氛围下新的感召力量。莫言的历史小说具有非常强烈的怀疑意识和解构倾向,这也增加了莫言小说叙事的悖论性和思辨性。

第二节 "作为老百姓写作"的叙事策略[①]

上一节提到"作为老百姓"是莫言小说叙事"隐含作者"与"隐含读者"进行叙事交流的集中与巧妙的体现。这种叙事策略在莫言的小说叙事中的具体体现可以概括为三个方面,下面将予以论述。

莫言获得2012年诺贝尔文学奖后,许多人在追问甚至质疑:莫言凭什么"获奖"?!有的人认为现当代众多"大家",甚至包括郭沫若、张

① 这一节的主要内容笔者曾以《莫言小说叙事的三种策略》为题刊于《求索》2013年第9期。

恨水、徐志摩、金庸才有资格获得诺贝尔奖，“莫言与他们简直无法比拟”，称其小说叙事“语法混乱”“低俗不堪”“缺乏深度”。[①] 这一评价显然是有失偏颇，但倒也表明了莫言小说叙事确有与众不同之处，这与莫言小说“作为老百姓写作”的叙事策略密切相关，正是这种叙事策略使莫言的小说呈现出鲜明的个性特征。

一是“作为老百姓”的叙事姿态。叙述者与叙述对象是叙事文本必不可少的两个重要元素，小说叙事文本通过二者才能建立起来。叙事姿态，是指叙述主体以什么样的姿势、态度与气度来面对他的叙述对象，并将其结构为文本的形式。采取何种叙事姿态，与作者的成长经历、经验形成以及最终的主观选择密切相关。叙事姿态直接影响着小说文本的风貌与意蕴。

莫言从不讳言自己的底层出身：土生土长农村人，小学读到五年级，没念过中学，为了工作曾谎报学历等等。[②] 莫言曾将文坛比作“一个巨大的池塘”，认为自己“是那种喜欢贴着底层生活的鱼”。[③] 尽管已具有了世界性的影响与声望，他仍常常怀疑自己配不配得上“作家”这个称号，有时候，他会说自己是个写小说的，讲故事的，他甚至不太愿意用“小说家”这样的字眼。莫言获得诺贝尔文学奖后，在瑞典学院发表演讲的题目就叫《讲故事的人》，他对自己的定位就是：“我是一个讲故事的人。因为讲故事我获得了诺贝尔文学奖。”“今后的岁月里，我将继续讲我的故事。”要知道，在中国，讲故事可是没什么文化的人都会做的事情，乡下的老爷爷老奶奶谁都会讲一箩筐故事，而这些“故事”正是莫言小说叙事的重要源泉。莫言小说叙事深受他的老乡蒲松龄《聊斋志异》的影响就是明证。“讲故事”说得“有文化”和有学理一些就是“叙事”。反之亦然，有学者说：“简而言之，叙事就是‘讲故事’。”“说到底，叙事就是作者通过讲故事的方式把人生经验的本质和意义传示给他

---

① 张三民：《神话莫言究可哀》，《西安晚报》，2012 年 12 月 24 日。
② 杨扬编：《莫言研究资料》，天津：天津人民出版社，2005 年，第 21 页。
③ 莫言：《只要能写出“新”人来》，《辽宁日报》，2010 年 6 月 4 日。

人。”[①]莫言以这种“讲故事”的姿态，叙述了一个个充满苦难和生命活力的故事，向世人展示了他丰富的文学世界。

正如前文所提到的，莫言对于年轻时的苦难有着深刻的记忆，他对乡村民间有更为深刻直接的体验和理解。他将所生活的故乡变成了小说中的背景，将一些亲身经历变成了小说中的材料，将听到的传说与故事也变成了小说中的素材。莫言小说的叙事内容基本都是在底层艰辛生活着的普通百姓，《透明的红萝卜》《红高粱家族》《天堂蒜薹之歌》《丰乳肥臀》《蛙》等作品中的黑孩、“我爷爷”“我奶奶”、高羊、上官鲁氏、姑姑等人物无不如是。莫言充分汲取下层老百姓的语言资源、源自乡间的传奇体式，采用源自老百姓生活的话语方式来审视民族生存状况和塑造人物形象，立足于民间想象历史，从而使历史民间化。自从《红高粱家族》产生轰动效应之后，许多研究者认为莫言具有充分的民间性质，把他称作是中国当代“乡村知识的转述者”和民间话语的维护者，这主要是从中国现代乡土小说的发展史角度，来认识莫言小说文学史价值的。[②] 陈思和立足于民间话语角度，认为：“如果以莫言创作中的民间因素来立论，莫言在八十年代的创作就是一个标志，莫言小说的奇异艺术世界有力解构了传统的审美精神与审美方式”，而“莫言近年来小说创作风格的变化，是对民间文化形态从不纯熟到纯熟、不自觉到自觉的开掘、探索和提升。”[③]对这样的一些评论，莫言总结说：“一味学习西方是不行的，一个作家要想成功，还是要从民间、从民族文化里吸取营养，创作出有中国气派的作品。”[④]而且这种“民间”写作能够以其暧昧和多义，营造出相对独立的自由话语领域，从而用隐晦曲折的方式掩盖现实批判的锋芒。

---

① 浦安迪：《中国叙事学》，北京：北京大学出版社，1995 年，第 4、6 页。

② 郜元宝：《莫言：乡村知识阴郁的转述者》，林建法、徐连源主编《中国当代作家面面观——灵魂与灵魂的对话》，杭州：浙江文艺出版社，2004 年，第 335 页。

③ 陈思和：《莫言论》，贾梦玮主编《河汉观星——十作家论》，昆明：云南人民出版社，2004 年，第 97、98 页。

④ 莫言、王尧：《莫言王尧对话录》，苏州：苏州大学出版社，2003 年，第 125 页。

莫言不以俯视视角作为小说叙事的主导性叙事姿态，他认为，不管是诗人、小说家、剧作家，还是其他文艺工作者，其“工作和社会上的民间工匠没有本质的区别”，要写好乡村民间，“就要求你丢掉知识分子的立场，你要用老百姓的思维来思维。”[①]这是对中国现代文学、“十七年”文学，尤其是“文革”时期的文学，长期所奉行的“精英”和“政治”的仰视姿态本质意义上的颠覆与消解，是对现当代文学中曾占主导地位的“政治的宏大叙事”与“精英立场”的反拨。有学者认为，“这种将自己视同老百姓的‘平民意识’，是对一个世纪以来中国作家的写作心态的反省”[②]。莫言对“为老百姓写作”和“作为老百姓写作”这两种叙事姿态进行了深刻的比较。他认为，“为老百姓写作”是站在一种居高临下的位置上，本质上还是一种庙堂的写作，依然是一种功利化的写作，很容易把自己变成为官员、为权贵写作。“当作家站起来要用自己的作品为老百姓说话时，其实已经把自己放在了比老百姓高明的位置上”，写出来的乡村民间就已经被“粉刷”过了。[③] 而“作为老百姓的写作”，“没有想到要用小说来揭露什么，来鞭挞什么，来提倡什么，来教化什么”，这样“就可以用一种平等的心态来对待小说中的人物”，莫言不认为自己比读者高明，也不认为自己比作品中的人物高明，他反复强调作家不要当“时代的代言人”，而是要把自己等同于“民间工匠”，甚至“不敢把自己当成一个好的老百姓”。[④] 莫言摆脱了以往知识分子的“大叙事”中的俯视姿态，突破了“权威”话语的束缚，在底层世界聆听流传在“老百姓”之间的口头故事和传说，把握难以理喻的“感觉”“狂欢”。莫言小说集中关注了被肉身化、异类化与被损害的女性想象，反映了他对“高密东北乡”的历史文化思索，潜藏着“寻根”的精神意图。例如，在《红高粱家族》《食草家族》等小说叙事中，民间化的历史场景和“野史化”的家族叙事取代了以往权威历史叙事中宏伟的“国家历史”和“民族神话”的中

① 莫言：《作为老百姓写作》，《小说的气味》，沈阳：春风文艺出版社，2003 年，第 9—13 页。
② 张清华：《叙述的极限——论莫言》，《当代作家评论》2003 年第 2 期。
③ 莫言：《作为老百姓写作》，《小说的气味》，沈阳：春风文艺出版社，2003 年，第 9—13 页。
④ 莫言：《文学创作的民间资源》，《当代作家评论》2002 年第 1 期。

心位置，可以说在当代文学史上具有终结意义。

不能否认，莫言步入小说创作之初，这种“作为老百姓”的叙事方式是一种自然或被迫的状态，他描写不了灯红酒绿，描写不了金庸那样的侠义江湖，他早期的作品有浓浓的“青草味”与“牛屎味”，中短篇小说较为出色，一些长篇的结构处理等方面并不是很好，这与驾驭能力还是有一定关系的。然而，经过一番历练，后来莫言越来越意识到这种“作为老百姓”的价值，叙事技巧与策略也逐渐成熟，有意识地使这种“民间性”“原生态”变成了一种叙事理念，形成了自己的创作个性，成为了自己的创作追求。莫言认为“作为老百姓写作”就是一种“个性化写作”，可以成为一个作家区别于其他作家的标志。他在访谈中多次表示，他更赞同作家将自己作为普通人，而不是普通人的教育者或者指点者。这种对写作启蒙的自觉放弃是一种不断反省的结果，这能够使文学与现实的关系，尤其是与主流意识形态的关系回归正常状态，从而使文学回归本体。“文学不再是政治的附属物”应该是20世纪80年代后期所有创作思潮共同的价值取向，也是这一时期小说所呈现出的整体魅力

二是“无知”的叙事视角。前文已从叙事形式方面对莫言小说叙事角度进行了相关讨论，这里从另一个层面进行论述。叙述视角指叙述者或人物与叙事文本中的事件相对应的位置或状态，也就是叙述者或人物从什么角度观察故事，这在小说叙事中占有重要地位。前面提到，布斯、查特曼、凯南、卢特等人在相关著作中，论述了“隐含作者”的概念，他是小说中作者潜在的“替身”，是作者的“第二个自我”，是主宰文本思想意义的真正主体。[①] 这种“隐含作者”在小说里的一个重要体现与反映就是叙事视角的选择。

叙述视角的选择意味着确认叙述者的身份、权利、道德立场和美学意图，确立什么样的叙述视角是关于表达自我经验、情绪情感和文化意识的“大事”，带有很强的策略性。莫言非常重视小说叙事视角的选择。

---

① 参见布斯《小说修辞学》、查特曼《故事与话语》、凯南《叙事虚构作品》、卢特《小说与电影中的叙事》。

他曾对《史记》的叙述视角大加赞赏，认为司马迁没有从正面、从封建王朝认可的观点去看世界，而是选择了不同的角度，甚至是对立的角度来看世界，这正是《史记》的伟大之处。莫言说："无论从文学的观点看《史记》，还是用史学的观点看《史记》，都可以看到这种视角变化的重大意义。换一个角度看世界的结果，便是打破了偏激与执迷，比较更容易看透人生的本质。"①华莱士·马丁认为："叙事视点（叙述视角）不是作为一种传递情节给读者的附属后加上去的，相反在绝大多数现代叙事作品中，正是叙事视点创造了兴趣、冲突、悬念乃至情节本身。"②

莫言小说叙事视角的一个显著特征，就是叙事视点人物大多是被忽略的、边缘性与异化了的角色，都是些"无知"的"人物"：儿童、呆傻人物、异化了的女性、甚至是动物等，如《透明的红萝卜》中的黑孩、《丰乳肥臀》中的上官金童、《四十一炮》中的罗小通、《檀香刑》中的赵小甲等、《生死疲劳》中的驴、牛、猪、狗等等，通过他们的眼光或口吻来讲述故事。这种"无知"的叙事视角，没有受到任何文化与意识形态的侵染，具有无功利性或者说是前功利性，犹如过滤镜，将理性、逻辑、社会习俗等外在的东西都给滤去了，具有生命的原初体验，给人的是一种原始思维的单纯感，这是人类原初的思维形态，同时也是人类与自然联系得最为紧密时的状态，可以说是人类最为自然的存在方式。小说中的这些"无知"的"人物"，他们把握和观察世界不依赖科学知识，不遵循所谓的逻辑规范，依赖的是直觉、感觉和丰富的想象，而现实生活中，经验、理性和功利性的因素在成人头脑中占据着支配地位，直觉思维不是被遗忘和排斥，就是被淡化和杂糅了。

选择这样的视角也可以从莫言的成长经历中找到解释。莫言年少时的艰辛使其心理积蓄了憎世的力量和独战社会的勇气，但是时刻又有母亲的庇护，旧日的恩怨总是能够用血缘、用时事艰难的解释来化解。他的内心深处饱含着故乡社会、齐鲁文化培育出来的善良、仁义、

① 莫言：《楚霸王与战争》，《小说的气味》，北京：当代世界出版社，2004年，第42页。

② [美]华莱士·马丁：《当代叙事学》，吴晓明译，北京：北京大学出版社，1990年，第158—159页。

悲悯与真诚，当然也有懦弱与顺从。两种力量在莫言那里交织缠绕，催生了一个愤怒加忧伤的莫言。他总是将这一切变成孩子般的判断。爱则酣畅淋漓、仇则怒目相向，然而一切又转瞬即逝。他像孩子一样心血来潮，像孩子一样善变、真诚和单纯，像孩子一样总是把人与人的关系想象成乡亲、亲人的关系，对人充满希望和失望，对世界充满对抗和顺从。这种状态并不是莫言的不成熟，而只是他选择的创作立场、角度和策略，也是莫言的创作生存哲学，乃至人生哲学。

这种视角使文本叙事多呈现“显示”状态，道德化的说教退出了叙事的范畴，突破了成人世界中道德性的价值判断，从而使小说呈现出生活原生态的情境。这就明显区别于成人把握世界的方式，使习惯了从观念到观念，习惯了抽象概括和推理的人们体验到一种新鲜感与陌生感。“莫言往往先用儿童的眼光和童年的记忆的视角来透视世界，一方面使人的感觉更接近自然天性与潜意识本源，另一方面也使作品世界更趋感觉化与奇异化。”[①]带着成人经验和判断进入阅读过程的读者，会惊异地发现自身与黑孩、罗小通、上官金童等的巨大反差，自己习惯并认同的成人世界与这些视角眼中的世界相比是那样的丑恶与荒谬，从而引起人们对自身生存状况与现实世界的思考，从而将作品的主题引向更深刻的层面。这就在叙述者与读者之间确立了某种张力，简单的叙述者与复杂的隐含作者共同承担着叙述责任，使叙事文本充满了内在的张力，拓宽了叙事的空间，展现了一个更为复杂的生活世界与文学世界。

莫言小说叙事主要采用“叙述代言人”视角，且多为第一人称叙事，作品中的“我”，既是叙述者、观察者，又是故事人物、被观察者，小说呈现众声喧哗的景象，传达出多种多样的信息。叙述人同隐含作者的距离拉大，成为被隐含作者或隐含读者审视反思的对象。隐含作者与叙述人不一致，叙述人属布斯所说的“不可信”叙述人，故隐含作者同叙述

① 许志英、丁帆：《中国新时期小说主潮》（上卷），北京：人民文学出版社，2002 年，第 1168 页。

人和人物之间均保持一定距离，文本中出现了两个或两个以上不可调和的声音或者表意手段，表现为两种或两种以上语言表达方式的并置，小说中的声音就显得多样化了。从前文对巴赫金的对话理论的分析来看，同一文本中出现的难以调和的声音、多种意识或者语言中心，具有一种颠覆的可能性。这样的叙事策略，使小说具有了多重复义性，大大增加了小说的艺术魅力。

三是"稚拙"的叙事伦理。小说写作既是一个语言事件，也是一个伦理事件，它在讲述和虚构时，必然产生一种伦理后果。在以上小说叙事姿态与叙事视角的论述中，从某个角度已经表现了莫言小说叙事的伦理诉求。莫言小说通过发生在乡间大地上的"故事"，立足"生命的本真状态"，书写生命的自我"感觉"，从而建立起叙事的伦理向度。有学者认为："莫言的贡献在于以超人的感觉展示了我们以前从未有过的'稚拙'世界，并让读者心动。"①这种"稚拙"，被一些论者认为是"低俗""溢恶"，像《欢乐》《红蝗》《丰乳肥臀》等作品，从发表开始，这样的批评就一直伴随着作家。笔者认为，这种"稚拙"状态具有一定的叙事伦理诉求。

叙事伦理的根本，关涉一个作家的世界观。好的作家，一定是一个有赤子情怀的灵魂叙事者。亨利・詹姆斯十分强调小说叙事中道德的统一性，他曾表明"每一个伟大的作家都有他的伦理核心"②。"莫言之所以认同'民间'的价值立场，而对知识分子'的写作姿态和趣味发生怀疑，在我看既是对一个固执的自我幻觉的扬弃，同时也是对写作的价值和伦理的一个重新定位。"③莫言的《红高粱家族》《天堂蒜薹之歌》《檀香刑》《野骡子》《牛》《蛙》等作品，植根于生养作家的民间本土——兼具地理概念和精神范畴以及滋生于此的具体而微的民间心理，从而在官方意识形态与知识分子话语之外，建构了具有个人印记的，体现着某种

---

① 吴炫：《中国当代文学批判》，上海：学林出版社，2001 年，第 176 页。

② [法]亨利・詹姆斯：《小说的艺术：亨利・詹姆斯文论选》，朱雯等译，上海：上海译文出版社，2001 年，第 55 页。

③ 张清华：《叙述的极限——论莫言》，《当代作家评论》2003 年第 2 期。

符合自身历史逻辑和审美标准的民间世界。莫言的小说叙事拨开了主流意识形态对民间的遮蔽,认同民间社会中所蕴含的自由自在、生生不息的本真生命精神,使民间“藏污纳垢”的诸种文化形态一览无余。正如刘小枫所言,莫言小说的叙事伦理“不探究生命感觉的一般法则和人的生活应遵循的基本道德观念,也不制造关于生命感觉叙事的理则,而是讲述个人经历的生命故事,通过个人经历的叙事提出关于生命感觉的问题,营构具体的道德意识和伦理诉求。”[①]莫言的作品处处洋溢着生命的感觉气息,在讲述关于生命的故事。《透明的红萝卜》中生命力顽强的黑孩眼中“透明的红萝卜”意象、《红高粱》中“我爷爷”和“我奶奶”不拘礼法、敢爱敢恨的痛快淋漓、《白狗秋千架》“暖姑”只要“一个健全儿子”的生命呐喊、《丰乳肥臀》中母亲所遭受的苦难与上官金童似傻非傻的怪癖、《爆炸》中“我”不被亲人理解的“爆炸”般的感觉、《拇指铐》中“阿义”咬断拇指后的轻松、《野骡子》中“小通”对肉的强烈渴望等等,都体现了关于“生命感觉”的“伦理”。在这些生命的感觉和故事中,很难有哪一个是“理性的道德法则”所能说清的。

莫言在《檀香刑》中写道:“师傅说凌迟美丽妓女那天,北京城万人空巷,菜市口刑场那儿,被踩死、挤死的看客就有二十多个……”。“师傅说……”的语式,表明叙述者在用“间接引语”复述故事,叙事刚开始是客观的,描述凌迟时的景况,然而小说叙述者很快就转向了对凌迟的道德反应:“在演出的过程中,罪犯过分的喊叫自然不好,但一声不吭也不好。最好是适度地、节奏分明地哀号,既能刺激看客的虚伪的同情心,又能满足看客邪恶的审美心。”这就是一种叙事伦理的转向。小说叙事从事实的转述到伦理的觉悟,经历了一场精神事变。“师傅说”最后转为“作者说”:面对着被刀脔割着的美人身体,前来观刑的无论是正人君子还是节妇淑女,都被邪恶的趣味激动着。“都被邪恶的趣味激动着”,这就是叙事所赋予小说人物的伦理感觉。康德说“美是道德的

① 刘小枫:《沉重的肉身——现代性伦理的叙事纬语》,上海:上海人民出版社,1999年,第4页。

象征”，但或许他没有想到，邪恶有时也会洋溢着一种美，这由叙事伦理左右。“叙事改变了我们对一件事情的看法，那些残酷的写实，比如凌迟、檀香刑，得以在小说中和‘猫腔’一起完成诗学转换，就在于莫言的讲述激起了我们的伦理反应，我们由此感觉，在我们的世界里，生命依然是一个破败的存在，而这种挫伤感，会唤醒我们对一种可能生活的想象，对一种人性光辉的向往。”[①]那么，生活不该这样，又该如何？在叙事中我们会一起和作者叹息。如此一来，他人的故事也就成了“我”的故事。正如钱穆谈读诗经验时所言：“我感到苦痛，可是有比我更苦痛的；我遇到困难，可是有比我更困难的。我哭，诗中已先代我哭了；我笑，诗中已先代我笑了。”[②]于是，叙事就成了一种对生活的伦理关切，而我们在阅读、经历这个语言事件的同时，其实也是在经历一个伦理事件。

莫言既不像五四时期的作家那样，以启蒙者视角表现对民间劳苦大众的救赎情怀，也不同于三四十年代从政治革命的视角出发，强调大众所喜闻乐见的民间形式，他的小说叙事抹掉了某种功利性，也放弃了政治意识对乡村民间的遮蔽。纵观中国新文学发展史，小说作品表现乡村民间的并不鲜见，但像莫言这样肆无忌惮地展现描写却并不多见（下一节将从“底层叙事”的角度对此展开论述）。如孙犁笔下的故乡永远是美丽的、纯洁的，鲁迅笔下的《故乡》是“萧索的、没有一些活气”的、不可能被拯救的。而莫言所关注的乡村乡土，是一个最美丽最丑陋、最超脱最世俗、最圣洁最龌龊、最英雄好汉最王八蛋、最能喝酒最能爱的高密东北乡。他将底层乡间的精华和糟粕交织在一起，构成了独特的藏污纳垢的形态。他笔下的乡村底层或贫瘠落后，或萧索寂寞，或复杂喧闹，或残酷热烈，勾勒出了一种向外辐射的网状场景，更真实、全面地描写了劳苦大众自在状态的情感、理想和立场。一个美丑共存、善恶共生的乡村世界在莫言的小说中展露无遗，他将底层老百姓的原生状态

① 谢有顺：《重构中国小说的叙事伦理》，《文艺争鸣》2013 年第 2 期。

② 钱穆：《中国文学论丛》，北京：生活·读书·新知三联书店，2002 年，第 124 页。

真实地呈现在读者面前,带来了不一样的审美意蕴。

莫言的小说叙事很少有那种高深的道德评判与单一的道德结论,在善恶面前不愿作简单的判断,而只是通过普通人生命的宽广和仁慈来打量一切人与事,这或许就是莫言的一种叙事策略选择,有时也会带来某种善恶不分的负面效果。但在很大程度上,莫言小说关注的是底层百姓的命运呼喊,倾听着他们灵魂深处发出的声音,以个人的生活际遇,关怀人类的基本处境。这样一种叙事伦理的指向,主要基于作家对生命、人性的感悟,它拒绝以现实、人伦的尺度来制定精神规则,它用灵魂说话,用生命发言。莫言小说的叙事伦理重在呈现人类生活的丰富可能性,重在书写人性世界里的复杂感受。如《红高粱》中的余占鳌,在政治伦理评判下只能是一个无法无天、胆大妄为之徒,只能成为主流政治话语下的负面人物;在精英伦理评判下,他只能成为不能登上历史大雅之堂的草莽英雄形象。而莫言认为这样的人有着他自己认定的自在的生活,那就是对生命原生态的自由发展的追寻,他身上具有一种蓬勃的野性的力量,不禁要为他唱一曲高扬的赞歌。在某种程度上,莫言的小说叙事在看似"稚拙"的世俗视角中隐含着超越视角,在善恶伦理里伴随着一丝深沉的慈悲,在苦难叙事中透着一抹人性的亮色,这在中国小说史上,是非常珍贵的精神谱系。

第三节　"作为老百姓写作"与底层叙事

从 20 世纪末开始,底层叙事逐渐演变成一个重要的文学思潮与研究范畴,这不是偶然的,而是中国现代文学传统与精神的复苏,具有历史的必然性与现实的迫切性。新时期以来,中国文学在"去政治化"的声浪中,用"审美"取代了"政治",这固然对"文革"时期文学的"政治性"标准具有一定的纠偏作用,然而,在"审美"中心论背后,隐藏的其实是另一套严密的政治话语体系,"审美"转向在当代文学实践中不可避免地成为另一种机械的操作。在文学"审美"之名的护佑下,加上急剧的市场化、媒介化的影响，消费化、快餐化、狂欢化、庸俗猎奇化迅速成为文学的主流，“私人写作”“下半身写作”“零度写作”“新新人类写作”、商业写作、玄幻文学等等，让人眼花缭乱，文学越来越脱离现实、忽视人民性。在后现代的视角下，一些学者开始诋毁“五四”，轻蔑鲁迅，文学失去了应有的责任与担当。正是在这样的背景下，中国现代文学关注底层、书写底层的一些优良传统，这类文艺实践与活动中所体现的高度社会责任感、历史使命感，追寻时代潮流、把握时代命运的精神特质以及强烈的社会批判与人民意识，在时代的召唤下，成为一种强烈诉求。

韦恩·布斯有言：“小说修辞的终极问题，就是断定作家应该为谁写作的问题。”[①]雅各布·卢特将“隐含作者”理解为“作者在作品中的一个形象”，是“文本意图”的表达，“隐含作者实际上也就成为文本间接地、通过结合其所有资源再现或表现出来的意识形态价值系统的同义语。”[②]对于莫言小说的立场、倾向与意图，一些论者从“民间性”“民间立场”“民间文学”“民间叙事”[③]的角度来理解；但也有学者认为“民间立场”“这一概念的内涵比较模糊，未能成为学界共识”，代之以“乡村立场”[④]；还有的认为“民间文学”这一概念无法概括莫言的文学特色，“如果离开具体的语言环境，还容易造成文学类型方面理解的偏差”，不如采用传统的“平民文学”观念[⑤]。笔者认为，这些都是重要的研究视角，

① [美]韦恩·布斯：《小说修辞学》，付礼军译，南宁：广西人民出版社，1987 年，第 408 页。

② [挪威]雅各布·卢特：《小说与电影中的叙事》，徐强译，北京：北京大学出版社，2011 年，第 19 页。

③ 陈思和在《莫言近年小说创作的民间叙事》等文章中有较为详细的论述。学界对“民间”话题有过热烈的讨论，以陈思和的观点最为著名。他“部分地吸取了”西方的“民间社会”“公众空间”的观点，“即民间是与国家相对的概念，民间文化形态是指在国家权力中心控制范围的边缘区域形成的文化空间。”他将文化分为庙堂、广场和民间三个层面，其核心概念有民间文化形态、民间隐形结构、民间的理想主义以及无名等等。民间文化的藏污纳垢性正是某些对抗“庙堂文化”的力量的源泉。“民间文化”显然带有知识分子“想象物”的特点。通过这个概念，陈思和是想推进一种价值观念。按照这种划分，中国当代很多作家的写作都属于此类。

④ 贺仲明：《为什么写作？——论莫言创作的乡村立场及其意义》，《东岳论丛》2012 年第 12 期。

⑤ 左其福：《莫言的平民文学观及其当代意义》，《名作欣赏》2008 年第 3 期。

但根据莫言小说叙事的意图表达以及当下文学界与时俱进的实际情况，用“底层叙事”这一概念可以较好地涵盖以上这些说法，并且能够带来不一样的研究视野。

因当代的历史语境和社会背景已经与中国现代社会语境大不相同，底层叙事也必然呈现出不同的甚至是迥异的风貌，莫言的“作为老百姓写作”是底层叙事的一种形态，是底层叙事在当代文学中的独特体现。为了更好地解读莫言小说的底层叙事特征，首先需要对底层叙事在中国现代文学中的表现做一个简单梳理。

一、底层叙事的现代发展脉络①

底层叙事有着深刻的现代传统，在中国现代文学发展中，底层叙事大致分为三个十年，经历了五四时期、左翼时期与《在延安文艺座谈会上的讲话》发表等三个标志性阶段，正是这三个时期基本奠定了底层叙事的优良传统、基本精神与主要品格。可以这样说，底层叙事是“五四”传统、“左翼”精神、“人民性”品格在新形势下的发展，是在新的历史语境中的现代回归。

其一，底层叙事传统是在“五四”时期形成的。中国底层大众真正受到文学的关注与重视，是伴随五四新文化运动，在中国现代文化与文学的构建中开始的。底层叙事有着深刻的五四渊源，主要表现为以精英立场、文化批判、启蒙主题为核心的书写方式与叙事倾向，体现了“五四”精神的主要内涵，其中展现出的社会责任感、使命感、现代意识与人道主义情怀也成为底层叙事的重要传统。

中国现代文学是在深重的民族危机中开始其艰难历程的。建立独立的现代民族国家和现代文化是促使五四新文学走向底层大众的重要原因。经历了五四前自上而下的维新、改革、革命的失败后，面对受尽欺凌的国土，中国的知识精英们目光开始下移，转而从下层社会和广大民众的角度来思考中国积贫积弱的原因和振兴的可能，开始从文化与

① 这部分内容笔者曾以《底层叙事的现代探源》为题刊于《文艺理论与批评》2013年第4期。

精神的新视角来审视底层。“国民改造”“唤醒民众”，致力于人的精神的重构与提高，成为新文学运动的核心问题。“国民”所指何人？在一个落后的农业大国，以农民、下层市民为代表的底层大众是国民的主体，他们是底层文化形态的主要承担者，必然成为主要的关注对象。一旦农民、城市贫民等底层人群进入五四知识分子的视野，那么，底层文化形态的生存逻辑、伦理欲求、审美倾向也就必然与这些知识分子的文化观念、文学创作发生紧密联系。

新文学的先驱者们，如胡适、陈独秀、鲁迅、李大钊、周作人等，虽然没有直接使用“底层”这一概念，但在当时的语境下，他们所说的“下层”“民间”“平民”“乡土”等都与“底层”内涵基本相同。他们都对底层文化、文学空间倾注了很大的热情，他们对待底层的态度或有立场上的不同，但都发现了底层文化形态与底层叙事的意义与价值。

胡适总结中国几千年的文学史有两种趋势，一个是上层的文学，一个是下层的文学。上层文学是文人的、私人的、贵族的、朝廷上的文学，大部分是毫无价值的、模仿的、古典的、死了的、没有生气的文学；下层文学是老百姓的、活的、用白话写的文学，人人可以懂、可以说的文学。胡适多次提出民间是文学产生的源泉。他在《白话文学史》中说：“一切新文学的来源都在民间”，“民间”指的是“村夫农妇、痴男怨女、歌童舞姬、弹唱的、说书的”[①]，都是下层的人民。北京大学《歌谣》周刊的主要编者常惠说：“现代文学的趋势受了民间化了，要注意的全是俗不可耐的事情和一切平日的人生问题，没有功夫去写英雄的轶事、佳人的艳史了。”“那贵族的文学从此不攻自破了。”[②]陈独秀在《文学革命论》提出：推倒“雕琢的阿谀的贵族文学”“陈腐铺张的古典文学”“迂晦的艰涩的山林文学”，从而建立“平易的抒情的国民文学”“新鲜的立诚的写实文

① 姜义华主编：《胡适学术文集·中国文学史（上）》，北京：中华书局，1998 年，第 155 页。

② 常惠：《我们为什么要研究歌谣》，《歌谣》周刊第 2 号第 1 版，北大歌谣研究会编，1922 年 12 月 24 日。

学”“明了的通俗的社会文学”。[①] 这里的“国民文学”“社会文学”与“下层文学”内涵相似。李大钊大力倡导“到民间去”，这里的民间在他的思想中就是指当时的“农民”“农村”“平民”等底层民众。周作人说：“‘民间’这意义本是指多数不文的民众；民歌中的情绪和事实，也便是这民众所感知的情绪和事实”。周作人明确提出“平民文学”的口号。[②] “平民主义”成为当时知识分子热衷提倡的一面旗帜，“平民文学”成为一时的潮流。

底层进入现代文人的视野，与他们的文化启蒙思想和如何建立新文学的现代审美标准密不可分。他们肯定底层蕴涵的积极健康的生命力以及底层文化的审美意义，以及对民间审美形式的重视，都是为了使启蒙思想获得底层民众的接受和认同，并从文学的意义上把底层纳入新文学审美标准的建构过程中。五四新文学的底层叙事既是为了“开启民智”，也是为了“创造中国的文学”。

在创作实践上，五四底层叙事的一个方面，是表现底层的自由自在、表达对底层生命的同情与悲悯，如胡适、沈尹默分别作的《人力车夫》，沈玄庐的《十五娘》，刘大白的《田主来》《卖布谣》，刘半农的《卖萝卜人》《学徒苦》《铁匠》《奶娘》等诗歌，重视底层民间语言与生存状态，从底层受到启发、汲取营养，对新诗发展起到了重要作用，这些作品的价值取向和精神诉求，也成为今天“打工诗歌”“农民诗歌”的滥觞。在小说创作方面，如鲁迅的《社戏》《一件小事》，沈从文的《柏子》，废名的《浣衣母》《竹林的故事》，叶圣陶的《苦菜》，王统照的《沉船》等等，表现了底层乡土风俗之美与底层人情、人性之美。这类小说作品虽然不是五四底层叙事的主流，但影响却是深远的，成为后世底层叙事的一个重要支脉。

五四底层叙事的最重要方面，是要达到思想启蒙与改造国民性的目的。这些作品以启蒙眼光审视乡村的野蛮丑陋，挖掘底层的劣根性，

① 陈独秀：《文学革命论》，《文学运动史料选》第一册，上海：上海教育出版社，1979 年，第 22 页。

② 周作人：《中国民歌的价值》，《歌谣》周刊第 6 号第 4 版，北大歌谣研究会编，1923 年 1 月 21 日。

不仅要揭示底层民众痛苦的社会根源，还要致力于批判底层民众身上根深蒂固的疾患和痹症，试图以强大的人性和人道主义力量拯救那些处于水深火热中的底层国民的灵魂，以达到改造国民性的目的。茅盾说："文学能够担当唤醒民众而给他们力量的重大责任。"[①]五四作家纷纷将目光集中在底层，尤其是底层农民身上，以沉痛笔触描述底层社会"非人"的精神病况和生存状态，如叶绍均的《一生》、蹇先艾的《水葬》、许杰的《惨雾》、许钦文的《鼻涕阿二》等等。鲁迅是五四时期在创作上描写底层最深刻、对国民性批判最深入和最着力的作家。他认为要改变社会与国民的颓弊之势，首在"立人"，重在改变底层大众的"国民性"，努力实现"致人性于全"的理想。[②] 鲁迅一方面对底层社会表达了最大的同情和悲哀，在《阿 Q 正传》《祝福》《孔乙己》等小说中，以深刻的关切描写了主人公的不幸命运，更深邃地透视出他们精神深处的愚昧、麻木、自欺欺人、妥协顺从、荒谬和奴性。另一方面，又对诸如花白胡子、红眼睛阿义、柳妈、杀头的看客、鲁镇的"人们"、站着喝酒的短衣帮等底层民众的自私、冷漠和残酷，表达了深深的憎恶。鲁迅对底层民众的精神与灵魂的剖析和批判，集中体现了五四时期通过文艺进行启蒙的犀利与深刻。

其二，底层叙事精神在"左翼"时期得到了进一步的张扬。五四以后，阶级分化剧烈，工农运动高涨，底层大众面对的现实也更加残酷，知识分子逐渐意识到五四文学革命的某些局限性，针对底层的思维方式和理论范式必须作出改变，才能更好地介入当时的社会现实。左翼文学及思想为底层苦难的大众展现了解放自身、获得平等的可能图景，在一定程度上也是对"西方资本主义现代性"的否定，它展现的是另一种现代性的宏图，符合底层大众在追求现代性过程中对社会公正的向往，从而很大程度上解决了五四启蒙知识分子既欲动员大众又与大众隔膜的困境。

---

① 茅盾：《大转变时期何来呢?》，《文学运动史料选》第一册，上海：上海教育出版社，1979 年，第 195 页。

② 鲁迅：《科学史教篇》，《鲁迅全集》第一卷，北京：人民文学出版社，2005 年，第 25 页。

作为左翼文艺精神集中体现的“中国左翼作家联盟”成立于1930年，鲁迅在《对于左翼作家联盟的意见》的讲话中，提出左翼文艺家一定要和实际的社会斗争接触，文艺要为“工农大众”服务。随后“左联”开展了一系列关于文艺通俗化、文艺大众化、文艺形式、大众语言等理论大讨论，以及工农兵通讯员运动、街头文学运动等文艺实践活动，努力提倡文艺大众化，有力地促进了底层叙事的发展。“左联”虽然只存在了6年时间，但这一时期左联作家与具有左翼色彩文人的创作实践以及形成的文学主张，对中国现当代文学的影响是深远的，它所树立的文学精神，更是成为当代底层文学创作与发展的重要源泉。

左翼文学的价值取向与五四时期的文人有明显的不同，已经从对底层民众精神缺陷和人性弱点的反思批判转向从社会制度与阶层分化的角度寻找底层苦难的根源。这里的底层被赋予变革与革命性的意识，蕴涵着强大的力量，具有民族文化新生的活力，并与社会公正、平等正义等现代性伦理诉求紧密相关，承担着社会、民族发展的使命，在文学上和审美上获得了更加丰富的意义，进一步拓展了新文学的内涵。左翼知识分子有努力成为“民众”“平民”“群众”的代言人的愿望，在精神上已经出现了某种微妙的变化，也就是相对于五四时期俯视的启蒙姿态而言，在逐渐向底层靠拢。他们大力倡导大众文艺，主张对“大众口语”进行艺术加工，用平民百姓通俗易懂的艺术形式进行创作。鲁迅说:“文章一定应该比口语简洁，然而明了，有些不同，并非文章的坏处”，“立论极高，使大众语悬空，做不得”。[①] 左翼文学表达了清晰的阶层意识，它是偏向底层人民与草根民众的，在中国文学的发展中，这具有里程碑式的意义。左翼文学以严峻的目光关注社会问题与底层人生，直接将尖锐的锋芒指向强权统治下的社会不公，将关怀弱势群体、批判强权压迫、呼吁社会公平正义，作为一种道义责任和自觉义务。鲁迅曾这样说，在“风沙扑面，狼虎成群”的时候，文艺家的作品所要的是

① 鲁迅：《答曹聚仁先生信》，《鲁迅全集》第六卷，北京：人民文学出版社，2005年，第79—80页。

"耸立于风沙中的大建筑，要坚固而伟大，不必怎样精"，所要的是"匕首和投枪，要锋利而切实，用不着什么雅"。[①] 正是这种强烈的社会关怀意识与鲜明的社会批判精神，让左翼文学充满了爱憎分明的情感力量，从而以鲜明的现实品格与强劲的话语力量介入社会、推动历史的进程。

左翼文学对底层受压迫的处境进行了生动的描述，对不公正现象的社会根源进行了深刻的剖析，揭示了造成底层人民苦难生活背后的权力根源，着重凸显底层民众的反抗性和战斗力量，具有很高的思想深度，即使对底层哀其不幸、怒其不争时，笔尖在解剖时也带着温情。茅盾的《春蚕》《残冬》等小说以生动的笔触书写了在帝国主义、封建主义、官僚资本主义的压迫统治下，江南农村经济的破产和蚕农们的悲剧命运，真实地体现了挣扎在社会最底层的农民的生活态度和精神状态。丁玲的《水》、柔石的《为奴隶的母亲》、叶紫的《丰收》等作品，展示了强权势力对底层的压迫和戕害，表现了底层形象的战斗性和革命性。艾芜的《山峡中》描写了处在社会边缘地带的流氓、强盗，善恶交织、美丑相伴，充满了艺术上的深邃，在荒凉、野蛮、残酷的生存环境中，这些人依然有对自由和美好事物的追求与向往。

鲁迅在这一时期创作了《故事新编》中的《理水》《采薇》《非攻》《出关》《起死》等作品，以一种独特新奇的手法，揭示和反映了社会现实和底层生活状况。《理水》热情赞扬了为民兴利的"中国的脊梁"式人物，辛辣讽刺了那些不关心人民疾苦，只知道搜刮民脂民膏的官僚阶层；《采薇》对避重趋轻、只求自保、苟且偷生的国民性弱点进行了批判；《非攻》中坚持实干的无名群众及乡下人体现的积极力量与上层社会的消极状态形成鲜明对比，宋国民不聊生、破败不堪、经济萧条的景象，都是当时中国社会现实的真实写照；《出关》《起死》表现了对历史虚无主义与现实中"无是无非"者的批判。这些作品古为今用，借古讽今，把历史人物和英雄放置在普通的日常生活中，把神话融入底层现实之中进行重新解构，古今交融，对比鲜明，表达对正能量的讴歌、对丑恶的鞭挞，

---

① 鲁迅：《小品文的危机》，《鲁迅全集》第四卷，北京：人民文学出版社，2005 年，第 591 页。

从而激发起人们的爱憎，这可以称为底层叙事的另一种笔法。

这一阶段的底层叙事还表现出了浓郁的地域色彩和特殊的文化内蕴，特别是那些对底层生活有着切身体会的作家，他们的小说有了新的审美因素与艺术表达，在底层叙事上有新开拓。沙汀《土饼》《苦难》等小说以现实主义的笔触描写了四川农村和小城镇的生活，反映了旧中国农村的动荡不安、黑暗腐败的社会现实。吴组缃的《樊家铺》《一千八百担》等，以皖南农村风俗场景为题材，于细腻冷静中写出了农村的破败景象，表现了30年代中国农村社会经济的破产和宗族制度的分崩离析。艾芜在《南行记》里以浪漫主义手法塑造了各色各样具有特殊命运的流民形象，这些下层人充满苦难、甚至被扭曲变形的生活里，一种原始的、野生的生命力量呈现出民间世界的丰富、驳杂。老舍、沈从文等从底层的立场与角度去寻找精神的栖息地，去思考文学的意义，呈现了丰富的底层世界。老舍的《骆驼祥子》等小说带着浓浓的“京味”，以深邃的笔触描述下层市民的不幸命运，对个人与社会之间的关系进行了思考，老舍并不是从启蒙的立场贬斥祥子的落后，而是抒写一个活生生的生命，怎样一步步被损害、堕落的悲剧。沈从文在其湘西题材的小说中塑造了农民、士兵、水手、渔民、猎户、船工、木工、商人、娼妓等大量底层人物形象。“沈从文曾为北京总忘不了他的外乡出生而忧虑，不过这反倒增强了他赋予其乡土背景以现代意义的决心”。“鼓舞着追随自己的天赋去赞颂家乡的神话、习俗及原始的仪式，而不是对他们进行贬斥。”[①]沈从文的《边城》《长河》等以诗意审美的眼光打量中国的底层世界，将乡土风俗之美、人性之美与丑陋的现实形成鲜明对比，揭示出乡间畸变的深刻的社会原因，具有独特的神韵与境界。

其三，毛泽东《在延安文艺座谈会上的讲话》(以下简称《讲话》)的发表，标志着底层叙事“人民性”品格的确立。文学文艺的服务对象问题是文艺创作的核心问题，文学以何种价值取向、站在何种立场、以谁

① 金介甫：《沈从文乡土文学在现代中国文学中的运用》，徐新建译，《中国比较文学》1999年第2期。

为接受主体，最终决定着文学创作的根本面貌与性质。毛泽东《在延安文艺座谈会上的讲话》以其鲜明的指向和姿态，形成了以底层劳苦大众为主体的文学观念和美学原则，全面奠定了底层叙事的思想与理论基础。[①] 在这一文艺思想与精神的影响下，1940 年代的底层叙事具有鲜明的人民性品格，这是底层文学的本质特征。别林斯基认为："'人民'总是意味着民众，一个国家最低的、最基本的阶层"。[②] 因此，人民性品格是底层文学的永恒追求。

底层叙事人民性品格的确立是中国文学发展中具有根本性质的方向转折。因为，"如何使文学之'为工农'的方向获得真实彻底解决的问题，是一个中国新文学建设之最根本、最具有决定性的关键问题。"[③]"我们的问题基本上是一个为群众的问题和一个如何为群众的问题"[④]，而这一问题在《讲话》发表之前的漫长历史进程中，即使是"五四"以来的新文学，始终都没有得到很好地解决。《讲话》全面系统地阐述了这个问题，坚持文艺为人民大众服务，倡导文学的人民性，《讲话》中阐述的文艺创作的主客体问题、文艺与生活、文艺与政治、普及与提高等诸多问题都是以此为共同旨归，这就使文学创作的立足点发生了根本的转移。《讲话》之后的底层叙事使"文艺与广大群众的关系也根本改变了"，"这是真正新的人民的文艺"。[⑤] 文学家们开始真正把广大人民群众作为创作的对象和目标。"新的主题、新的人物像潮水一般地涌进了各种各样的文艺创作中"，"工农兵群众在作品中如在社会中一样取得了真正主人公的地位。"[⑥]文艺从此真正回到了人民的手中，成为人民自己需要而且从此也能得到满足的精神食粮。当然，后世有些

---

① 参见姜春：《〈在延安文艺座谈会上的讲话〉与底层叙事》，《文艺理论与批评》2012 年第 1 期。

② ［俄］别林斯基：《别林斯基论文学》，梁真译，上海：新文艺出版社，1958 年，第 82 页。

③ 雪苇：《论文学的工农兵方向——读〈在延安文艺座谈会上的讲话〉》，上海：光华书店，1948 年，第 37 页。

④ 毛泽东：《毛泽东选集》第 3 卷，北京：人民出版社，1991 年，第 853 页。

⑤ 周扬：《新的人民的文艺》，北京：新华书店，1949 年，第 10 页。

⑥ 同上书，第 1 页。

学者站在自私的立场上，对此不以为然，甚至很反感。如李泽厚对《讲话》之后的文艺潮流批评说："毛泽东算了此夙愿，中国文艺中终于出现了真实的农民群众、真实的农村生活及其苦难和斗争。知识者的个性（以及个性解放）、知识给他们带来了的高贵气派、多愁善感、纤细复杂、优雅恬静……，在这里都没有地位以致消失了。头缠羊肚肚手巾，身穿自制土布衣裳、'脚上有着牛屎'的朴素、粗犷、单纯的美取代了一切。'思想情感方式'连同它的生活视野变得既单纯又狭窄、既朴实又单调；国际的、都市的、中上层社会的生活、文化、心理，都不见了。……这里则主要是以中国下层农民传统战胜和压倒了西来文化。"①这一带有阶层偏见的批评恰恰说明底层叙事在对人民性品格的诉求中开辟了中国文学艺术的新天地。

如果说五四时期的底层创作主体主要是从精英立场或外部审视底层，带有启蒙者的精神优势与俯视姿态的话，那么《讲话》之后的底层书写则是以更高的责任感与使命感走进社会底层这一庞大空间中去，有的甚至完全将自身置于底层之中，从底层立场来理解底层大众的生沽与文化形态，切身感受底层的辛酸与悲痛。他们有意识地努力消弭自身与人民大众的身份差别，以平等眼光介入底层，对他们的生存方式、人生权利和生命欲求进行真实的了解。文艺工作者与底层大众不再是一种不对等的对话关系，而是同一价值体系中的话语言说。这一时期的底层叙事彻底改变了精英与大众的隔膜、对立状态，在更加开阔的视野中看到他们逐渐彼此渗透、互相融合的迹象。赵树理、沈从文、孙犁等的创作就是其中优秀的代表。他们都把自己融于底层的文化世界中，以"下层人"的眼光去体悟民风民情，叙写"乡下人"的心理内涵、生命渴求与行为方式。他们没有那种启蒙和批判者居高临下的精神优越感，在价值趋向上更多地认同底层文化自身所具有的生存伦理和道德法则。诚如李泽厚批评的与不愿看到的那样，这些作家在精神上与底

① 李泽厚：《中国现代思想史论》，《李泽厚十年集》第三卷（下），合肥：安徽文艺出版社，1994年，第246页。

层已经处于同一种文化空间中，他们的作品透露着底层文化的质朴、生动与生存智慧，呈现出明朗、素朴的色彩。

1940 年代的底层叙事的批判现实主义态度体现了鲜明的人民性品格，它坚持群众利益至上，一切都以人民群众的利益为出发点和落脚点。对于文学艺术作品，"必须首先检查它们对待人民的态度如何"，"对于一切包含反民族、反科学、反大众和反共的观点的文艺作品必须给以严格的批判和驳斥。"①"一切危害人民群众的黑暗势力必须暴露之，一切人民群众的革命斗争必须歌颂之。"当然，"人民大众也是有缺点的，这些缺点应当用人民内部的批评和自我批评来克服"，"基本上是一个教育和提高他们的问题。"②《讲话》发表后，解放区和国统区的文艺工作者在文学理论与创作上努力追求文学的人民性。"赵树理追求文学的通俗化和大众风格，重视文学的社会功能，认为文艺必须是社会的、民众的，才有发展的前途，才被称之为艺术品，艺术如果与民众、与社会脱离，艺术本身的价值就会'僵化'、'凝固'。孙犁认为文学能够告诉人们人生的意义和目的，'坚定我们的意志和信仰'，'扩大人生的乐趣'。"③丁玲等的一些作品描绘了农村复杂的社会关系，表现了农民经济上和思想意识上的翻身，成功塑造了成长中的农民形象。国统区的冯雪峰、邵荃麟大力传播和深化"人民本位"的文艺观，认为作家必须深入生活，保持鲜明的爱憎立场，才能从平凡的题材中发掘生活的本质，才能把人民正确的思想感情和意志愿望化合为自己的艺术血肉，升华为独具个性和感性生命的艺术力量。这一时期，底层叙事对社会中尤其是国统区的黑暗腐败、肮脏和丑陋，进行了暴露与讽刺。如：丁西林的《三块钱国币》《升官图》，宋之的的《群猴》，吴祖光的《捉鬼传》等，充满了对黑暗的诅咒和对腐朽现实的否定；张天翼的《华威先生》《谭九先生的工作》《"新生"》等，沙汀的《在其香居茶馆里》《播种者》《淘金记》《困兽记》《还乡记》等，艾芜的《丰饶的原野》《一个女人的悲剧》《芭蕉

① 毛泽东：《毛泽东选集》第 3 卷，北京：人民出版社，1991 年，第 868—869 页。
② 同上书，第 871—872 页。
③ 李鲁平：《文学艺术的伦理视域》，武汉：华中师范大学出版社，2010 年，第 24—25 页。

谷》等，显示出浓厚的批判现实主义色彩。

大众化、民族化是底层叙事人民性品格的重要追求和表现。在“五四时期”与1930年代都曾探讨过文艺大众化问题，由于当时的文艺工作者包括左翼作家在内，对中国新民主主义革命的性质、动力等根本问题没有一个清晰的认识，不清楚文艺为什么人而作的问题首先是一个面对书写对象的立场和感情的问题，因而对问题的讨论也就止于文学形式问题的层面上，难以从实质上加以解决。《讲话》对这一问题进行了理论上的分析和阐述。指出“大众化”不仅仅是一个文学语言或文学形式的问题，而是“文艺工作者的思想感情和工农兵大众的思想感情打成一片”的问题。[1] 文艺工作者“必须到群众中去”，“然后才有可能进入创作过程”[2]，要在立场和感情上站在人民大众一边，要书写出人民群众的奋斗历史，而不能做空头文艺家。在文艺为大众思想的影响下，文艺工作者们创作了大量从内容到形式都让人耳目一新的作品。小说有赵树理的《小二黑结婚》《李有才板话》《李家庄的变迁》等，孙犁的《荷花淀》，丁玲的《太阳照在桑乾河上》，周立波的《暴风骤雨》，柳青的《种谷记》，柯蓝的《洋铁桶的故事》等；戏剧有《兄妹开荒》《白毛女》《红旗歌》等；诗歌有李季的《王贵与李香香》、阮章竞的《漳河水》、张志民的《死不着》等。这些作品中的底层工农大众被赋予重大的历史意义，他们走在历史潮流的前面，用忘我的劳动和斗争改造着周围的客观世界，同时也改造着自己的主观世界，成为历史的积极参与者、推动者和创造者。

二、“作为老百姓写作”是底层叙事的独特形态

以上简单回顾了“底层叙事”的现代历程，也有和莫言小说叙事进行比较的用意。莫言小说叙事对现代文学中的底层叙事既有继承，更有很大的发展。有论者认为，莫言的小说叙事在前后期虽有调整与变化，但不变的是植根于乡土文化的底层立场以及由此喷发奔涌不绝的

---

① 毛泽东：《毛泽东选集》第3卷，北京：人民出版社，1991年，第851页。

② 同上书，第860—861页。

丰沛情感和博大的人文精神。

> 他是真正的农民作家，来自乡土钟情乡土，精神的血脉千丝万缕连接着土地的气脉与农人的命运。他是千百年来地之子中最真挚的歌者，生死相随的感同身受，使他区别于传统士大夫阶级的悯农情怀，也脱离了五四新文学诗化乡村风土的抒情风格，对于以阶级论为思维模式的左翼文学讴歌农民反抗的叙事模式更是积极的超越。而这一切，又都如影随形地融化在他的作品中，传统以包罗万象的亲和力，肥沃着他的原野。[①]

这一评价可以说深刻地反映了莫言小说叙事也是一种底层叙事，但与现代文学中的底层叙事又有很大的不同。通过底层叙事这一视角对莫言小说进行观照必然会有一些新的发现，可以加深对莫言小说作品的理解，甚至可能发现被遮蔽的意义与价值。

莫言的小说叙事不可能脱离中国传统文化与现代文学的侵染，同时他又经历与见证了新时期以来中国文学的发展历程，创新也是势之使然。他认为，自己“几十年来的写作早就是‘底层写作’了”[②]。其实，莫言标榜的“作为老百姓写作”就是一种特点鲜明的底层叙事，是底层叙事的另一种注解，既具有时代特征，又体现莫言的个人风格与典型个性。莫言是在一种“先锋叙事”中叙述底层，在一种看似与“体制”的碰撞中表现底层。莫言说过，从文学意义上，底层“只有跟体制、庙堂、官方产生一种对抗才有它的价值”[③]。如在《檀香刑》中，多个“叙述代言人”分别代表庙堂视角、知识分子视角和底层民间视角，“三种叙事交叉于文本，叙述同一件历史事件，构成了对抗性的多种叙事层面。”[④]这与

① 季红真：《神话结构的自由置换——试论莫言长篇小说的文体创新》，《当代作家评论》2006年第6期。
② 莫言：《莫言对话新录》，北京：文化艺术出版社，2010年，第400页。
③ 同上书，第396页。
④ 陈思和：《“历史——家族”民间叙事模式的创新尝试》，《当代作家评论》2008年第6期。

新时期前的小说创作理念是截然不同的，与经典底层叙事的表现也不尽相同，但从价值追求与精神境界上来说，莫言的小说叙事却真正体现了“底层叙事”的追求，实在是“貌离神合”。

笔者认为，如果说现代文学中的底层叙事呈现的主要是一种“为老百姓”写作的形态特征的话，那么莫言的底层叙事则呈现出“作为老百姓”写作的独特性。前者似乎倾向于“文学工具论”，后者更接近于“文学本体论”。[①] 莫言是以一种似乎疏离主流意识形态的、毫不严肃的、懵里懵懂的，甚至是油腔滑调的叙事方式来书写底层大众的，但在精神上是与五四以来的底层叙事息息相通的，有一种殊途同归之妙。不妨这样说，“作为老百姓写作”依然是“为老百姓写作”的一种独特形式，甚至从本质精神上更是一种“为老百姓写作”。

莫言是真正领悟底层叙事精髓与本质的，他曾这样说道，中国现当代文学对底层已经写了几十年，“写底层”并不是一个新的发明，“更多的是一种当下意义，就是要求作家们关注当下的生活，描写当下的生活，不要老是回忆过去那点事”。[②] 莫言的底层叙事很少脱离现实生活，他的艺术世界里“表现得最多的叙述就是有关普通农民、城市贫民、被遗弃的女性和懵里懵懂的孩子，……这些弱小生命构成了莫言艺术世界的特殊的叙述单位，其所面对的苦难往往是通过其叙事主体的理解被叙述出来。”[③]这种“作为老百姓”的底层叙事，反映了莫言对现实与虚构关系的认识，使莫言在现实关怀和文学表达之间，找到了一种恰切的位置，这个位置也成为莫言小说叙事能够不断剔除不足、发展自身个性的重要因素。下面从莫言小说底层叙事的立场、苦难书写、批判精神、叙事语言以及当下意义等几个方面作简要论述。

莫言对“为老百姓写作”和“作为老百姓的写作”的区分和界定，其

① 虽然学界曾对文学工具论进行过批判，但笔者还是认为，文学工具论与文学本体论都是文学存在过的重要方式，在文学创作实践中，从来也都不是泾渭分明、互相对立的，而且要放在特定的历史时期进行讨论，只要注意度的把握，不走向极端，都可以创作出优秀的作品，不应该轻易否定任何一种。

② 莫言：《莫言对话新录》，北京：文化艺术出版社，2010 年，第 400 页。

③ 陈思和：《莫言近年小说创作的民间叙事》，《钟山》2001 年第 5 期。

创作的实践意义并不大，主要反映的是莫言的一种底层立场与情怀。莫言说："'为老百姓写作'听起来是一个很谦虚很卑微的口号，听起来有为人民做马牛的意思，但深究起来，这其实还是一种居高临下的态度。其骨子里的东西，还是作家是'人类灵魂工程师''人民代言人''时代良心'这种狂妄自大的、自以为是的玩意儿在作怪。"[①]"为老百姓写作"是一种高姿态的知识分子写作，创作主体凌驾在老百姓之上，而老百姓处于描述和接受的被动状态。在莫言看来，"为老百姓写作"不能算作"民间写作"，而是一种"准庙堂的写作"。莫言想要表达的就是，真正的底层写作必须具有真实的下层体验和纯朴的平民情怀，它就像下层工匠的劳作一样，源于生活，并服务于生活，其间并没有丝毫的精神指导性和道德优越感。莫言的平民文学观就是一种底层文学观念，与由政治与文化精英所主导的平民文学观念有着明显区别，用莫言的话说，后者"总是带着浓重的功利色彩"；而"作为老百姓的写作"才是真正的"民间写作"，"也就是写自我的自我写作"[②]，较少有功利色彩，它往往是作为底层百姓的艺术家们生命历程中苦乐悲欢的真诚吟唱，是"命运的使然"。莫言的底层叙事以对平民世界感同身受的体贴方式而达到了另一种艺术境界，它是作家与普通百姓建立在情感同一性基础上的灵魂共鸣。正是这种底层立场使莫言没有像许多作家一样产生先入为主的文化优越感，而是能够以平等的身份，带着心灵的认同和投入去对待乡村。而强烈的认同感和深厚的乡村积累，使乡村成为了莫言创作的"不竭的源泉"[③]。

莫言小说叙事关注底层弱者的苦难遭遇，始终对乡村与普通百姓充满关切之情。在中国，乡村和农民一直处于底层的弱者位置，他们的苦难是乡村精神中不可缺少的重要部分。莫言说："我是一个在饥饿和孤独中成长的人，我见多了人间的苦难和不公平，我的心中充满了对人类的同情和对不平等社会的愤怒，所以我只能写出这样的小说。……

① 莫言：《文学创作的民间资源》，《当代作家评论》2002 年第 1 期。

② 莫言：《作为老百姓写作》，《莫言讲演新篇》，北京：文化艺术出版社，2012 年，第 269 页。

③ 莫言：《超越故乡》，《恐惧与希望——演讲创作集》，深圳：海天出版社，2007 年，第 308 页。

但我在描写人的精神痛苦时，也总是忘不了饥饿带给人的肉体痛苦。”[①]莫言不仅同情底层百姓的遭遇，更以尊重的笔墨书写其质朴真诚的品质。莫言对乡村母亲的书写，尽管朴素到近乎粗鄙，原始得似乎丑陋，其实背后隐含的是对其粗犷坚韧生命力的赞美，是对于其背后凝结苦难的尊重和敬仰。如在《丰乳肥臀》中母亲形象毫无诗意，其生活方式甚至违背中国传统的伦理道德，但意图却是在展现其“忍受痛苦的能力”[②]，是写“母亲们和她们的儿女们在这片土地上苦苦地煎熬着、不屈地挣扎着，她们的血泪浸透了黑色的大地又汇成了滔滔的河流。”是歌颂母亲坚韧的生殖力和生命力，赞美其“丰乳与肥臀是大地上乃至宇宙中最美丽、最神圣、最庄严，当然也是最朴素的物质形态，她产生于大地，又象征着大地……”[③]

莫言小说叙事蕴涵着强烈的批判精神。莫言的《透明的红萝卜》《白狗秋千架》《爆炸》《枯河》《红蝗》和《欢乐》等作品，尖锐地批判了乡村现实中的丑和恶。这些作品不仅饱含着莫言对生存的深厚感情，也体现出他对乡村的强烈责任意识。再如《天堂蒜薹之歌》，正是受到乡村现实问题的触动，在责任感的驱使下一蹴而就的，对此莫言说：“本来《透明的红萝卜》《红高粱》已经很红了，我完全可以按照这个路线红下去，可这一转向却让我对现实社会进行了直接的干预，因为我的责任感和良心在起作用。”[④]莫言现实批判的形式是多样的。《生死疲劳》通过一个生死轮回的故事，含蓄地表达对新中国成立以后乡村历史的反思，在其强烈人道主义精神的背后，批判姿态不言而喻。《蛙》并不只是对“姑姑”多年辛勤工作的简单赞颂，更是对计划生育政策的批判性反思，尖锐揭露和严厉谴责针对普通百姓的粗暴的反人性行为。《红高粱家族》似乎是在写历史，但着眼点还是现实。作品通过对“我爷爷”“我奶

① 莫言：《饥饿和孤独是我创作的财富》，《莫言讲演新篇》，北京：文化艺术出版社，2012 年，第 138 页。

② 莫言：《我的〈丰乳肥臀〉》，《小说的气味》，沈阳：春风文艺出版社，2003 年，第 62 页。

③ 莫言：《〈丰乳肥臀〉解》，《光明日报》，1995 年 1 月 22 日。

④ 莫言：《寻找红高粱的故乡》，《小说的气味》，沈阳：春风文艺出版社，2003 年，第 130 页。

奶”这样充溢着勇武精神的先辈的歌颂，映照出现实的萎靡和黑暗，从而达到关注和批判现实的目的。莫言书写乡村历史的内在根源也是对现实苦难的超越性幻想。沉重的苦难需要寻找到一个突破口，这样才能使情感得以宣泄，心灵得以平静。正如莫言谈到《枯河》中乡村少年小虎的死时所言：他“以死使人震惊，以死证明了他并不弱小可欺。死使他升华，死使他升腾，死使他如精神的幽灵压迫在人类和宇宙之上，死使他成为了一种不容忽视的存在。”①

莫言小说叙事通过对比来描写底层。在莫言小说中，叙述者并非是清一色的民间角色，而是由知识分子或其他角色与底层人物交错进行。虽然其间的冲突与消解意义同样存在，但因为加入了非底层的叙事立场，底层叙述单位不仅有主体性，还有被表现性。如《天堂蒜薹之歌》《檀香刑》等，对照型的底层叙事不但打破了底层自身的单一性，同时也包容了其他各种立场的叙事，显现出底层的丰富性。现实生活中并不存在一个纯粹的民间或底层社会，由于底层常以弱势的姿态被遮蔽于权力意识形态之下，它的本相的显现总是夹杂在各种强势文化的言说之中。因此，我们在文学上表现底层时就不能不顺带地表现其他强势文化形态的叙事，使其复杂性以本来的复杂面目表达出来。这样，底层在多元叙事中不仅仅是主体的言说者，“它同样也是其他叙述单位的言说者，它与其他叙述单位在互相言说中共同地完成了作品的叙事”②，从而能够达到独特的叙事效果。

莫言的底层叙事角度对现代文学有继承，更有超越。某种文学观念与态度始终是与某种文学视角联系在一起。按莫言在《作为老百姓写作》中表达的意思，“作为老百姓写作”当以与之相应的老百姓视角来展开叙述，用老百姓的眼睛来观察，站在老百姓的立场来思索，通过老百姓的思想与言行来展示生活。20 世纪 20 年代，鲁迅在《革命时代的文学》中这样说道：“有人以平民——工人农民——为材料，做小说做

① 赵玫：《淹没在水中的红高粱——莫言印象》，《北京文学》1986 年第 8 期。
② 陈思和：《莫言近年小说创作的民间叙事》，《钟山》2001 年第 5 期。

诗，我们也称之为平民文学，其实这不是平民文学，因为平民还没有开口。这是另外的人从旁看见平民的生活，假托平民底口吻而说的。”① 这一论述深刻地指出了当时平民文学的症结。莫言与鲁迅在这点上有相似之处。莫言指出，所谓的民间写作，就是要“保持真正的民间的立场和视角”，“就要你丢掉你的知识分子立场，你要用老百姓的思维来思维。否则，你写出来的民间就是粉刷过的民间，就是伪民间”。② 当然，莫言的叙事视角和鲁迅的平民叙述并不完全一致。莫言要求写作者摒弃知识分子的道德立场，“不要担当道德的评判者”，“跟着人物的脚步走”，而鲁迅一方面要求“开平民之口”，一方面要“谴责落后，揭示国民性中的病态”，在当时的历史背景下，知识分子居高临下的启蒙介入和道德评判实难避免。因此莫言对鲁迅的平民叙述没有做出很高的评价，而是把青睐的目光投向了现代乡土作家沈从文。莫言认为，沈从文在早期的作品中，保持了真正的民间立场和视角。他写的那些江边吊脚楼里的妓女，既没有被批判性地丑化，也没有被写成节妇烈女式的道德典型，而是以“船上水手”的眼光写出了她们在职业范围内的真情。同样，他笔下的那些所谓的“嫖客”，也没有丝毫的“流氓”气息，反而被描绘得“爽朗、粗野和有趣”。莫言的许多小说都体现出了这样的特征。而这都要归之于作家底层立场的坚守和平民视角的运用，因为在普通老百姓看来，无论妓女、嫖客，他们都无高低贵贱之别，也没有是非曲直的道德负担，他们的情感欲望和普通百姓没有差异。当然，也正如一位论者所言，这“并不意味莫言是一个艺术上的非道德论者，而是说他反对用凌驾于作品中人物身份的超然的旁观者对作品人物进行道德干预和价值评判，而这往往是知识分子写作的通病”③。

莫言小说叙事的语言与故事多来自乡野，这种语言和故事是一个民族的深层心理结构和文化积淀的产物，同时它又因其与民间社会和底层生活的紧密接触而生机勃勃。《红高粱》中心理的跳跃、流动、联想

---

① 王运熙：《中国文论选·现代卷(上)》，南京：江苏文艺出版社，1996 年，第 519 页。
② 莫言：《作为老百姓写作》，《莫言讲演新篇》，北京：文化艺术出版社，2012 年，第 269 页。
③ 左其福：《莫言的平民文学观及其当代意义》，《名作欣赏》2008 年第 3 期。

与奔涌而来的大量感官意象相结合，描绘了“红成汪洋血海”的高粱，展现了一个色彩斑斓的乡野世界。《檀香刑》则利用“猫腔”委婉凄切的唱腔，来写照高密东北乡人民的苦难生活，大大地拉近了与底层百姓生活的距离。莫言要求用老百姓的语言叙述老百姓的历史，这种历史当然不同于任何统治阶级和知识分子叙述中的历史，它只是平民的故事和平民的传奇；它虽有浪漫虚幻的外表，但却真实、深刻。如《红高粱》中“我爷爷”“我奶奶”不拘礼法，轰轰烈烈的爱情；《白狗秋千架》中“暖姑”只要一个健全儿子而萌动的原始欲望，都是下层民众苦难生活的真实反映，更是普通百姓的心灵呐喊。莫言在谈到《红高粱家族》时说，“在我的心中，没有什么历史，只有传奇”①。“历史”的语言叙述常因叙述者的不同立场而具有很大的主观性、随意性，与真实的历史可能距离更远。“传奇”虽然对事实可能夸大，但也是一种脱离功利目的的纯朴的想象，最有可能接近历史的真实和底层的真相。

莫言放下庙堂和知识分子的姿态而还原成老百姓，提倡平民、民间和底层的文学观，对中国当代文坛具有重要的启示。20 世纪 80 年代以来，伴随着中心价值体系的解体，当代文学在经历了热闹繁荣之后，已经透露出某些令人忧虑的迹象。许多创作远离现实中底层的生活，更缺少对底层群体的关怀与思考，而以往作为作家的精神高标的人类意识与人文关怀则被弃如敝屣，完全丧失了中国文学传统的民族精神和平民情怀。在此背景下，莫言的“作为老百姓写作”倡导以感同身受的老百姓体验和平民叙述拓展文学的境界，使文学在广阔的民间地带、民族土壤和民族精神的洗礼下走向人类，无疑具有重要的现实意义。“作为老百姓的写作”既是一种价值坚守，也是对当下文学创作精英幻觉的破除和对文坛浮躁之风的矫正。莫言说：“面对着技术进步的压力，面对着金钱和利润的压力，……我的策略是，避开热闹的地方，回到民间、回到传统、回到边缘地带。”②在市场化与物质化的当下社会，广

① 王金胜：《民间文化与莫言小说的传奇性》，《文艺争鸣》2004 年第 6 期。

② 莫言：《小说的气味》，沈阳：春风文艺出版社，2003 年，第 95—96 页。

大底层一直处于冷清的边缘地带，但又亟需投入关注的目光。莫言不仅以自己的文学创作对广大老百姓的生存状态、精神状态给予应有的关注与表现，展示了平民阶层在世纪之交经济文化转型中的得失、苦乐，传达出一种理智的平民意识，而且提出“作为老百姓的写作”的响亮口号进行张扬与鼓动，体现了对平民社会、民族精神以及底层智慧的尊重。这对中国当代文学的繁荣和发展将会产生积极的影响。

第四节　莫言小说叙事的象征意蕴

莫言小说隐含作者与隐含读者的策略设置，以及莫言小说叙事模式与叙述话语的独特属性，使莫言小说叙事具有很强的象征意味。在中国当代小说创作中，莫言是在象征艺术上具有大胆突破与创新精神的代表性作家。他富有个性的象征手法的运用，丰富了小说的深刻意蕴，给读者带来穿透艺术迷雾时的审美快感与娱乐。在创作初期，莫言就自觉意识到自己的写作与象征的关系，他在一次讨论中说：“生活本身就具有神秘美、哲理美和含蓄美。所以，反映生活的文学作品，也是很难用一两句话概括出主题的”，“生活中原来就有的模糊、含蓄，决定了文艺作品的朦胧美。”[①]虽然没有直接提到象征，但莫言说的“神秘美”“哲理美”“朦胧美”就具有某种象征意涵。就莫言对艺术的理解来看，他自觉疏离了传统现实主义，理念与象征艺术别无二致，他的小说叙事在对民族与家族历史的描绘中，呈现出独特的象征艺术魅力。

其一，象征意象与美术结构。莫言对象征意象有种本能的重视，而且，他笔下的意象呈现出一种美术结构。莫言意象带有很强的美术感，从他的创作习惯可见一斑。有次在回答《文艺报》记者“通常你在什么情况下进入创作”的问题时，莫言说：“当头脑里出现一个非常感人、非

① 徐怀中、莫言等：《有追求才有特色——关于〈透明的红萝卜〉的对话》，《中国作家》1985 年第 2 期。

常辉煌的画面时，我就会情不自禁地拿起笔，一下子想起好多事情来。”[①]在其他场合，莫言也说过类似的话。正因如此，莫言的小说中，具有美术象征性的意象比其他作家要多，《红高粱》《金发婴儿》《球状闪电》《红蝗》等题目中可以看到美术象征结构的影子。有学者在谈到别雷的时候说：“在象征主义小说天地里，别雷的贡献就在于他将音乐的结构技法引入小说世界，具体表现为：他采用了音乐的主导主题以及对位技巧来实现对小说故事情节‘富有意义的排列’”。[②] 可以对比，莫言在小说中也运用了美术技法，尤其是对颜色的运用。

美术象征意象是莫言小说意象使用时的重要特点。新时期以来的作家很少有像莫言一样不仅在小说中经常使用，而且把美术象征意象提高到本体地位。有论者说：“不难感觉到，《透明的红萝卜》《红高粱》《红蝗》《白沟秋千架》《白棉花》这些作品的制作者在艺术语言上向现代绘画色彩美学的亲切认同。正如这些标题的语序所制造的感觉印象那样，色彩感觉在小说的情感——形式结构中被作为第一性、覆盖性或渗透性、凝聚性的神秘因素，或者从它自身直观‘意义’，或者由它启示着某一精神内涵。”[③]色彩本身的语言价值被莫言发挥到极致。在《透明的红萝卜》中，莫言这样写：

> 他看到了一幅奇特美丽的图画：光滑的铁砧子，泛着青幽幽蓝幽幽的光。泛着青蓝幽幽光的铁砧子上，有一个金色的红萝卜。红萝卜的形状和大小都像一个大个莱阳梨，还拖着一条长尾巴，尾巴上的根根须须像金色的羊毛。红萝卜晶莹透明，玲珑剔透。透明的、金色的外壳里包孕着活泼的银色液体。红萝卜的线条流畅优美，从美丽的弧线上泛出一圈金色的光芒。光芒有长有短，长的如麦芒，短的如睫毛，全是金色。……老铁匠的歌唱被推出去很远

---

① 莫言、陈薇、温金梅：《与莫言一席谈》，《文艺报》1987 年 1 月 10 日。

② 杜文娟：《诠释象征——别雷象征艺术论》，北京：中国传媒大学出版社，2006 年，第 136 页。

③ 吴非：《莫言小说与“印象派之后”的色彩美学》，《小说评论》1994 年第 5 期。

很远，像一个小蝇子的嗡嗡声。(《欢乐·透明的红萝卜》，第35页。)

这段以黑孩视角为观察点，描写极具画面感，有强大的视觉冲击力，"活泼的银色液体"如在眼前，同时兼顾了色彩、声音等背景。《透明的红萝卜》写的是"文革"期间偏远农村一个叫黑孩的孩子的身体感受，与以往这个题材的小说不同，莫言展现出对美术象征意象的迷恋。莫言自述灵感来源说，他有一天做梦，梦到了一个阳光下的胡萝卜，于是开始写这篇小说，这个似真似假的说法至少证明美术意象象征在莫言这部小说创作中的地位。"红萝卜"本来是蔬菜品种，但是在小说中被莫言营造为主题性象征意象，作为核心统领全篇，象征精神贫乏、生活严酷时期普通儿童的来自本能的对美的需求和心灵的悸动。

《红高粱》中的红高粱作为小说的核心意象，在小说中不断重复，成为象征。高粱是北方曾经常见的农作物，但是因为营养价值不高，口感差，已经很少被种植了。在意象史中，高粱很少被拿来作为象征，直到《红高粱》。在《红高粱》中，高粱不断出现，成为隐喻性象征：

七天之后，八月十五日，中秋节。一轮明月冉冉升起，遍地高粱肃然默立，高粱穗子浸在月光里，像蘸过水银，汩汩生辉。(《红高粱家族》，第4页。)

高粱的茎叶在雾中兹兹乱叫，雾中缓慢地流淌着在这块低洼平原上穿行的墨河水明亮的喧哗，一阵强一阵弱，一阵远一阵近。(同上，第4页。)

被碌碡压倒高粱闪出来的公路轮廓，一直向北延伸。那时大石桥尚未修建，小木桥被千万只脚、被千万次骡马蹄铁踩得疲惫不堪、敲得伤痕累累。压断揉烂的高粱流出的青苗味道，被夜雾浸淫，在清晨更加浓烈。遍野的高粱都在痛哭。(同上，第29—

30页。)

按照韦勒克、沃伦的说法,"一个'意象'可以被转换成一个隐喻一次,但如果它作为呈现于再现不断重复,那就变成了一个象征,甚至是一个象征(或者神话)系统的一部分。"①红高粱在小说中不断重复出现,被大肆渲染,就不再是普通的植物和故事发生的地点,而成为顽健的生命力的象征。同样是讲述抗日故事,莫言的小说因为使用了红高粱意象,就超越了敌对杀戮的层面,变为对文化中"阉寺性"的批判和对民族生命力的呼唤。莫言通过红高粱这一象征,增加了文本内蕴,展现出更为深邃的思考空间。

其二,东西方艺术融合与女性象征。莫言善于或浓墨重彩,或略加点染地书写人物形象,很少走传统现实主义的路子,这使他笔下的人物总是处于似与不似之间,多具有象征意味。莫言塑造的《红高粱》中的"我奶奶"形象光彩照人,表现出莫言对象征艺术的深刻理解和娴熟运用。

莫言善于通过描绘具有象征性场景来衬托人物性格。莫言在《红高粱》中让抗日的土匪登场,在火红的高粱地里,设置了一个战争中民族、性欲、生命激烈冲突的快意恩仇的场景,为"我奶奶"的恣意挥洒的人生搭建了平台。莫言用点染的方法让"我奶奶"出场,不是直接描写,而是借他人之口讲述关于"我奶奶"——"女中魁首戴凤莲"的传说。因此,小说中的评点就大而无当:"我深信,我奶奶什么事都敢干,只要她愿意。她老人家不仅仅是抗日英雄,也是个性解放的先驱,妇女自立的典范。""冷子兴演说荣国府"一番之后,莫言才通过泼墨的方法隆重地推出"我奶奶"。

奶奶的眼睛又朦胧起来,鸽子们扑棱棱一起飞起,合着一首相

① [美]韦勒克、[美]沃伦:《文学理论》,刘象愚等译,北京:生活·读书·新知三联书店,1984年,第204页。

当熟悉的歌曲的节拍，在海一样的蓝天里翱翔，鸽翅与空气相接，发出飕飕的风响。奶奶飘然而起，跟着鸽子，划动新生的羽翼，轻盈地旋转。黑土在身下，高粱在身上。奶奶眷恋地看着破破烂烂的村庄，弯弯曲曲的河流，交叉纵横的道路；看着被灼热的枪弹划破的混沌的空间和在死与生的十字路口犹豫不决的芸芸众生。奶奶最后一次嗅着高粱酒的味道，嗅着腥甜的热血味道，奶奶的脑海里忽然闪过了一个从未见过的场面：在几万发子弹的钻击下，几百个衣衫褴褛的乡亲，手舞足蹈躺在高粱地里……（《红高粱家族》，第 66 页。）

“我奶奶”凌空而起的视角，她的不可思议的听觉和味觉，将小说的叙述从现实空间拔离，带入象征世界。莫言使用超自然的景观，表现出“我奶奶”与历史、现实交融的感觉，与一般自然主义的叙述不同，反映出乡土文化中瑰丽奇异的一面。莫言小说中的人物的活动总是与周围的背景互动互溶，共同构建出独具特色的审美风范。胡河清曾经谈到过，研究莫言的时候要用东方美学的“综合方法论”，因为“东方文化传统要求的品格美似乎一方面具有一种更飘逸、更高远的意境，一方面又是在民族心理、血缘的深层攫取出来的。”①在《红高粱》中，受到现代主义影响的莫言，既吸收了西方象征艺术中抽象变形的一面，同时又能吸收胡河清所谓“东方文化传统”中的意境营造艺术，并且能够将其化用在“我奶奶”这个人物的身上，是对象征艺术的新的尝试。

莫言试图通过对女性性征的描绘来建立女性崇拜图腾象征世界。在精神分析视野中，恋母情结、女性崇拜是重要的原型心理之一，历来受到研究者的青睐，这一点也在莫言的作品中或隐或显。《红高粱》中的“我奶奶”敢爱敢恨，具有奔放的生命激情和顽强的生命活力，象征着女性的自由和燃烧的一面，同时，还有惹人怜惜、妩媚动人的一面，二者

① 胡河清：《论阿城、莫言对人格美的追求与东方文化传统》，《当代文艺思潮》1987 年第 5 期。

的结合使"我奶奶"形象超越了普通妇女，成为莫言表达女性崇拜的图腾。在塑造"我奶奶"这个人物形象的时候，莫言使用了多种象征，尤其是在中国传统文化下对女性三寸金莲的描写："人脚自由万岁！奶奶受尽苦难，终于裹就一双三寸金莲。十六岁那年，奶奶已经出落得丰满秀丽，走起路来双臂挥舞，身腰扭动，好似风中招摇的杨柳。"尽管莫言采取了批判的口吻来描写，但是"我奶奶"戴凤莲的名字和小说故事情节还是无法掩饰他用小脚来暗示女性性征的事实。小说中，"我爷爷"余占鳌本来是个轿夫，在抬轿的时候因为摸了"我奶奶"的一双小脚而难以自持：

> 轿夫们看着这玲珑的、美丽无比的小脚，一时都忘魂落魄。余占鳌走过来，弯腰，轻轻地、轻轻地握住奶奶那只小脚，像握着一只羽毛未丰的鸟雏，轻轻地送回轿内。(《红高粱家族》，第40页。)

似乎还嫌这样的表述不够力度，莫言接着写道："余占鳌就是因为握了一下我奶奶的脚唤醒了他心中伟大的创造新生活的灵感，从此彻底改变了他的一生，也彻底改变了我奶奶的一生。"如此夸大叙述小脚的魅力，实在有变态的嫌疑，但是如果把小脚作为重复性象征，就很容易理解莫言的用意。在《红高粱》中，小脚象征了"我奶奶"突出的女性性征，也是莫言对民间文化考量之后的选择，正是这个意象在"我奶奶"打鬼子这个刚烈的故事中加入了阴柔成分。小脚这个意象在《红高粱》中不仅仅是女性身体的性征，而且借余占鳌这样粗犷的土匪的眼光，升华为对女性的崇拜图腾。

动物般旺盛的生存欲望和不拘礼法的激情，使莫言笔下的女性具有强大的生命图腾象征。在《丰乳肥臀》中，女性生育本能被放大到触目惊心的地位，关于乳房的描写连篇累牍：

> 那两个丰满的宝葫芦在她胸前跳跃，它们召唤着我，与我交流着神秘的信息。有时他们把两颗红枣般的头颅凑在一起，既像接

吻又像窃窃私语。更多的时刻里它们是在上下跳跃，一边跳跃一边咕咕咕咕地鸣叫着，好像两只欢快的白鸽。（《丰乳肥臀》，第70页。）

天上有宝，日月星辰；人间有宝，丰乳肥臀。他放弃了试图捕捉它们的努力，根本不可能捉住它们，何必枉费力气。他只是幸福地注视着它们。后来在他的头上，那些飞乳渐渐聚合在一起，膨胀成一只巨大的乳房，膨胀膨胀不休止地膨胀，矗立在天地间成为世界第一高峰，乳头上挂着皑皑白雪，太阳和月亮围绕着它团团旋转，宛若两只明亮的小甲虫。（同上，第653—654页。）

《丰乳肥臀》中的上官鲁氏生育能力发达，共育有八子一女，但是他们的父亲却各不相同；在养育大自己的儿女之后，又开始哺育离家出走的儿女们扔给她的下一代，又一次担起生命轮回的责任。主人公上官鲁氏承担起地母一样的角色，默默无闻、坚强顽健而繁衍能力突出，被张清华认为是“生殖女神”的化身，具有“伟大和原始母性的创造力”，是“东方大地上的圣母”。[①] 张清华的“东方大地上的圣母”的判断恰好言中莫言在构建女性意象的时候对东西文化资源的汲取和借鉴，当然也可以类推将其说成是西方大地上的女娲。作为对比的是，上官鲁氏惟一的儿子金童却无法真正在精神上断奶成熟，是孱弱不堪的恋乳癖，无法离开母亲的荫蔽，无疑是为了衬托作为女神形象的母亲。

在新时期以来的作家中，像莫言一样在作品中持之以恒地展现出对女性的崇拜的并不多，而用象征的方法，不断强化女性性征，甚至用以统摄全篇，将其推到本体的地位，或许就是绝无仅有了。从《红高粱》中的初露锋芒的小脚，到《丰乳肥臀》中铺天盖地的乳房，莫言通过对女性性征的描述和书写，将新时期以来的女性身体美学推到了图腾的地位。当然也需要承认，莫言以性征为象征的做法借鉴了民间表达的泼

① 张清华：《叙述的极限——论莫言》，《当代作家评论》2003年第2期。

辣无忌，大胆夸张，有的地方稍嫌生硬（如上官鲁氏的形象概念化就很严重），但是却不能不说，他笔下的女性也因此具有独特的魅力。

其三，整体象征与“原型”审美。《红高粱》是对革命历史的重新讲述，但是作为新时期以来的主要作品之一，影响力已经不限于新历史小说领域，而是 1980 年代对传统文化反思的重要收获。莫言通过《红高粱》，打造了狂放不羁的来自生命本能的野性力量，他用“红”的意象代表流血、燃烧和牺牲，以及轰轰烈烈的人生，这种理念与儒家文化相对，显示出反叛性和侵略性。作为整体象征，《红高粱》代表了一种新的文化路向。莫言对象征艺术的理解和运用使《红高粱》的意蕴进入到集体无意识的“原型”层面，他不仅用小说参与了 1980 年代的“文化热”，还将《红高粱》打造成为了“文化热”的代言性作品。

在“原型”批评的视野内看《红高粱》，能够发现小说在创作和接受意义上不断增殖的过程，而这一现象的出现与莫言对小说整体象征氛围的打造有关。原型批评理论在解释“原型”的时候说：“原型是一种联想群（associative clusters），与符号不同，它们是复杂可变的。在既定的语境之中，它们常常有大量特别的已知联想物，这些联想物都是可交际传播的，因为特定文化中的大多数人都很熟悉它们。……某些原型深深的植根于传统的联想之中，几乎无法使它们与那些联想分开。……‘完全’传统化了的艺术应该是这样一种艺术，其中的原型即可交际的单位已基本上成为一套秘传的符号。”①正是由于“原型”所具有的隐秘性和模糊性，文学文本和形象才能在阐释中不断获得更多的意义。

莫言在《红高粱》中采取整体象征的方式，调动描写、议论、比喻、反讽、通感等修辞方式，刻意营造了一种“原型”情感氛围：

我曾经对高密东北乡极端热爱，曾经对高密东北乡极端仇恨，

① 弗莱：《作为原型的象征》，叶舒宪编：《神话—原型批评》，西安：陕西师范大学出版社，1987 年，第 155 页。

长大后努力学习马克思主义，我终于悟到：高密东北乡无疑是地球上最美丽最丑陋、最超脱最世俗、最圣洁最龌龊、最英雄好汉最王八蛋、最能喝酒最能爱的地方。生存在这块土地上的我的父老乡亲们，喜食高粱，每年都大量种植。八月深秋，无边无际的高粱红成洸洋的血海。高粱高密辉煌，高粱凄婉可人，高粱爱情激荡。秋风苍凉，阳光很旺，瓦蓝的天上游荡着一朵朵丰满的白云，高粱上滑动着一朵朵丰满白云的紫红色影子。一队队暗红色的人在高粱棵子里穿梭拉网，几十年如一日。他们杀人越货，精忠报国，他们演出过一幕幕英勇悲壮的舞剧，使我们这些活着的不肖子孙相形见绌，在进步的同时，我真切地感到种的退化。（《红高粱家族》，第3—4页。）

可以看到，莫言直抒胸臆，并未掩饰自己的观点。“种的退化”在小说中不断被强调，是文本表达的意义，但是看评论可以发现，“原型”象征释放出了巨大的能量，给研究者带来了更为广阔的讨论空间。

1986年，莫言在一封信中谈及刚发表的《红高粱》的时候，说自己是从一次打靶经历找到“战争的感觉”的，他是想把《红高粱》写成一场大雾中的战争的。他对小说的延伸意义不甚了了：“也有人对我说起《红高粱》的总体氛围问题，也有人对我说起红高粱的象征意义。这些问题我确实说不出个子丑寅卯。”[①]莫言当时所说的应该是实情。从文学理论的角度说，作为小说家，任务就是要把心中所想表达出来，如果用意象来表达，就是象征；至于象征意蕴，往往不是作家本人刻意创造的，而是意象本身的审美张力所决定的。

罗强烈在给莫言的回信中，就表达了这一观点。他首先指出莫言的《红高粱》“既是‘战争文学’，又超越了‘战争文学’”，然后说明“在艺术构成上就是用多种艺术元素（其中包括人物形象）共同构成一个整体

① 莫言、罗强烈：《感觉和创造性想象——关于中篇小说〈红高粱〉的通信》，《中国青年报》1986年7月18日。

的艺术形象，达到一种‘道之为物，惟恍惟惚，恍兮惚兮，其中有象，恍兮惚兮，其中有物’的美学境界”，最后总结说“《红高粱》的艺术形态独特而不单薄，达到了一种恢弘博大的艺术境界”。[①] 在《红高粱》的阐释史中，罗强烈是较早从“原型”的角度肯定这部作品的，但是由于作者使用了通信文体，所以对这个问题的阐述不够充分。

《红高粱》中的“原型”因素具有强大的可阐释性，被批评家敏锐地捕捉后，对小说的理解就超越了叙事层面，上升到整体意蕴的平台。批评家吴炫在 1988 年的一段话虽然未明确使用象征概念讨论莫言的作品，但是从论述看，非常清楚地表现出作者是如何一步步认识《红高粱》中的原型意义的：“我们感受到高粱系列有一种浓郁的画面感的时候，忽然意识到这绝不仅仅是作者的一种色彩的努力，而是中国农民的血气和精神的物现，一种无论在何种条件下都有着的勃发生命力的涂抹。但是我们在获得了中国农民的这种‘不死’的抗争精神以后，高粱地里又有一种沉闷而荒凉的气息隐蔽着慢慢扑面而来，使我们的心一下子紧缩了。那种浓郁的执着和荒凉的沉闷掺和在一起，使高粱地笼罩在一片悲壮和虚无的浓雾中。”[②]正是由于“原型”携带着可供不断阐释的话语场，“红高粱”承载的意义不断获得几何级数的增长，并且膨胀到莫言创作之前也未曾预料的境界，而他写《红高粱》起初的目的反而不用被提及。

在新时期的作家中，莫言运用象征艺术的能力突出，当然与当时流行的寻根思潮的催动有关，同时，莫言恣肆放旷的想象力也将象征艺术推向了新的境界，尤其是他出色的感受力，令他在象征世界内得心应手。莫言小说中的象征意象和象征世界承载着更多的文化内涵，使他的作品能够超越故事层面，既表达出对历史的叙述和反思，还更多转移到对原始生命力的赞美这个他一以贯之的主题，从而将象征艺术的功能发挥到了很高的水平。

---

① 同上书。

② 吴炫：《高粱地里的美学——重读莫言的〈红高粱〉系列》，《文科月刊》1988 年第 11 期。

第六章

莫言小说叙事与真实读者

小说“应该给人一种光明”，这是日本作家、诺贝尔文学奖得主大江健三郎与莫言对话交流时说的话。2002 年大江健三郎来中国访问，并到北京对莫言进行私访，还一起到了莫言的故乡高密，他们互相都读过对方很多作品，他们就文学创作等话题进行了长时间的交谈。这其实也是一种读者与作者之间的交流。大江健三郎对莫言说：

> 民众与作家所关心的不仅要接近，甚至要重叠。
>
> 我觉得文学应该从人类的暗部去发现光明的一面，给人以力量。我今年 67 岁，直到今天我仍然顽强地认为小说写到最后应该给人一种光明，让人更信赖人。在你早期的短篇小说里，那种对原始生命的讴歌与赞美都表达了这样的主题。而我在小时候就想过，无论文学描写了多少人类的黑暗，一边写那深夜中河水流逝的令人胆寒的声音，一边要思索写到最后，展现于人类面前有多少欢乐？这几乎是我文学创作的核心。我一直有这样的想法，文学是对人类的希望，同时也是让人更坚信，人是最值得庆幸的存在。对此，你在小说里是怎么表达的呢？相信人和表达人都是小说的写法，同时也是作家在社会中应该发挥的作用。

从这段话中，似乎能够隐约感到既是作家又是莫言小说读者的大江健三郎对莫言中后期的一些小说创作有些疑问。作者要有所担当，小说应该给人光明或许是他给莫言的含蓄的建议。莫言是以“作家要作为老百姓去写作”来作答的。他还说，作者要有“我是惟一一个逃出来向你报信的人”这种开天辟地的勇气。小说创作“完全可以用这种自信的口吻来叙述，这是作家叙事的一种态度，我想怎么说就怎么说”，“我说它是黑的就是黑的，说它是白的就是白的”，“说不说是我的问题，读不读是你的问题”，“我要按照我的想法来做……哪怕只有一个读者。”[①]当然，莫言这里说的是一种叙事方法与策略，并不是真的不顾及读者，但这种过于自我的态度无疑影响、甚至决定着他的小说叙事形式与风貌，部分读者当然有理由提出质疑。这里引述的文字，或许能够成为本章很好的注脚。小说应该有一定的责任担当，应该给人一种光明，或许也是对莫言小说持批判态度的学界和读者的某种期待。

查特曼说，在“最终实践意义上”，文学创作活动就是“真正作者”和“真正读者”之间的叙事交流活动，是“必须”的[②]，真正作者与真正读者之间叙事交流的成败，直接影响着一位作家的创作命运。真实读者处在小说叙事交流模式的最末端，小说叙事的意义生成、价值实现必须经过这一端，决定着小说叙事的终极意义，至此小说叙事交流过程才算完成。在中国当代作家中，莫言应该是最乐于和善于与读者交流对话的作家之一。这从他的几大本对话访谈集就可窥知一二了。纵观莫言的小说创作历程，真实读者的客观评价、影视改编（应该算是一种深度阅读与阐释）、热烈赞扬与激烈批判，都对他的小说叙事产生过重要影响，同时他的小说叙事也深刻影响着真实读者的审美与接受。

---

① 大江健三郎、莫言：《文学应该给人光明——大江健三郎与莫言对话录》，对话由华裔旅日作家毛丹青整理，《南方周末》2002 年 2 月 28 日。

② [美]西摩·查特曼：《故事与话语》，徐强译，北京：中国人民大学出版社，2013 年，第 135—136 页。

第一节　莫言小说叙事与读者接受的三个阶段

从真实读者与真实作者的现实交流来看，莫言小说叙事的读者接受经历了几乎一片叫好之声，到几乎一片挞伐之声，再到逐渐趋于理性的毁誉参半等三个阶段。期间，读者与评论界有惊喜、有失望、有谩骂、有理解，有出版社的停印，有作者迫于压力的检讨，评论中有文学的因素，也有非文学的因素，这在新时期以来的文坛上是非常罕见的。这些反映了作为真实作者的莫言的创作历程，也反映了真实读者的接受过程。

第一阶段是20世纪80年代中期，读者与评论界对莫言小说叙事多持肯定态度，不乏叫好之声，主要作品有《透明的红萝卜》《枯河》《白狗秋千架》《老枪》《大水》《金发婴儿》《球状闪电》《爆炸》，直至《红高粱》引起巨大反响。莫言在这一时期凭着悟性、天分和激情在瞬间找到了自己，并很快进入了创作的爆发期。作为莫言在解放军艺术学院文学系的同学和最早的热烈鼓吹者朱向前[①]认为，他的小说叙事受到马尔克斯的魔幻现实主义、福克纳的"邮票意识"和克洛德·西蒙感觉开放等外来影响，但表现风格基本上是民族的，"始终在'审美图式'的边缘进行创新与突破，若即若离，掌握分寸并拿捏到位。作品内容是民间乡村故事，尤其是莫言自己的刻骨铭心的体验。《透明的红萝卜》出自天然，《红高粱》走向极致，从想象方式到语言方式初步形成莫言风格，以中国气派为中国农民写意造型。"尤其是成名作《透明的红萝卜》，"那种质朴、纯净和诗意，一派天籁之音，不可复制。"[②]这大约代表了这一时期读者与评论界的基本看法。

① 笔者认为，从读者与批评家个体而言，在评论界中朱向前的批评对莫言影响不小，他的文学批评是从"批评莫言起步的"，而且具有代表性，他的评论对莫言的创作影响是直接的。他是莫言同学，从第四届茅盾文学奖开始连续介入初评委、评委工作，几乎届届都遭遇莫言，也是"鲁迅文学奖"等中国最重要的文学奖的评委。

② 朱向前：《莫言：诺奖的荣幸》，南昌：百花洲文艺出版社，2012年，第13页。

第二阶段的创作就是从《红高粱》之后到90年代后期大约十年间。比较重要的作品有中篇小说《欢乐》《红蝗》、长篇小说《食草家族》《十三步》《酒国》《天堂蒜薹之歌》，直到引起巨大风波的《丰乳肥臀》。评论界严肃的批评否定之声渐起。基本的意见是，莫言开始剑走偏锋，在追随西方化的道路上过犹不及。特点是有意追求形式的现代与西化，表现在追求叙述方式和角度的新异，还有不分段落、不加标点的外在模仿，再加上叙事中感觉的泛滥和语言的膨胀，以及想象的重复等等，作品在阅读中就容易产生一定的紊乱感和晦涩感，某种程度上造成了读者的疏离。对此，莫言有自己的看法。据朱向前回忆，在1994年的一次交谈中，莫言曾委婉地作了一点解释，大意是近几年这些作品虽然在国内没有市场、没有读者，甚至大学生也不看、批评家也不待见，但是在美国、英国、法国、德国等西方大国翻译不少，颇受欢迎。① 今天看来，顾及到西方的读者，作为一种策略，倒也不失为明智之举。确实如此，莫言的小说叙事从视角到结构到修辞，体现出的偏西化的特点，更容易获得西方读者的青睐，对莫言大规模进军西方起到了重要作用，可以说对最后得诺奖也功不可没。

从现实来看，没有哪一个作家会对读者的阅读接受和批评毫不在意。虽然莫言认为有些批评超出了文学范畴，是恶意攻击和排挤的“谎言”，但还是引起了他的重视。莫言在《欢乐》和《红蝗》之后，在小说叙事上莫言也开始有所节制，注意技巧的打磨与探索，同时开始着力于探究人的物质性，探究“食色”问题，并慢慢将这一问题延伸到了历史的层面，他的《丰乳肥臀》由此诞生。让莫言始料未及的是，这部著作却引起了一场轩然大波。

1995年《丰乳肥臀》的刊出，虽然得到了一些青年文学评论家的热情肯定，但随后而来的却是激烈的批判。当时由光明日报社主办并主管的评论刊物《中流》(已于2001年停刊)，从1996年第5期到第12期，接连发表了十余篇文章，对《丰乳肥臀》及其作者莫言的创作倾向进行了集中的批判，将其斥为“反动而又肮脏的文学垃圾”，“这部小说对胶东地区抗日战争的历史进行了无端的歪曲，对党领导下的抗日武装

① 朱向前：《莫言：诺奖的荣幸》，南昌：百花洲文艺出版社，2012年，第14页。

力量进行了丑化。”认为其获得“大家文学奖”是几位不负责任的“名家”吹捧出来的。今天看来，当时的许多批评并不客观，有的掺杂了非文学因素。为这部书莫言写了不少检讨，《丰乳肥臀》也一度被停印。

不管莫言是否认可这样的批评，《丰乳肥臀》经历的曲折风波，及其带给莫言的生活变故，不可能不对他在艺术上的自我认定和追求方向产生影响。一部自认为是献给伟大母亲的泣血含泪的严肃作品遭到误读，尤其是被一些读者和评论者顾名思义，断章取义，作者的心情可想而知。从本书第一章我们知道，莫言经历坎坷，他的教育背景，他的文学地位、社会地位可谓来之不易，每一步成功都付出极大艰辛，这些都使得他非常敏感，会不自觉地夸大遭受到的阻碍和打击，这或许也是莫言小说叙事总是极尽夸张铺排之能事，并总是抓住一点而进行天马行空想象的心理原因。从《丰乳肥臀》之后，莫言再次成为了一个孤独的人，一如当年的辍学一样。不知道他感受到的是不是再次被抛离主流秩序的痛楚。此后莫言经历了长达三年的沉寂。

第三阶段，20世纪末，莫言似乎通过短篇小说《拇指铐》宣布了一个从部队转业的作家的新生，这个“无辜”的故事既可以看做莫言自我思考的一个总结，也可以看做他新的自我定位的信号。此后莫言陆续创作了《檀香刑》《四十一炮》《生死疲劳》《蛙》等多部长篇和多部中短篇，这应该也是莫言对之前读者的批评进行深刻的经验教训总结后的创作大爆发。就像莫言在《檀香刑》后记里所宣布：“我要大踏步后退”。对此，朱向前认为：“从世纪之交的《檀香刑》开始，莫言又回归了传统。那个很熟悉、很亲切的莫言又回来了，回到了本土、回到民族、回到了民间、回到了说唱艺术”，“我不敢说这是我们的批评对他起了作用，但我敢说，这是莫言在新世纪寻找中国文学发展道路所做出的一种很宝贵的调整和修正，就是要走一条民族的道路、民间的道路、本土化的道路，在最传统的形式（比如章回体）中表达最当代的理念，讲述最中国化的故事和经验。”①

从此之后，他的作品中增添了更多的反讽、更多的象征和隐喻。

---

① 朱向前：《莫言：诺奖的荣幸》，南昌：百花洲文艺出版社，2012年，第14页。

《师傅越来越幽默》自不必说，还有写老同学聚会中穿着红裤头、花裙子的谢兰英倒立的《倒立》，写风尘女子孟喜喜的《冰雪美人》，还有写男人瞻前顾后的《沈园》等等。他也更注重技巧和语言，更注意写作的策略，更注意掩藏自己的声音。经历了这么久的摸爬滚打，经历了一个作家所能经历的从褒奖的高峰到批评的谷底，应该说莫言的创作更加成熟，莫言小说叙事也在各个层面的发展中不断重新选择生长的方向。

从莫言的一些对话、演讲与创作谈中可以清楚地看到，莫言很注意评论界对自己作品的反应与研究，经常作出积极的回应，并不断修正自己的一些创作理念。从最早的"天马行空"说，到"痛感到骚乱过后的蚀骨的凄凉"，从"十年一觉高粱梦"到"难以捕捉的幽灵"，再到"大踏步的后退"[①]，应当说，在这种"颠沛流离"的个人经历变化中，莫言对于自我和小说叙事本身的反思也逐步深入，自我定位的变化和不断强化的自我保护意识，使得他的写作更注重语言、结构、故事要素等技术层面，在思想表达上更加内敛，而在书写内容方面，则由原来《天堂蒜薹之歌》般的宏大视角逐步退化为写下岗工人、女工、风尘女子、普通村妇等小人物视角，而对于历史也更多了戏剧化、传奇性的成分，更注重让历史人物本人发出声音。从《红高粱》到《蛙》，他的小说叙事走过了从民间演述到章回体，从极度自由的挥洒到极端规整的结构，从激情的反叛亵渎逐渐走向庄严宁静的祥和。从这个意义上说，莫言小说叙事正逐渐努力从"作者文本"中蜕变出来，走向一种写作者自甘边缘化的状态。实际上这也是莫言在《檀香刑》后为自己所作的定位：边缘化的、作为老百姓的写作[②]，这也就是笔者前面论述过的"作为老百姓写作"的叙事策略，这其中也有一个从创作初期的无意识，然后经过与评论界及读者的不断交流对话后，最终调整为自己的创作追求的过程。

同时我们也要注意到，在作者与读者的这一交流对话过程中，影响不是单向的，而是相互的。作者的小说叙事受到读者接受的影响，同时

---

① 莫言：《旧创作谈批判》，《小说的气味》，北京：当代世界出版社，2004 年，第 285 页。

② 同上书，第 123 页。

也影响制约着读者的接受。在读者群中，莫言小说的叙述话语就有从一开始的被批判、抵制到逐渐被接受的过程。在莫言小说创作初成规模的上世纪80年代中后期，有的论者曾从打破语言惯性的角度，肯定莫言用直觉思维的方式解放了语言，用丰沛的想象力纺织了精彩斑斓的语言世界，形成了独特的审美感知特色。① 同时，也有意见认为这种良莠不分的语言选择是一种描写的无节制，犯了小说创作的大忌。这种语言最初出现是作家鲜明风格的表现，具有打破语言惯性的"陌生化"审美效果，但是随着作家对这种语言的钟情又形成了新的语言惯性，这种惯性面临着需要被再次"陌生化"的难度。"当莫言注意了自己与别人之间的陌生化效果而忽略了自己创作中一般与个别的区别，从而沉醉于自己的语言风格、将曾经显得陌生化的语言作为其作品的基本语言模式大量使用时，陌生化即告结束。"而且过于追求通过语言形式达到某种艺术效果的企图，也会淹没生活本身的逻辑而"使这样的语言在丧失生命力的同时也失去了美感"，形成了语言运用的单调，这种单调从某种程度上会损害某些作品的审美价值和社会批判意义，比如《红蝗》《欢乐》等小说。此后，莫言逐步剔除了毫无尺度的宣泄和心血来潮式的语言撒欢，增加了艺术筛选的节制。尤其是在《丰乳肥臀》之后，莫言的语言意识更加自觉。而到了《檀香刑》，莫言更是达到了语言和情节、人物的圆融结合。莫言小说叙事总是用情绪主导语言，用意识驾驭语言，当情感激流涌来的时候他无法抵抗，他的叙述话语也总是在情绪燃烧的烈焰中喷涌而出。随着这种话语风格在莫言小说中的不断延续，评论界也渐渐接受了这样的现实，于是许多挑剔性和预警性的批评消失了，更多评论开始在默认莫言特有的修辞风格的基础上阐释其背后的文化内涵。② 这种评价立场的逐步改变是因为莫言创作的发展

① 莫言：《〈奇死〉后的信笔涂鸦》，杨守森、贺立华编《莫言研究资料》，济南：山东大学出版社，1992年，第409页。

② 参见张闳：《莫言小说的基本主题和文体特征》，《当代作家评论》1999年第5期；余杰：《在语言的乌托邦中迷失——从莫言的〈檀香刑〉看中国当代文学的缺失》，《凉山大学学报》2002年第3期。

超出了评论界对其走向的最初预计，还有语言学研究的不断进展，以及莫言在小说叙事方面有保留的坚守。

第二节　影视传媒对莫言小说叙事的影响①

对于新时期中国小说创作来说，影视改编因素的影响是不容忽视的。在20世纪80、90年代，作品能被改编成影视剧，是对作家创作的巨大肯定，许多作家都以作品能够被改编成影视剧作为获得成功的重要标准，甚至成了重要的创作目标。从读者接受角度而言，影视改编也是一种深度阅读与阐释，是真实读者与真实作者的一种叙事交流模式，必然对小说叙事产生重要影响。

在新时期的作家中，莫言的作品是较早被影视改编的。1987年，他的《红高粱》被张艺谋改编成电影，并获得柏林国际电影节金熊奖。莫言也由此在当代文坛声名鹊起。《红高粱》在国际影坛引起了极大的轰动，被认为是中国电影真正走向世界的新的开始。莫言曾坦言：

> 电影《红高粱》画龙点睛，把我的小说中最精华的部分，也是我最下力气的部分选择出来了。我对张艺谋说过，我不是鲁迅也不是茅盾，改编他们的作品需要忠实原著，改编我的作品，你愿意怎么改就怎么改，小说无非为你提供了材料，激发了你创作的欲望，你放手大胆地干。电影比小说的影响大多了，1988年春天过后，我走在路上，深夜里也能听到许多人大声唱《红高粱》里的歌曲。我觉得电影确实不得了，我的小说能碰上张艺谋导演，感到很幸运。②

---

① 本节主要内容笔者曾以《莫言小说的先锋叙事与影视传媒的影响》为题刊于《中国文学研究》2018年第3期。

② 大江健三郎、莫言：《文学应该给人光明——大江健三郎与莫言对话录》，对话由华裔旅日作家毛丹青整理，《南方周末》2002年2月28日。

莫言希望作品被改编的迫切愿望溢于言表。而张艺谋也曾这样表达自己对于小说的倚重：

> 小说家们的作品发表比较快，而且出来的容易些，所以它们可以带动电影往前走。我们谈到第五代电影导演的取材和走向，实际上应是文学作品给了我们第一步……我们研究中国当代电影，首先要研究中国当代文学。因为中国电影永远没有离开文学这根拐杖。[①]

尽管表面看来，影视和文学是各取所需、互相倚重对方的长处，然而在影视强大的传播力量和便捷轻松的接受方式下，文学日益显示了其弱势的地位。正如丹尼尔·贝尔对美国20世纪60年代的文化景观做出的概括一样："目前居统治地位的是视觉观念。声音和影像，尤其是后者组织了美学，统率了观众"，"当代文化正在变成一种视觉文化，而不是印刷文化。"[②]显而易见，作为大众传媒的影视对文学的影响决不仅仅限于经济利益的凸显和市场意识的觉醒以及文学文本的传播范围扩大，"而且更在于前者以其在传播上的绝对优势对文学的审美趣味和文化品格的影响。"[③]

在电影《红高粱》的画面和色彩获得成功以后，莫言小说叙事更是有意识地使用了色彩，并让笔下的色彩增加了很多隐喻的特色。"色彩作为文化的载体往往代表某种象征，承担特定的含义。"[④]就是说色彩不是事物原色的物理意义，也不是体现民族文化心理的传统象征意义，而大多是根据作者的感觉信笔改造、信笔搭配而成的。而这种搭配恰恰能够体现作家的创作意图。如果说莫言的《红高粱》被改编是一种偶

① 李尔葳：《张艺谋说》，沈阳：春风文艺出版社，1998年，第10页。
② [美]丹尼尔·贝尔：《资本主义文化矛盾》，赵一凡等译，北京：生活·读书·新知三联书店，1989年，第154、156页。
③ 陈霖：《文学空间的裂变与转型——大众传播与20世纪90年代中国大陆文学》，合肥：安徽大学出版社，2004年，第218页。
④ [日]淹本孝雄等：《色彩心理学》，成同社等译，北京：科学技术文献出版社，1989年，第73页。

然的际遇的话，那么他后来加盟王朔的“海马影视创作中心”则是一种对于影视的主动“投诚”。虽然如此，莫言的小说叙事还是很在意小说的叙事特征与技巧运用。在这个阶段，莫言曾经写出中篇小说《白棉花》和长篇小说《红树林》。《白棉花》的故事是典型的“莫言式的”：农村少年“我”与已经同村长的儿子订婚的女青年方碧玉一起到棉花加工厂工作。漂亮的方碧玉很快招来了男青年李志高的追求，二人坠入情网。然而来自家庭的阻力却在两个人身上产生了完全不同的结果：方碧玉更加坚定地追求爱情，而李志高则懦弱地在压力面前止步。结局仍旧是悲剧的，方碧玉失踪或者死亡，现实的权力获得了胜利。“我”、李志高和方碧玉三个人的关系与《透明的红萝卜》中的黑孩儿、菊子姑娘和小石匠如出一辙。小说的叙述中加入了很多有关棉花的知识介绍，讲述故事的过程也故意进行了时空穿梭，同时给结局设置了悬念，有配合“影视脚本”的目的。《红树林》则更加接近电视剧本，讲的是拥有权力的女性失落爱情、纨绔子弟猛然遇到知音，甚至连红树林里的抗日、“文革”时代的英雄义气，乃至下海捞贝的情景描写等都带有为了方便拍摄而刻意增添的画面感和传奇色彩。小说叙事视角虽有创新，但仍有其独特的文学价值。当然，影视是很难显示叙述视角的特异性的，影视更借重小说中的故事和人物关系本身，它对文学技巧的排斥是与生俱来的，或者说影视另有一套展现故事和人物性格的技巧。莫言显然意识到了这一点，或者说《红树林》仅仅代表了莫言小说的曾经向大众化消费化方向所作的一种尝试。

从莫言的创作历程来看，他经历了上个世纪 80 年代先锋小说的辉煌时期，也在 90 年代先锋小说落潮而大众文学兴盛的时代保持着坚挺的姿态，甚至在晚近，在小说已经难以制造轰动效应的时代，悍然抛出了让文坛瞠目结舌的《檀香刑》与《蛙》。这样的成绩显然与莫言小说叙事的包容性和涵盖性、灵活性和转益多师的反思性密不可分。但同时也可以看出，莫言在不断创作的过程中，始终思考着小说叙事与读者、与时代，甚至与主流的社会文化氛围的关系。莫言显然无意做一个曲高和寡的叙事者，他似乎不愿意通过宏大叙事去表现“大我”情怀，去思考人类的命运与世界的走向，他更愿意揣摩读者的趣味、市场的趣味、文化的趣味乃至作品能够产生的现实的价值和意义。这就是一个真实作者与真实读者不断交流与不断调整的过程。从某种程度上说，对读者阅读趣味的迎合，不排斥影视改编热潮与作家对小说叙事本身、对写作的规范本身的反思性追求相结合，成就了莫言小说特殊的叙事风度、文本品质和审美品位。这使莫言小说叙事呈现出既能始终保持某种先锋性，又能够受到影视改编青睐的奇特景象。这种特征当然可以决定一个作家作品的市场效应，有时候也可能决定一个作家的文学史地位。在许多人惊呼“文学边缘化”，甚至“文学已死”的今天，这或许也是一个重要启示。莫言小说雅俗交映，其小说叙事文本与影视脚本有着重要的结合点。

影视和小说都必须具备的基本元素是故事和人物。一般认为，传统小说叙事更利于改编成影视作品。先锋小说的形式探索按说是最不被影视所关注的内容，但目前来看，中国电影第五代导演的代表作却大多是从先锋小说改编的。如今这已经作为一种文化现象为批评界所接受，但对此进行系统分析的研究尚未出现。事实上，很多批评都在挖掘先锋小说叙事中所蕴涵的“先锋性”因素：比如叙事人称的任意变换、叙事线索的复杂多元、“元小说”技法、蒙太奇方法等等，似乎都在不断强化先锋文学背离传统文学路数的方面，却很少关注先锋文学与传统文学的精神联系。

先锋文学被改编为影视，一个首要的条件就是它具备影视所需要的富有戏剧冲突的故事情节和富有典型性的人物性格，以及崭新的人物关系。也就是说，无论先锋文学如何摆弄叙事技巧，终究没有逃离“故事和人物”这样两个基本的叙事元素，甚至它们还为故事和人物内涵的丰富和创新做出了不可磨灭的贡献。在莫言、苏童、余华等这些为影视改编所青睐的先锋作家那里，甚至在马原这样的在形式探索上走得最远的先锋小说领军人物那里，故事其实都受到了异常的重视，文本的可读性也一再受到关注。马原不止一次地强调小说的可读性，而莫言早在90年代初就在揣摩读者的欣赏趣味：“我一直在思考所谓的‘严肃小说’向武侠小说学习的问题，如何吸取武侠小说的迷人因素，从而使读者把书读完，这恐怕是当代小说唯一的出路。”①回忆那些先锋文学的文本，几乎都能找到一个首尾俱全的故事。从新时期以来小说的发展轨迹来说，传统的以故事为中心的小说叙事曾经受到以人物性格为中心的小说叙事、以心理发展线索为中心的小说叙事，甚至以杂乱的梦幻印象为中心的小说叙事的排挤和嘲笑，在一段时期内，以故事为中心的叙事被视为最没有技术含量的创作。但是，在以另类和叛逆为标志的先锋小说那里，故事却重新回到了文本的中心。只是这一次，它的面貌大易，不再是因果相关的、有头有尾的故事，而是“生活的构成方式”②。它可能支离破碎，可能线索凌乱，可能逻辑不清，它成了展现作家个性的一个侧面，也成了作家的一种“修辞手段”，但它始终在作家的心中，他们所有的招数都只为了让故事变得不那么轻易被看穿，所有的改头换面都是为了让叙事变得更富有魅力。

同时，在极端重视故事的同时，先锋作家又极端轻视人物，尤其是人物性格。最典型的创作观就是余华那个著名的将人物等同于树叶的宣言。先锋小说中，人物很少有典型性格，甚至有的小说都直接以代号称呼他们，他们只是小说中的行动元素，是构成故事情节进展的推动力之一。如果说先锋小说的人物在故事的进程中展现了某种个性特征的话，那只能说是不期然间达到的效果，因为人物早已被作家当成了成就故事的要件，并且人物的出现和消失从来不像传统的、以故事为中心的小说那样有举足轻重的作用。他们正如生活的偶然性和故事发展的必然性之间没有特定的联系一样，和一片树叶被风吹到了河里没有什么区别。先锋作家任意摆布人物，从而为虚构故事、建构世界做准备。先锋小说作家的创作主体性充分张扬，以至于压抑了所有人物的主体性，将文本变成了一个实实在在的“作者的文本”。当然，先锋作家回归故事的背景异常复杂：“西方的叙事学理论，文学艺术上的工艺主义、操作主义、后现代主义的解构欲望以及顺应商业化社会的心理等诸种因素

① 曹文轩：《20世纪末中国文学现象研究》，北京：北京大学出版社，2002年，第75页。

② 马原：《关于〈冈底斯的诱惑〉的对话》，《当代作家评论》1985年第5期。

杂糅一体”[1]，共同构成了这个动机，而在这样的回归背景后，再一次在文学史上清晰证明了一点：那就是先锋文学距离传统文学的距离并不如我们想象或设定的那样遥远。

对于莫言而言，这样的背景廓清非常重要。因为莫言就总是用技术化的操作手段隔离读者的阅读经验，从而给读者造成技巧大于故事的先锋派印象。实际上莫言的故事和人物都异常活跃，这是他小说叙事不同于其他先锋作家的重要方面。莫言擅长讲故事，也擅长写人物。莫言的故事是乡间传奇，莫言的人物是丑行与浪漫的结合体，粗犷豪迈又野蛮暴戾的男人在战场和情场上的双重驰骋，美丽泼辣的女人在伦理道德边缘的挣扎，都是莫言小说能够吸引人视线的魅力。在这样一个都市化的进程中，遥远而蛮野的乡间能够激发读者带有异乡异闻性质的远古想象，满足都市钢筋水泥一族的自然想象和酒吧咖啡一族的烈酒梦幻。而期间蕴涵的感观体验的描写，更加扩大了他被广为接受的范围。从某种角度而言，城市化乃至都市化进程的加快，使得莫言的乡土叙事意义得以凸显，而现代社会越来越注重满足个人感观体验的趋势给莫言的感觉描写提供了驰骋的空间。莫言小说和影视的密切联姻，正是感官体验时代的一个重要表现。在莫言的小说叙事中，感官体验是最重要的特征之一，这除了莫言自身的文学禀赋，显然是与都市消费时代的影视等大众传媒的影响分不开的。

莫言的感觉描写在1985年曾经引起过轰动，他用很多细微直接的感受、用超乎寻常感觉的色彩象喻系统，甚至用堕入生存最底层的粗鄙化描写，全面恢复了新时期以来人们的感觉系统，引发了文坛长久的关注和争论。甚至有评论认为，莫言对于当代文学的贡献就在于他奇异的感觉，并由此唤醒了个体感观的功能[2]。这种唤醒，不仅从感官的复活中重新发现了周围的世界，而且从感官的跃动中意识到了自我躯体的存在。身体彻底卸掉了所有历史和文化的重负而恢复为物质性、生

① 曹文轩：《20世纪末中国文学现象研究》，北京：北京大学出版社，2002年，第63页。
② 吴义勤：《中国当代新潮小说论》，南京：江苏文艺出版社，1997年，第13页。

理性的本体，甚至暴力和死亡描写等等都是身体的审美化。莫言对于身体物质性的关注修改了身体所具有的社会性和意识形态性。莫言对于欲望直接的满足和欲望受挫之后的愈发张扬，对于感观愉悦的重视，恰恰是在简单到几近动物性的“倒退”中，拓展了个人主体性。

从这个意义上，可以理解莫言对于“食”“色”问题的长久关注，也可以理解他笔下几近残忍的剥皮描写和刑罚描写，当然也能够体会他将“大便”“虱子”等堂而皇之地搬进文学作品的用心所在。这是“一种激烈的文化亵渎——包括亵渎传统的躯体修辞学。”[①]而这种亵渎中，莫言的语言是快乐的，莫言笔下的肉体也是快乐的、酣畅的，他们觉得：心像水耗子一样在身体内部哧溜哧溜地跑着，女孩的喊叫如同火苗烧着屁股，萝卜拔离地面的响声像水泡破裂，罗汉大爷的两只耳朵在瓷盘里活泼跳动等等。肉体在这里显得并不严肃，它欢乐，甚至荒诞，但它有尊严，反对阉割和忽略。正如杰姆逊概括 19 世纪 90 年代时所言：“这个时代过度地追求肉欲都和精神的愿望手拉手地并行不悖，灵魂仿佛怀着灾难降临的绝望在试探着肉体之路。”[②]从这个意义上说，莫言的写作是一种“破戒”，是用“肉体满足战胜精神誓言”。莫言就像小说家里面的“花和尚”，用真实、朴素成就了叙事的异端，而“异端叙事中肉体的解放，其实是肉体的叙事方式充当了文化和意识形态的异端。”[③]

更加意味深长的是，尽管莫言的文本中充斥着生理性的需求和动物性的满足，然而一旦触及到爱情描写，莫言是极端浪漫的。无论是“姐弟恋”，还是不合伦理的偷情描写，甚至《神嫖》《四十一炮》中的嫖客，他们面对爱情的时候完全褪去了粗鄙的色彩，变得风度翩翩。莫言的叙述也变得节奏舒缓而轻柔。可以看出，作家在面对人类精神性需求的时候，依然是审慎而严肃的，这或许也可以看做莫言小说叙事异端性的一个体现。只是，随着莫言创作的延续，这种异端叙事的意义越来越弱。他的感觉描写越来越接近视觉化、画面化，有些感觉甚至开始变

---

① 南帆：《文学的维度》，上海：上海三联书店，1998 年，第 170 页。

② H. Jackson, *The Eighteen Nineties*, Penguin Book Limited, 1939(118).

③ 张柠：《肉体符号的文化分析》，《花城》2003 年第 1 期。

得虚假和牵强。比如《檀香刑》中孙眉娘去见钱丁的描写、赵甲见慈禧的描写等等，都仿佛清晰的镜头拍摄出来的画面，精确清晰有余而含蓄蕴藏不足。在这些叙事当中不难看出影视剧的影响因素。

到了长篇小说《四十一炮》，炮孩儿与肉的对话，炮孩儿在垃圾堆里与垃圾、老鼠的对话，在庙里与肉神对话等等就更加显得牵强，至少读者产生了“另类审美的疲劳”。灵动的身体感觉变成了刻意为之的另类叙事，因而也就丧失了这种怪异审美本来具有的冲击力。同时，随着身体美学和日常生活审美化在大众传媒时代的泛滥，审美价值本身也急剧贬值，审美活动也已经完全脱离了革命性功能，而日益变成控制人的感性存在的有效方式。尤其是审美与商品结合后所带来的消费化，更加使得这个仅仅与艺术相关的特殊行为变成了理解现实的更为宽泛的媒介。就像当代德国美学家沃尔夫纲·威尔说的那样：“我们现在无疑正在经历着一个审美繁荣的时期。这一点从个人生活方式到城市规划到经济和理论都体现出来。现实中越来越多的方面被审美所覆盖；现实作为整体对于我们来说已经能够逐渐成为一种审美的构造。”① 所以，包括莫言在内的很多当代作家在注重身体感性张扬的同时，如果不具备深刻的警醒意识，对于身体美学的判断不能够与社会性批判相结合，那就会进入霍克海默所说的“内在的压抑”，即意识形态深入到身体内部进行控制，使得新一轮的认识难上加难。“身体”这个最表象化的物质形态在当今的时代其实蕴含着深刻的意识形态内涵。只是，它最日常，因而也最难被发现。

莫言叙事的口语化也是其文化消费意义的一个方面。莫言小说的语言酣畅淋漓、泥沙俱下，粗鄙化、亵渎性的描写经常活跃在莫言的笔端。这种话语方式除了前面所述的叙事学意义以外，还另有深意。如果说《丰乳肥臀》之前的莫言还用极其认真和笨重的方式坚守创作的法则的话，从《拇指铐》之后，莫言已经深深懂得这个时代的消费规则。他

① 周小仪：《日常生活的审美化与消费文化》，《文化研究》（第3辑），天津：天津社会科学院出版社，2002年，第210页。

变得轻松随意，笔尖也带上了轻松的调侃风格。莫言用这种酣畅语言所表达的愤怒情绪或者亵渎意识，他的乡村化的亵渎方式与王朔的政治批判语言和都市亵渎意识形成互补，构成了当代文学“冒犯文学”和“亵渎文学”的格局。王朔“痞子气”的话语调侃和莫言“土匪气”的语言宣泄有异曲同工之妙，不同的是，痞子的调侃几近犬儒主义的玩世不恭，而土匪的霸气带有蛮不讲理的外强中干。同时，二者又都从不同的侧面迎合了大众传媒对于语言的要求。在影视等大众传媒的影响下，那种富于刺激性和冲击力，耸人听闻、吸引眼球，轻松随意、直白通俗的语言方式，受到极大的鼓励。这或许也是莫言、王朔等先锋作家在影视圈获得成功的重要原因。

如果说“王朔现象”是大众传播和大众文化的产物，是市场经济下的文化价值观和文化存在方式的典型个案，那么“莫言现象”则从某种程度上，昭示了文学书写和影视叙事之间的相互借重和暧昧不明的相互影响。但是无论是王朔对于痞子文化的审美还是莫言对于土匪气质的张扬，在褪去了特定社会背景的革命性意义之后，对当代文学的叙事风度和语言腔调的消极影响也不可忽视。这种影响甚至不仅仅限于叙事文本的层面。当下的文学研究和文学判断，一个最典型的特征就是文化研究的泛滥，而这种泛滥背后是价值立场的空前宽容和价值判断标准的失范。马尔库塞悲观地认为：“如果人们不再能够区分对与错、善与恶、美与丑、现在与未来，那么‘艺术的终结’就不难想象了。这将是最高文明阶段的纯粹野蛮状态。”[①]个人趣味得到了前所未有的尊重，因而一切都变成了相对主义。伽达默尔曾说，现代工业社会所形成的新的文化消费方式依据于“更基本的人的经验”，即“游戏、象征、节日”这些传统的娱乐活动中。[②] 科林伍德认为，这种娱乐型艺术与真正艺术之间的区别，在于前者是以不干预实际生活的方式释放感情的一

① 周小仪：《日常生活的审美化与消费文化》，《文化研究》(第3辑)，天津：天津社会科学院出版社，2002年，第216页。

② [德]伽达默尔：《美的现实性》，张志扬等译，北京：生活·读书·新知三联书店，1991年，第33—34页。

种方式，他说：

> 如果一件制造品的设计意在激起一种情感，并不想使这种情感释放在日常生活的事务中，而要作为本身有价值的某种东西加以享受，那么，这种制造品的功能就在于娱乐或消费。[①]

这些看法显然对中国当代文学的发展具有重要启示。我们挖掘莫言小说叙事中所具有的大众传媒、尤其是影视文化的影响因素，也是为了探求莫言小说叙事生成的复杂因素及其与影视传媒的独特关系，从而为当代文学创作提供某种经验或教训。从文类的角度而言，影视剧本与小说叙事文本有着天然的不同，显示出不同的艺术价值。正如莫言在大众传媒的压力下清醒意识到的那样，小说中具有影视无法表现出来的“气味”，而这种气味的获得只能靠语言、靠天才般的感觉，因而也更有难度。对于莫言这样的作家而言，这一点尤其值得警醒，因为莫言让文坛折服的是他天才般的感觉，但是感觉，在小说写作中所能达到的程度毕竟有限。随着生活经验的丰富和书写经验的积累，感觉是被技术化的手段所磨灭还是被新的经验所激活和调动，恐怕需要仰仗作家对世界、对社会、对历史、对人性的认知和思考。“文学即人学”说起来是一个颠扑不破的真理，如果不能够在有关人的认识上有所突破、有所发现，文学的感觉和故事的技术等等，都会变得乏善可陈。

事实上，这也是很多先锋小说家、甚至所有写作者面临的问题。如果说最初先锋小说回归故事、塑造人物能够为影视提供良好的素材，而先锋小说的艺术感觉和探究意识能够提升影视的质量的话，那么后来先锋小说对于影视的主动投诚[②]，或者先锋小说的转型就大大影响了文本的质量，并进而分散了影视的关注。一旦完全回归到编织故事和虚构人物，那么同时丧失的就不仅仅是艺术探索的冲动和终极关怀式

① [英]科林伍德：《艺术原理》，王至元、陈华中译，北京：中国社会科学出版社，1985年，第80页。

② 最具代表性的现象就是张艺谋组织五位作家写《武则天》的事件。

的意义追寻，还有影视的垂青。因为在文类的界限日益消失的外表之下，实际掩藏的是各种文类之间更加清晰的分野，换句话说，只有坚守小说的叙事本体，坚持书写的力量才能够获得其他艺术门类，如影视等的重视与尊重。

影视传媒的发达不啻为文学书写的危机，也是文学边缘化的重要因素之一，而因影视改编而造成的作品影响力扩大，也给作家带来了另一种危机，他们的自我超越变得更加艰难。如果说上世纪 80 年代中期的先锋小说通过文本实验，通过语言自觉，旨在将文学叙事话语的表达从政治话语的束缚中解救出来的话，那么 90 年代以来的小说文体实验则旨在划清日益模糊的文学与新闻、与大众读物，乃至与影视的界限。无奈的是，文学的边缘化已经难以抗拒，甚至已经完成，那么在喧嚣中获得独立发声的勇气和力量，并坚持将这种批判的声音张扬到最后，对作家而言，难度不小。而当代作家与迫近现实的难以割裂的纠结，也使得作家的创作难以获得超前的、卓越的认识和判断。从某种意义上说，这是任何一个作家的写作宿命。如今，无论在整个社会文化的版图中，还是文学史本身，创作出优秀作品的难度都空前巨大。写作，如果不是谋生的手段，那么它面临的价值凸显的难度就更为巨大。在这样的情境中，作家的每一次尝试和努力，都会变得大打折扣。或许，坚持写作探索本身，就值得褒扬。这也是我们对获得诺贝尔文学奖之后的莫言的一种期待。

第三节　莫言小说叙事的读者批判[①]

文学作品只有经过现实中的读者，亦即真实读者的阅读、接受、鉴

① 本节内容是在习近平总书记关于文艺工作的重要论述的指导下进行的写作，是习近平有关文艺批评精神与原则的具体运用。本节为江苏省社会科学基金项目："习近平总书记关于文艺工作的重要论述对马克思主义文艺理论的创新发展研究"（项目编号：19ZWB001）的阶段性成果。

赏与批评，才能成为真正的审美对象，作品的意义与价值才能生成，这就是文学批评范式中的从读者角度来理解文学及其意义的读者批评。“批评”包含肯定性的评价与否定性的批判。读者对莫言小说的批判在不同时期虽有程度的不同，但一直伴随着莫言的小说创作，成为一道独特的风景，也是莫言小说研究中不可回避的。相对于肯定、颂扬与溢美之辞，批判之声是同样值得思考的。习近平总书记指出：“文艺批评是文艺创作的一面镜子、一剂良药，是引导创作、多出精品、提高审美、引领风尚的重要力量。文艺批评要的就是批评，不能都是表扬甚至庸俗吹捧、阿谀奉承”。“文艺批评褒贬甄别功能弱化，缺乏战斗力、说服力，不利于文艺健康发展。”[①]这一对文艺批评的重要论断，是客观而又中肯的。虽然对莫言小说的有些批判只是一般读者的直观感受，但笔者还是愿意将这些看法客观地呈现出来，因为这也是真实读者接受的一部分，对真实作者来说具有重要的叙事交流价值，这样做有呈现莫言及其创作全貌之意，当然，也有鲁迅所说的“须听将令”的意味。

从某种意义上来说，有时否定性甚至是激烈的批判，更能触动真实作者的神经，引起反思，带来教益。莫言曾就批评对自己的影响不无感慨地说：“十三年过去，当我重读旧作时，我更加深切地认识到当年围绕着《红蝗》的批评对我的创作所发生的积极意义，有意识地缩小宣泄的闸门、有意识地降低歌唱的调门，这看似简单的事，对我来说并不容易，就像要把一只生猛的老虎关进笼子一样不容易，但我毕竟把它关了进去，尽管我跟它同样地痛苦。”[②]不能不说，读者的批判促成了莫言不断地自我反省和自我更新，对莫言小说文体意识的自觉与叙事话语的控制起到了重要作用。

毋庸置疑，莫言在小说创作上取得了很大的成就，为读者提供了一次次阅读盛宴，有些作品能够带给读者真的启迪、善的熏陶与美的愉悦；但从读者对其小说的批判来看，也不能否认，至少在一定范围内，莫

① 习近平：《在文艺工作座谈会上的讲话》，北京：人民出版社，2015 年，第 29 页。

② 莫言：《笼中叙事・自序》，《走向诺贝尔・莫言卷》，北京：文化艺术出版社，2001 年，第 1 页。

言小说中的失误与偏差，也曾给读者带来了假的误导、恶的困惑与丑的恶心。三十年来，读者对莫言的批判主要集中在以下几个方面。

其一，毫无节制的“审丑”。从批判性的文章来看，论者最为诟病的就是莫言沉迷于丑、恶事物，尤其为所欲为、毫无顾忌地描写和刻画了秽物的丑、恐怖的丑。莫言小说中的“审丑”意识被一些论者大加挞伐，被称之为病态心理。这也是后面各种批判的根源。

一些论者指出，莫言对于丑恶、血腥场面近距离逼视，进行自然主义地“秉笔直录”，不知节制与取舍提炼。莫言不是为美而审丑，写丑既是手段也是目的，完全有悖于美学的基本原则，有悖于常人的基本心态。面对丑陋的事物，作家应该用审美的眼光去关照与透视，进行解剖与鞭挞，并作出适当的评价与判决，而不能只是进行粗俗与恶俗的自然主义式的展览与把玩。

莫言在《红蝗》中有这样的描写：“我像思念石板道上的马蹄声声一样思念粗大滑畅的肛门，像思念无臭的大便一样思念我可爱的故乡。”“我多少年没闻到您的大便挥发出来的像薄荷油一样清凉的味道了。”“我们的大便像贴着商标的香蕉一样美丽为什么不能歌颂，我们大便时往往联想到爱情的最高形式、甚至升华成一种宗教仪式为什么不能歌颂？”这里的“像”“往往联想到”“甚至升华成”恐怕是莫言自己的虚假想象，就算是他的真实感觉，也不会是正常的读者的感觉。

有读者讽刺莫言是“审丑的天才”，说他逐丑成癖，热衷写蛆虫、死尸、鼻涕、脓疮、污垢、屎尿屁。[①] 这也并非完全是冤枉莫言。他小说中的许多描写确实如此。《麻风的儿子》中有人吞吃新鲜的牛粪的情节；《灵药》中有人被剖膛破肚掏肠子摘苦胆等情节；《丰乳肥臀》中“上官吕氏自己爬进西厢房，大口吞食驴屎蛋儿”，人的脑浆、肠子、腐臭的尸体，吊死鬼的舌头，老鼠啃食死兵，上官吕氏蚕食上官玉女的耳朵等等。从审美角度来看，这种对审丑的近乎病态的创作追求，很容易倒了读者的胃口。

① 蔡梅娟：《对真善美的叛逆》，《淄博师专学报》1997 年第 2 期。

当然，文学作品完全可以刻画描写丑的事物，文学的审美与审丑之间并不是互相排斥的关系，关键是对丑的态度与如何表达。“通过对丑恶、污秽、残酷的揭露、鞭挞、批判、嘲讽，完全可以激发起健康、高尚或悲壮、痛切的美感，反衬、烘托、引发出美来。”[①]但这必须以作者对这些丑恶污秽的神圣的憎恶、清醒的鄙视、庄严的唾弃为前提，而绝不能像习近平批评的那样“是非不分、善恶不辨、以丑为美”[②]。在莫言中后期的小说中，如《红蝗》《天堂蒜薹之歌》等，反复地描绘大便、撒尿、喝尿，甚至大加赞美；一些作品将人的意识、行为与精神通通用诸如恋母、仇父、性快感与排泄愉悦等“泛性”观点来进行粗暴的图解，流露出对丑恶、污秽、猥琐事物和畸形、变态心理的偏执和嗜好。这种“红肿之处，艳若桃花，溃烂之时，美如乳酪”的嗜丑成癖的不健康甚至是变态的审美心理，绝对产生不出明朗、灿烂、壮丽、柔和的美，也不可能引起心智健全、心态正常的读者的共鸣。

莫言小说中的丑物甚为丰富，对秽物的描写更是特别。《红蝗》中用“即将排泄稀薄粪便的肛门”来形容女人的嘴唇；《复仇记》形容女赤脚医生“两只肥滚滚的奶子上爆起一层疹子，像退了毛的鸡一样”；《野种》中听到父亲的歌声，做出肉麻姿势的“小母驴”，等等。《红蝗》中四老妈的尿“温柔”而且“碱性”丰富；《草鞋窨子》中大家齐赞女人的尿“好鲜”；《酩酊国》中的老岳母放的屁有“糖炒栗子的味道”；《复仇记》中“九香妇”能放“九阵香气”，“十香妇”能放“十阵香气”；《欢乐》中“高等人放的是香屁，低等人放的是臭屁。……香屁臭屁，混合成一股五彩缤纷的气流”；《红蝗》中“麦垄间随时可见的大便如同一串串贴着商标的香蕉”，“四老爷”把拉屎当作“修身养性”，“拉出的是一些高尚的思想”。作家对丑的绘声绘色的描写实在令读者难以接受，对“屎尿屁”不厌其烦地欣赏与把玩，使小说阅读者很难获得“情绪上、感觉上的快适和精神上的满足”，也就不太可能通过作品“提高思想境界，净化灵魂，增强

① 江春：《历史的意象与意象的历史》，《齐鲁学刊》1988 年第 4 期。
② 习近平：《在文艺工作座谈会上的讲话》，北京：人民出版社，2015 年，第 9 页。

生活的信心和力量”。[①] 过度描写秽物、丑物，必然会将小说文本应有的广阔意义降落到纯粹肉体与庸俗生活的原生态，必然会降低文学作品应有的审美趣味与意蕴。

从读者的批判来看，莫言小说中存在大面积的丑，根据归纳的角度不同，或写实、或抽象、或恐怖、或滑稽、或以丑为美、或化美为丑等等，显得丰富庞杂。但这些大多远离审美，缺乏内涵，是非审美意义的丑。“所谓非审美意义的丑，是指以积极的恶的形式对生活美粗暴地予以否定，表现道义上的恶和违反生活常态的畸形。”[②]之所以给读者留下这样的阅读体会，原因在于这种审丑肆意抒写，缺失理性，为写丑而写丑，很难给读者美的熏陶与享受。

其二，性描写泛滥。许多论者批判莫言作品“满纸性爱言”，“无处不性”。他们列举了莫言小说中各种各样的性描写，有常态的，变态的，人与人的，人与兽的，通奸的，强奸的，乱伦的，真实的，意淫的，丑陋的，恶心的，压抑的，宣泄的等等，不论有无必要，都洋洋洒洒，不吝笔墨地进行大肆抒写，这些只能蛊惑读者的生理，而不能引领读者的灵魂。诚如习近平所言：“低俗不是通俗，欲望不代表希望，单纯感官娱乐不等于精神快乐。”[③]

读者不难发现，《红高粱》之后莫言小说的性爱描写开始“变态”，滑向了低级的、蒙昧的、野蛮的狎淫心态、畸变性爱、情色出演、变态性觉等“泛性的枵渴”。从一定程度上来看，莫言小说中宣扬的性意识是不健康的，如《丰乳肥臀》中随处可见的性的叙述，如“（母亲）扔掉了手中的水瓢，水瓢在地上弹跳着，咯咯响着，像一只求偶期的雄蛙。”母亲在面对哑巴的挑衅时，“她的神情安详得宛如一只怀孕的母兔。”士兵怀抱冲锋枪时，“右手四个指头握着光滑的像女人小腿一样的枪托脖子。”上官盼弟“在爆炸大队里养尊处优，身体肥胖，好像一匹怀孕的母马。”来

---

① 刘广远：《颠覆和消解：莫言小说中人的“异化”与审丑》，《渤海大学学报（哲学社会科学版）》2004 年第 1 期。

② 王金城：《从审美到审丑：莫言小说的美学走向》，《北方论丛》2000 年第 1 期。

③ 习近平：《在文艺工作座谈会上的讲话》，北京：人民出版社，2015 年，第 10 页。

弟的“双乳在上下一笼筒的黑袍中剧烈摇摆着，大多开着瑰丽的毛羽，好像两只刚刚交配完的雌鸟。”“我感到他（美国人巴比特）十分青春，好像一只刚刚能够跳到母鸡背上制造受精卵的小公鸡。”“月亮吐出清辉，宛如美丽的贫血寡妇。”又如《檀香刑》中：“爹，你这一次可是做大了，好比是安禄山日了贵妇娘娘，好比是程咬金劫了隋朝皇纲，凶多吉少，性命难保……”“皎洁的满月高高地悬在中天，宛如一位一丝不挂的美人。”“他的心如遭受了突然打击的牛睾丸一样，痛苦地收缩了起来。”“鸟枪手和弓箭手也满脸的尴尬，走在书院外的大街上，如同裸体游街的奸夫。”[①]不管是写人写景，也不管是写好人坏人，都能联想到性，可以称得上是“风格”奇特了，但从读者的阅读感受来说，这样的描写不仅不贴切，而且不雅、不美，给人一种不伦不类的感觉。作为广大读者来说，还是希望文学创作如鲁迅所愿“从此眼光离开脐下三寸”吧。

其三，亵渎女性尊严。这与泛滥的性描写紧密相关。从读者的角度来看，在男权社会中，作家应该有某种责任感，应该有所“考虑”地为女性言说，即便不能也不应该贬抑女性，无视女性的尊严，更不能像习近平批评的那样去“搜奇猎艳、一味媚俗、低级趣味”[②]。莫言的作品显示出男权思想的虎踞龙盘，站在男权中心的立场上津津乐道。性是莫言小说的精彩看点，性当然不是雷区，不能给作家设置毫无意义的羁绊，但是，读者更关注的是“怎么写”，有无必要，尤其是在“下半身写作”的乔木枝繁叶茂的今天。莫言作品中的女性是为男性服务的，只要有需要就可以达成肉体的狂欢，红红火火的《红高粱》是如此，讴歌母亲的《丰乳肥臀》竟也是如此，而《神嫖》则更显男性的神通。《神嫖》中的乡绅季范先生突发奇想的嫖妓方式让人瞠目结舌。季范先生邀请了全城的名流来观看他“神”嫖“二十八宿下凡尘”：

二十八个婊子忸怩作态，淫词浪语，把盏行令，搞得满厅的男

① 李建军：《是大象，还是甲虫——莫言及当代中国作家作品析疑》，太原：北岳文艺出版社，2013年，第39页。

② 习近平：《在文艺工作座谈会上的讲话》，北京：人民出版社，2015年，第9页。

人们都七颠八倒……婊子们酒都上了脸，一个个面若桃花，目迷神荡，巴巴地望着风流倜傥的季范先生。有性急的就腻上身来……

季范先生吩咐众婊子："姑娘们，脱光了衣服，到毯子上躺着。"（《与大师约会·神嫖》，第88页。）

二十八个婊子脱光衣服并排躺在毯子上，那些绅士名流都傻了，怔怔地看着季范先生。我们的老爷爷说季范先生脱掉鞋袜，赤脚踩着二十八个婊子的肚皮走了一个来回。然后季范先生说：

"汉三，给她们每人一百块大洋；叫车子，送她们回去。"（同上，第90页。）

这确实可以称得上是"神嫖"了。"嫖"而能"神"，可见绝非一般的性交易，作品中的"婊子"不过是性欲的符号，是让男人作贱、泄欲的工具而已。这些"婊子"完全为男性、金钱而存在，莫言不去探究妓女存在的社会悲剧因素，却对这些"婊子"极尽揶揄鄙薄之能事，可见他在人性思考中的盲区：将女性符号化，漠视女性的生命欲望。[①]

莫言小说亵渎女性尊严的还表现在"母性亵渎"上。在小说《欢乐》中，莫言描写一些跳蚤在母亲"紫色的肚皮上爬"，在母亲"积满污垢的肚脐眼里爬"，在母亲"泄了气的破皮球一样的乳房上爬"，在母亲"金红色的阴毛中爬"，在母亲"生殖器官上爬"，最后有几只"钻进了母亲的阴道"。小说《丰乳肥臀》刻画了母亲上官鲁氏一生淫乱荒唐的性史，为女儿来弟与鸟儿韩疯狂偷情望风，为儿子金童去拉皮条等等。这些都令许多读者无法忍受。而小说中作者借小说主人公之口反复强调的"不是我亵渎了母亲"，显然是在为自己开脱责任。那么读者就有权反问："那么会是谁呢？如果不是亵渎，那就是赞美了？"[②]读者的反问，自然是有其道理的。

① 章长城：《论莫言小说中的性别盲区》，《厦门教育学院学报》2003年第1期。
② 薄刚、王金城：《从崇拜到亵渎：莫言小说的母性言说》，《北方论丛》2000年第3期。

其四，酷刑血腥令人悚然。莫言在《红高粱》《檀香刑》等作品中热衷写血腥、酷刑，写怎样杀人。尤其在《檀香刑》中，展示了各种酷刑。小说津津乐道地描写了六次酷刑行刑过程，对“斩首”“腰斩”“阎王闩”“凌迟五百刀”“檀香刑”等五种不同的刑术进行了逐一演绎。赵甲目睹了刽子手处决“舅舅”的场景用的是“斩首”；刽子手余姥姥惩处偷盗国库金银的库丁用的是“腰斩”；余姥姥和赵甲联手处死太监用的是“阎王闩”；赵甲给戊戌六君子行刑用的是“斩首”；赵甲给刺杀袁世凯未遂的钱雄飞执刑用的是“凌迟五百刀”；赵甲给孙丙上惊天动地的“檀香刑”。对酷刑细致逼真的描绘，真是令读者触目惊心：

他将手腕一抖，小刀子银光闪烁，那片扎在刀尖上的肉，便如一粒弹丸，嗖地飞起，飞到很高处，然后下落，如一粒沉重的鸟屎，啪唧一声，落在了一个黑脸士兵的头上。那士兵怪叫一声，脑袋上仿佛落上了一块砖头，身体摇晃不止。

按照行里的说法，这第一片肉是谢天。

一线鲜红的血，从钱胸脯上挖出的凹处，串珠般地跳出来。部分血珠溅落在地，部分血珠沿着刀口的边缘下流，濡红了肌肉发达的钱胸。

第二刀从左胸动手，还是那样子干净利落，还是那样子准确无误，一下子就旋掉了左边的乳粒。现在钱的胸脯上，出现了两个铜钱般大小的窟窿，流血，但很少。原因是开刀前那猛然一掌，把钱的心脏打得紧缩起来，这就让血液循环的速度大大地减缓了……

赵甲把从钱身上旋下来的第二片肉摔在地上，按照行里的说法，这是谢地。

当赵甲用刀尖扎着钱肉转圈示众时，他感到自己是绝对的中心，而他的刀尖和刀尖上的钱肉是中心里的中心。上至气焰熏天的袁大人，下至操场上的大兵，目光都随着他的刀尖转，更准确地说是随着刀尖上的钱肉转。钱肉上天，众人的眼光上天；钱肉落地，众人的眼光落地……(《檀香刑》，第232—235页。)

莫言似乎很自豪自己能为读者呈现出这样一种“纯出想象，无典可凭”的酷刑，认为其具有独特的创造性：“用一根檀香木橛子，从那个人的谷道(肛门)进去，从脖子后边钻出来，然后把那人绑在树上”，这样可以使受刑者既能受到非人折磨与极度痛苦，又不会很快死去。莫言浓墨重彩地描写了刽子手出神入化的杀人技艺，他制造行刑用的檀香木桩，犹如雕琢一件精美的首饰，“在虐杀同类中，他获得极大的职业自豪感并让看客获得极大的心理满足。”[①]这种书写就具有习近平批评的“追求奢华、过度包装、炫富摆阔，形式大于内容”[②]的特点。

关于为什么要对那么多酷刑进行精巧细致的描写，莫言在不同的场合都有较为一致的解释：

> 酷刑的设立，是统治阶级为了震慑老百姓，但事实上，老百姓却把这当成了自己的狂欢节。酷刑实际上成为了老百姓的隆重戏剧。执行者和受刑者都是这个独特舞台上的演员。因为《檀香刑》的写作受到了家乡戏剧的影响，小说的主人公又是一个戏班的班主，所以我在写的时候，感觉到自己是写戏，甚至是在看戏。戏里的酷刑，只是一种虚拟，因此我也就没有因为这样的描写而感到恐惧。另外我在《檀香刑》中，有大量的第一人称的独白，那么我写到刽子手赵甲的独白的时候，我就必须是赵甲，我就必须跟随着赵甲的思维走笔。赵甲是大清朝的第一把刽子手，在他们这个行当里是大师级的人物，他是一个真正的杀人如麻的人，当我试图着描写他内心世界时，我就感到，杀人，在他看来，实际上是一次炫耀技巧的机会，是一次演出。因此，我之所以能够如此精细地描写酷刑，其原因就是我把这个当成了戏来写。[③]

---

① 徐兆武：《极刑背后的空白》，《文艺争鸣》2011 年第 14 期。

② 习近平：《在文艺工作座谈会上的讲话》，北京：人民出版社，2015 年，第 9 页。

③ 莫言：《文学创作的民间资源》，《当代作家评论》2002 年第 1 期。

莫言还强调说，之所以要把这个当成戏来写，是基于这样的认识："作家千万不要把自己抬举到一个不合适的位置上，尤其是在写作中，你最好不要担当道德的评判者，你不要以为自己比人物更高明，你应该跟着你的人物脚步去。"[①]莫言这些解释的依据是什么，我们姑且不论，但读者有权质问，在莫言的心中，读者的位置又在哪里呢，是否需要顾及一下读者的感受呢。莫言的解释对于读者来说似乎也是徒劳的。许多评论者认为，莫言写血腥场面，多从杀人者的视角写，这种带有赏玩的叙事态度，而不见丝毫怜悯的微光，只有骇人的尸骨令人毛骨悚然，极刑背后缺少一双悲悯的眼睛，毫无审美的愉悦感，这是不能接受的。

其五，放逐道德评判。老托尔斯泰在评论莫泊桑的长篇小说时，把作者对待事物的态度是否正确与合乎道德，作为评判是否是真正艺术作品的首要条件之一。有读者在评论莫言的《生死疲劳》时就引用了老托尔斯泰的话说："真正优秀的作家首先应该是一个道德家，在他的作品中要做出鲜明的道德批判"[②]。我们虽然不能要求每位作家都能达到这样的高度，但作家，尤其是大作家必须要有一定的道德追求与道德评判，对人生的是与非要有鲜明而坚定的态度。然而，莫言的一些作品不能净化心灵，而是向相反的方向"恶化"心灵走去，不少作品比着要沉沦，要欲望，要偷情，要尖叫。这对许多读者来说，显然是存在道德缺失的。如果文学摒除了道德的因素，善恶不辨，不重视价值判断，不再注重给人以善的引导，不使人向上而是向下，那么，这样的文学又有什么存在的价值呢？莫言明确说，作家"最好不要担当道德的评判者"。然而道德的缺席使得莫言的作品缺少积极的意义，缺少激励人向上的力量。读者在阅读莫言作品中所感受到的是与善相对的"恶"。如《檀香刑》，呈现的是酷刑的赏玩与刽子手的愉悦。在《丰乳肥臀》中，脱离了道德"羁绊"的行为则与动物无异，回到了"原生态"。在《欢乐》《丰乳肥臀》中，读者看到的不是对母亲的真诚讴歌，而是亵渎。有论者说，解构

---

① 莫言：《文学创作的民间资源》，《当代作家评论》2002 年第 1 期。

② 毛琴霞：《做大作家岂能舍弃道德追求——由莫言的〈生死疲劳〉说起》，《博览群书》2009 年第 1 期。

主义有时是“摇头丸”，莫言服下之后便对道德判断、价值标尺也不屑一顾地摇头了。在《丰乳肥臀》《生死疲劳》《檀香刑》等作品中，莫言试图通过历史描述来寄托某种精神家园的理想，然而这种理想实在是太过脆弱，因为“作者迷失在自己的主观臆想中，暴露出过多的丑陋与野蛮，并缺乏一些应有的人文关怀，表现出作者精神上的迷失。”①不难发现，莫言的一些小说作品过于依仗感性描写，缺乏理性的引领，滑向矫揉造作的极端，必然就失掉了感性描写的真诚。因此，莫言需要的远不是形式缺陷的补救，而是真诚的现实主义精神之理性的灌注②，不能“杯水风波，脱离大众、脱离现实”③。

其六，语言粗糙、文本重复。莫言的一些小说作品在文体、语法及修辞上存在的问题与病象，也常为读者所诟病，具体表现为“不伦不类的文白夹杂”，“不恰当的修辞及反语法与非逻辑化表达”，“拙劣的比喻”，“叠床架屋的冗词赘句太多”，“油腔滑调”的用语不切合人物性格等方面。如《檀香刑》，叙事呆板、单一和做作，意涵与劲道明显不足，耐不住咀嚼，“语言的粗糙和生涩，说明莫言在文体的经营上，过于随意，用心不够。”④也就是缺少一种习近平所说的“为一部作品反复打磨”的精神，比较“浮躁”，⑤因此，习近平警醒道：“人类文艺发展史表明，急功近利，竭泽而渔，粗制滥造，不仅是对文艺的一种伤害，也是对社会精神生活的一种伤害。”⑥

不可否认，莫言早期的文本是具有创造性的，但细读完整的莫言，他创作中的重复现象也是很明显的，或“重复别人”，或“重复自己”。可以概括为“人物的重复”“情节的重复”“感觉的重复”“情境的重复”等几个方面。余占鳌、刘罗汉、司马库、沙月亮等都是剽悍粗犷的男人，戴凤

---

① 胡湘梅：《论莫言历史小说的创作局限》，《理论与创作》2011 年第 2 期。

② 杨联芬：《莫言小说的价值与缺陷》，《北京师范大学学报》1990 年第 1 期。

③ 习近平：《在文艺工作座谈会上的讲话》，北京：人民出版社，2015 年，第 9 页。

④ 李建军：《是大象，还是甲虫——莫言及当代中国作家作品析疑》，太原：北岳文艺出版社，2013 年，第 34—42 页。

⑤ 习近平：《在文艺工作座谈会上的讲话》，北京：人民出版社，2015 年，第 9 页。

⑥ 同上书，第 9—10 页。

莲、鲁璇儿、何丽萍、方碧玉、四老妈、二奶奶等都是生命旺盛的女人，人物刻画显得雷同。《丰乳肥臀》中上官家的女儿们个个春情烈火，野性娇艳，很难分清谁是谁。《爱情故事》中的何丽萍与《白棉花》中的方碧玉都是年轻泼辣而且强悍的女性，都会武功，怜爱的性对象比自己年龄小；《酒国》中岳母关于自己的"熊掌说"与《丰乳肥臀》中老金关于自己的"白肉说"几乎同出一口；《球状闪电》《爆炸》与《金发婴儿》中年轻的丈夫都表现出对妻子或不满或讽刺或污辱。《枯河》《石磨》《红蝗》《屠户的女儿》《丰乳肥臀》中的母亲们都凶狠暴戾且不光彩。《欢乐》《球状闪电》《红蝗》中的男青年齐文栋、蝈蝈和"我"紧张时都有尿逼感。这些只是人物形象方面的重复问题，还没有列出莫言小说的其他重复现象，但已经可以看到莫言小说重复的程度之深。这种重复对人物的独特性与典型性塑造必然产生消极影响。此外，在小说情节、艺术感觉等方面也有大量重复，无论是农村题材、军旅题材，还是过去的传奇、现代的表达，其情境氛围很少温馨宁和而多为阴冷怪异，使读者产生雷同之感。有论者指出，造成这种重复的内因是："极度宣泄造成内虚""生活视野的局限""野心与才情的脱节"，结论是："在此重创下，莫言逐渐丧失了观察世界和表达世界的创造力。"①

客观地讲，以上所列六个方面对莫言小说的否定批判也是"仁者见仁，智者见智"之说，自有其一定道理，当然也有可以争辩之处，比如有些方面或许是莫言有意为之，是为了引起读者注意而采用的一种叙事策略或叙事手法。深究莫言小说中存在的诸多问题，根源还是在于作者过于执拗于自己所谓文学理想的追求，而在一定程度上忽略或漠视读者真正的审美需求。莫言曾说："庄严朴素的创作者不接受任何'艺术原则'的指导，不被任何清规戒律束缚""我看，艺术方法无所谓中外新旧，写自己的就是了，想怎么写就怎么写，只要顺心顺手就好。……无论在创作思想上和艺术风格上，不妨有点随意性和邪劲。"②莫言高

① 王金城：《文本的重复：莫言小说的内伤和内因》，《洛阳师范学院学报》2002年第6期。
② 莫言：《〈丰乳肥臀〉解》，《光明日报》1995年11月22日。

举艺术叛逆大旗，蔑视文学创作成规，这是把双刃剑，这几乎是他小说叙事获得激赏与遭受批判的根源。莫言的同学，一路见证莫言创作成长，最早对莫言创作进行评论的学者朱向前，就曾这样说："'成也萧何，败也萧何'——成在以极端化的风格独标叛帜，败在极端化的道路上过犹不及"，在"艺术风格的极限上颠覆了自己，也迷失了自己"。[①] 这或许是比较中肯客观的评价吧。

总之，读者的批判只要不是罔顾事实的恶毒攻击与诋毁，就应该获得尊重。批判莫言也是对莫言、对文学热爱的一种方式。批判的目的不在于批判本身，而在于最终的无可批判。诚如习近平总书记所言："一点批评精神都没有，都是表扬和自我表扬、吹捧和自我吹捧、造势和自我造势相结合，那就不是文艺批评了！金无足赤、人无完人，天下哪有十全十美的东西呢？良药苦口利于病，忠言逆耳利于行。有了真正的批评，我们的文艺作品才能越来越好。"[②]因此，"文艺要赢得人民认可，花拳绣腿不行，投机取巧不行，沽名钓誉不行，自我炒作不行，'大花轿，人抬人'也不行。"[③]莫言获得诺贝尔文学奖之后，他的小说作品越来越受到读者的关注，在评论界各种赞誉、溢美之词也不绝于耳，在此背景下，多听听批判的声音，无论是对广大普通读者审美水平的提高，还是对莫言小说创作水平的提升，应该都大有裨益。

① 朱向前：《朱向前文学理论批评选》，北京：人民文学出版社，2003 年，第 41 页。
② 习近平：《在文艺工作座谈会上的讲话》，北京：人民出版社，2015 年，第 29 页。
③ 同上书，第 10 页。

结语

对莫言的小说进行系统的理论概括，并企图得出一个能够被普遍认可的“结论”，是一件很困难的事情。因为对莫言小说的研究许多时候是各说各话，甚至存在着相互对立的声音，如对他的一些代表性作品评价的两极分化；对其小说叙事模式、叙述话语的见仁见智；在主题思想层面，一些学者认为莫言小说“天马行空”，放逐道德评判，而有些学者认为其充满强烈的批判意识，海外的学者甚至从中读出了强大的反主流意识，不一而足。值得庆幸的是，我们拥有叙事交流模式理论，其基本理念及核心观点与莫言小说创作实践有着广泛的适应性，为我们科学系统地阐释莫言小说创作，整合当下的各种观点提供了可能，本书在这方面做了有益的探索和尝试。虽然“没有哪一种单独的叙事理论能够彻底地说明所有这些叙事的技巧及其主题的效果。但叙事理论可以使我们的理解比不用它的概念、方法与眼光的理解更为深刻。”①

从前文中对莫言小说文本的现实交流层面、文本话语层面、文本主体层面的分析来看，莫言小说是典型的叙事交流文本。

莫言的童年是孤独的，他只有对着天空喃喃自语，和牛羊娓娓交谈。“高密东北乡”的广阔田野、旧日农村的苦乐回忆、听着故事长大的的童年，这些都是构成莫言小说叙事的基础元素。年少的莫言渴望交

① 此为［挪威］雅各布·卢特专为《小说与电影中的叙事》中文版所作的序中所言，徐强译，北京：北京大学出版社，2011 年，第 1 页。

流，需要倾诉，这些是莫言小说叙事交流的最原始的种子。莫言从原乡迁徙造成的“双重他者”身份及带来的回忆、困扰与痛苦，由此形成了原乡与异乡的对话需求，这是莫言小说叙事生成的重要动力。

莫言小说叙事在原乡与异乡的交流、对话与纠缠中，抒发着对家族和人生的缅怀与愧叹。作为一名在精神上离不开乡土的作家，莫言在空间上对乡土始终寄予厚望，而对于这个空间中的时间，他以自己的叙事方式和人生经验，转化了传统历史时间的刻板与僵化并对其进行了丰富。

莫言的小说创作与新时期同步，“文革”的封闭状态结束，改革开放到来，“西学东渐”热潮再现，整个时代都处在一种交流对话的氛围中。魔幻/怪诞现实主义等现代派技巧的到来更是令莫言如遇甘霖，可谓身正逢时。莫言的创作历经了新时期以来的伤痕、反思、改革、寻根和先锋文学浪潮，文坛对文学主体性的认知逐渐明确。莫言的小说正体现了这个时期的文化特质，以及整个社会的脉动，是当代社会众声喧哗的再现。

中国当代文学一度笼罩在政治意识形态之下，人的肉体和欲望都是禁忌，或是被革命的理想赋予神圣的意义，或是被禁止书写。然而，莫言的小说却视二者为原始生命力的象征，认为它们蕴含了“肥沃、成长、丰盈茂盛”的能量，并不罪恶或下贱，反而是不断成长和再生的活力所在，是个体生命自主意识的表现，并赋予其驱动革命和改变历史的力量。莫言对肉体和欲望的描写是寓言性的，用以表现作者对当代社会和传统的批判，打破文学的封闭与独断，以及独白时期的各种禁忌。

莫言用喧嚣扰攘的话语与原始的欲望构筑内心的城堡。在一个叙事王国中，他占地为王，揭竿起义，他要打破一切条条框框、原则规范与清规戒律。现实中的管谟业利用小说中的“莫言”寻找宣泄之口，进行欲望之舞，在此真实作者与隐含作者进行着秘密的交流。莫言小说的“广场化”叙事格局、“多重性”的叙事角度、“多层次”的叙事结构、“穿越”式的叙事时空、倾诉式的叙述话语，展现了多重交流的特征，充满了中心话语和非权威话语、传统和现代、雅与俗、善与恶、美与丑、好与坏等等不同价值体系的对话。通过交流对话，他要彰显“主体”的声音，他以反传统的声音和传统的霸权争辩，以个体的自主意识反拨伦理规范的束缚。

莫言小说叙事形式的改变具有深刻的文化意义，那就是中心意识解体，对话场域开放，各种不同的价值观相互交流，文学从“独白”转入“复调”。其怪诞、夸张和狂放的“天马行空”般的语言，戏拟政治和社会话语的狂欢化风格，是对“文革”意识形态话语的颠覆。莫言对小说叙事形式进行了大胆探索，形式多样，变化多端，魔幻写实、意识流、民俗说唱、书信体或新闻报导都兼而有之，“广场化”特征鲜明，打破了革命文学与政治文学囿于写实主义手法的限制。

“作为老百姓”的“不可靠叙述”造成了叙事文本的复杂多义。莫言清楚直接尖锐的批判在当代文艺语境中并不现实，然而作为一个出身底层的、有社会责任感的作家，还是无法抵制诉说“真相”的本能和冲动，尽管有许多时候未必能达到预设的理想效果。莫言的坦率不是鲁迅式的“硬骨头”，他更多地保留了说真话的价值观和道德感。他的“作为老百姓写作”是一种叙事策略，是“底层叙事”的一种独特体现。相较于独白时期服膺于官方意识形态的叙事，莫言“作为老百姓”的边缘化声音更突出其主体性思考的特色，同时带有了更多的象征意味。

莫言在与真实读者的对话中寻找叙事策略。莫言试图以生理和欲望，以泥沙俱下的豪情，突破文化与意识形态的框笼，却又可能忽视了普通读者的道德与审美需求，造成了某种审美不适，从而遭受了广泛的批判。莫言在务实的生存法则指引下不断进行调适，现实归顺与叙事批判交汇，也使其小说叙事复杂而多义。莫言小说叙事风格诡谲多变，内容突兀骇人，形式魔幻怪诞。这是对传统公式化小说叙事与人物塑造模式的颠覆，同时新颖独特的叙事可以变成另一种意识形态的障眼法：以语言和形式的变化，摧毁现实主义的叙述公式。

莫言所建构的高密东北乡，层出不穷的秽人秽语和匪夷所思的怪诞情节，再现的是对话交流的语言杂糅和多元，其小说叙事中的“审丑”可以看做是对传统崇高、优雅、精致审美观的极端的颠覆。借着叙事文本隐含作者与叙述者的对话，我们看到文化断裂处产生的多种思想间的矛盾，而莫言也从中发现与认识自己。透过互文的效果，我们更进一步发现在不同的符号系统下，异质文本的对话和所产生的意义。我们也从中窥见莫言小说背后的创作意念及其寓言所指。

上面的文字或许能够为莫言小说研究中的不同阐释，甚至是对立的观点提供某种解释。对莫言的小说不必捧之上天，也无须贬其入地，把它看做中国当代社会与当代文坛众多交流对话声音中的一种，似乎更加理性公道。当然这也不能掩饰莫言小说中存在的问题，如一些作品“审丑”的过度与语言能指的过剩，以及一些人物形象塑造的重复与粗糙等。对任何一个小说创作者都一样，如果只是为了吸引眼球的纯形式上的哗众取宠，就会使作品的价值大打折扣，从长远看读者也是不会接受的。

莫言曲折的人生经历与创作历程，可以说是中国与中国文学由封闭走向交流对话的缩影，莫言小说创作的成功是“叙事交流”的成功。或许莫言并不缺乏叙事的语言与技巧，但在新的历史语境中，他必然要面对历史判断的更新、故乡情感的蜕变和先锋技术的升级等问题，尤其是内在精神的坚守，更高意义上的存在关怀，以及对历史更超拔的认知，更是值得反复思考和加强的问题。

我想，只要人类依然存在，包括小说叙事交流在内的各种交流对话就不会停止。交流仍在继续，成果值得期待。对莫言小说创作来说，也如是。

附录

莫言生平大事记及著作年表(1955.2—2019.6)[①]

1955年	1岁	2月17日(农历1月25日),生于山东省高密县大栏乡平安庄的一个农民家庭,排行老么;在管氏家族里排“谟”字辈,取名管谟业。按当时的家庭成分划分,他家属于上中农。
1958年	3岁	去相邻的公共食堂打开水,把家里一个珍贵的竹壳热水瓶打破了,吓得钻进草垛里,一下午没敢出来。
1960年	5岁	入村小学读书,是班里年龄最小的学生。
1961—1962年	6—7岁	大跃进之后,因为挨饿,得了水肿,挺着半透明的大肚子劳动。
1966年	11岁	小学毕业。因得罪了村里的农民代表,加上家庭成分不好而被剥夺了继续上学的权利。

① 此份年表由笔者综合汇编多种资料,经过整理、比对、修正之后制作而成,时间截止到2019年上半年,可作为莫言小说叙事语境参考之用。获得诺贝尔文学奖前的年表参考资料主要有:杨扬编《莫言研究资料》,天津人民出版社2005年版;谢静国《论莫言小说(1983—1999)的几个母题和叙述意识》,台北秀威资讯科技股份有限公司2006年版;孔范今、施战军主编《莫言研究资料》,山东文艺出版社2006年版;叶开《莫言的文学共和国》,北京大学出版社2013年版。获得诺贝尔文学奖后的年表参考资料主要有:《莫言去哪儿了》,《宁波日报》2014年10月29日;《莫言获得诺奖的1500天》,“如学传媒”2016年12月18日;《诺奖之后两年的足迹:莫言很热　莫言很忙》,《新京报》2014年10月11日;以及《光明日报》《南方都市报》《北京青年报》《新京报》等报刊相关报道。莫言获得诺奖后发表了许多演讲,对研究其小说叙事具有重要的启示,因时间关系,一些演讲内容及观点还没有融入前文的研究中,故这部分年表中会引用莫言演讲中的一些原文,作为前文相关研究内容的参考,也可以作为本研究中一些观点的重要佐证。

续 表

1967 年	12 岁	在水利工地旁，因饥饿难耐，偷拔了生产队的一根红萝卜，被“革命”老农擒获，专门召开批斗会对他进行批斗。回家遭到父亲毒打。
1968 年	13 岁	在放牛牧羊两年后，经过自己的不懈努力，终于被允许参加大人的割麦子劳动。因笨手笨脚，遭到社员们的嘲笑和奚落。
1972 年	17 岁	“失学”务农的这段岁月，莫言通过在华东师范大学读中文系的大哥的教材，还有找来的其他的一些书，走了一段“自学”道路。他的主要学习对象还是大自然。他的爷爷是他的道德楷模，他的母亲是他避风的港湾，他的大哥是他的崇拜对象。期间曾写信给当时教育部长周荣鑫，表达自己想上大学的疯狂愿望，最终结果当然还是“好好劳动，等待贫下中农的推荐”。
1973 年	18 岁	到昌邑县挖胶莱河，成为农民工。劳动之余开始创作长篇小说处女作《胶莱河畔》，因劳作过于疲惫，只写了一章就停止了。 这一年托叔叔的关系，到县棉纺厂当了临时工，任司磅员。在这里结识现今妻子并与之订婚。后来还做过棉纺厂夜校的语文老师。
1976 年	21 岁	历尽波折参军成功，于 2 月 16 日入伍。部队在山东黄县，刚开始挖厕所、掏猪圈，后来当了几年警卫战士，随后由于在部队里表现良好，当过班长、教员，教过哲学、政治、经济和党史。
1979 年	24 岁	7 月，回老家成婚。
1981 年	26 岁	发表处女作短篇小说《春夜雨霏霏》于《莲池》第 5 期。 发表短篇小说《丑兵》于《莲池》第 2 期。 11 月 3 日，女儿出生。
1982 年	27 岁	发表散文《雪花雪花》于《花山》第 3 期。 发表短篇小说《因为孩子》于《莲池》第 5 期。 到北京延庆县龙庆峡当宣传干事。
1983 年	28 岁	发表散文《我和羊》于《花山》第 5 期。 发表短篇小说《售棉大路》于《莲池》第 3 期（被《小说月报》转载）。 发表短篇小说《民间音乐》于《莲池》第 5 期。
1984 年	29 岁	发表短篇小说《放鸭》于《无名文学》第 1 期。 发表短篇小说《金色鲤鱼》于《无名文学》第 1 期。 发表短篇小说《岛上的风》于《长城》第 2 期。 发表短篇小说《白鸥前导在春船》于《小说创作》第 2 期。 发表中篇小说《雨中的河》于《长城》第 5 期。

续 表

		发表短篇小说《黑沙滩》于《解放军文艺》第7期(获该刊本年度小说奖)。 因为参加部队考试结识徐怀中,通过他,莫言的思想产生很大的变化。 9月,入解放军艺术学院。莫言入军艺,是靠毛遂自荐。1984年春天,莫言错过军艺首届文学系报名期限,于是他带着作品亲自上门,适逢系主任徐怀中慧眼识英雄,莫言得以"破格"录取。
1985年	30岁	发表中篇小说《透明的红萝卜》于《中国作家》第1期,旋即广受文坛瞩目。 发表短篇小说《石磨》于《小说界》第2期。 发表《天马行空》于《解放军文艺》第2期。 发表《有追求才有特色——关于〈透明的红萝卜〉的对话》于《中国作家》第2期。 发表短篇小说《老枪》于《昆仑》第4期。 发表短篇小说《秋千架》于《中国作家》第4期。 发表中篇小说《金发婴儿》于《钟山》第1期。 发表中篇小说《球状闪电》于《收获》第5期。 发表《桥洞里长出了红萝卜》于《文艺报》。 发表短篇小说《秋水》于《奔流》第8期。 发表短篇小说《大风》于《小说选刊》第8期。 发表短篇小说《枯河》于《北京文学》第8期(获该刊本年度优秀小说奖)。 发表短篇小说《五个饽饽》于《当代小说》第9期。 发表短篇小说《三匹马》于《奔流》第9期。 发表散文《马蹄》于《解放军文艺》第11期。 发表中篇小说《爆炸》于《人民文学》第12期。
1986年	31岁	发表报告文学《美丽的自杀》于《解放军文艺》第1期。 发表散文《大肉蛋》于《文学自由谈》第1期。 发表短文《黔驴之鸣》于《青年文学》第2期。 与几位军艺同学接受《文学评论》采访,采访内容见该刊第2期《几位青年军人的文学思考》。 发表短篇小说《草鞋窨子》于《青年文学》第2期。 发表短篇小说《断手》于《北京文学》第3期。 发表杂文《十年一觉高粱梦》于《中篇小说选刊》第3期。 发表《两座灼热的高炉》于《世界文学》第3期。 3月,作家出版社出版小说集《透明的红萝卜》。中篇小说发表《红高粱》于《人民文学》第3期。 《红高粱》获全国第四届(1985—1986)中篇小说奖。 发表中篇小说《筑路》于《中国作家》第4期。

续 表

		发表短篇小说《苍蝇·门牙》于《解放军文艺》第 6 期。 发表《〈奇死〉后的信笔涂鸦》于《昆仑》第 6 期。 发表评论《唯有真情才动人》于《文艺报》。 发表评论《我想到痛苦、爱情与艺术》于《八一电影》第 8 期。 9 月，毕业于解放军艺术学院文学系，毕业后分配到总参文化部担任干事。
1987 年	32 岁	发表中篇小说《欢乐》于《人民文学》第 1—2 期合刊本。 2 月 1 日，发表报告文学《高密之光》于《人民日报》第 5 版。 发表短篇小说《罪过》于《上海文学》第 3 期。 发表中篇小说《红蝗》于《收获》第 3 期。 发表中篇小说《弃婴》于《中外文学》第 1 期。 发表报告文学《大音稀声》于《昆仑》第 4 期。 5 月，解放军文艺出版社出版长篇小说《红高粱家族》。与张艺谋共同将《红高粱》和《高粱酒》改编成电影《红高粱》，该片荣获 1988 年第 38 届柏林影展金熊奖。 9 月，台湾新地出版社出版小说集《透明的红萝卜》，该集子收录《大风》《白狗秋千架》《民间音乐》《三匹马》《枯河》与《秋水》等六个短篇及《透明的红萝卜》与《爆炸》两个中篇。 发表中篇小说《猫事荟萃》于《上海文学》第 10 期。发表短篇小说《飞艇》于《北京文学》第 10 期。 发表短篇小说《凌乱战争印象》于《虎门》第 1 期。 发表短文《战争文学随想》于《电影文学》第 10 期。 12 月 13 日，发表报告文学《高密之星》于《人民日报》第 5 版。
1988 年	33 岁	发表中篇小说《玫瑰玫瑰香气扑鼻》于《钟山》第 1 期，文末收录短文《也算创作谈》。 发表短篇小说《养猫专业户》于《天津文学》第 2 期。 发表短篇小说《革命浪漫主义》于《西北军事文学》第 3 期。 4 月，作家出版社出版长篇小说《天堂蒜薹之歌》。 8 月，解放军文艺出版社出版小说集《爆炸》。 发表中篇小说《生蹼的祖先门》于《长河》创刊号。 发表短篇小说《马驹穿越沼泽》与中篇小说《复仇者》于《青年文学》第 11 期。 12 月，台湾洪范出版社出版长篇小说《红高粱家族》。
1989 年	34 岁	发表短文《我的农民意识观》于《文学评论家》第 2 期。 4 月，作家出版社出版长篇小说《十三步》与小说集《欢乐十三章》(收录《罪过》《飞艇》《弃婴》等十三个中、短篇小说)。 4 月，台湾林白出版社出版小说集《透明的红萝卜》(收录《白狗秋千架》《草鞋窨子》和《枯河》等三个短篇，及《透明的红萝卜》《金发婴儿》与《红高粱》等三个中篇小说)。 4 月，台湾洪范出版社出版长篇小说《天堂蒜薹之歌》。

续　表

		发表《你的行为使我们恐惧》于《人民文学》6月号。 9月,入北京师范大学鲁迅文学院创作研究生班。
1990年	35岁	发表短篇小说《父亲在民夫连里》于《花城》第1期。 1月,台湾洪范出版社出版长篇小说《十三步》。
1991年	36岁	毕业于北京师范大学鲁迅文学院创作研究生班。 8月29日,发表短文《我与农村》于《农民日报》。 10月,华艺出版社出版小说集《白棉花》,其中收录《父亲在民夫连里》(又名《野种》)、《你的行为使我们恐惧》和《白棉花》三个中篇,以及《人与兽》(又名《野人》)、《遥远的亲人》与《爱情故事》三个短篇。
1992年	37岁	发表中篇小说《幽默与趣味》于《小说家》。 发表中篇小说《战友重逢》于《长城》第6期。 9月,台湾洪范出版社出版长篇小说《酒国》。 发表《梦境与杂种》于《钟山》第6期。
1993年	38岁	2月,湖南文艺出版社出版长篇小说《酒国》。 2月,台湾洪范出版社出版小说集《怀抱鲜花的女人》,该集子收录《罪过》和《弃婴》等两个短篇,以及《筑路》《欢乐》与《怀抱鲜花的女人》等三个中篇。 2月,社会科学出版社出版小说集《怀抱鲜花的女人》。 6月,长江文艺出版社出版小说集《金发婴儿》,内收录《大风》《枯河》等十个中、短篇。 7月4日,发表《好谈鬼怪神魔》于《中国时报》人间副刊。 12月,华艺出版社出版长篇小说《食草家族》。 12月,北京师范大学出版社出版长篇小说《愤怒的蒜薹》(又名《天堂蒜薹之歌》),及小说集《神聊》,《神聊》内收录《神嫖》《辫子》和《天才》等二十一个短篇。
1994年	39岁	2月,台湾洪范出版社出版小说集《梦境与杂种》,该集子收录了《梦境与杂种》《你的行为使我们恐惧》《球状闪电》和《幽默与趣味》等四个中篇,以及《猫事荟萃》与《养猫专业户》两个短篇。 10月,新世界出版社出版小说集《猫事荟萃》,其中收录中篇小说《筑路》及短篇小说《罪过》《飞艇》《猫事荟萃》《苍蝇·门牙》与《民间音乐》等。 母亲在山东高密去世,莫言计划写一部小说献给母亲。
1995年	40岁	与严浩等人合力完成电影《太阳有耳》的编剧工作,该片荣获1996年柏林影展最佳导演银熊奖。 《丰乳肥臀》在《大家》连载。小说的发表引起巨大争议,把莫言推到风口浪尖。 12月,作家出版社出版《丰乳肥臀》。后该书曾因被激烈批判而停印,莫言也因该书多次写检讨。

续 表

1996 年	41 岁	5 月，作家出版社出版五卷《莫言文集》。卷一《红高粱》收录长篇小说《红高粱》及中篇小说《战友重逢》《红耳朵》；卷二《酩酊国》收录长篇《酩酊国》（即台湾洪范版《酒国》）及四个中篇《梦境与杂种》《模式与原型》《幽默与趣味》和《你的行为使我们恐惧》；卷三《再爆炸》收录长篇《天堂蒜薹之歌》及四个中篇《透明的红萝卜》《球状闪电》《爆炸》和《金发婴儿》；卷四《鲜女人》收录长篇《食草家族》及《欢乐》《怀抱鲜花的女人》《白棉花》等三个中篇；卷五《道神嫖》收录《罪过》《飞艇》等三十九个短篇。 《丰乳肥臀》获第一届“大家·红河文学奖”。 5 月，台湾洪范出版社出版长篇小说《丰乳肥臀》。
1997 年	42 岁	10 月，转业，供职《检察日报》影视部。
1998 年	43 岁	发表短篇小说《拇指铐》于《钟山》第 1—2 期（文末附短文《胡扯蛋》）。 4 月，《小说选刊》杂志转载《拇指铐》。 发表中篇小说《二十年前的长跑比赛》于《收获》第 6 期。 发表短篇小说《白杨林里的战斗》于《北京文学》第 8 期。 发表中篇小说《牛》于《小说选刊》第 9 期（文末附短文《牛就是牛》）。 发表短篇小说《一匹倒挂在杏树上的狼》于《北京文学》第 10 期。 发表短篇小说《长安大道上的骑驴美人》于《钟山》第 5 期。 10 月，台湾麦田出版社出版《红耳朵》，其中收录《红耳朵》《战友重逢》《白棉花》和《父亲在民夫连里》等四个中篇。 10 月 29 日，发表《我与新历史主义文学思潮》于南华管理学院与《联合报》副刊主办之“两岸作家展望 21 世纪中国文学研讨会”大会手册，同文亦见《联合报》。台湾《幼狮文艺》十月及十一月号转载《长安大道上的骑驴美人》。 10 月，台湾联合文学出版社出版《传奇莫言》，其中收录《神嫖》《良医》《灵药》和《屠户的女儿》等十一个短篇。 台湾《幼狮文艺》十月号转载《拇指铐》。 12 月，人民日报出版社出版首本散文集《会唱歌的墙》。
1999 年	44 岁	发表中篇小说《我们的七叔》于《花城》第 1 期。 发表小说《祖母的门牙》于《作家》第 1 期。 1 月，台湾《联合文学》十五卷三期刊载《小说谈——两岸小说家对谈实录》，莫言参与该次座谈。 台湾《幼狮文艺》一月及二月号转载《一匹误入民宅的狼》（又名《一匹倒挂在杏树上的狼》）。 1 月，海天出版社出版长篇小说《红树林》。 3 月 16 日，北京《中国图书商报·书评周刊》刊载莫言接受该报记者的采访内容，标题为《我要争做一个谦虚的人》。

续 表

2000 年	45 岁	发表中篇小说《司令的女人》于《收获》第 1 期。 发表短篇小说《冰雪美人》于《上海文学》)第 11 期。 长篇小说《酒国》由南海出版社再版。 《莫言小说精短系列》(1—3 卷)由上海文艺出版社出版。 《莫言散文》由浙江文艺出版社出版。
2001 年	46 岁	长篇小说《檀香刑》由作家出版社出版,引起文学界的再度热议,后获台湾《联合报》读书人年度文学类最佳书奖。 发表短篇小说《倒立》于《山花》第 1 期。 获第二届冯牧文学奖。 长篇小说《酒国》获得法国儒尔·巴泰庸外国文学奖。
2002 年	47 岁	与阎连科合写长篇小说《良心作证》,春风文艺出版社出版。 中篇小说《扫帚星》发表于《布老虎中篇小说春之卷》。 《东岳文库莫言卷》(包括长篇小说、小说集和散文集《红高粱家族》《酒国》《拇指铐》《清醒的说梦者》《罪过》《师父越来越幽默》《透明的红萝卜》共 7 部),山东文艺出版社出版。 散文集《清醒的说梦者》《什么气味最美好》分别由山东文艺出版社和海南出版社出版。 2002 年至今,任山东大学文学与新闻传播学院中国现当代文学专业研究生导师。
2003 年	48 岁	长篇小说《四十一炮》由春风文艺出版社出版,获第 2 届华语文学传媒大奖年度杰出成就奖。 长篇小说《檀香刑》获首届"鼎钧文学奖"。 获香港公开大学荣誉文学博士学位。 发表短篇小说《木匠与狗》于《收获》第 5 期。 散文集《小说的气味》《写给父亲的信》、小说集《藏宝图》由春风文艺出版社出版。 受聘为汕头大学文学院兼职教授。
2004 年	49 岁	获法兰西文化艺术骑士勋章和华语文学传媒大奖年度杰出成就奖。
2005 年	50 岁	获第三十届意大利 NONOINO 国际文学奖。 《檀香刑》在茅盾文学奖评比复评时排名第一,终评时名落孙山。 获香港公开大学荣誉文学博士学位。
2006 年	51 岁	长篇小说《生死疲劳》由作家出版社出版。 散文集《北海道随笔》由上海文艺出版社出版。 获第 17 届福冈亚洲文化大奖。 12 月 15 日,"2006 年第一届中国作家富豪榜"重磅发布,莫言以一年 345 万元版税收入,荣登作家富豪榜第 20 位,引发广泛关注。

续　表

2007年	52岁	散文全集《说吧，莫言》3卷，约100万字，由海天出版社出版。 9月11日，中国作家富豪榜创始人吴怀尧策划发起“中国作家实力榜”，由朱大可、陈晓明等十位文学评论家选出58名作家上榜，莫言以9票高居榜首，余华、史铁生、阿来和王安忆以6票同居次席。 11月28日，受聘为青岛理工大学客座教授。
2008年	53岁	《生死疲劳》获第2届红楼梦奖首奖。 《四十一炮》入围第七届茅盾文学奖。 11月8日，受聘为中国海洋大学文学与新闻传播学院驻校作家。
2009年	54岁	12月，长篇小说《蛙》由上海文艺出版社出版。 开始使用新浪微博，一共发微博28条，534678粉丝，关注5人。
2010年	55岁	1月，出版“莫言心声系列丛书”，包含《莫言散文新编》《莫言讲演新篇》《莫言对话新录》三部。
2011年	56岁	8月，长篇小说《蛙》获第八届茅盾文学奖。 11月，受聘为青岛科技大学客座教授。11月24日，中国作家协会第八届全国委员会第一次全体会议投票选出中国作协第八届全委会副主席，莫言当选副主席。
2012年	57岁	5月，受聘为华东师范大学中文系兼职教授。 10月11日，荣获2012年度诺贝尔文学奖。 教育部直属的语文出版社决定将莫言作品《透明的红萝卜》收录在高中语文选修课程中。 10月14日，为电影《许海峰的枪》题写片名。 11月，《莫言文集》(全二十册)由作家出版社出版，包括莫言11部长篇小说、一部剧本、几乎所有中短篇小说、散文与对话演讲访谈。 12月8日，在斯德哥尔摩的瑞典文学院发表名为“讲故事的人”的领奖演讲，在演讲中追忆了自己的母亲，回忆了自己创作之路，还提到了蒲松龄对他的影响。 12月12日，“2012中华文化人物”颁授典礼将莫言评为“2012中华文化人物”。莫言未能出席，表示“愧不敢当”。 12月24日，为何水法绍兴美术馆题写馆名。
2013年	58岁	1月5日，北京出版创意产业园区的精典博维书屋开幕，莫言为其揭牌，并特地题写了“书屋”二字。 1月20日，获央视2012年度三农人物，莫言说：“这个奖比较符合我的身份，我只是个会讲故事的农民。” 1月22日下午，正式受聘成为北京师范大学文学院教授。 4月3日，在现代文学馆举行的第二届中国-澳大利亚文学论坛上，与2003年诺贝尔文学奖得主，南非作家库切对话。

续　表

		4月19日，新作《盛典——诺奖之行》在海南国际会展中心举行首发仪式，该书是莫言领取诺奖期间的采访、演讲合集，莫言和女儿管笑笑一同出席首发式。该书由一个叫“莫言文学村”的团体编著出品。 4月21日，在中央机关“强素质·作表率”读书活动4周年纪念活动上，发表名为“文学创作漫谈”的演讲，称“文学和政治分不开关系，但文学创作一定要高于政治。” 4月27日，被山东大学聘为讲座教授，并为学生开讲座，自嘲“没学问也没学历”，“坐在书桌前写作时，忘掉自己获得诺奖这件事，一穷二白去写作。” 5月5日，央视《开讲啦！》邀请杨振宁、莫言与年轻人聊“科学与文学”等话题。 5月13日，参加北京师范大学国际写作中心揭牌成立仪式，并出任该中心主任。 7月4日，为山东卫视明星真人秀节目《中国星力量》题词“准备好状态，争演红高粱”。这是莫言首次为电视节目题字。 7月31日，因档期无法亲临上海书展，故为思南公馆打造的书展分会场题字“思南文学之家”，以此“特殊方式”参加2013上海书展。 8月17日，在佛山出席第二届南方国际文学周开幕式，并为“首届非虚构写作大奖”得主颁奖，现场编起“北京和佛山”的段子。 9月1日，在北京中国社会科学院学术报告厅举行的中德作家论坛上发表演讲：“全球化时代作家的责任”，回忆上个世纪没有禁住诱惑写10集电视剧赚了15万元的故事。 9月15日，在高雄佛光山举办的“星云人文世界论坛”发表题为“文学家的梦想”的演讲。莫言说，他的很多创作源自乡土、农民，还有梦境。 9月21日，在台北出席《盛典——诺奖之行》的发布会，他与数千名台湾读者分享了得奖的感悟。坦言自己写作从未曾梦想获得诺贝尔文学奖，后来获得这个殊荣深感惭愧，压力很大。 9月23日，在台湾获颁佛光大学荣誉文学博士学位。莫言说，“这顶帽子戴在头上，很不舒服”。 9月26日，在家乡高密被授予“高密人民勋章”。莫言说，“真正的人民功勋不是我，我就是一个写小说的，流不了多少汗，也出不了多少力”。 10月30日，中国首家培养网络文学原创作者的公益性大学——网络文学大学，在北京孔庙国子监宣告成立，莫言担任名誉校长并开讲第一课。在第一课里与在座的网络作家分享了“什么是好的文学”。莫言说：“好作品往往不是一潭清水，一眼就可以看到底。好的文学作品应该是浑浊的，一眼看不穿的，像长江大河一样。小溪一眼可以看得很清楚，但是黄河长江是看不透的。正是因为它看不透，它浑浊，所以它包容了很多的东西。”

续 表

		11 月 14 日，出席 2013 北京国际民间友好论坛，并在致辞时表示，城市的建设发展必须在继承传统的基础上寻求创新。 11 月 19 日，在昆明举行的第二届亚洲文化论坛上发表题为“既要传承、更要创新”的演讲，认为“非遗”保护既要传承，更要敢于冒风险创新。 12 月 2 日，访问浙江大学并发表演讲，畅谈“如何讲故事”；并在第九届杭州文艺骨干培训班上被聘为杭州文艺顾问。 12 月 4 日，出席在中国国家博物馆举行的“汉学家与中外文化交流”座谈会开幕式，并致开幕词，感谢汉学家对中国文化的推广和传播所做出的贡献。 12 月 15 日，出席《十月》杂志在北京文学馆举行的“创刊 35 周年最具影响力作品奖”颁奖礼，莫言获奖并发言，“我是读着《十月》走上文学道路的，这话一点也不夸张”。
2014 年	59 岁	1 月 26 日，参加电视剧《红高粱》在高密举行的关机仪式，为《红高粱》题写剧名。 3 月 4 日，出席全国政协十二届二次会议并提案关注“失独家庭”，称这并非跨界而是与自己的创作有关。 3 月 11 日，与做客北京师范大学国际写作中心的王安忆进行“小说的生活”对话，莫言坦言，确实有一段时间痴迷金庸的武侠小说。 3 月 22 日，出席江苏扬州鉴真图书馆举办的“扬州讲坛”，发表主题为“莫言文学”的演讲。重点是“社会主义核心价值观是做人基本准则”，莫言结合儒家的“忠孝礼义仁智信”理论，提醒大家“我们要爱国、诚信、敬业、友善。” 3 月 23 日，主持北京师范大学驻校作家余华入校仪式暨学术研讨会。 4 月 10 日，参加北京师范大学国际写作中心为美国 90 后作家约翰·兰多夫·桑顿举行的驻校作家受聘仪式，与多位作家进行“如何认识并讲述中国”的讨论。 4 月 19 日，在第 31 届潍坊国际风筝会开幕时，向潍坊赠送题字“风筝”表祝福。 4 月 20 日，在中国现代文学馆“麦家《解密》重新出发”的活动上，与麦家进行交流对话。莫言说一直梦想写出《解密》这样的作品，但是这部作品可以写得更自由一些。 5 月 5 日，在作家孙犁诞辰 101 周年之际为“孙犁故居”题字。 5 月 17 日，在北京当代 MOMA 百老汇电影中心，莫言对话张艺谋，谈对《归来》的感受，以及 27 年前拍《红高粱》时的往事。莫言称，看《归来》时他流了不少眼泪，这部电影虽然故事上比较老套，但表达的东西直指人心。和当年艺术上有些遗憾但洋溢着青春朝气的《红高粱》比，《归来》是收敛的结果。

续 表

		6月6日，莫言在2014青岛文化艺术季的开幕式上发表主题为“小说与故乡”的演讲。莫言说：“故乡是作家摆脱不了的存在，作家用文学的方式拓展故乡，是对故乡的一种超越。”
		7月11日，作为巴西世界杯“腾讯特邀嘉宾”，莫言飞抵巴西，和国际足联秘书长瓦尔克会面，参与《巨星面对面》节目录制，并观看和评说世界杯决赛，耗时一周。莫言表示作为一位作家，与“评球界”首次触电，是一次极为难得的经历。
		8月12日，莫言为成都艺术职业学院青神校区奠基典礼题诗：“鸡声响起夜将阑，野店灯火照荒山，行客莫贪热被窝，收拾上路赶早船。”
		8月15—17日，应邀到西安参加“长安与丝路对话”活动。16日，与法国诺奖得主勒·克莱齐奥一起参观陕西秦始皇帝陵博物院。17日，被聘为“丝绸之路国际电影节”顾问。和勒·克莱齐奥展开对话，澄清了不少关于自己获奖后的传闻，并称“了解一名作家最好的方式是读他的书。”和电影作曲家、中国音乐家协会主席赵季平、陕西省文联副主席高建群和西部电影集团有限公司董事长张宏谈西部电影，称：“现在很多人把电影《红高粱》看作陕北题材，我说这应该是一部东西结合的电影。艺术家创作最终要向生活靠拢。”
		8月19日，在广州参加第三届南方国际文学周，与导演许鞍华“跨界对话”，交流了彼此对“黄金时代”的理解，莫言坦言“黄金时代”应该拥有文化上的包容心、开放性。同日，在“拙见2014年度盛典”上发表题为“喧嚣与真实”的演讲。他用四个故事来说明喧嚣与真实的关系，感慨一个人想要在喧嚣的社会中保持真实面目十分不易，而作家要具备从喧嚣中发现正能量的能力，应该尽力展现喧嚣背后的真实。
		9月3日，在陕西宝鸡法门寺博物馆举行的电影《法门寺》(暂定名)题材研讨会上，与众多专家学者围绕拍摄一部什么样的《法门寺》题材电影展开研讨。莫言担纲该片总编剧，他在研讨会上表示，不拍穿越剧，也不拍“戏说剧”。
		9月7日，为第六届北京“诗意中国——中华世纪坛中秋国际原创诗会”题写“诗意中国”。
		9月19日，带领北京师范大学国际写作中心一行，参加在法国艾克斯举行的“莫言研究：翻译，传播，交流”国际研讨会。莫言表示，欧洲的评论家对他的评论和误读有时也是很美好的。同日，莫言被法国艾克斯-马赛大学授予荣誉博士学位。
		10月15日，参加习近平在京主持召开的文艺工作座谈会，聆听了习近平总书记的重要讲话。
		10月11日，出席中国(高密)第五届红高粱文化节开幕式，并发言，认为“最重要的是作家要沉下心来，认真写作，把文学作品的艺术水准提高，丰富它的思想内涵。”

续 表

		10月24—25日，出席北京师范大学国际写作中心举办的"莫言与中国当代文学国际学术研讨会"闭幕式，莫言提到，自己2015年上半年可能会找一个地方"躲起来"写一部作品，"不管是大的（作品）还是小的（作品）。" 11月10日，莫言在纽约市立大学发表演讲"我的故事"，回忆童年和创作的关系；并被授予纽约市立大学荣誉博士学位，成为该大学建院125年历史上首位获得这一殊荣的中国人。 11月19日，在波士顿地区的剑桥第一教区教堂，莫言和哈金展开一场关于"讲故事"的对话，莫言说，哈金先生的英文写作是一个传奇，是神话，他已经形成了自己的语言风格。 11月26日，主持北京师范大学驻校作家严歌苓入校仪式暨学术研讨会。 11月30日，莫言在广州中山大学发表演讲，称不建议中学生读自己的书，因为书中有很多爱情与性的内容，"不要听你老师的，不要读我的书。可以读一些写母亲的，写乡村风景的，长大结婚后再读我的小说"。 12月2日，莫言在香港公开大学进行题为"幻觉现实主义与中国当代文学"的演讲，他说，"我认为作家就应该简简单单、专注地从事写作，而不是像政治家一样做演讲。"
2015年	60岁	1月1日，在中央纪委监察部网站推出的"聆听大家"系列访谈中，莫言表示正在创作一部反腐题材作品。 3月6日，参加全国政协十二届三次会议文艺界联组会并发言，建议国家将学前教育纳入到免费教育的范畴里。 3月21日，主持北京师范大学驻校作家苏童入校仪式。 5月22日，在国务院总理李克强的带领下，在哥伦比亚首都波哥大参加两国政府文化部门举办的中国—拉丁美洲人文交流研讨会，并发表关于幻想与现实的主题演讲，提出"咖啡"与"绿茶"的比喻，表示如果能见到马尔克斯，会对他说，"先生，我在梦中曾经与你一起喝过咖啡，但哥伦比亚的咖啡里面，有点中国绿茶的味道。" 5月，为北京孔庙国子监博物馆题字，横匾上从左到右题了"乾隆石经"4字，受争议"违反祖例"。 6月8日，担任犯罪悬疑电影《无法证明》艺术总监，并为影片题字，本人并未到场。 6月10日，《不一样的焰火》在乌鲁木齐举行开机新闻发布会，宣传画册上莫言担任艺术总监，本人并未到场。 6月12日，出席第三届中韩日东亚文学论坛启幕发布会，他表示，"因为文学关注的是人，描写的是人和人的情感，所以与其他的一些合约协议相比，文学上的交流可能注定走得更加长远。" 6月18日，参加硕士研究生导师童庆炳追悼会，莫言敬献的挽联上写着："敬爱的童老师，安息"。

续 表

		9 月 12 日，受聘为成都艺术职业学院教授，并题字“艺无止境”。 10 月 18—19 日，主持 2008 年诺贝尔文学奖得主、法国作家勒·克莱齐奥在北师大举办的两场演讲，在主持中讲述克莱齐奥去高密乡的趣事。 10 月 25 日，在无锡举行的第四届世界佛教论坛上，莫言和科学家罗伯茨进行“生命的相遇——诺贝尔奖获得者对话佛教”交流。莫言说，“当你做了任何一件小事情的时候，希望很多人知道，又变成了捞取社会资本的过程时候，我对这个是拒绝的。” 11 月 10 日，参加在福建泉州举办的第三届亚洲文化论坛，并发表演讲，他说：“一个国家是否富裕不能只看 GDP 有多高，创新不是复旧，而应有强烈的学习意识，用一双善于观察的眼睛和敏感的艺术神经，去发现生活细节之下包含的文化意义和历史渊源。” 12 月 22 日，在中国电影文学学会第六届会员代表大会上被理事会推举为学会名誉会长。
2016 年	61 岁	3 月 4 日，出席全国政协十二届四次会议，建议将中小学学制从 12 年改为 10 年，采取一贯制基础教育、公民教育。 3 月 23 日，出席 2016 博鳌亚洲论坛“多彩文明与亚洲新活力”分论坛并发言。莫言说，亚洲发展新的活力和动力隐藏在亚洲文明的多样性之中。 4 月 22 日，主持北京师范大学驻校作家格非入校仪式。 5 月 45 日，与诺贝尔文学奖得主克莱齐奥在浙江大学对谈“文学与教育”，莫言谈到有很多学生用他的小说做论文时说：“任何一个作家实际上都被放大解读了。” 6 月 2 日，在智利驻华大使馆授权智利方将自己的代表作品之一《生死疲劳》改编成话剧，并在拉美地区演出。 6 月 12 日，参加在西班牙举行的《生死疲劳》戏剧签约仪式。 8 月 16 日，参加在长春举行的第四次汉学家文学翻译国际研讨会，莫言表示，翻译应该“慢工出细活”，译者要具备良好的语言能力和文化背景，并与原作者充分互动，实现高质量的翻译。 9 月 17—23 日，参访兰州、敦煌、嘉峪关等地。作了“从我的高密东北乡出发”等几场演讲，对怎样讲好中国故事，怎么创新等问题发表了看法。他说：“要了解我们中国的发展，肯定要讲当下的中国。我们应该重点讲一下最近三十年来的工作，因为中华民族的历史中最近三十年来的变化最值得我们关注。”“讲中国故事的人也是中国故事中的人。既然故事已经变得这么普遍，那么作为一个小说家，作为一个用艺术在创作的人，我们也应该开始讲究讲故事的方法。”“所以我想，我们保存好了现存的文明成果，这让我们无愧先人。但如果我们仅仅只是一个保存者、保护者，而不去创造，那我们将愧对我们的后代。因此，在交流的时候，一定要强化创新的意识。”

续 表

		9 月 18 日，在西北师范大学发表主题为“从我的高密东北乡出发”的演讲，叙述他的童年经历与文学道路，以及他心中对故乡深深的眷恋和热爱。他说，“爱故乡又恨故乡，恋故乡又怨故乡，这在《红高粱》中非常直白的、强烈的、狂妄的表现出来。现在再让我写，肯定不会这么写了。”同日，获聘西北师范大学荣誉教授。 9 月 20 日，参加首届丝绸之路(敦煌)国际文化博览会。 9 月 22—24 日，出席第五届中国(嘉峪关)国际短片电影展，并作“纪录片与文学”主题演讲，谈及纪录片的艺术以及对自己写作的启发。 9 月 25 日，出席第二届会稽山论坛，现场作打油诗寄情山水：“中午宴饮嘉峪关，晚上雅集会稽山。古人舟车半年路，如今只要小半天。” 10 月 21 日，主持“极地的出发与远行：北京师范大学驻校作家迟子建入校仪式暨创作三十年研讨会”。
2017 年	62 岁	4 月 19 日，受团结香港基金旗下中华学社邀请，在香港会展中心发表题为“黄土地幻觉世界与中国文学契机”的演讲。 8 月 23 日，参加第 24 届北京国际图书博览会，参与“故事沟通世界：莫言对话 30 国汉学家”活动。 9 月 15 日—10 月 7 日《翰墨三人行》全国巡回展览，汇集了吴悦石、莫言、杨华山三位中国书画、文学界当代大家历时一年联袂创作的百余幅书画作品。三位大家深入学习了习近平总书记系列讲话精神，坚持文化自信，坚持以人民为中心的创作导向，坚守传统文化，勇于创新创造，用实际行动推动了对传统文化的承扬与艺术创作创新发展。2018 年，“翰墨三人行”全国巡展还将陆续在长沙、深圳、厦门、南昌、济南、西安、南京等历史文化名城展出。 戏曲文学剧本《锦衣》和组诗《七星曜我》发表于《人民文学》第 9 期。 短篇小说《地主的眼神》《斗士》《左镰》，总题为《故乡人事》，发表于《收获》第 5 期。这是莫言获得诺奖后最新短篇小说作品。 短篇小说《天下太平》发表于《人民文学》第 11 期。 11 月 13 日，在香港浸大校园举行的毕业典礼上，获颁授荣誉文学博士学位。
2018 年	63 岁	短篇小说《等待摩西》和诗歌《高速公路上的外星人》(外二首)发表于《十月》第 1 期。 短篇小说《诗人金希普》《表弟宁赛叶》和诗歌《雨中漫步的猛虎》(外二首)发表于《花城》第 1 期。 短篇小说《父亲的画像》和诗歌《美丽的哈瓦那》(外二首)发表于《作家》第 1 期。

续 表

		10月14日—21日，在北京时间博物馆举办了莫言的首度书法个展《笔墨生活——莫言墨迹展》，展览以笔记、诗词、对联等近百幅书法作品展示莫言在日常生活中的书写实践。 戏曲文学剧本《高粱酒》发表于《人民文学》第5期。
2019年	64岁	《一斗阁笔记》发表于《上海文学》第1期。共有12篇笔记组成，分别是《真牛》《诗家》《葱管》《锦衣》《仙桃》《茂腔》《褂子》《踩鱼》《虎疤》《槐米》《深巷》和《爱马》。这些小故事长则四百余字，短的只有二百多字，各自独立成文，彼此似乎没有联系。故事涵盖的内容包括了乡土神话、革命记忆、现代经验等。 4月，小说《等待摩西》获得第15届十月文学奖短篇小说奖。 6月12日，英国牛津大学摄政公园学院授予莫言荣誉院士称号，并宣布成立以莫言命名的国际写作中心。

参考文献

一、国内叙事学研究专著：

1. 罗钢：《叙事学导论》，昆明：云南人民出版社 1994 年版。
2. 赵毅衡：《苦恼的叙述者——中国小说的叙述形式与中国文化》，北京：北京十月文艺出版社 1994 年版。
3. 浦安迪：《中国叙事学》，北京：北京大学出版社 1995 年版。
4. 杨义：《中国叙事学》，北京：人民出版社 1997 年版。
5. 赵毅衡：《当说者被说的时候——比较叙述学导论》，北京：中国人民大学出版社 1998 年版。
6. 申丹：《叙述学与小说文体学研究》，北京：北京大学出版社 1998 年版。
7. 董小英：《叙述学》，北京：社会科学文献出版社 2001 年版。
8. 赵卓：《鲁迅小说叙述艺术论》，北京：首都师范大学出版社 2002 年版。
9. 耿占春：《叙事美学：探索一种百科全书式的小说》，郑州：郑州大学出版社 2002 年版。
10. 陈平原：《中国小说叙事模式的转变》，北京：北京大学出版社 2003 年版。
11. 胡亚敏：《叙事学》，武汉：华中师范大学出版社 2004 年版。
12. 赵宪章：《文体与形式》，北京：人民文学出版社 2004 年版。
13. 程文超等：《欲望的重新叙述：20 世纪中国的文学叙事与文艺精神》，桂林：广西师范大学出版社 2005 年版。
14. 南志刚：《叙述的狂欢与审美的变异：叙事学与中国当代先锋小说》，北京：华夏出版社 2006 年版。
15. 张文红：《伦理叙事与叙事伦理：90 年代小说的文本实践》，北京：社会科学文献出版社 2006 年版。
16. 祖国颂：《叙事学的中国之路——中国首届叙事学学术研讨会论文集》，北京：中国社会科学出版社 2006 年版。
17. 谭君强：《叙事学导论》，北京：高等教育出版社 2008 年版。
18. 程炼：《伦理学导论》，北京：北京大学出版社 2008 年版。

19. 吴效刚：《现代小说：叙事形态与人本价值思想》，北京：中国社会科学出版社 2008 年版。
20. 伍茂国：《现代小说叙事伦理》，北京：新华出版社 2008 年版。
21. 白春香：《赵树理小说叙事研究》，北京：中国社会科学出版社 2008 年版。
22. 翟红：《叙事的冒险：中国先锋小说语言实验探微》，北京：中国社会科学出版社 2008 年版。
23. 申丹：《叙事、文体与潜文本：重读英美经典短篇小说》，北京：北京大学出版社 2009 年版。
24. 申丹、王丽亚：《西方叙事学：经典与后经典》，北京：北京大学出版社 2010 年版。
25. 杜鹃：《亨利·菲尔丁小说的伦理叙事》，武汉：华中师范大学出版社 2010 年版。
26. 徐岱：《小说叙事学》，北京：商务印书馆 2010 年版。

二、参考译著：

1. [英]福斯特：《小说面面观》，苏炳文译，广州：花城出版社 1984 年版。
2. [美]苏珊·朗格：《艺术问题》，滕守尧译，北京：中国社会科学出版社 1983 年版。
3. [美]雷·韦勒克、奥·沃伦：《文学理论》，刘象愚等译，北京：生活·读书·新知三联书店 1984 年版。
4. [奥]齐·弗洛伊德：《创造性作家与昼梦·西方现代派文学问题论争集(下)》，何望贤编选，北京：人民文学出版社 1984 年版。
5. [德]卡西尔：《人论》，甘阳译，上海：上海译文出版社 1985 年版。
6. [法]列维—布留尔：《原始思维》，丁由译，北京：商务印书馆 1985 年版。
7. [英]罗宾·乔治·科林伍德：《艺术原理》，王至元、陈华中译，北京：中国社会科学出版社 1985 年版。
8. [美]苏珊·朗格：《情感与形式》，刘大基等译，北京：中国社会科学出版社 1986 年版。
9. [美]韦恩·布斯：《小说修辞学》，华明等译，北京：北京大学出版社 1987 年版；付礼军译，南宁：广西人民出版社 1987 年版。
10. [俄]巴赫金：《陀思妥耶夫斯基诗学问题》，白春仁、顾亚铃译，北京：生活·读书·新知三联书店 1988 年版。
11. [日]淹本孝雄等：《色彩心理学》，成同社等译，北京：科学技术文献出版社 1989 年版。
12. [以色列]施洛密斯·里蒙-凯南：《叙事虚构作品》，姚景清等译，北京：生活·读书·新知三联书店 1989 年版。
13. [俄]托多罗夫：《叙事作为话语叙述学研究》，张寅德编选，北京：中国社会科学出版社 1989 年版。

14. [法]热拉尔・热奈特：《叙事话语・新叙事话语》，王文融译，北京：中国社会科学出版社1990年版。
15. [美]华莱士・马丁：《当代叙事学》，吴晓明译，北京：北京大学出版社1990年版。
16. [美]斯蒂芬・欧文：《追忆——中国古典文学中的往事再现》，郑学勤译，上海：上海古籍出版社1990年版。
17. [德]伽达默尔：《美的现实性》，张志扬等译，北京：生活・读书・新知三联书店1991年版。
18. [美]约瑟夫・弗兰克：《现代小说中的空间形式》，秦林芳编译，北京：北京大学出版社1991年版。
19. [俄]巴赫金：《巴赫金文论选》，佟景韩译，北京：中国社会科学出版社1996年版。
20. [英]戴维・洛奇：《小说的艺术》，北京：作家出版社1998年版。
21. [俄]巴赫金：《巴赫金全集》，钱中文主编，白春仁、晓河、李兆林、夏忠宪、李辉凡等译，石家庄：河北教育出版社1998年版。
22. [法]让—弗朗索瓦・利奥塔：《后现代道德》，黄伟民等译，上海：学林出版社2000年版。
23. [美]亨利・詹姆斯：《小说的艺术：亨利・詹姆斯文论选》，朱雯等译，上海：上海译文出版社2001年版。
24. [美]夏志清：《中国古典小说史论》，胡益民等译，南昌：江西人民出版社2001年版。
25. [法]布迪厄：《艺术的法则》，刘晖译，北京：中央编译出版社2001年版。
26. [意]卡尔维诺：《卡尔维诺文集》，吕同六、张洁主编，南京：译林出版社2001年版。
27. [美]J. 希利斯・米勒：《解读叙事》，申丹译，北京：北京大学出版社2002年版。
28. [美]詹姆斯・费伦：《作为修辞的叙事——技巧、读者、伦理、意识形态》，陈永国译，北京：北京大学出版社2002年版。
29. [英]马克・柯里：《后现代叙事理论》，宁一中译，北京：北京大学出版社2003年版。
30. [法]保尔・利科：《虚构叙事中时间的塑形——时间与叙事(卷二)》，王文融译，北京：生活・读书・新知三联书店2003年版。
31. [荷]米克・巴尔：《叙述学：叙事理论导论》，谭君强译，北京：中国社会科学出版社2003年版。
32. [美]M. H. 艾布拉姆斯：《境与灯》，郦稚牛等译，北京：北京大学出版社2004年版。
33. [美]夏志清：《中国现代小说史》，刘绍铭等译，上海：复旦大学出版社2005年版。

34. [法]乔治·巴塔耶:《文学与恶》,董澄波译,北京:燕山出版社 2006 年版。
35. [美]杰拉德·普林斯:《叙事学》,徐强译,北京:中国人民大学出版社 2013 年版。
36. [美]西摩·查特曼:《故事与话语》,徐强译,北京:中国人民大学出版社 2013 年版。

三、莫言研究相关著作

(一)莫言对话、演讲录(集)与创作谈:

1. 莫言、王尧:《莫言王尧对话录》,苏州:苏州大学出版社 2003 年版。
2. 莫言:《小说的气味》,沈阳:春风文艺出版社 2003 年版。
3. 莫言:《小说的气味》,北京:当代世界出版社 2004 年版。
4. 莫言:《作为老百姓写作——访谈对话集》,深圳:海天出版社 2007 年版。
5. 莫言:《恐惧与希望——演讲创作集》,深圳:海天出版社 2007 年版。
6. 莫言:《莫言对话新录》,北京:文化艺术出版社 2010 年版。
7. 莫言:《莫言讲演新篇》,北京:文化艺术出版社 2010 年版。
8. 莫言:《碎语文学》,北京:作家出版社 2012 年版。
9. 莫言:《盛典——诺奖之行》,武汉:长江文艺出版社 2013 年版。

(二)莫言研究专著与资料汇编:

1. 张志忠:《莫言论》,北京:中国社会科学出版社 1990 年版。
2. 贺立华、杨守森主编:《莫言研究资料》,济南:山东大学出版社 1992 年版。
3. 贺立华、杨守森:《怪才莫言》,石家庄:花山文艺出版社 1992 年版。
4. 钟怡雯:《莫言小说:历史的重构》,台北:文史哲出版社 1998 年版。
5. 杨扬编:《莫言研究资料》,天津:天津人民出版社 2005 年版。
6. 孔范今、施战军主编:《莫言研究资料》,济南:山东文艺出版社 2006 年版。
7. 谢静国:《论莫言小说(1983—1999)的几个母题和叙述意识》,台北:秀威资讯科技股份有限公司 2006 年版。
8. 张文颖:《莫言与大江健三郎的文学:来自边缘的声音》,北京:中国传媒大学出版社 2007 年版。
9. 叶开:《莫言评传》,郑州:河南文艺出版社 2008 年版。
10. 张灵:《叙述的源泉:莫言小说与民间文化中的生命主体精神》,北京:中央编译出版社 2010 年版。
11. 付艳霞:《莫言的小说世界》,北京:中国文史出版社 2011 年版。
12. 张志忠:《莫言论》,北京:北京联合出版公司 2012 年版。
13. 郭小东等:《看穿莫言》,武汉:武汉大学出版社 2012 年版。
14. 杨扬主编:《莫言作品解读》,上海:华东师范大学出版社 2012 年版。
15. 任瑄等:《对话莫言》,北京:人民日报出版社 2012 年版。
16. 朱向前:《莫言:诺奖的荣幸》,南昌:百花洲文艺出版社 2012 年版。
17. 蒋泥:《大师莫言》,合肥:安徽文艺出版社 2012 年版。

18. 黄灿主编：《说吧莫言》，南昌：二十一世纪出版社 2012 年版。
19. 李斌、程桂婷编：《莫言批判》，北京：北京理工大学出版社 2013 年版。
20. 程春梅、于红珍主编：《莫言研究硕博论文选编》，济南：山东大学出版社 2013 年版。
21. 林建法主编：《说莫言》（上下册），沈阳：辽宁人民出版社 2013 年版。
22. 陈晓明主编：《莫言研究（2004—2012）》，北京：华夏出版社 2013 年版。
23. 叶开：《莫言的文学共和国》，北京：北京大学出版社 2013 年版。
24. 刘再复：《莫言了不起》，北京：东方出版社 2013 年版。
25. 王德威等：《说莫言》，上海：上海书店出版社 2013 年版。
26. 李建军：《是大象，还是甲虫——莫言及当代中国作家作品析疑》，太原：北岳文艺出版社 2013 年版。
27. 郭小东等：《为什么是莫言》，广州：花城出版社 2013 年版。
28. 张秀奇：《走向辉煌莫言记录》，太原：山西人民出版社 2013 年版。
29. 杨守森、贺立华主编：《莫言研究三十年》，济南：山东大学出版社 2013 年版。
30. 莫言、陈思和、陈平原等：《大家说莫言，莫言说自己》，北京：人民日报出版社 2013 年版。
31. 蔡先金：《莫言会灯：对话"讲故事的人"》，济南：齐鲁书社 2013 年版。
32. 张清华、曹霞编：《看莫言——朋友、专家、同行眼中的诺奖得主》，武汉：华中科技大学出版社 2013 年版。
33. 齐林泉、兰传斌等：《莫言弟子说莫言》，济南：山东大学出版社 2013 年版。
34. 徐怀中等：《乡亲好友说莫言》，济南：山东大学出版社 2013 年版。
35. 史言：《叙事策略与文本细读：莫言中短篇小说研究》，厦门：厦门大学出版社 2016 年版。
36. 侯传文：《东方诺贝尔文学研究——从泰戈尔到莫言》，北京：中国社会科学出版社 2016 年版。
37. 鲍晓英：《莫言小说译介研究》，上海：上海交通大学出版社 2016 年版。
38. 王恒升：《多维视野中的莫言创作研究》，北京：人民出版社 2016 年版。
39. 王育松：《莫言小说研究》，北京：社会科学文献出版社 2016 年版。
40. 楚军：《莫言作品叙事研究》，北京：科学出版社 2017 年版。
41. 管笑笑：《莫言小说文体研究》，北京：北京师范大学出版社 2017 年版。
42. 胡铁生：《全球化语境中的莫言研究》，北京：社会科学文献出版社 2017 年版。
43. 王西强：《莫言小说叙事研究——一种基于叙事视角和人称机制的文本细读》，北京：中国社会科学出版社 2017 年版。
44. 丛长宏：《跨文化的对话——莫言小说创作研究》，长春：吉林美术出版社 2018 年版。
45. 张雪飞：《个体生命视角下的莫言小说研究》，北京：中国社会科学出版社 2018 年版。
46. 赵月霞：《"缄默"与"狂言"：莫言小说中的儿童视角研究》，北京：中央民族大学出版社 2018 年版。
47. 苏萍:《差异中包含共性——莫言与村上春树创作比较研究》,北京:知识产权出版社 2018 年版。
48. 姜智芹:《莫言作品海外传播研究》,南京:南京大学出版社 2019 年版。

四、其他相关专著:

1. 陈望道:《修辞学发凡》,上海:上海教育出版社 1982 年版。
2. 钱钟书:《谈艺录》,北京:中华书局 1984 年版。
3. 孟繁华:《叙事的艺术》,北京:中国文联出版公司 1989 年版。
4. 李政:《山东青年作家与齐鲁文化》,济南:济南出版社 1991 年版。
5. 陈晓明:《无边的挑战——中国先锋文学的后现代性》,长春:时代文艺出版社 1993 年版。
6. 李书磊:《都市的迁徙——现代小说与城市文化》,长春:时代文艺出版社 1993 年版。
7. 王宁:《多元共生的时代——二十世纪西方文学比较研究》,北京:北京大学出版社 1993 年版。
8. 李泽厚:《李泽厚十年集》第三卷,合肥:安徽文艺出版社 1994 年版。
9. 方珊:《形式主义文论》,济南:山东教育出版社 1994 年版。
10. 童庆炳:《文体与文体的创造》,昆明:云南人民出版社 1994 年版。
11. 陶东风:《文体演变及其文化意味》,昆明:云南人民出版社 1994 年版。
12. 王岳川:《20 世纪西方文论研究丛书》,济南:山东教育出版社 1994 年版。
13. 唐跃、谭学纯:《小说语言美学》,合肥:安徽教育出版社 1995 年版。
14. 高辛勇:《修辞学与文学阅读》,北京:北京大学出版社 1997 年版。
15. 王一川:《修辞论美学》,长春:东北师范大学出版社 1997 年版。
16. 吴义勤:《中国当代新潮小说论》,南京:江苏文艺出版社 1997 年版。
17. 陈思和:《陈思和自选集》,桂林:广西师范大学出版社 1997 年版。
18. 王晓明主编:《中国二十世纪文学史论》,上海:东方出版中心 1997 年版。
19. 潘知常:《反美学》,上海:学林出版社 1997 年版。
20. 南帆:《文学的维度》,上海:上海三联书店 1998 年版。
21. 孟悦:《历史与叙述》,西安:陕西人民教育出版社 1998 年版。
22. 邓晓芒:《灵魂之旅》,武汉:湖北人民出版社 1998 年版。
23. 鲁迅:《中国小说史略》,上海:上海古籍出版社 1998 年版。
24. 祁述裕:《市场经济下的中国文学艺术》,北京:北京大学出版社 1998 年版。
25. 张强:《桑文化原论》,西安:陕西人民教育出版社 1998 年版。
26. 金元蒲:《接受反应文论》,济南:山东教育出版社 1998 年版。
27. 孙先科:《叙述的意味》,北京:经济日报出版社 2000 年版。
28. 朱立元:《二十世纪西方美学经典文本》,上海:复旦大学出版社 2000 年版。
29. 金汉:《中国当代小说艺术演变史》,杭州:浙江大学出版社 2000 年版。

30. 王建刚：《狂欢诗学——巴赫金文学思想研究》，上海：学林出版社 2001 年版。
31. 丁帆等：《中国大陆与台湾乡土小说比较史论》，南京：南京大学出版社 2001 年版。
32. 《文化研究》（第 3 辑），天津：天津社会科学院出版社 2002 年版。
33. 洪子诚：《问题与方法》，北京：生活·读书·新知三联书店 2002 年版。
34. 吴礼权：《修辞心理学》，昆明：云南人民出版社 2002 年版。
35. 刘禾：《跨语际实践——文学、民族文化与被译介的现代性》，北京：生活·读书·新知三联书店 2002 年版。
36. 曹文轩：《20 世纪末中国文化现象研究》，北京：北京大学出版社 2002 年版。
37. 叶舒宪：《文学与人类学——知识全球化时代的文学研究》，北京：社会科学文献出版社 2003 年版。
38. 陈晓明：《现代性与中国当代文学转型》，昆明：云南人民出版社 2003 年版。
39. 阎真：《百年文学与后现代主义》，长沙：湖南教育出版社 2003 年版。
40. 林建法、徐连源：《中国当代作家面面观——灵魂与灵魂的对话》，杭州：浙江文艺出版社 2004 年版。
41. 贾梦玮：《河汉观星——十作家论》，昆明：云南人民出版社 2004 年版。
42. 孟繁华、程光炜：《中国当代文学发展史》，北京：人民文学出版社 2004 年版。
43. 陈平原：《当代中国人文观察》，北京：人民文学出版社 2004 年版。
44. 陶东风：《文学理论基本问题》，北京：北京大学出版社 2004 年版。
45. 陈霖：《文学空间的裂变与转型——大众传播与 20 世纪 90 年代中国大陆文学》，合肥：安徽大学出版社 2004 年版。
46. 骆冬青：《形而放学：美学新解》，北京：中国社会科学出版社 2004 年版。
47. 周宪：《审美现代性批判》，北京：商务印书馆 2005 年版。
48. 张意：《文化与符号权力》，北京：中国社会科学出版社 2005 年版。
49. 何永康：《二十世纪中西比较小说学》，南京：江苏教育出版社 2006 年版。
50. 曾利君：《魔幻现实主义在中国的影响与接受》，北京：中国社会科学出版社 2007 年版。
51. 张强：《现当代学人年谱与著述编年》，上海：上海三联书店 2007 年版。
52. 陈黎明：《魔幻现实主义与新时期中国小说》，保定：河北大学出版社 2008 年版。
53. 刘茂生：《王尔德创作的伦理思想研究》，武汉：华中师范大学出版社 2008 年版。
54. 何永康：《红楼美学》，扬州：广陵书社 2008 年版。
55. 骆冬青：《心有天游：明清小说美学》，南京：南京大学出版社 2008 年版。
56. 孟繁华：《众神狂欢：世纪之交的中国文化现象》，北京：中国人民大学出版社 2009 年版。
57. 莫言、王蒙、余华等：《文学大家谈》，南京：译林出版社 2013 年版。
58. 毕光明、姜岚：《纯文学的历史批判》，北京：北京大学出版社 2013 年版。

59. 习近平：《在文艺工作座谈会上的讲话》，北京：人民出版社 2015 年版。

五、英文参考资料：

1. Mikhail Bakhtin. *The Dialogic Imagination*. Ed. Michael Holoquist. Trans. Caryl Emerson and Michael Holoquist. Austin: Texas University Press, 1981.
2. Kayser Wolfgang. *The Grotesque in Art and Literature*. Trans. Ulrich Weisstein. New York: Columbia University Press, 1981.
3. Dorrit Cohn. *Transparent Minds: Narrative Modes for Prensenting Consciousness in Fiction*. Princeton: princeton University Press, 1983.
4. Mikhail Bakhtin. *Rabelais and His World*. Trans. Helene Iswolsky. Indiana: Indiana University Press, 1984.
5. Mikhail Bakhtin. *Problems of Dostoevsky's Poetics*. Ed. &Trans. Caryl Emerson. Minneapolis: Minneapolis University Press, 1987.
6. Robert Con Davis and Ronald Schleifer. *Modernism and Formalism. Contemporary Literary Criticism*. New York: Longman, 1989.
7. Mathew Roberts. *Poetics Hermeneutics Dialogics: Bakhtin and Paul de Man*. Dialogism and Absence. Ed. Gary Saul Morson and Caryl Emerson. Illinois: Northwestern University Press, 1989.
8. Paul de Man. *Dialogue and Dialogism*. Dialogism and Absence. Ed. Gary Saul Morson and Caryl Emerson. Illinois: Northwestern University Press, 1989.
9. P. Bourdieu. *The Logic of practice*, Stsndford: Standford University Press, 1990.
10. Michael Holoquist. *Dialogism*. New York: Routledge, 1990.
11. Freud Sigmund. *Creative Writers And Day-dreaming*. in The Standard Edition of the Complete Psychological Works of Sigmund Freud, vol. 9. Trans. James Strachey. The Hograth Press, 1991.
12. Mo Yan. *Explosions and Other Stories*. Ed. Janice Wickeri. Hong Kong: Renditions, 1993.
13. Lu, Tong-lin. *Red Sorghum: Limits of Transgression*. Politics. Ideology. and Literary Discourse in Modern Ghina. Ed. Liu Kang & Xiaobing Tang. Durham: Duke University Press, 1993.
14. Wang, Der-wei. *Imaginary Nostalgia: Shen Congwen, Song Zelai, Mo Yan, and Li Yongping*. From May Fourth to June Fourth. Ed. Ellen Widmer & David Der-wei Wang. Harvard University Press, 1993.
15. P. Bourdieu. *The Field of Cultural Production: Essays on Art and Literature*. New York: Columbia University Press, 1993.

16. Fowler Roger. *A Dictionary of Modem Critical Terms*. New York: Routledge Press, 1995.
17. Borneman John. *Narrative, Genealogy, and the historical Consciousness: Selfhood in a Disintegrating State*. Culture/Contexture: Explorations in anthropology and Literary Studies. Ed. E. Valentine Daniel and Jeffrey M. Peck. California University Press, 1996.
18. Harmon William & Holman C. Hugh. *A Handbook to literature*. Prentice Hall, New Jersey, 1996.
19. Wu, Yenna. Pitfalls of the Postcolonialist Rubric in the Study of Modem Chinese Fiction Featuring Cannibalism: From Lu Xun's 'Diary of a Madman' to Mo Yan's Boozeland. Tamkang Review, Vol. 30, No. 3(Spring, 2000).
20. M. Thomas Inge. *Mo Yan Through Western Eyes*. World Literature Today, Vol. 74, No. 3 (Summer, 2000).

后记

本学术著作是在我的博士论文基础上增补完善而成的。在整理博士论文书稿时，读博时的一幕幕不断在眼前闪现，酸甜苦辣与喜怒哀乐不断涌上心头，也无力写出更好的后记了，就把博士论文的后记稍作调整修饰与补充，作为本书后记吧。

当时我在论文后记中说："对于像我这样已经成家立业的人来说，攻读博士学位，不仅是一项'教育工程'，也是一项'家庭工程'。"

说是一项"教育工程"，国家与纳税人对博士培养的投入自不必赘言，单从导师与授业老师对我的付出就可见一斑。

导师何永康教授治学严谨，洞察世事，且诗学修养极高，他不仅教我做好学问与学术研究，对我的论文进行悉心的指导，而且在待人接物，为人处事的方方面面对愚生多有教益，影响甚深。他在七十寿诞时欣然为自己的50余位博士（后）学生分别赋诗词一首，在赠予我的《归自谣》中写道："思漂母，淮上姜春眸子透。穷通不应由人授！　自归归自朝前走，无回首。随园学术频招手。"眷眷关爱之心与期许之意，令学生感动不已，也更加坚定了我发愤图强的决心，虽不能做到最好，但也要尽最大努力不负恩师教诲与厚望。导师张强教授对我有知遇之恩，没有他的赏识、鼓励与支持，或许我现在仍在浑浑噩噩地过日子，没有目标，没有方向，没有追求，或许还要在考博与读博的道路上摸索更长的时间。在我的论文选题与指导上，他敏锐的发现，果断的决定，令学生感佩。骆冬青（时任文学院院长）教授亦是我攻读文艺学专业的引路人，在我考博、读博的学习过程中，给予了很多的关心与帮助，他对我论文的睿智的引导与中肯的指正，提出的意见与建议，让我受益良多。师恩永铭记，没齿不能忘。

在论文开题、预答辩等重要环节，朱崇才教授等各位老师提出了诸多有益的意见，进行了有效的指点，对论文最后的完成也是意义非凡。还有《中国马克思主义与当代》（多位老师主讲）、《博士第一外国语》（范娜主讲）等课程的老师，还有当时慕名蹭听其课的丽波老师，也是各有千秋，给我博士阶段的读书生活增添了别样的色彩。

说是一项“家庭工程”，实在是因为论文与学业的完成，非家庭合力万不能够达到，没有家人的理解与支持，或许毕业延期都在所难免，对我来说，这是毫不夸张的。

在我的论文即将提交盲审的前几天，我的母亲在老家突发脑梗塞，情况危急，是通过120送到医院的，我的父亲知道我那阵子处在冲刺阶段，为了不影响我，硬是没有告诉我，而我是在几天后偶然和妹妹通电话时才知道消息的。我知道在那样的时刻，父母是多么希望自己的子女守在身旁，他们的内心经历了怎样的煎熬！然而更令我无法释怀与难以接受的是，我的父亲因车祸在手术时发生意外，在医院昏迷了近一年时间，不久前还是离我们而去了。真是“树欲静而风不止，子欲养而亲不待”！

在我读博期间，尤其在我毕业论文的攻坚阶段，夫人陆玉春女士用她并不坚实的肩膀几乎承担了所有的家务与教子的重任，而且，为了尽可能地节省我的时间，我搜集的一些资料与部分初稿也由她帮助进行文字输入，可以说她是我论文的第一个读者。当时正在读小学的儿子姜星宇小同学为了不让我担忧与分心，向我保证他可以通过自己的努力考上淮中（我所在城市的最好中学，学区划分后，留给非学区的名额只有100多个），他后来顺利考上了这所学校，给了我莫大的安慰与鼓舞，也是我一定要按时完成学业的巨大动力，如今他已经是同济大学的大一学生了。博士毕业后，时间过得真快啊！

现在这本论文在进一步加工完善后就要出版了。在此要感谢淮阴师范学院施军副校长,他欣然答应为本书作序。感谢焦亚东与周薇教授为我提供出版方面的资讯。感谢文学院领导的支持与帮助。同时,对上海三联书店郑秀艳女士为拙著出版付出的辛勤劳动与周到服务表示由衷的感谢。

由于本人学术水平有限,加上莫言创作的丰富性与复杂性,书中定有疏漏与不足之处;又因时间精力等原因,莫言获得诺贝尔文学奖之后的一些研究成果尚未能很好充分地吸收到研究中来,只有留待以后进一步完善了,唯望专家学者与读者批评指正。

姜　春

2019 年 10 月

图书在版编目(CIP)数据

莫言小说叙事研究/姜春著. —上海:上海三联书店,2020. 7
ISBN 978-7-5426-6919-3

Ⅰ. ①莫… Ⅱ. ①姜… Ⅲ. ①莫言-小说研究
Ⅳ. ①I207. 42

中国版本图书馆 CIP 数据核字(2019)第 298980 号

莫言小说叙事研究

著　　者 / 姜　春

责任编辑 / 郑秀艳
装帧设计 / 一本好书
监　　制 / 姚　军
责任校对 / 张大伟　王凌霄

出版发行 / 上海三联书店
(200030)中国上海市漕溪北路 331 号 A 座 6 楼
邮购电话 / 021-22895540
印　　刷 / 上海惠敦印务科技有限公司

版　　次 / 2020 年 7 月第 1 版
印　　次 / 2020 年 7 月第 1 次印刷
开　　本 / 640×960　1/16
字　　数 / 280 千字
印　　张 / 18.25
书　　号 / ISBN 978-7-5426-6919-3/I・1594
定　　价 / 55.00 元

敬启读者,如发现本书有印装质量问题,请与印刷厂联系 021-63779028